남사당의 노래

모들소설선 501

남사당의 노래

정 창 근 지음

4 남사당의 노래

차 례

한씨 부인	7
삼색깃발	31
사연들	52
어깨동무	117
산천초목	187
등가죽을 더 벗겨라	208

남사당의 노래

겨울 228

그 발자국 247

우레 소리 271

그 뒤 297

- 작가의 말 306

- 찾아보기 308

"… 모두가 누구에겐가 자기들 팔자를 도둑 맞거나 빼앗기고도 그것을 되찾으려 하지 않고 남의 팔자를 고스란히 받아 안고 사는 서글픈 사람들이다. 나도 마찬가지. 그런 사람들을 두고 내가 어디로 가겠냐…. 나보다 다 나이가 많고 살아온 풍진 세월에 씻기기도 한 분들이니 나 같은 젊은 놈이 있어 기둥이 돼 줘야지…"

한씨 부인

　우레 소리에 만물이 진화하고 그 소리에 사람들의 의식이 깨어나 제 갈길이 어딘지 두리번거린다. 이것을 도와주는 것이 바로 남사당패가 울리는 징소리다.

　남도땅에서 서쪽으로 불거져 나온 변산반도의 그 너른 산은 봉우리만도 크고 작은 것이 여섯 개나 되니 한번 산에 들어왔다 하면 방향 잡기가 쉽지 않았다.
　그 정남쪽 곰소만을 보듬고 있는 진서리 쪽으로 내려가면 질편한 갯벌이 십리는 이어지다가 더 나아가면 줄포라는 이름의 포구가 나온다. 수초가 많다고 해서 줄포, 풀 처음 나는 모양 줄(茁) 자에다 물가 포(浦) 자를 붙인 이곳은 연안 항로의 중심지도 되고 어종이 많아 고기잡이도 꽤 발달한 곳이다.
　줄포에 여각이나 술집이 많은 것은 비단 뱃사람들을 위한 것만도 아니었다. 장사치도 많았다. 진서, 영전, 격포, 연등, 산내 등 자그마한 고을들을 거느린 변산은 갖가지 소문도 그만치나 무성했다. 거룻배 한 척이면 사람 네댓은 간단히 서북쪽의 격포, 계화까지 옮길 수 있고, 남쪽 곰소까지 가서 뭍으로 뛰어 오르면 선운

사로 붙을 수 있고, 멀리는 법성포구까지라도 줄달음질 칠 수 있는 쓸 만한 조건이 갖춰진 곳이다.

 산(山)식구들이 흔히 이용하는 이 길은 줄포 갯가 주막까지도 뻗어 있고 거기에는 뉘 것인지 모르나 항상 쉬는 거룻배 두어 척이 누군가를 기다리며 한가롭게 뒤척이고 있는 게 유별났다. 또 육로로는 이를테면 관의 기찰이라도 있다면 그것을 피해 갈 수 있는 샛길이 동서남북으로 거미줄 같으니 숨어 살기가 여기만큼 좋은 지형이 또 있을까. 북으로는 부안땅, 동으로는 정읍땅, 남으로는 고창땅이니 갈 데도 많았다.

 잔뜩 움츠린 한겨울이라고는 하나 이렇게 사람이 없을 수 있을까? 남정네들이야 어디 사랑으로 모일 수도 있다지만, 여인네들까지야 모두 어디로 갔을고? 줄포 포구의 맨 동쪽 허름한 여각도 사람 없기는 마찬가지였다. 그러나 그 집 굴뚝에서는 미친년 산발 같은 연기가 그 찢어진 치맛자락처럼 사방으로 흩날린다.

 때는 점심거리 장만이 한창인 모양이었다. 마파람 탓인지 굴뚝에서 역류한 연기가 부엌으로 되밀려 나와 꽉 차 있고 그것이 시나브로 부엌 문지방을 타고 빠져 나왔다. 아궁이 불은 어지간히 센 것 같았다. 들여다 보니 아니나 다를까 삭정이 한 단을 통째로 몰아 넣었으니 그럴 수밖에 없고, 밀려 나오는 불이 벌써 부엌 바닥을 기어다니고 가마솥에서는 뭔가가 끓고 있는 게 분명했다.

 "에이 씨발, 뭣 허간디 이렇게 내음냐 응? 다들 어디 갔댜……?"

 툴툴거리며 부엌에 뛰어든 사람은 우선 모지랑 빗자루로 부엌 바닥의 불씨를 쓸어 넣고, 그래도 모자라 부지깽이로 밀어 넣어도 시원치 않자, 자신의 추진 털메기를 뉘어 불씨를 야무지게 그 속으로 밀어 넣어 버렸다. 조금은 발이 뜨거운지 오른발을 들어 올려 탈탈 턴다. 일어서서 솥 안을 들여다 본다.

사내. 스물 두엇 나이. 우람한 체격에 떠꺼머리 검정댕기가 옹색하게 동여맨 무명수건 속에서 비어져 나와 팔락거렸다.

"아이고, 나 쪼깨…, 이거 이거……, 아이고…."

그때 저만치 앞길 쪽에서 다급하게 자지러지는 여자의 목소리가 날아왔다. 부엌에서 고개를 내민 사내가 그쪽으로 얼굴을 돌려 눈을 크게 뜬다. 스물 여남은 잘 됨직한 엉덩이가 팡파짐한 여자가 낭자 위 똬리에 물독을 이고 한손으로 그 독귀를 잡고 다른 한손으로 큼직한 양병 하나를 들고 다 죽을 상으로 어기적거리며 걸어온다. 넘친 물이 흘러내려 낭자의 붉은댕기가 젖었고 이마로 흘러내린 물은 그대로 콧등을 지나 입속으로 흘러드는데, 입에 문 똬리 끈 때문에 뱉어 낼 수도 없었다. 보기에도 딱한 광경이었다. 그것을 본 사내가 얼른 쫓아 나가 물동이를 거뜬히 들어 올려 들고 부엌으로 돌아온다.

"아이고 전동이구만, 언제 왔냐? 고맙구만잉……."

따라 들어온 여자는 아직도 양병을 안은 채 호들갑스럽게 치하를 한다. 사내를 바라보는 눈이 퍽이나 그윽했다.

"……."

그러나 무뚝뚝하게 마주 쳐다보는 사내 표정에 실망했는지 여자가 뾰로통하니 고갯짓을 하며 찬방으로 들어갔다.

그때 허름한 복색의 행승(行僧) 한 사람이 봉놋방 문을 열고 들어서며 뭐라고 중얼거린다. 여자가 들어갔던 찬방 앞문을 열고 나와 그것을 확인하고 큰방 문을 열어 본다.

"마님도 어디 가셨구만…."

마당에 나간 사내가 삭정이 한 단을 보듬고 들어오는데 봉놋방 문이 또 폴색 열리며 그 행승이 몸을 기웃하니 앞으로 내밀더니 카악 하고 가래를 돋궈 올렸다가 퉤에 하고 마당에 내리꽂았다. 하마터면 그것이 나무를 들고 들어오던 사내의 바지 가랑이에 떨어질 뻔했다.

"……?"

그것이 마뜩찮은지 먼저 눈으로 행승을 째리고 그 날아간 거리를 어림해 봤다. 제법 먼 거리였다. 그 먼 거리까지 가래침을 뱉어 자신의 기운을 내보인 암팡진 체구의 중은 그렇게 놀란 총각이 재미있다는 듯 허옇게 이를 드러내 웃고 있었다. 그러나 어딘지 지저분한 복색이 께름했다.

"하, 이놈. 왜 그렇게 사람을 째려 보느냐? 무엇이 못 마땅하냐? 이놈, 이 집 중노미면 중노미답게 내가 시키는 대로 할 것이지……."

"뭐요 중노미? 눈 두었다 뭣 할라요? 당신 눈에는 사람이 전부 중노미로만 보이요? 쳇!"

날아온 가래침 때문에 잔뜩 배알이 꼬여 있는 사내가 튕겨 내듯 중의 말을 탓하고 나서며 입씨름이 벌어졌다.

중과 한참 동안 실랑이질을 하다 막 부엌에 들어가려던 사내의 뒷통수에 반가운 소리가 와서 꽂힌다.

"아니, 너 전동이 아니냐? 언제 왔느냐?"

사내는 그 소리를 듣고 나뭇단을 부엌 바닥에 내려 놓고 얼른 달려 나와 소리 나는 곳으로 꾸벅 절을 한다. 봉놋방 문을 열고 서 있던 중의 눈이 그 소리 임자를 바라보고 소리의 임자도 곱지 않게 중을 눈여겨 본다.

"어저께 왔다가 곰소에게 자고 시방 오는 길이구만이요. 마님, 그새 안녕하셨어요?"

조바위를 쓴 오십대 후반의 혈색 좋고 덕성스럽게 생긴 여인이 눈을 가늘게 뜨고 사내를 내려다 본다. 땟물도 벗고 조바위 술 밑 이마의 새빨간 구슬 장식이 예사롭지 않은 것이 이 낡은 여각과는 어울리지 않는 풍모였다. 그리고는 또 한번 중을 힐끗 쳐다보다가 그만 큰방 섬돌에 올라섰다. 그와 동시에 봉놋방 문도 닫혔다.

"게 앉거라. 전동아, 그래 이 세안에도 사정은 작년과 마찬가지다 이것이냐?"

"예. 올해라고 달라질 수 없지요. 오히려 갈수록 사정은 어려워지고 이 겨울을 넘기기가 그중 큰일입니다요. 그래서 멀리 북쪽으로 올라가거나 아주 남행해서 경상도 쪽으로 옮겨 볼 생각을 하고 있습니다요. 아무래도 이쪽은 산 때문에 조심스러워서요. 그 일 때문에도 그렇고 박새 아저씨가 그리 되고 나니까 너무 힘들이 빠져 버려 맥을 못 춰요. 또 겁을 먹기도 허고요. 그래서 산을 좀 멀리허고 싶은가 봐요들…."

"으음…."

마님이라 불린 여인은 그 말에 얼른 대꾸가 떠오르지 않자 말머리를 돌려 잡았다.

"전동아, 니가 지금 몇 살이냐? 밖에서 들으니 아까 저 봉노의 중하고 무슨 말다툼을 한 것 같았는데, 그 중이 널 어찌 보고 광대니 어쩌니…. 거 말대거리 한번 서로 옹골지더라……."

"예, 아무 것도 아닙니다요. 중 주제에 술을 달라기에 제가 길례한테 우리가 쓰는 말로 그 말을 옮겼더니 용케 알아듣더라고요. 근데 그 중이 변을 알아 듣는 것 보니까 우리 행중을 좀 아는 거 같아요 마님…."

찬찬히 그렇게 말하는 전동이란 청년을 건너다 보는 마님이라 불린 여각 주인은 입맛을 다시고 나서, '참 이상하다 저 중이 어쩌면 전동이를 닮았어. 아니 전동이가 중을 닮은 데가 있으니 내가 잘못 본 건가?' 하는 생각을 속으로 삭이고 있었다. 혼자 고개를 끄덕이는 마님의 긴 장죽(長竹)에 얼른 성냥불을 당겨 주고 물러앉은 전동이는 아까 한씨 부인이 돌아오기 전 중과의 몇 마디 시비를 떠올렸다.

"너 중노미 치고는 뼈대가 크고 늙었구나. 여기 술 한 방구리하고 안주 가져 와라."

"예? 스님도 술을 자셔요? 허허이 참."

입에서 나온 소리마다 까끄랍고 아기똥해서 그냥 듣고 있는데 또 하는 소리가 그래서 한마디 하고 바로 뒤에서 방을 굽어보고 서 있는 길례한테,

"몽구리가 탈이 내치란다."

하고 기별했다. 그러자 방 가운데 누워 있던 중이 벌떡 일어나며,

"뭐, 몽구리? 흐음 인자 보니 니놈이 광대로구나, 그러체? 그럼 어느 패냐, 니놈 패거리가…."

"스님이 내 말을 아는 것 보니까, 스님도 패거리요? 어찌 그 말

을 알아듣소?"

"어라, 이놈? 그 말 못 알아듣는 천치가 어딨냐? 너희들이 딴 사람 모르게 변을 쏟다지만 모르는 사람이 없다. 너희들 꼭두쇠가 어느 놈이냐? 혹시 행중에 오봉이라고, 아참 석구라고 이름을 바꿨다지? 그런 사람 있냐?"

'얼라 저 중 꼴로 볼 것이 아니네?'

속으로 놀란 전동이는 다시 한번 그 중을 찬찬히 바라보았다.

"나는 광대가 뭔지도 모르요. 아무 것도 몰라요. 그저 얻어 들은 게 있어 한번 써먹어 본 것뿐이오. 근데 스님이 술에다 안주, 안주면 괴길 텐데 그것까지…."

"이놈 봐라? 중이라고 못 먹을 게 뭐가 있냐? 중이 육식을 안 한다는 것은 말짱 거짓말이고 또 그게 부처님 위하는 길도 아니다. 먹을 것 먹고 할 짓 다해감서 염불도 해야지. 이것 참고 저짓 못하고. 왜… 중이라고 무신……. 너 이놈아, 나한테 계집 한번 맡겨 봐라. …참, 아까 그 젊은 여자 너하고 뭣 되냐? 그 여자 엉덩이 판이 커서 요분질 잘 허기는 틀렸으니 그리 알아라……."

"……."

말문을 닫는 게 상책이다 싶어 돌아서는 참에 마님이 들어선 것이다. 그러니 그 육담을 마님이 집 밖에서 죄 들은 게 분명했다.

"나도 다 들었는데…. 참, 그것 보고 뭐라 하느냐, 파계승? 쉬운 말로 때깨중이라잖느냐, 호호…."

"참 이상해요. 보통 중하고는 좀 다른 데가 있어요. 여염집 사람도 못헐 소리를 예사로 지껄이니 듣는 사람 낯이 후끈거릴 정도에요. 귀 담아 듣지 마십시오, 마님……."

"……."

갠소롬히 바라보는 마님의 눈과 전동이 눈이 허공에서 부딪치자 두 사람이 동시에 비켜 버렸다. 한 사람은 왼쪽, 또 한 사람은 오른쪽으로.

"…전동아. 그럼 명년에는 어디서 모이기로 했냐? 물론 보름은 쇠야겠지…. 아버지는 지금 꼭두쇠하고 같이 잘 계시지?"

"예, 잘 계셔요. 모르겠어요, 고향에 한번 다녀오신댔는데 가셨는지. 대보름 지나고 나서 여산 장터서 만나기로 했어요. 저도 박새 아저씨가 잡혀 가고 난 뒤로는 아무 것도 하고 싶잖아요. 어디 가서 배나 탈까, 아니면 내친김에 산에루나 들어가 버릴까 생각 중이에요. 벌써 저도 10년이 넘었어요, 이 짓이…"

"……."

그때 밖에서 아뢰는 소리가 있었다.

"아씨 마님, 여기 손님 오셨는데요."

"손님이라면 봉노에 들게 하면 됐지 새삼스럽게 나한테까지 그러느냐?"

"손님이 아니라 포졸 나리들이 마님을 뵙자고 해서요…"

"뭐, 포졸? …얘, 전동아. 너 골방에 잠깐 들어가 있거라. 죄 지은 건 없지만 난뎃사람이라 이것들 말밥에 오를까 무섭다."

낮은 목소리였다. 전동이가 얼른 일어나 골방 문을 열었다.

"어서 안방으로 뫼셔라."

조금은 당황한 목소리지만 천연덕스러웠다.

여각 주인은 한양 태생인데 이십여 년 전에 남편이 전라 감영 외아전(外衙前)으로 있다가 포흠 사건으로 밀려나 줄포에서 장사를 하다가 요절했고, 여인은 주저앉아 손에 설은 목롯집을 꾸려 나갔는데, 타고난 덕성에다 사근사근한 한양 말씨며, 그래도 감영 아전이었다고 훼방 놓지 않는 현아 떨거지들의 은근한 보살핌을 받아 날이 다르게 번창해 나갔다. 그런 처지의 그녀에게 행인지 불행인지 산과 내통하는 길이 터져 수입도 늘면서 줄포 근방의 상권을 시나브로 잠식해 들어갔다.

관에서도 여인이 산과 내통한다는 기미를 알고 있으면서도 여인한테서 들어오는 수월찮은 인정전이 있어 모르는 척 눈 감고 아웅하고 있었다. 그래서 여인은 될 수 있으면 관의 비위도 맞추고 자신의 약점을 잡히지 않게 각별히 조심하는 터라 전동이도 잠시 자리를 피하게 했던 것이다.

관을 움직이는 묘수도 남편이 살았을 적의 그 요령에서 생긴 것이고 또 그래서 텃세를 모르고 키운 재산은 누구도 짐작 못했다. 턱짓 한번으로 근동에서 수십 명을 움직일 정도로 수완도 좋고 줄이 전라 감영에까지 닿는다는 소문에 누구 하나 토를 다는 이가 없었다. 천성이 호방지고 관대하나, 그 반면에 치밀하고 용인술에 능해 한번 알게 된 사람은 그 손아귀에 들기 마련이었다. 겉으로는 허술한 여각이지만 안방 꾸밈새는 여느 대가댁 안방 못잖아, 드나드는 사람들이 모두 입을 벌릴 정도였다. 가끔 부안 현감이 문안을 핑계로 들르니, 가파른 세상이지만 운신의 폭이 넓었다. 드난살이가 두엇 있고 길례가 있지만, 마음만 먹으면 동네 사람 누구나 데려다 일을 시킬 수 있을 만치 인심도 얻고 있는 터라 상

사람은 쓸 수 없는 마님이란 호칭으로 통하고 있는 것이었다. 더군다나 주인조차도 각처에 마련해 둔 재산이 얼마인 줄 모를 정도였고, 또 그것을 없는 사람들한테 거저 내맡기다시피 하니 그 소작인들한테는 하늘 같은 존재일 수밖에 없었다.

한겨울 갯바람은 사나웠다. 눈을 뜰 수 없을 정도였다. 그러나 명색이 여각이라도 변변한 울타리도 없이 그저 수수깡으로 둘러친 게 고작이지만, 누구 하나 시쁘둥히 보는 이 없고 늘 훈김이 도는 울 안이었다. 그것은 주인의 주도면밀한 위장인지도 몰랐다. 주인의 재력으로 그쯤 울타리 하나 번듯하게 못 세울까마는 일부러 개도 기르지 않고 사람들의 무상 출입을 반겼으니 뉘라서 그녀를 싫다고 하겠는가. 참 기막힌 처세술이었다.

한점 혈육이 돌림병에 죽고 나서 자기도 아주 세상을 하직해 버릴까 하고 독하게 마음도 먹었으나 생각을 바꾸어 악착같이, 세상을 살아가는 데는 돈밖에 없다고 걷어붙이고 나섰다.

그런 한씨 부인한테 전동이가 달리 보이는 것도 무리는 아니었다. 인물 괜찮고 떨거지 없는 이 청년을 꼭 자기 수족으로 만들고, 사정이 허락하면 후사도 맡겼으면 하는 욕심이 생기는 것도 당연했다. 혈혈단신 아버지밖에 없는 전동이는 지난 겨울에는 갈 데가 없어 행중의 용백이가 권하는 대로 부안까지 왔다가 마침 전주에 갔다 오는 한씨 부인의 딱한 사정을 돕고 나서면서 인연을 맺게 됐던 것이다. 지난 겨울 전동이는 용백이와 더불어 찢어지게 가난한 용백이의 이모 한 분을 믿고 부안으로 왔으나 용백이도 붙어 있기 어려운 이모한테 전동이까지 끼어 들 수 없어서 헤어지던 판국에, 줄포까지 가는 짐꾼이 모자라 애를 먹고 있는 한씨 부인을 도와 줄포까지 등짐을 했던 것이다.

 약 이십 일 가량 그 여각 중노미 아닌 중노미 일을 하다 대보름을 쇠고 작별한 짧은 기간이었지만, 한씨 부인한테는 피붙이보다 더 정이 든 전동이와의 생활이었다.

 전동이의 형편을 알게 된 한씨 부인은 그대로 전동이를 주저앉혀 뭔가 다른 일을 시켜 볼까 마음먹었는데, 뜬구름 흐르는 여울 물같이 한 곳에 있기를 싫어하기도 하고 또 행중에 매인 몸이라 그것을 마다하고 작패(作牌)하여 떠난 뒤 한 해가 속절없이 가고 또 겨울이 돼 다시 지난 해 세밑에 한씨 부인을 찾아온 전동이었다. 너무 스스럼 없는 재회였다.

 걸판지게 한판 때려 먹고 돌아간 포졸들은 무슨 특별한 일이 있어 온 게 아니라, 가끔 이렇게 어리광 비슷하게 찾아와 용채나 몇 푼 얻고 술대접 받고 돌아가는 게 항용 있는 일이었다. 그러니 그들한테는 한씨 부인이 사또 못잖은 귀인이었다.

 어쨌거나 고을에서 인심 얻고 사는 그녀로서는 그 정도의 접대는 대수롭지 않았으며, 그렇게 베푸는 뒤끝이 나쁘지 않아 그들의 비위를 맞춰 왔고, 오늘도 찔러준 인정전에 감지덕지 하는 모양이 싫지 않았다.

 사납던 바깥 바람은 조금 눅기는 했으나 야기가 제법 싸르르 해 서둘러 집안으로 들어와 사방을 휘둘러 보았다. 불이란 불은 모두 꺼졌는데 봉놋방에서는 깊은 잠에 빠진 중의 코고는 소리가 들려왔다. 무슨 중이 저리도 천하태평일까.

 자기와 한 방을 써도 되나 아직 풋정밖에 안 든 전동이를 골방에 재우고 조용히 일어나 찬방에 들어가 불을 켜 보았다. 길례가 네 활개를 벌리고 자는 거기에 또 이를 뽀드득 뽀드득 갈고 있는 게 섬짓해 얼른 방을 나와 버렸다.

'저년이 누구 잡아먹자고 저렇게 이를 갈아대는지….'

웃음도 나오고 무섭기도 해 부엌 바닥에 내려서서 후유 하고 한숨을 내쉬었다.

한 가지 언짢은 것은 길례가 전동이를 보는 눈에 열기가 있는 것이었다. 두번 세번 봐도 그건 틀림없었다.

'제년이 되모시 주제에 전동이를 생각해? 어림없는 일이지. 또 나이도 틀리고…. 그게 이성인가? 하기야 저년도 어지간히 불쌍한 년인데…. 끌끌끌, 그래도 청춘이라고…. 전동이도 이제 나이 스물을 넘었으니 어찌 이성을 모르겠는가만 저 계집애만은 안되지. 죽은 아들놈이 살았으면 지금 나이 삼십이 넘었고 자식이 달렸어도 두엇은 될 텐데….'

생각이 꼬리를 물었다. 큰방에 들어가 장죽으로 놋 재떨이를 때리는 한씨 부인의 손이 어쩔 수 없이 가늘게 떨리고 있었다. 기박한 팔자 타고나 객지에서 서방 앞세우고 자식까지 잃게 됐으니, 생각만 해도 가슴이 미어지고 일시에 사는 재미를 잃었던 지난 날을 되돌아보며 길게 담배 연기를 내뿜었다. 전동이를 어떻게든지 자기 수하에 두고픈 생각은 그래서도 간절했으나, 뜻대로 안 되는 게 그것이라 애도 닳았다.

알 수 없는 게 전동이 마음이었다. 어릴 적부터 광대를 따라다니며 잔뼈가 굵었고 지금도 아버지라는 사람과 한 데 묶여 있기 때문에도 그것은 어려운 소망이었다. 그녀가 알고 있는 전동이의 과거는 그야말로 서러움과 외로움에 파묻힌 고통의 세월이었다. 그것을 아는 한씨 부인은 그래서도 더욱 전동이가 안쓰러웠다.
 한밤을 그런저런 생각으로 깊이 잠 못 들고 뒤척이다가 깨어난 그녀는 아침을 겸상으로 들고 와서 전동이와 마주앉았다.
 "니가 박새 아저씨를 그렇게 따르고, 또 그 사람도 너를 친동기간처럼 여기며 지냈다는데, 그 사람은 무슨 일로 잡히구 그런 죽음을 했는지 알고 있는 대로 이야기나 좀 해 봐라. 나도 궁금하다. 니가 그렇게 따랐던 사람이라면 퍽 정도 많고 올곧은 사람이었을 것 같은데 말이다. 나이는 살았으면 지금 몇 살이냐?"
 "예, 저도 그 아저씨 이야기나 그 풍물 소리 생각을 하면 왠지 나를 낳은 어머니 생각부터 나는 게 참 이상해요. 내 기억에 남은 어머니…. 그렇지요, 나 두 살 적인가, 아니…, 어렴풋한 모습은 고운 얼굴인데 지금 생각허니 퍽 어린 나이에 저를 낳은 것 같았어요. 아마 젖어미가 따로 있었던 것 같고 어머니는 저를 보듬고 울던 기억뿐이에요. 암튼 그 아저씨 이야기만 하면 어머니가 떠오른 것이 이상해요. …임오년 군란 때 그분 나이가 스물일곱인가 여덟이었대요. 그로부터 십년이 지났으니 서른여덟이나 됐겠네요."
 "쯧쯧, 한창 나이에 그리 됐구나, 응. 그 사람 가족도 없었대든?"
 "그건 모르겠고요. 언제 한번 그런 이야기 한 일도 없고, 늘 하는 말이 우리가 정신 차리지 않으면 어느 귀신이 채 갈지 모르는 칼 날 같은 세상이라고. 적어도 맞아 죽어도 어느 매에 맞았는지 그것이라도 똑똑히 알아야 한댔어요. 누가 들을까 무서운 말이지만, 이 세상을 바꿔야 올바른 세상이 된다고 간간이 말했어요."

"……."

한씨 부인의 미간이 찌푸려지면서 가벼운 한숨이 새어 나왔다.

"저하고 같이 있던 내내 그 아저씨는 별로 말이 없었고, 친구도 겨우 어름산이 만적이와 어울리는 게 고작이었어요. 만적이보다 나이가 많아 둘은 형제처럼 지냈고, 그런 만적은 동학군들과 가까운 사람이었는데 제 짐작으로 박새 아저씨는 오히려 만적이보다 먼저 동학군이었나 봐요. 그런저런 일 때문에 패가 갈라져 제 아버지는 꼭두쇠 어른과 단짝이고 동학을 좋게 보는데, 곰뱅이쇠 근용 아저씨와 덜미쇠인 놈태는 그 반대라 늘 찌그락 짜그락 말도 많았어요."

"그래…. 그 아저씨 말이 맞다. 적어도 정신이 제대로 박힌 사람들은 그럴 것이다. 지금 나라 꼴이 꼴이냐? 우리 입에 밥이 들어가니까 모르지만, 굶어 죽는 사람이 얼마나 많은지, 너는 여러 고을 돌아다니니까 더 잘 알 것이다. 어쨌건 그 아저씨 말대로 이 나라는 뒤집혀야 한다. 계집년 하나 때문에 이 나라는 망해 가구 있어! 너도 그걸 알아야 한다. 우리 조상의 뼈가 묻힌 이 나라를 통째로 집어 삼키려고 몇 나라가 으르렁거리며 군침을 흘리고 있냐? 생각하면 소름이 끼친다."

"그러니까 박새 아저씨는 꼭 십년을 피해 다니다 잡혔는데, 알고 보니 밀고가 있었던 거 같았어요. 이름도 갈고 얼굴도 달라졌는데 누가 쉽게 알아봤겠어요?"

재작년 가을 남원 운봉서 연희를 끝마치고 함양으로 넘어가려

채비하던 그날은 비까지 추적거려 모두 행동이 자유롭지 못했다. 늘 연희마당에는 사람이 많이 모이니까 그날도 그러려니 했는데, 연희가 끝나고 출출하던 참에 주막에 들어 앉아 한두 잔 목을 축이는데 언제 나타났는지 검정 더그레 십여 명 남짓이 주막을 순식간에 에워싸 버렸다. 패거리도 연희가 끝나 옷이 달라져 있어 일반 사람들과 별로 다른 게 없었다.

"어떤 놈이고 내 승낙 없이 한 발짝이라도 움직이면 단칼에 목을 베겠다."

"……"

"이쪽으로 한 놈씩 나오는데 짐을 챙겨서 나와라. 호패가 있는 자는 그걸 내 보이고. 도망가는 놈은 활로 다스리겠다."

행중은 마흔 명 넘고 다른 주객(酒客)이 여남은 명이니 많은 숫자였다. 그날이 운봉 장날이라 꽤나 붐볐다. 까다롭기 이름난 운봉현은 남원부가 있어 그런지 애초 곰뱅이를 틀 때부터 걸리는 게 많았던 곳이라 느낌이 그리 좋지 않았다.

꼭두쇠 오봉(석구)이와 전동이 아버지 홍도의 낯빛이 금세 하얗게 질려 버렸다.

수많은 연희를 다녀봤지만 이렇게 서슬 푸르게 검색을 당해 보기는 처음이라 그들은 시선을 맞추며 뭔가 잔뜩 겁을 먹고 있는 것 같았다. 전동이는 버릇처럼 사방을 둘러 보며 박새 아저씨를 찾았다. 그러나 아무리 찾아봐도 울 안에는 없는 게 분명했다.

"자 어서어서 나와. 수건을 모두 벗고, 얼굴을 바짝 추켜들고…"

일찍 끝난 연희는, 경상도 땅을 바라보는 바쁜 길손도 땀을 들이고 가는 신시초(辛時初)쯤이라 먹은 점심이 거의 누워 모두 허출한 때였다.

맨 먼저 행중이 아닌 늙은이 하나가 그들 앞을 통과했으나 그 뒤로도 보는둥 마는둥 계속 사람을 내보내는데 삐리나 아녀자는 그냥 보지도 않고 등을 밀어냈다.

전동이는 차례가 돼서 나가는데 위아래 한번 훑어보고는 어깨를 잡아 앞쪽으로 거칠게 낚아채 버렸다. 별 볼 일 없으니 빨리 나가 버리라는 고약한 손짓이었다.

꼭두쇠가 나가고 전동이 아버지가 나가는데 들고 있는 호패 같은 것은 거들떠 보지도 않았다. 놈태 차례가 됐으나 별일 없이 고약한 눈짓 한번으로 빠져 나왔다. 만적 어름산이 차례가 됐는데 한쪽으로 비켜 세워 놓고 다른 사람 먼저 내보냈다. 그런데 이상한 것이 박새 아저씨 행방이었다. 근용이 곰뱅이쇠도 탈 없이 빠져 나오고 행중이 다 나올 때까지도 박새 아저씨의 흔적은 없었다.

만적이도 맨 나중에 몸뒤짐을 받고야 겨우 빠져 나왔다. 더그레들 서너 명이 귀엣말을 하더니 고개를 갸웃거리는 게 아무래도 찾는 사람이 없는 눈치였다. 용모파기까지 들고 있어 누군가를 찾고 있는 게 확실했다.

그날 밤. 전라도를 벗어나 경상도 함양 땅에 들어선 일행은 전라도와는 달리 일행을 후대하는 바람에 흡족해 하며, 한 마을의 사랑방에 나눠 들어 내오는 술밥에 배가 불러 모두 전후 지각 없이 먹고는 되는 대로 쓰러져 잠들어 버렸다. 행역에 시달린 그들은 그럴 수밖에 없었다. 영남 쪽에는 흔치 않은 굿패라 상전 모시

듯 했으니 오죽했겠는가.

함양을 향해 오던 도중 솔밭 속에서 불쑥 나타난 박새 아저씨를 보고 모두 반가워하며 어디 갔었냐고 궁금증을 내보였으나 아저씨는 그냥 피식 웃는 얼굴로 그 대답을 얼버무렸고, 꼭두쇠나 전동이 아버지는 오히려 놀란 표정들이었다.

그날 석양 무렵 더그레 자락들이 그 주막을 에워싸기 직전의 일이었다. 운봉 주막에서 술 한잔을 들고 있는데 아무래도 덜미쇠 놈태의 눈치가 이상하고 근용이 곰뱅이쇠가 안절부절하는 것이 마음에 걸려 주막집 뒤 장독에 올라가 한길 쪽을 살펴보니, 웬걸, 검정 더그레가 몰려오지 않는가. 가는 길이 어디라는 것을 알고 있는 그는 곧장 장독에서 뛰어 내려 함양 쪽 솔밭 속으로 숨어 들어버린 것이었다.

쫓기는 사람의 늘 불안하고 다급한 심정을 뉘라서 짐작이나 할까? 언제나 긴장을 풀지 않고 지내온 박새였다. 그러나 박새 아저씨의 명운도 거기가 끝인가 싶었다.

함양땅에 이르러 각자 집을 나눠 들어 잠자리에 든 한밤중. 상공운님 박새와 전동이가 뒤섞여 자는 집 사랑방 문이 소리 없이 열리며 불빛이 비집고 들어 왔다. 순간 그렇게 코를 곯고 자고 있던 박새가 번개같이 일어나 뒷문을 박차고 나갔는데, 금방 어이크 하는 비명이 들려오고 뭔가 드잡이가 벌어진 것 같았다.

"꼼짝마라. 너 이놈, 서영주 맞지? 너 잡을려고 동원된 포졸이 지금까지 몇천 명인 줄 알기나 하냐?"

"이놈 단단히 묶어!"

전동이가 놀라 깨어 나가 보니 더그레가 자그마치 삼십여 명이 넉넉했다.

　꼭두쇠와 전동이 아버지 징쇠가 벌벌 떨고 서 있었다. 다른 집에 든 패거리는 일절 보이지 않았다. 같은 동네라도 자는 집이 다르기 때문이었다.

　"니가 꼭두쇠냐, 응? 너 이놈, 행중에 이런 중죄인을 숨겨 다니는 그 죄 막중하다. 너도 관아에 가야겠다. 도망갈 생각일랑 말고. 이자가 어떤 자인 줄 자세히 알고 있었겠다, 응?"

　"아닙니다요. 우리는 그저 행중의 상공운님으로 한 식구같이 지내 왔죠. 어디 감히 저자가 어떻다는 것을 알 수 있었겠습니까?"

　"응, 고이얀 놈 같으니라고. 너 으뭉 떠는 거 아니지? 이자는 지금부터 십년 전 임오군란 때 무위영(武威營) 장교였다. 그때 군졸들을 선동하여 국헌을 어지럽힌 자, 너희들 임오군란이 어떻다는 거 알잖냐? 바로 이자가 그 주동자다. 알기나 해라. 이 자는 역모자나 다름 없는 국사범이다."

　임오군란이라면 임오년(1882년, 고종29년) 유월 초닷새 무위영과 장어영(壯御營) 군인들이 급료를 못 받은 것에 항의하여 일어난 폭동이고, 그 군란으로 인하여 국가 기강이 난마처럼 얽혀들어 국정이 마비되고 민비는 장호원으로 도망가는 일대 국치(國恥) 사건이다. 일이 그렇게까지 확대된 건 군인들 13개월치 월급을 주지 않은 것은 고사하고 난동을 일으키자 당황한 조정이 겨우 한달치 급료로 현물을 지급했는데 그 쌀 반절이 모래가 섞여 있어 그들의 분노가 마침내 폭발한 때문이었다. 그것은 민비의 조카 민규호의 급료 착복 때문이었다. 배후 조종자는 민비였고. 그 사건이 난 지 꼭 십 년. 그간 전국 방방곡곡을 누벼 훑으며 참빗 새새 면면 촌촌을 이잡듯이 색출하던 민씨 정권은 걸리는 족족 그 주동자를 참수 효시했다.

정권을 한손에 거머쥐고 국정을 농단하던 민비 일파는 그때의 울분과 치욕을 설욕코자 돈을 물쓰듯 하며 심지어 사병(私兵)까지 내몰아 전국을 휘저었다.

박새 서영주는 주도 인물임에는 틀림없었으나 그는 그 길로 바로 모습을 감춰 전라도에 내려와 연희패에 몸을 숨기고 팔자에 없는 꽹과리잡이가 돼 십 년을 유랑하였다. 얼마나 끈질긴 도망이며 추적이었던가.

어느새 박새 등에는 흰 오라가 수십 겹 친친 동여 매어져 있었다. 모든 것을 체념한 듯 더그레들에게 떠밀려 박새 아저씨는 저승문을 들어서듯 사립문을 나섰다.

더그레 자락들 뒷꽁무니가 어둠에 묻히자마자, 전동이가 사랑방에 뛰어 들어가 평소 갖고 다니던 지팡이를 들고 나와 어둠을 향해 달려나갔다. 그러나 전동이가 채 문을 나서기도 전에 어깨를 낚아채는 묵직한 손이 있었으니 아버지 홍도였다. 더그레 자락들이 버리고 간 불빛이 아직도 마당을 적시고 있는데, 아버지의 말이 또한 나직이 묵직했다.

"너 가면 죽는다. 꼼짝 말고 여기 있어. 이제 박새는 죽은 몸이다. 알았냐? 우리는 누가 고변했는지 알고 있으니 그 일이나 상의하자. 참앗!"

전동이의 손에 들린 지팡이는 평소 들고 다니던 가느다란 물미장이었고 칼을 가르쳐 준 박새 아저씨를 그 배운 칼 솜씨로 살려 내 보겠다는 전동이의 치기는 아버지 홍도의 제지로 맥없이 꺾이고 말았던 것이다.

"너는 아직 세상을 모른다. 니가 그걸로 몇 사람 베었다 치자. 그 다음은 어떻게 되겠냐. 우리 행중은 몰사 죽음이다. 너는 물론이고 박새도 말할 것이 없다. 이놈아, 이 멍청한 놈아. 결기 하나로 뭐가 될 것 같냐? 그리고 네 칼 솜씨, 나는 잘 모른다만 아직 멀었어. 적어도 칼을 먼저 지킬 줄 알아야 한다. 다시 말한다면 칼을 칼답게 써서 칼을 욕되게 하지는 말아야 한다."

슬픈 회상이었다. 결코 잊을 수 없는 그때 그 장면들이었다.

"그렇게 박새 아저씨는 가고 말았습니다."

"그랬었구나…. 그래 그 사람이 상쇠였다면 꽹과리는 잘 쳤겠구나. 아까운 사람 하나 갔다. 봐라, 세상은 그렇게 무섭게 돌아가고 있다. 설령 민씨 여편네가 죽더라도 이 썩은 나라는 끄떡도 안 할 것이다."

"그럼, 어떻게 하면 박새 아저씨가 생각하던 세상이 될 수 있습니까, 마님. 저는 그것이 궁금해서 죽을 지경입니다. … 예, 잘 쳤지요. 제가 쇠잽이 몇 사람을 겪어 봤지만 그렇게 신들린 사람같이 꽹과리 잘 치는 사람은 못 봤어요. 그러니까 소리가 좋고 잘 맞아 준다는 것보다도 그 아저씨가 치는 꽹과리 소리는 꼭 사람의 울음소리 같았어요. 상쇠놀이 때 보면 그 아저씨 혼자 나와서 치고 돌면서 판을 이끌어 가는데, 저는 그때는 슬퍼서 눈물이 나요. 아무리 가락이 빠르고 흥겨워도 그 아저씨 소리는 제 귀를 못 속

여요."

"처음부터 그렇게 잘 치지는 못했겠지. 너희 행중에 들어오면서 배운 게 아니겠냐?"

"예. 제가 세미놀이를 겨우 벗어나 삐리로 움직일 때 그 아저씨는 꽹과리 뒤에다 헌 보선짝을 대고 그저 밤이나 낮이나 틈만 나면 두드렸어요. 그 바람에 동무들한테 욕도 많이 먹고…. 하여튼 무서운 분이셨죠. 꼭 그렇게 이 년을 때리고 나니 그때의 상쇠 상공운님이 놀라데요. 저놈이 귀신 같은 놈이라고. 일단 보선짝을 떼고 나니 그때부터 모두 그 소리에 귀를 기울이데요. 그리고 꽹과리 때리는 일뿐이겠어요? 거의 빌어먹다시피 여러 곳을 헤매는 그 고생이 어떠했겠어요. 먹는 것, 입는 것, 잠자리…. 거의 거지나 다름없는 그짓을 말없이 십 년을 참아 냈으니…. 그 아저씨는 뭔가 꿈이 있었던 것 같았어요. 저도 그 아저씨한테 끝까지 칼을 배우려고 마음 먹었었는데 그만 그 꿈이 깨지고 말았어요. … 불쌍한 양반…."

"그렇다. 그 사람의 가슴에 맺힌 십 년의 한, 물론 그 사람의 사사로운 한도 있겠지만 또 다르게 먹은 큰뜻에서 생기는 원한이 어찌 없었겠냐? 그 사람의 사무치는 한이 녹아든 꽹과리 소리니 어찌 슬프지 않겠냐. 네 귀가 제대로 뚫린 탓으로 그 울음 소리 같은 꽹과리 소리에 공감한 것이다. 사람은 약한 것 같아도 무척 강하고 무서운 것이다. …그나저나 네가 칼을 배운다니 어떻게 하려고 그러냐? 칼이란 것은 잘못하면 자신의 명을 재촉하는 요물일 수도 있다. 조심해라."

"어쩌면 박새 아저씨가 하던 말과 꼭 같은 말씀을 하십니까? 그 아저씨도 늘 그런 소리를 했어요. 칼을 이길 줄 알아야 칼이 자신을 지켜 준다고. …칼을 배워서 어쩐다기보다 제게는 무서울 수밖에 없는 세상이니 칼이라도 있어야 살아갈 것 같고, 저를 해코지하려는 모든 것을 칼로 물리칠 수밖에 없다는 그런 생각에서 칼을 배웠던 거에요. 그러나 지금은 또 오직 칼을 배워 그 아저씨처럼 남에게 칼도 가르치고 칼로는 저를 따를 사람이 없을 정도가 되고 싶어요, 마님. 이게 제 분수에 맞지 않는 짓인지도 모릅니다만……."

"……. 칼 이야기는 고만하자. 참, 오늘이 며칠이냐? 계사년도 얼마 안 남았구나. 거 세월 한번 빠르다. 그런데 전동아, 니가 하는 말 중에 모르는 말이 많은데 나도 좀 알자 응?"

"아아, 네. 그러실 거에요. 워낙 말이 험하고 변도 많으니까요. 우리 패는 사당패도 아니고 걸립패도 아닌, 놀이패 중에서 제일 숫자가 많고 여자는 없는 남사당패지요. 변이라고 우리끼리 쓰는 말이 있는데 마님은 자세히는 아실 것 없어요."

남사당패(男寺黨牌)처럼 유랑하는 무리에는 먼저 걸립패(乞粒牌)라고 남녀 혼성 조직이 있는데, 이들은 주로 남녀가 부부이며 절에서 발행하는 부적 같은 것을 파는 게 주목적이다. 숫자는 대개 15, 6명 안팎이고 여자는 매음을 한다. 통솔자는 화주(化主)다. 또 하나는 사당패(寺黨牌)라는 것이 있는데 이들도 15, 6명 안팎이고 거사(居士) 서너 명에 딸린 여사당이 있고 가무(歌舞)가 주특기다. 이들도 매음을 하는데 그 우두머리가 모가비이다.

거기에 비해 남사당패는 연희 종목이 다양하고 인원도 많아 늘

5, 60명 선을 유지한다. 연희자(演戱者)들을 보면

   상공운님 / 꽹과리(풍물패) 밑에 뜬쇠가 5, 6명 있고 때로는 서넛 아니면 두엇이 있다.

   징수님 / 징(풍물패)(위와 같음)

   고장수님/장고(위와 같음)

   북수님 / 북 (위와 같음)

   회적수님 / 날라리, 땡각 (위와 같음)

   벅구님 / 벅구 (위와 같음)

   상무동님/무동 (위와 같음)

   회덕님 / 선소리꾼 (위와 같음)

   버나쇠 / 대접, 접시돌리기 (위와 같음)

   얼른쇠 / 요술(마술) (위와 같음)

   살판쇠 / 땅재주 (위와 같음)

   어름산이 / 줄타기 (위와 같음)

   덧뵈기쇠 / 탈놀이 (위와 같음)

   덜미쇠 / 꼭두각시 놀음 (위와 같음)

이들 밑에 저승패라고 예능(藝能)을 상실한 노인들이 있고, 나귀쇠라는 등짐꾼, 가열·삐리라는 각 연희 부분의 중견층과 초보자가 있고, 그 밖에 숫동모(男)와 암동모(女)라는 남색(男色) 조직이 있는데 숫동모는 중견층인 가열 이상이며 암동모는 나이 어린 삐리가 맡는다. 무동 역시 삐리가 담당한다. 이 모든 인원을 통솔하는 자가 꼭두쇠고 그 밑에 그를 보좌하며 기획을 담당하는 곰뱅이쇠가 있다. 뜬쇠를 가열이라고도 한다.

   "대강 이렇습니다요, 마님. 먹잘 것 없이 패거리가 많죠."

"음 그래? 꽤나 복잡하구나. 꼭두쇠 책임이 크겠다. 그래서 오봉이가 늘 기신거리는 게 아니냐?"

한씨 부인이 전동이 설명을 듣고 고개를 끄덕이며 어느 한곳을 초점 없는 시선으로 바라보고 있었다.

전동이가 여기 온 지도 열흘이 넘어서는 그날은 단대목이라 여각에 손님도 없고, 하룻밤을 자고 난 행승은 온다 간다 말이 없이 떠나버린 조용한 아침이 그렇게 지나고 있었다. 아직 점심이 이른 시각의 안방에서 이어지는 전동이와 한씨 부인의 진솔한 대화 내용이었다.

그렇게 지난 날을 회고하는 동안 전동이 머릿속에는 어쩔 수 없이 여염 사람으로서는 한씨 부인만 알고 있는 은밀한 한 사건이 떠오를 수밖에 없었다. 그것은 박새 아저씨가 주동이 돼 꾸민 희한한 일이라 그것만큼은 남에게 이야기하지 않고 자기 혼자만 오붓하게 간직하고 싶은 얼룩지지 않은 깨끗한 한폭의 그림이었다.

삼색깃발

 비교적 순탄한 신묘년(1891)과는 달리 그 전해인 임신년(1890)은 끝내 말썽도 많았다.

 유독 장마비가 극성이던 그 임신년 여름 어느 날 폭포수 같은 비가 멎은 유월 하순의 뙤약볕으로 바뀐 성급한 햇살이 송곳 끝으로 변해 가던 그날은 고창(高敞) 성내(星內)에서 연희를 못하고 이틀째 죽치고 앉았다가 비가 듣자 이내 법성포(法聖浦)로 향했다. 싱그러운 볕발이었다. 가는 길 곳곳은 짙푸른 논바닥에 비 맛을 본 모가 싱싱하게 뻗어 오르고 모내기가 아직 끝나지 않은 논에서는 사람들이 허옇게 몰려 들어 빈논을 자꾸 푸르게 물들여 갔다.

 지이잉 지이잉 지이잉.

 징이 울고 경쾌한 꽹과리에 어울린 장고 소리가 끌어내는 날라리가 조금은 경망스러웠다. 지나가는 오십여 명 남짓한 울긋불긋한 남사당패의 행진을 허리를 펴고 바라보는 논 속의 뭇 사람들의 눈길에 반가움이 묻어나고, 개중에는 심다 만 못다발을 추켜 들고 논 밖으로 뛰쳐나와 서넛이 어울리면서 남사당패 풍물 소리에 맞춰 너울너울 춤을 추는 사람도 있었으니, 모심는 대오가 허물어져 논 속은 엉망이었다. 논 속에서 고함이 터져 나왔다.

"모심다 말고 무신 지랄들이여, 미쳤어? 언제 이 모 다 심을라고 그려!"

그러나 춤에 신들린 사람들은 논일이 내 알 바 아니었다. 얼마나 풍물 소리에 목말랐으면 그럴 수 있을까. 노랑 바탕에 붉고 검은 띠를 두른 거기에 감색술이 달린 직사각형의 남사당패 용독기(龍纛旗)를 앞세우고 양반 광대가 비칠거리며 선도하는데, 말하자면 선도라기보다 줄 잇는 남사당패에게 떠밀려 쫓겨 가는 꼴이었다. 머리에 관을 쓰고 담뱃대에 지팡이를 들었으나 그 사람은 양반이라기보다는 오히려 놀림감이나 매맞는 종복 같았다.

길군악을 울리며 가는 남사당패의 영기 뒤의 이 양반광대 다음에는 땡각, 회적수(날라리) 등이 따르고 상공운님(상쇠)-부쇠-종쇠, 징수님-부징수, 북수님-부북 종북, 고장수님(수장고)-부장고, 종장고, 상벅구님의 다섯 부분의 사람과 상모돌림에다 또 예닐곱 사람이 화사하게 차리고 뒤따랐다. 등거리 잠방이에 검정 더그레를 걸치고 허리에 분홍, 남색, 노랑의 삼색주를 띤 잽이들이 다같이 머리에는 쇠털 벙거지를 쓰고 나비상을 했다. 그 뒤로 분홍 치마에 노랑 저고리에 댕기를 드려 여장을 한 무동(舞童)들이 뒤따르고 세미라는 아이는 장삼 고깔을 쓴 채 다릿바를 매고 따른다.

기잡이, 땡각(쇳角), 날라리는 등거리 잠뱅이에 꽃수건을 쓰고 색주를 띠었다. 울긋불긋 희한한 맵씨와 색깔의 이들 행렬이 지나는 길 왼쪽 야산의 녹음에 어울려 황홀한 색의 향연을 벌이고, 그 오른쪽 작은 방죽 물빛에 되비치는 그 모습은 가히 한폭의 현란한 천연색 산수화를 방불했다.

 꽹과리, 장고, 북, 징, 소고, 벅구들이 일궈 내는 음향의 조화는 정말 혼자 듣보기 아깝고 흥이 나 발뒤꿈치가 제풀에 들썩거린다. 그 뒤를 따르는 무동들의 아리따운 모습은 선녀들의 행락(行樂)에 다름 아니었다. 행렬의 끄트머리에는 의례 따르기 마련인 동네 아이들과 할 일 없는 늙은이들의 흥감스런 표정이 보기 좋았다.

 멀리 지둥 치는 것 같은 징소리에, 볶아대듯 톡톡 치는 벅구 소리에, 흐느끼듯 엉겨붙는 꽹과리 소리가 걷는 이의 발걸음을 잡아끈다.

 동네가 가까워질수록 뒤따르는 사람이 늘어갔다. 강아지까지 따르고 풀짐 가득 진 초동과 마소를 끌고 들어오던 목동이나 촌로도 기웃거리고 아이 업은 노파도 헤실거리며 뒤따른다.

 천출 중의 천출이라는 이 남사당패는 이동은 자유로우나 머무는 일은 까다로웠다. 팔천(八賤) 중에서도 제일 천하다고 양반의 멸시의 대상이던 이들을 반기는 것은 오직 가난한 민중들뿐이지만 그들의 연희(演戱)를 허가해 주는 것은 역시 양반이나 지주층이었다. 불려 말하면 이들의 생목숨을 쥐고 있는 게 그 지방 양반이나 지주들이라 해도 맞는 말이었다. 어떻게 해서든지 민중을 착취하여 제 배 불리려는 생각밖에 없는 양반들한테는 세상 모든 제도나 풍속이 자신들의 이해와 상충해서는 안 된다는 철칙이 있었다. 그런 맥락에서 볼 때 남사당패의 연희 역시 자신들의 이익과 기득권을 보장하느냐가 우선 계산돼야 할 조건이었다. 여기서 엄격한 손익 계산이 따를 수밖에 없고 그렇게 해서 착취의 기교는 발달해 갔다.

　날씨가 무더운 탓인지 그날은 행진하면서 울리는 길군악도 땀에 젖은 듯 소리가 조금은 흐려 있고 모두의 등거리까지 땀에 촉촉이 배어 있었다.

　전라도 서해안 법성포구는 규모는 작으나 조운(漕運) 본창(本倉)으로 영광군 북서 해안에 있는 포구였다. 그 다음 연희지가 바로 그 법성포였다. 그러나 남사당패 연희가 조운창 마당에서 열리기는 그날이 처음이라는 꼭두쇠나 징수님 홍도의 말을 듣고 전동이는 묘한 불안감에 빠져 들었다. 흔해 빠진 숙식을 위한 구걸놀이는 아니고 뭔가 다른 목적이 있는 연희판이 벌어질 것 같다는 바로 그런 예감이었다.

　살판쇠인 전동이야 옮겨 다닐 때 빈손이고 별로 할 일이 없지만 연희에 쓰는 다른 도구를 한두 가지씩은 짊어져야 하는 의무는 벗어날 수가 없었다. 전동이도 세미에서 벗어나 삐리로 있을 때 암동모라고 숫동모의 남색(男色) 대상이 돼 시달린 적이 있었다. 가열 이상이면 누구나 암동모를 하나씩 두게 돼 있는데 거의가 삐리들이 그 일을 담당했다. 꼭두쇠라 해도 암동모는 하나 이상 거느릴 수 없고 삐리 수효가 모자라기 때문에 행중 사이에서는 이 삐리 쟁탈전이 가끔 벌어지는 것도 사실이고, 그 암동모는 밤에 가열 이상 패거리들의 계간(비역) 대상이 됐다가 돈을 내고 암동모를 사겠다는 사람이 있으면 하룻밤 내주는 것이 불문율이었다. 숫동모한테 시달려도 마찬가지지만 그렇게 해서 마을 머슴들이나 오입쟁이 혹은 홀아비들한테 하룻밤 시달리고 나면 삐리들은 항문이 아파서 고통을 호소하는 경우가 허다했고, 그게 아니라도 불결하기 그지 없는 일이었다. 그래서 삐리 중에는 치질이 없는 사람이 없고 전동이도 예외 아니게 치질에 걸려 있었다.

 행중 거의가 떠돌이라 부모 처자는 고사하고 일가붙이 하나 없는 남사당패는 찾아갈 집이 있을까 가꿔 놓은 농사가 있을까 천지 사방 휘둘러 봐도 의지가지 없는 외돌톨이인 그들은 오직 그날의 고된 연희의 피로를 삐리를 보듬고 자면서 행하는 비역질에서 풀고 삶을 의식했다. 그야말로 하늘을 지붕 삼고 흘러다니는 유랑의 무리, 그들에게 차례지는 인생의 열락은 오직 삐리의 몸밖에 없었다. 삐리를 팔아 생긴 돈은 우선 삐리 임자인 숫동모가 챙기고 몇 푼 해웃돈을 암동모(삐리)의 용돈으로 주는 게 불문율이었다.

 그들은 그렇게 사람다운 생활을 못하고 굶주리고 헐벗은 것을 팔자로 알고 살면서도, 누구 한 사람 조정 떨거지나 배불리 잘 먹고 권세 부리는 양반이나 지주들을 원망하지 않았다. 모든 게 너희들 팔자라고 윽박지르는 그 사람들 말을 그대로 믿고 따랐을 뿐이었다. 그렇게 순종밖에 모르는 사람들도 왜 그렇게 세상이 고루지 못한가 그 원인을 알게 될 때가 있을까? 남사당패도 사람임에는 틀림없는데 어째서 그들은 창자와 쓸개까지 빼줘 가며 빌빌거려야 하는지 그들 자신들도 알 수 없는 일이었다. 그러나 그들은 억울해 하지 않았다. 안 하는 게 아니라 못했다. 오직 깨치지 못한, 천대 받은 민중을 위해 자기들 재주를 밑천 삼아 위로하고 어루만져 주는 아량을 갖고 있을 뿐이었다. 그래서 그들이 울리는

가락에는 애성이 있고 때로는 분함이 있었으나 그것으로 그만이었다. 바랄 것이 있다면 한끼만 먹어도 며칠을 견딜 수 있는 밥 한 그릇과 살바람 막아 주는 따뜻한 잠자리가 고작이었다.

법성포구에 곰뱅이를 튼 그날은 왠지 다른 때 같은 느슨한 표정이 아닌 것이 조금 마음에 걸리고, 박새 아저씨의 휘몰아치는 꽹과리 소리에도 흥분이 묻어 있는 것 같았다. 꼭두쇠나 징수님도 별반 다를 것 없는 그 표정들이었다.

하얀 열두 발 상모가 눈발처럼 나부끼는 연희장은 풍물굿 마당으로 변해 가고 사람들이 쉽게 불어났다. 자리를 못 비우는 꽹과리 뜬쇠인 박새는 꽹과리를 치고 돌면서도 사방을 둘러본다. 서쪽이 툭 터진 그 앞은 서해의 물결이 고기 비늘같이 반짝이고 불어 오는 해풍은 상모자락을 어지럽힌다.

하늘로 곤두선 상모자락이 가라앉으면서 서로 얽혀든다.

깬시 깬시 깬시….

덩덕 덩덕 덩더꿍 덩더꿍….

지잉 지잉 지잉….

꽹과리, 장고, 징이 우는 그 소리 사이로 삐이 삐이 삐이 날라리 소리가 가르고 들어간다.

가없이 너른 조운창 마당에는 어느 결에 모여 들었는지 사람이 백차일 치듯 했다. 큰 원을 그리며 관중에게 절을 올린 남사당패는 무동들의 여장(女裝)으로 꽃밭을 이루고 나무 그늘마다 촘촘한 사람들이 수건을 흔들며 화답한다. 조운창 주변의 그 많은 목로주점, 여각 할 것 없이 빼곡히 들어찬 창기들이 쏟아져 나와 남사당패 무동이나 삐리들과 눈을 맞추느라 야단이었다. 전라도 조운창을 관할하는 법성포창에는 더그레 자락들뿐 아니라 전운사(轉運使)나 차사관(差使官) 등 감투 쓴 벼슬아치들도 많았다. 그들도 쏟아져 나와 넋을 잃고 소리에 매료됐다.

서쪽 바다를 향한 좌우에 조선 수 척이 묵직하게 닻을 내리고 수만 석 집하된 곡식 선적 작업이 한창인가 하면, 각 고을에서 모여든 곡식 마바리가 그 너른 마당에 꽉 들어 차 있다. 말 투레질 소리, 마바리꾼이나 등짐꾼들의 고함 때문에 정신을 차릴 수가 없었다. 지창에서 거둬 들인 세곡을 경창으로 운송하는 조운창에는 그래서 세일 수 없는 우범자들이 들끓어 인심 또한 사나웠다. 수많은 술집마다에 기생하는 왈패들과 좀도둑들의 싸움질도 끊이질 않았다.

겨우 풍물놀이가 끝나고 허기진 배를 달래려고 모두 야산 등줄기에 촘촘이 늘어 붙은 주막으로 기어 들어가 한숨을 돌리고 나니 벌써 저녁 이내가 동쪽 야산에서부터 밀려들기 시작했다.

생긴 것이 꼭 꺾쇠 형용인 법성포구는 서해를 향한 꺾쇠 다리에 해당하는 좌우 뭍 사이로 바다가 파고 들어 어찌 보면 바다에 둘러쌓인 섬 같기도 했다.

밤 연희를 하려는지 모두 복장을 풀지 말라는 지시가 내렸다. 분주히 움직이던 박새의 눈이 전동이를 낚아채자 자리에서 일어난 전동이가 또 만적이를 걸었다.

오십여 명의 인원이 어디로 금새 빨려 들어갔는지 보이지 않고 어디서 한두 번 본 것 같아 전혀 생소하지 않고 풍기는 살내가 설지 않은 사람들이 눈앞에서 얼쩡거렸다. 그 사람들 중 몇몇이 꼭 두쇠와 홍도를 만나고 있으니 더욱 궁금한 일이었다. 전동이도 고개가 갸웃거려졌다. 산에서 보았던가? 놈태와 곰뱅이쇠 근용이도 보이지 않았다. 그 두 사람은 늘 함께 움직였다. 그들과는 맞닥뜨리면 사실 떨떠름하고 서먹해서 같은 행중이지만 물과 기름이라면 맞는 처지였다.

큰예가 뭔가 묻는 말이 귀에 들어오지 않았다. 남사당패의 금기까지는 아니더라도 예외라 할 수 있는 여사당이 있었으니 그게 큰예였다. 큰예는 이미 곰뱅이쇠 근용이의 암동모만이 아닌 걸립패의 보살같이 움직이면서도 시도 때도 없이 매음으로 작전(作錢)하여 곰뱅이쇠 배를 불려주는 허거픈 역할을 하는 여인이었다. 연희에서 맡은 것은 장고의 가열이라 풍물놀이에서는 빠질 수 없는 연희자고 나이 이제 스물 둘이니 곰뱅이쇠에 비하면 딸과 같은 나이였다. 연희 중에 남복하고 여느 연희자와 같이 털벙거지를 썼는데 상모까지 달려 있었다.

그런 큰예는 같은 나이의 전동이를 깊은 눈으로 바라보고 있었다. 측은해 하는 것 같으면서도 조금은 뜨거움이 섞인.

"야, 전동아 나 좀 보자. 용백이 어디 갔냐?"

큰예가 뭔가 또 묻는 말도 외면하고 박새를 바라보니 그 눈이 용백이를 찾고 있었다.

"야, 너도…. 가만 …. 이쪽으로."

언제 따라 붙었는지 만적이도 박새 옆에서 거들고 있었다. 솜방망이와 관솔 다발이 수십 개 준비되어 있었다. 밤놀이에 빼놓을 수 없는 불빛거리였다. 네 사람이 일인들 미곡점 뒤 사람 왕래가 뜸한 창고 모퉁이에 쭈그려 앉은 채 이마를 맞댔다.

박새의 평소에 없던 묵직한 목소리에 전동이는 눈을 크게 뜨고 건너다 보았다.

"야 전동아 일을 좀 해야겠는데 용백이하고 힘을 쓸 일이 있다. 그 물미장… 아직 한 번도 사람 베어 본 적 없지? 어떠냐 오늘 밤 그 칼에 피 한번 묻혀 보려나? 용백이는 칼을 못 쓰니까 몽둥이를 들고…."

정말 아닌 밤중에 홍두깨 격이었다. 지긋이 노려보는 박새의 얼굴에는 긴장이 깔려 있었다.

"……."

"……."

전동이가 말이 없으니 용백이도 말이 없을 수밖에. 만적이도 큰 눈을 디룩거리며 두 사람을 번갈아 보는데 힘 있는 눈줄이었다.

"어때…. 해 볼 테냐? 이 일은 우리가 사람으로 살아가는 데 꼭 거쳐야 할 수순이다. 이 일을 반드시 우리가 해야 할 이유가 있다면, 숨막히게 살아온 세상을 기 펴고 숨 한번 크게 쉬며 살 수 있게 만들기 위해서다. 알다시피 우리와 뜻이 같은 사람이 많이 있지만 서로 때를 맞추지 못해 그 힘을 허비해 왔다. 오늘 밤 일의 성사 여부는 너희 두 사람한테 달려 있다고 해도 틀린 말이 아니다. 나나 만적 아저씨도 돕지만 너희들이 중심이다. 또 너희들을 돕기 위해 많은 산식구들이 이 속에 섞여 있다. 알았냐? 시간은 있다. 내가 시키는 대로만 하면 실수 없을 것이다. 만에 하나 실수한다면 그때는 어쩔 수 없이 각자 행동을 했다가 다시 패로 돌아오는데, 될 수 있으면 빨리 돌아와야 한다. 우리 일을 돕기 위해 행중은 오늘밤 이 자리에서 연희를 한다. 끝나면 우리 일의 성공을 위해 바로 하장(荷長)으로 옮긴다. 서로 엇갈려도 그리로 오면 만날 수 있다. 놈태와 곰뱅이쇠가 뭔가 눈치 안 채게 행동해라. 나는 상공운님과 무동들하고 같이 있을 테니까. 자 헤어지자. 큰예가 우리 일을 돕기로 했으나 연희 때문에 어려울 것이다. 작은예나 다른 여자가 나올지 모르니 그리 알고 있거라."

악머구리같이 들끓는 사람들의 소음이 마치 파도 소리같이 멀어졌다 가까워지고 하나 둘씩 불을 밝히는 주막이 늘어 갔다.

"큰예나 작은예가 끼어 든다?"

"야 전동아 난 어떤 판속인지 도무지 알 수 없다. 무슨 일인데 아저씨들이 저러지?"

용백이, 말이 없던 그 사나이가 두 사람이 몇 발짝 멀어지자 아쉬운 듯 전동이 옆구리를 질벅거리며 숨가쁘게 물어왔다. 사실 그러기는 전동이도 마찬가지라 그런 말이 나올 줄 알고도 짐짓 고개를 돌리려던 참이었다.

"그건 나도 몰라. 하필 조운창에서. 뭘까, 물미장…?"

대답에서 자문으로 바뀐 말끝이 싱거웠다.

어느 난장쇠가 술이 취했는지 남사당패의 그 소리와는 다르게 흐트러진 가락에 탁한 꽹과리 소리가 찢어지게 들려왔다. 완전히 어두워진 그 마당에는 어둠 속에 관솔불과 솜방망이 불이 목화송이같이 하얗게 송이송이 피어났다. 한 둘 흥에 겨운 난장쇠가 아까의 꽹과리 소리에 날라리도 끼어들고. 그러나 그것은 금방 사위어져 버렸다. 그 대신 횃불이 늘어나고 어둠 속 뜨겁고 끈적한 흥분이 감돌기 시작했다. 어름을 준비하려는지 마당 한가운데에 기둥을 세우는 낯선 남자들이 날렵하게 움직이고 있었다. 아홉 자 가웃의 원목 두 개가 가위 묶음 되어 세워진 그 위에 삼껍질로 꼰 밧줄이 걸쳐졌다. 그것이 불빛 아래서 백사같이 기둥 사이를 꿈틀거렸다. 지금까지 챙기지 않은 어름산이와 덜미쇠 연희가 시작될 모양이었다. 그러나 뉘라서 뜻했으리오.

꼭두쇠가 있는 목롯집을 향해 막 두어 걸음 내딛었을 때 목덜미가 섬뜩해서 위를 올려다 보는데 아까까지 보이던 초승달은커녕 별빛조차 간데 없고 하늘은 먹빛이었다. 후두둑 후두둑 떨어지는 굵은 빗방울은 금방 온 누리를 하얗게 물들이면서 폭우로 변해버렸다. 쏴 하는 빗소리가 이어지며 그렇게 악머구리 같던 소음이 순식간에 숨을 죽이고 그 너른 마당에 사람 그림자가 씻은 듯 사라져 버렸다. 수십 군데 켜 놓은 불빛이 일시에 꺼져 버리고 칠흑으로 변한 공간에 새파란 칼날 같은 번개가 틈을 주지 않고 어둠을 난도질해댔다.

쿠르릉 쿠르릉 울어대는 뇌성은 그 칼날을 앞세워 세상을 동강 내버릴 것같이 쑤시고 들어왔다. 그 많던 사람들이 어디로 피해 들었는지 번개가 내보인 공터는 그저 희부연 물안개에 잠겨 있을 뿐이었다.

"전동아, 전동아!"

뇌성벽력 사이 사이 아스라이 누군가 자신을 부르는 소리에 정신이 든 전동이는 어디 의지에 못들고 어느 술집, 몽땅 짧은 처마 밑에서 그래도 비를 피해 보겠다고 궁둥이를 밀어 넣었으나 그런 전동이를 받아 줄 사람은 아무도 없었다. 오히려 밀려나서 비라는 비는 다 맞고 서 있다가 분명 그 소리가 박새 아저씬 줄 알고 몸을 내밀었다. 뒤에 서 있는 용백이도 전동이를 질벅거렸다. 짚세기만 신은 그들 아랫도리는 이미 물주머니였다.

쿠르릉 크르릉 우르락 딱! 어딘가에 벼락이 떨어졌는지 제법 가까운 소리였다. 사람들 얼굴이 모두 남빛으로 보였다. 푸른 납인형들이 눈만 깜박이고 있었다. 전동이 손에는 언제 챙겼는지 지팡이가 들려 있었다. 소름이 쫙 끼쳐 왔다.

하늘의 동서남북 어디 한 곳 빤한데 없이 먹빛이었다. 비가 길어질 징조였다.

"야, 전동아. 이걸 들어라. 지금부터 왜선을 습격 강탈한다. 내 뒤를 따르는데, 내가 시키는 대로만 해. 물미장 가져왔지? 일단 이걸 배 고물 덕판에 던져 걸고 니가 먼저 배에 오른다. 그리고 기미를 보아 줄사다리를 내려라. 그러면 그것을 타고 우리가 오른다. 방해자가 나타나면 가차없이 내리 긁어 버려라. 네 재주가 뭐냐? 살판쇠 아니냐. 그쯤은 문제가 아닐 것이니, 어서 가자."

뒤를 보니 네댓 사람이 검게 따르고 있었다. 조그만 거룻배를 집어 탔는데 금방 바닥에 빗물이 고여 왔다. 어떻게 누가 젓는지 모르나 배는 잠시 후 잔교에서 댓 칸 떨어져 정박해 있는 큰 범선 밑에 대어졌다. 올려다 볼 정도의 높이였다. 비는 그때까지 세차게 내리고 있었다.

"자, 얼른 던져라."

박새가 내민 흰 밧줄을 받아 쥔 전동이가 배를 올려다 보며 거쿨쇠가 달린 밧줄을 힘껏 덕판 위로 던졌으나, 거룻배가 흔들리는 바람에 목표물에 닿기도 전에 물 위로 첨벙 하고 떨어져 버렸다. 다시 밧줄을 거머 올려 이번에는 오른팔로 왼쪽으로 포물선을 그리듯 던져 올렸다. 탈크닥 하고 큰 소리가 나며 줄이 팽팽하게 당겨졌다. 성공이었다. 두어 번 잡아 당겨 힘을 줘 봤다. 힘을 주니 거룻배가 휘청하면서 가볍게 딸려 갔다. 전동이 허리에 찬 물미장이 걸리적거리자 박새가 얼른 그것을 그냥 뽑아 들었다.

　전동이가 줄을 타고 기어오르기 시작했다. 빗소리 때문에 웬만한 소음이 다 죽어 버렸다. 배가 오른쪽(북쪽)을 향해 있는 그 반대편으로 옮겨간 전동이가 우현에 걸쳐 있는 줄사다리를 좌현으로 옮겨 걸었다. 그것도 빗소리 덕이었다. 줄사다리를 타고 여섯 사람이 배에 스며들었다. 번개 불빛에 선명히 드러난 쓰꾸하마루(築波丸)라는 선명(船名)이 뚜렷했다.

　갑판 위까지 빗물이 벙벙했다. 폭우권을 벗어난 것 같으나 굵은 빗방울이 가는 구름을 쫓고 있었다. 그래서 바람은 아직도 세지는 않았다. 끼익끼익 쥐어 짜듯 활대를 옮죄는 돛 줄임줄이 기신거린다. 제법 큰 범선은 들은 말대로 실은 미곡이 일천사백 가마니니 무게만도 엄청났다. 흘수선이 깊었다. 이엉을 엮어 덮은 쌀 가마니에 빗물이 스며 들지 않았는지 그게 걱정이었다. 아까 장대비 속을 뚫고 배에 올랐을 때는 눈에 보이지 않던 쌀 가마니였다.

　그물에 두 사람과 이물에 한 사람이 키와 돛을 움직이고 있는데 본 적이 없는 사람들이었다. 뇌성벽력 속 물동이 물을 거꾸로 퍼붓듯 하는 빗물 때문에 눈을 뜰 수 없고 굵은 빗방울에 맞은 탓인지 머리가 띵했다.

　모두의 몸에서는 물이 줄줄 흘러내렸다. 선실을 향해 손가락질하는 박새의 지시를 받은 용백이가 문을 잡아 당겼다. 낮고 좁은 문은 쉽게 열리지 않았다. 안에서 걸어 잠근 모양이었다. 쌀 일천사백 가마를 실었으니 언제 어떤 변괴가 생길지 모르는 일. 더구나 조정의 방곡령(防穀令)이 내려진 때문에 그것을 빌미로 관의 단속도 예상할 수 있는 가파른 상황이라 지키는 사람도 긴장할 수밖에 없으리라. 박새가 나서서 전동이의 물미장 끝으로 톡톡 두 번을 쳤다. 그러자 한참 만에 뭔가 알아들을 수 없는 말소리가 안에서 나며 문이 조심스럽게 삐그덕 하고 열렸다. 그때 또 한 사람 낯선 이가 그 문 사이에 몽둥이를 재빨리 집어 넣으며 손을 넣어 문을 확 잡아 제껴 버렸다.

왜상투 바람의 한 사내가 웃통을 벗은 채 훈도시만 차고 우르르 딸려 나왔다. 박새가 그대로 뒷통수를 주먹으로 내리치자 허망하게 거꾸러져 버렸다. 용백이가 박새 눈짓을 받아 달려들어 얼른 재갈을 물리고 묶어 버렸다.

사람들이 쏟아져 들어간 선실에는 질탕하게 술자리가 펼쳐져 있고 입구와 반대 쪽 문이 열려 있어 그쪽에서 시원한 바람이 들어오고 있었다. 한 사람은 자리에 누워 있고 두 사람이 벌떡 일어나 벽에 걸린 조총을 벗겨 드는데 모든 것을 눈치챈 전동이가 발길질로 냅다 그것을 걷어차 버렸다. 낯 모르는 사내들이 달려들어 두 놈을 쓰러뜨리고 재갈을 또 물렸다. 자고 있는 놈은 술이 워낙 많이 취해 힘들일 것도 없었다. 모두 네 놈인데 이렇게 큰 배라면 더 있을 법도 했으나 그게 문제가 아니었다.

"산 동무들은 빨리 돛을 올리시오. 하늘이 내려준 기회요, 빨리. 용백이는 이놈들을 감시해라."

밖으로 나왔다. 퍼부어대는 장대비 기세가 꺾이지 않았다. 배를 잘 모르는 전동이는 그저 박새의 뒤를 따를 뿐이고 낯모르는 사람 중 셋이 이물과 고물에 붙자 이내 돛이 삐걱거렸다. 두 폭의 돛은 크기도 하려니와 무거워서 한두 사람의 힘으로는 어려워 모두 달려들어 아닷줄과 용충줄을 잡아 당기고 활죽을 움직였다. 바람이 없는 게 돛을 움직이는 데는 다행이었으나 빗물을 머금은 그 무게 때문에 사람이 매달려야 할 정도였다. 닻을 뽑아 올렸다. 그러나 배는 꿈쩍도 안했다.

"용백이만 남고 전부 노를 잡아요. 빨리 부두에서 멀어져야 하니까 급하오."

노가 전부 여섯 개. 노좆을 꼽고 젓기 시작하는데 선체가 무거워 요지부동이었다.

"힘내서 빨리!…"

노 여섯 개가 검푸른 물 속에서 자반뒤집기를 계속한다. 겨우 방향과 각도를 맞춰 저어 나갔다.

법성포에서 서쪽을 향해 좌측에 있던 왜선 쓰꾸하마루는 쌀 가마니를 만재하고 출항을 기다리다가 폭우를 만나 잠깐 지체하던 참에 습격을 받은 것이었다. 일인은 전부 여섯 사람인데 두 사람은 배가 출항 전이라 볼 일 때문에 나간 사이, 혹시 있을지 모르는 사고에 대비하기 위해 배를 부두에서 떼어 놓고 기다리던 중이었다. 거기 매어져 있는 거룻배가 그들이 돌아와 본선에 오르는 수단이었다.

"저 쌍년의 쪽발이 깃대를 짝짝 찢어 버려야 해!"

누군가의 소리를 듣고 전동이가 날쌔게 돛줄임 줄을 타고 올라가 흠뻑 비에 젖어 늘어 붙어 있는 일본 국기를 발기발기 찢어 버렸다. 배가 무거운 바람이나마 보듬고 서쪽으로 속력을 내기 시작한 게 어느덧 폭우권을 벗어난 사시 말씀이었다. 지금쯤 승선 못한 왜놈들이 고변했다면 조운창이 발칵 뒤집혔을 텐데, 남사당패에 인원 점고나 안 나갔는지 그게 걱정이었다.

박새는 산과 내통하여 법성포 조운창에서 버젓이 조선 쌀을 실어 나르는 왜선을 노렸고 그것은 몇 가지 목적이 있어서였다.

첫째가 산의 군량미 확보고, 그것은 결국 유사시 동학군의 군량미가 될 수 있다는 긴 안목의 계획이었다. 세곡선을 강탈할 수도 있지만 무고한 동족이 다칠 수 있고 기왕이면 동학의 기치인 척양척왜(斥洋斥倭), 바야흐로 조선 침략의 제일 단계에 접어 든 왜것들을 경계하자는 경각심 제고와 백성들의 사기 앙양과 일본에 대한 우리의 의지 과시 등도 노림수였다.

처음부터 그날 밤의 폭우에 기대한 건 아니고 그건 정말 우연의 일치였으며 행운의 순간이었다. 원래는 밤 연희를 계속하면서 일본 미곡상에 불을 질러 사람들의 관심을 완전히 놀이마당과 화재 쪽으로 돌리는 순간 작은예가 들병장수로 가장하여 그때까지만 해도 부두에 대어 있던 왜선에 올라 수작을 하면 박새, 용백이, 전동이 등과 대기하고 있던 산식구들이 달라 붙어 일을 치뤄 낼 계획이었는데, 하늘도 감동했는지 그런 폭우를 안겨 주어 거사를 도왔던 것이다. 산식구들과는 오래 전에 모의한 계획이고 꼭두쇠와 징수님 홍도만이 계획을 알고 그렇게 일을 유도해 나갔던 것이다. 그러나 거사가 성공한대도 관의 추심을 어떻게 벗어날 것인가가 문제였다. 뜬금없는 조운창에서의 연희가 충분히 의심을 사고도 남을 일이라서였다. 그러나 폭우가 사태를 호전시켰다. 그래서 사고를 확인하고도 관에서는 손을 쓸 수 없어 짜증만 내고 무고한 사람들을 잡아들였다. 설쳐대는 포졸들이 주막이나 민가 할 것 없이 쑤시고 들었다. 그것을 피해 사람들이 자리를 뜨고 비에 묶였던 마바리꾼들도 모두 사라져 버리니 등짐꾼과 남사당패가 추심의 초점이 될 수밖에 없었다. 한때 안심했던 남사당패가 긴장하기 시작했다. 남사당패는 미리 이런저런 점을 예상해서 일부러 굼뜬 행동과 거조로 추심의 화살을 피해 보려 했으나 더그레들도 호락호락하지 않았다.

"들자니 너희들 행중이 마흔 여덟이라고 했다는데 그 숫자가 다 있느냐? 어디 세어 보자."

맨 마지막으로 한낮이 돼서야 남사당패에 들이닥친 더그레 자락들은 먹잘 것 없는 일에 내몰린 탓이라 그런지 어딘지 느슨했으나 결기만은 대단했다.

"마흔 여덟이 다 있습니다요. 누가 어디로 가겠습니까? 세어 보십시오."

대여섯 주막에 갈라 든 행중은 그런 꼭두쇠와 더그레 자락들의 수작을 귀찮은 듯이 늘팻하니 누운 채 귓가로 흘려 듣고 있었다.

그러나 남사당패를 건성으로 세어 보고 귀찮은 듯이 달려드는 파리 떼를 양손으로 날리며 막 술집을 나서던 더그레 자락 하나가 자신을 따라 붙는 초로의 사내가 하는 소리를 듣고 눈이 확 까뒤집어졌다.

"아니, 그게 사실이냐?"

"예, 틀림없습니다요."

"너는 누구냐? …이 패의 곰뱅이쇠? … 그럼 그자들이 어디로 갔단 말이냐? 너도 모르냐? 으응…? 이거 보통 일이 아니고, 그럼 한번 뒤집어 봐? 으음…."

"네, 틀림없습니다요. 다시 추심해 보시면 모든 게 밝혀질 것입니다. 저는 빠질 테니 빨리 가 보십시오."

"너 이놈, 니가 그 행중의 곰뱅이쇠라면서 그 행중에 해가 될 수도 있는 그런 소리를 내게 하느냐? 뭐 틀어진 게라도 있느냐? 내가 너한테서 들었다고 해도 괜찮겠느냐?"

"아 아닙니다요. 제 이야기는 쏙 빼, 빼 버리시고 족쳐 보십시오. 그래야 뭔가 나옵니다요."

곰뱅이쇠가 그렇게 틀어진 까닭은 처음부터 행중의 움직임에 의심을 품고 있어서였다. 딴 때 같으면 연희장 물색이나 결정, 섭외는 자기 몫인데 이번에는 일언반구 상의도 없이 패가 잘 가지도 않는 선창을 택한 것이나 너무 갑작스런 출행이 그 원인이었다. 또 연희 중 패거리의 움직임도 뭔가 자신과 놈태만을 따돌리는 것도 비윗장 상하는 일이었다.

"하장이라면, 예서 삼십 리밖에 안 된다. 너 이놈, 내가 알아 봐서 네 말이 거짓이라면 네게 모든 책임을 묻겠다. 갈데 없는 네놈 행중이 미곡선을 탈취한 것으로 감영에 보고하겠다. 그래도 괜찮겠느냐?"

"예, 예. 제가 어느 안전이라고 거짓말을 하겠습니까요? 제 목이 몇 갠가요? 저도 제 목숨이 귀한 줄 알고요, 법이 무섭다는 것을 왜 모르겠어요? 어찌 감히…."

곰뱅이쇠의 말을 철석같이 믿고 재차 꼭두쇠를 다그쳐 드니 꼭두쇠 입에서 나온 말은 다음과 같았다.

"간밤 그 빗속에서 연희는 떡쪄 먹고 시루 깨 버린 격이라, 비가 개자 모두 힘이 빠져 버렸고 네 사람은 다음 연희 장소인 하장으로 가서 일찍 연통 넣어 놓고 거기서 자고 오늘 안으로 다시 온다고 나갔습니다요. 제발 저를 믿어 주십시오. 이 새는 농촌도 바빠 연회가 될듯 말듯 해서 알음이 있으면 미리 가서 일을 맹그는 것이 장땡이라 제가 일찍 보냈습니다. 가셔서 알아 보셔도 좋고 나으리 마음대로 하시지요."

꼭두쇠 변명이 그럴 듯했다.

그때 아무도 몰래 마필 하나가 그 주막 뒤를 지나 하장 쪽으로 달려나갔다. 마상에는 제일 나이든 무동이 올라앉아 맨 손바닥으로 말 궁둥이를 갈기고 있었다. 말은 갈기를 세우고 기운차게 달려나갔다. 그것을 징수님 홍도가 바라보고 있었다. 더그레는 아직도 꼭두쇠를 붙들고 뭐라 고함을 지르고 있었다.

배가 제대로 바람을 만나 속력을 내며 북으로 항로를 잡은 것은 자정 무렵부터였다. 산식구들이 배를 다루는 솜씨는 뱃사람 뺨칠 정도였다. 폭우 속에서 바로 북으로 진로를 잡았으니 그렇달 수밖에 없었다. 비 끝이라 그런지 야기가 서늘했다.

이제 모두 갑판에 나서서 시원한 바람을 쏘이는데 박새는 선창도 둘러보고 산식구들과 이야기도 나눴다.

"신기(新基)에 배를 댄다면 수심이 괜찮을까? 빨리 짐을 퍼야 할 텐데 서로 연통은 돼 있겠고, 배는 어쩐다? 불에 태울 수도 없고 수장하는 게 제일 안전한데, 저것들을…."

듣고 있던 나이 지긋한 산식구 중 우두머리인 듯한 사람이

"뭐 그냥 배하고 같이 수장시켜 버립시다. 저것들 살려 줬자 후환만 생기니 말이오. 안 그렇습니까?"

신기라면 격포에서 노루목 사이에 있는 작고 깊숙한 만인데 수

심이 얕은 게 흠이었다. 그러나 한번 그곳으로 들어갔다 하면 쉽게 찾을 수 없는 은밀한 곳이라 이런 배 처리는 안성맞춤이었다.

"수장시킨다면 뱃바닥에 구멍을 뚫고 돛대를 작살내야 하는데 그건 댁들이 알아서 하시고, 우리는 빨리 행중으로 돌아가야 합니다. 우리가 빠진 것을 알면 문제가 달라지니까요."

뱃머리를 일단 곰소만으로 돌렸다가 거기서 끌고온 거룻배를 타고 네 사람은 월산으로 올라 붙어 밤을 도와 하장으로 내려오던 길이었다. 그만치 일을 도와줬으면 산식구들 자력으로 신기까지 조운할 수 있어서였다.

그 길에서, 조운창을 떠난 파발마를 만난 것은 뜻밖이고 잘 된 일이었다.

"하하하, 그거 참 기막히게 만났다. 참빗 사이에서 만난다더니 그렇게 해서 살 구멍을 찾았구나."

징수님 홍도의 지시를 받아 하장으로 달리는 말은 물어 볼 것도 없이 이리저리 말을 맞출 수 있도록 상황을 알리기 위한 파발이었다. 일이 심상찮게 돌아가자 생각해 낸 징수님의 기지였다. 그러나 하장까지 가기 전에 무동과 네 사람은 노상에서 만나 같이 돌아오고 말았다. 일이 쉽게 풀렸다. 네 사람이 조운창에 나타난다 해도 이제는 의심받을 것도 없었다. 행중에는 다시 활기가 돌았고 그것을 본 곰뱅이쇠와 놈태는 땡감 씹은 얼굴이 돼 버렸다.

일본 미곡선 쌀은 신기에서 산식구들 손으로 무사히 산 속으로 옮겨졌고 박새 권유대로 배는 돛대를 자르고 신기 앞바다에 수장해 버렸다.

그렇게 명쾌하고 과단성 있던 박새 아저씨는 끝내 민씨 정권의 보복에 걸려 목이 잘려 버렸으니….

　암울한 회상이었다. 전동이는 쓸쓸하게 혼자 웃었다. 그 아저씨가 가르쳐준 검술…. 그것이 과연 자신의 호신술로 햇볕을 볼 수 있을까 하고 생각을 굴리고 있었다.
　바람이 잔 것이 눈이 올 모양인가. 그러나 문풍지의 울음소리가 너무 크게 들리는 게 이상했다. 길례가 부엌에서 솥뚜껑을 여는 소리도 길게 울렸다.

사연들

 두터운 눈(雪)이불을 뒤집어 쓴 굴피 지붕 두셋이 금방이라도 주저앉을 것 같은 동네의 한 집을 찾아가는 사내는 어떤 일인지 그 집으로 바로 가지 않고 꼭 'ㄹ'자 모양으로 돌아 그 가운데 집에 들렀다가 오른쪽으로 돌아간다. 오직 눈뿐이다. 어디가 어딘지 구분이 안 되지만 그렇게 에돌아 용케 길을 따라 잘도 걸어 나갔다.
 튼튼한 체구였다. 털메기가 밟아가는 눈 바닥에서 뽀도독 뽀도독 소리가 나는 것이 한번은 어녹은 눈 같았다.
 사내의 투박한 석새 거치른 무명 저고리에 고운 때가 묻었고 시린 귀를 덮은 핏줄이 보이는 손등은 물일도 치뤄 낸 손임을 말해 주고 있었다. 전대 같은 넓고 두툼한 허리띠가 유별났다. 그래서 저고리가 들떠 민둥한 허리가 통째로 드러나 보였다.

속눈썹에 가지런히 성에가 끼어 있어 서양 사람 속눈썹 같고 제법 큰 눈이 날카롭게 앞을 살핀다. 눈을 밟는 털메기는 신발이라기보다는 눈덩어리라고 보면 맞고 오직 눈 위에 두루뭉수리의 자욱만 남겼다.

새어 나오는 입김이 담배 연기처럼 양볼을 훑다가 목 뒤로 흩날린다. 안색도 그런대로 좋고 땋아 늘인 댕기가 궁둥이를 때리고 있었다. 사내 치고는 균형 잡힌 얼굴이고 키도 괜찮고 입술도 붉다. 찬바람 때문인지 눈을 가늘게 뜬 것이 꼭 감아 버린 눈 같았다. 귀를 덮었던 양손을 내려 엇갈리게 옷소매 속에 꽂아 추위를 피한다. 보폭에 자신이 있는 것이 그 근방 지형을 속속들이 아는 태도였다.

사르륵 하며 눈 앞의 가시장미 넝쿨이 눈 무게를 못 이겨 기지개를 켠다. 그 바람에 놀랐는지 새까만 굴뚝새 한 마리가 포르륵 하고 날아 올라 그 위쪽 또 다른 넝쿨의 눈 속으로 숨어 버린다. 어지간히 새벽 추위가 겁난 모양이었다. 열려 온 동쪽 탓인지 굴피집 처마나 지붕의 명암이 뚜렷해진다.

등을 보이고 사라지는 사내 왼쪽 산등성이에 참나무 숲이 앙상하게 떨고 있었다. 그가 가는 앞쪽 저 멀리 눈 안개 속에 휘부융하게 마을이 떠오른다. 제법 큰 동네였다. 고창 흥덕서 서북쪽으로 약 오리 지점, 줄포와 후포를 향해 가는 길목에 자리잡은 큼직한 동네는 흥덕 현감도 부임하면 제일 먼저 찾아와 인사한다는 짱짱한 동네 석우촌이었다. 연안 이씨의 집성촌. 흔한 말로 고래등 같은 기와집이 즐비한 동네의 변두리는 또 상대적으로 퇴락한 초가나 굴피집이 엎뎌 있었다. 그 동네에서 조금 가면 이번에는 원씨 집성촌인 갈대골이 나오리만치 사방은 기름진 땅이 가없이 뻗어 있었다. 그 지점은 산에서 줄포로 내려오면 지척간이다. 예의 그 거룻배로 또 한참이면 산내나 격포를 바라볼 수 있는 지점이다. 진서리도 손에 닿고.

맨 오른쪽 야산 기슭의 움막 두 채가 목적지인 듯. 규모는 아까 굴피집과 같으나 집들이 연이어 있는 게 특이했다. 굴뚝에서 연기가 나는 것으로 보아 사람 냄새를 풍기는 것 같았다.

"인자 오냐?"

투덕투덕 토방에서 털메기의 눈을 터는 소리를 듣고 문은 닫힌 채 튕겨 나온 재빠른 목소리였다. 새카맣게 연기에 그을린 오막살이 방문 두 개가 시간을 맞추듯 동시에 열렸다. 그러나 방은 하나였다.

"시장하겠다. 어서 와라. 어떻든? 영감은 아직도 그 모양이더냐?"

밥상 두 개에 남자 넷이 붙어 앉아 숟가락을 움직이는데 상에 놓인 것은 겨울에 걸맞잖은 보리밥이었다. 새우젓 종지와 간장 종지에 또 하나 없으면 섭섭할 된장 투가리가 듬직했다. 더운 김이 확 끼쳐 올라선지 들어선 사내가 잠시 숨을 멈춘다.

"머 그저 그 택인데, 자기 병은 생각 않고 출행 걱정부터 하고 있데요."

"……"

"……"

모두 바쁘게 숟가락을 놀릴 뿐 말이 없다. 투가리에 닿는 숟가락 소리가 고요했고 누군가 흘러내린 콧물이 성가신지 흐르륵 그냥 들이마시는 소리뿐이었다.

　사람은 다섯이었다. 나이 많은 쉰 정도가 두 사람, 마흔 줄이 하나, 서른 중반이 하나, 아까 들어 온 청년이었다.

　밥상을 물리고 둘러앉은 이들이 피워 낸 담배 연기가 자욱했다. 파르스름한 그 연기가 문틈으로 비집고 들어온 빛줄기에 잘려 나가 허공에서 그 한쪽만이 액색하게 꿈틀댄다.

　"거 출행 날짜가 다가오니 그럴 수밖에 없고, 아무래도 책임이 있는 꼭두쇠가 그러니 그 행중도 안됐구만, 참······."

　늦은 반응이었다. 아까 들어오면서 한 청년의 보고에 대한 대꾸는 이렇게 늦게사 입줄에 올랐다. 꼭두쇠란 다름아닌 오봉이패의 꼭두쇠 이야기였다. 징수님 홍도와 설을 함께 쇠겠다던 오봉이는 그만 이상한 병에 걸려 고향에도 못 가고 옛날 절에서 신세 졌던 어떤 보살의 도움으로 그의 집에서 병을 치료하는 중이었다. 여산서 만나자는 행중과의 약속 날짜가 다가오니 조바심이 난 게 분명했다. 징수님 홍도를 떼어 놓고 온 게 늘 마음에 걸려서도 좌불안석이었고.

　그 병이란 밖에 나서면 자고 방에만 들어오면 터지는 기침이었다. 깜냥에 약도 수월찮이 써 보고 골골 방방 돌아다니면서 귀동냥으로 얻어 들은 비법도 써 봤으나 별 약효가 없었다. 겨울에 밖에만 있을 수도 없고, 방에 들어앉아 있으려면 터지는 게 기침이고 그것이 심해지면서 배창자가 땡기고 눈알이 튀어 나올 정도라 얼굴이 붓고 또 왠지 식욕이 떨어지니 몸이 축날 수밖에 없는 고약한 병이었다.

　"그 사람들은 그들대로 할 짓 했고 욕도 많이 봤는데···. 그러면 꼭두쇠를 바꾸면 어떻소?"

 머리가 벗겨져 상투가 위태로우나 구렛나루만은 점잖아 으젓해 보이는 흰 얼굴의 쉰줄 하나가 하는 말이었다.

 "어르신…. 말씀은 합당합니다만 사정이 있습니다. 아시는지 모르지만 꼭두쇠를 바꾸자면 지금 곰뱅이쇠가 돼야 하는데 그게 참…."

 풀썩 담배 연기가 빠져나온 입술이 다시 곰방대를 무느라 오리 주둥이처럼 모아진다. 쉰줄이 힐끗 그에게 말을 한 마흔줄을 눈여겨 본다. 무슨 말을 하다 말았냐는 독촉의 눈짓이었다.

 "그게…. 지난번 박새 사건 아시죠?"

 "박새…? 음, 거, 임오년 군변 주동자……. 잡혔잖아. 그 사람이 어쨌다는 거요?"

 바싹 박새 이야기에 흥미가 동한 듯 쉰줄이 다그쳐 물었다.

 산에서나 행중에서 인정하고 기대했던 박새가 그리 된 데에 그만치 실망은 컸다. 행중에서는 장차 꼭두쇠를 그 사람으로 꼽고 있었기 때문이고, 산의 기대는 가히 절대적이었다. 곰뱅이쇠가 있다고는 하나 제가 데려온 패거리가 많다고 해서 사사건건 일에 토를 달고 불평을 하며, 생긴 수입을 처분하는 깜냥이나 행중의 화목 같은 것에는 무능하다는 뒷말이 있는 인물이라 신망도 없었다. 나중에 사실로 판명된 일이지만 함양에서 박새가 잡히게 된 것도 곰뱅이쇠와 놈태의 작간이었다는 뒷말도 있었고, 법성포의 왜선 탈취 작당 때 네 사람의 행방을 밀고한 것도 그들이라는 것이 밝혀지면서부터는 더욱 행중의 냉대가 심해지고 패가 깨질 우려까지 생긴 고약한 상황이었다. 유랑 집단에 불과한 하찮은 행중에 관에서 박은 세작이 있을 수는 없고, 그들은 그저 자기들을 정당하게 대우해 주지 않는다는 욕구 불만에서 그런 일을 저질렀으나, 그게 어떤 결과를 가져왔는가 생각하면 더 두고 볼 수 없는 위험한 인물들이었다. 그런 실정에서 꼭두쇠 오봉이는 행중의 불평도 불구하고 큰예를 곰뱅이쇠 암동모로까지 박아 주며 후대했잖은가. 큰예는 과거사야 어찌됐건 처녀였는데, 꼭두쇠는 큰예가 안쓰러웠으나 어쩔 수 없는 일이었다. 큰 금기를 어긴 꼭두쇠의 독단이었으니까.

"그들은 모두 인생의 막다른 길을 걷는 의지가지 없는 사람들이지요. 어른들은 혈혈단신이라고 한다면 아이들은 천애의 고아가 거의외다. 어른께서는 모르시겠지만 이 남사당패라는 것이 무슨 꿈이나 희망이 있어서 움직이는 것이 아니고 죽지 못해 꽹과리를 두들기고 북을 치며 재주를 넘고 줄을 타, 똑같이 불쌍한 민중을 한때나마 웃기고 즐겁게 해 주는, 자신의 눈물로 웃음을 만들고 한숨으로 덜미를 노는 사람들입니다. 그래서 행중이 줄어들면 그걸 채우는 일이 그중 어려운 일이지요. 물론 없는 집 애들을 부모 승낙을 받고 데려오는 수도 있지만, 때로는 꼬여내기도 합니다. 남사당패는 특출난 기예를 갖춰야 하기 때문에 어릴 적부터 가르치는 것이 제일 효과적입니다. 어른께서 아시는 박새도 나이 삼십이 넘어 행중에 들어와 나이 먹어 가지고 삐리로부터 시작해 가열을 겪고 나귀쇠까지 거치면서 꽹과리를 배웠습니다. 지독한 사람이었습니다. 그걸 보고 많은 삐리나 무동들이 본을 받았지요."

어른이라 불린 쇠줄은 눈을 감고 그 말을 듣고 있다가 말이 끝나자 조용히 한숨을 내쉬었다. 뭔가 가슴 속에 남 모르는 애틋한 상념이 솟아오르는 듯 처연한 표정이었다.
 "그들의 생활은 또 기약이 없습니다. 연희가 없고 수입이 끊기면 며칠이고 굶기도 하고 봄부터 추수기까지 떠돌다가 눈발이 비치면 여름 내내 여축해 둔 식량으로 겨울을 나는데 끼니가 제대로 일 수 없습니다. 그러나 그렇게나마 함께 겨울을 나는 해는 그리 많지 않습니다. 겨울을 넘기기 위해 거의 행중은 뿔뿔이 헤어져 각자 걸식이나 그에서 별로 나아가지 않은 방법으로 연명하다가, 봄이 되면 다시 패를 꾸미는 게 보통입니다. 어쩌다 행중이 같이 겨울을 넘길 수 있는 요행을 만나면 뜬쇠들은 그때 삐리들한테 기예를 가르칩니다. 평소 연희 중에도 배울 수 있지만 뜬쇠나 가열이와 함께 하는 습득은 대단히 중요하지요. 그 과정이 또 눈물 나는 시간입니다. 그렇게 해서 배운 자들도 다치기 마련이고 특히 어름산이는 떨어져 병신이 되는 사람도 있습니다. 살판쇠도 마찬가지지요. 살판쇠나 어름산이가 가장 힘드는 기예지요. 물론 회덕님들도 연습이 필요하고, 모두 한 마음 한 뜻이 돼야 실수 없이 관중을 만족시킬 수 있습니다. 그럴 형편이 못 되면 깨지기 마련입니다. 그야말로 부평초 같은 인생들입니다. 그런 사람들을 그래도 동정하거나 편들어 주는 것은 역시 같은 서러운 처지의 민중들이지요. 양반들은 그들을 거의 사람 취급도 않고 그 연희를 달갑지 않게 여깁니다. 마소같이 대하는 양반들의 구박도 그들은 그냥 정해진 팔자인 양 낯빛 하나 바꾸지 않고 받아 내고 비나리 치지요."
 "······."
 "근데 좌상님, 제가 한 말씀 드려도 되겠어요?"
 아까의 청년이었다.

이들은 변산반도에 은거한 한 초적의 무리였다. 철종13년 임술년에 조선반도를 휩쓴 민란은 바로 왕조 몰락의 전조였다. 삼정 문란으로 생존권을 빼앗긴 민중의 노도 같은 봉기는 봉건 지배층의 산 멱을 노리는 비수 바로 그것이었다. 바야흐로 말기에 들어선 조선 왕조는 이 항쟁의 소용돌이에 휘말려 들어 그 잔명이 풍전등화였다. 그 혁명의 기운은 전국에서 80여 회의 크고 작은 봉기를 촉발시켰고 항쟁의 6할이 전라도 지방에서 폭발하였다. 그러나 민중은 아직은 충분히 제 힘을 깨닫지 못하고 관군의 탄압 앞에 시나브로 무너져 내렸다. 약 반년이 계속된 봉기였다. 거기서 패배한 봉기군의 일부가 서쪽 비경의 땅, 변산반도에 숨어 들어 기존 초적 세력과 연대하여 관의 탐학에 신음하는 민중을 구휼하는 길을 택했다. 그 세력은 무려 30여 년을 잠복하면서 초적의 명맥을 유지하고 성장해 왔는데 그 일부가 지금 이 방 안에 마주앉은 사람들이었다. 벽 틈새에 흰집을 짓고 숨어 있다가 밤에만 나다니는 거미같이 이들도 골짜기, 벼랑 밑 숨을 만한 곳이면 형태를 가리지 않고 파고들었다.
　속되게 말한다면 이제는 도적 패거리였지 다른 게 아니었다. 그러나 근본이 다양한 그들이지만 일단 무리에 들면 위계 서열이 분명하고 상명 하복이 철칙이었다. 그 쉰줄은 어른이란 칭호 말고 김첨지라 불렀다. 또 한 사람 키가 작고 등이 굽어 늘 얼굴을 쳐들고 다니는 볼품 없는 쉰줄은 별호가 남생이고 이 도당의 두목이었다. 그래서 이 패거리는 남생이패로 불렸다. 늘 눈구석에 곱을 달고 허리를 구부리고 다니지만 그 눈빛만큼은 어느 누구보다 날카로워 그 눈과 마주치면 먼저 비키지 않고는 못 배길 얼음장 같은 차가움이 있었다. 남사당패의 대강을 김첨지한테 새삼스레 짚어 준 것은 또 한 사람 사십대 초반의 사내, 남생이 두목의 참모였다.

"무슨 말이냐 해 봐라. 우리 식구뿐인디."

청년이 끄집어낸 이야기는 산 아래 일대 멀리는 고창, 정읍, 장성 근방의 농민들 구휼 문제였다. 특히 민비 일가의 궁방토를 짓다가 종곡마저 털려 버린 소작인들의 참상을 구제하자는 애초의 방침을 앞당겨 실천하자는 독촉이고, 설이 내일 모레인데 그보다 더 급한 일이 어디 있느냐는 결기 돋힌 추궁에 채근이었다.

"거 좋은 말이다만, 우리가 섣불리 곡식을 풀어 봐라. 작년의 그 일 땜에 눈에다 불을 쓰고 뒤지는 관것들이 그냥 있을 것 같냐? 우리도 보리 씹으면서 아끼는 그 쌀인디…. …누굴 주겠냐. 종곡 털리고 벌벌 떠는 그 사람들 생각을 왜 않겠냐? 허나 그것도 중요하지만, 그 사람들 일이 더 큰 일 아니냐? 두 달 전에 삼례에서 교주 신원을 청원하다가 실패한 사람들이 그냥 있을 것 같지 않고 쌀은 결국 그쪽으로 가야 되잖냐. 일단 일이 벌어졌다 허면 우리가 먹는 것이라도 줘야 할 일이 그 일 아니냐. 우리가 그냥 도적떼는 아니잖냐? 남사당패를 걱정허는 것도 우리가 일 한번 크게 해서 세상에 얼굴 들고 다닐 수 있게 할라고 그런 것 아니냐. 조금 기다려 보자. 궁방토 사람들 사정이야 곧 굶어죽을 지경이지만 섶을 지고 불로 들어갈 수야 없잖냐. …삼수야, 그리고 이것을 알아야 한다. 헐벗고 굶주린다고 해서 다 우리 편이 아니다. 잘 들어 봐라. 없이 사는 사람들이 곧 굶어죽을 때 우리가 돕는다고 하자. 물론 그때는 좋아라고 우리 편을 들겠지만 일단 배고픈 문제가 풀리면, 그런개 뭣이냐, 칙간 갈 때 맘과 올 때 맘이 달라지듯 달라진다는 이야기다. 막말로 우리가 무슨 일을 도모한다고 같이 손발 맞추자고 하면 처음에는 쌍수를 들었다가도 자기들 사정이 조금이라도 달라지면 그 반은 돌아서 버린다는 이야기다. 그런개 그 마음을 전적으로 믿어서는 안 된다는 말이다. 쌀 일천사백 가마니, 그때 도와준 사람들한테 이백 가마니 주고 한 가마니도 축내지 않고 그대로 있지만 참 먹기 아까운 쌀이다. 그 쌀은…."

그것은 말하자면 일시적인 물적 지원으로 민중의 의식 변화를 바란다는 것은 어리석다는 두목의 이야기였다. 백번 맞는 말이고 숱한 대인 관계에서 터득한 논리 이전의 지혜였다.

남생이 두목이 동학교도들이 삼례에서 교주 신원을 청원했다는 이야기를 꺼낸 건 사태가 긴박하게 돌아가고 있다는 암시였다. 듣고 있는 모두가 고개를 주억거렸다. 그 말이 틀림없다는 모두의 뜻이었다.

그때 없는 대문 밖, 그러니까 방 밖에서 텁텁한 목소리가 조용한 방 안으로 헤집고 들어왔다.

"계신게라…?"

문이 탁 소리나게 열리며 초로의 사내 얼굴이 성큼 다가들었다.

"엉? 자네… 왔는가."

"예…. 여깃구만이오. 마님이 뭔 사정이 생겼다고 허드만요. 저는 이만 가 볼랍니다."

뭔가 서장 같은 것을 내민 그 사람은 선 걸음에 총총히 돌아섰다.

"아니, 게서 여기가 어디라고. 새벽길을 왔는디 그냥 가? 안 되지. 하다 못해 탁배기라도 한 잔 하고 가야지."

김첨지의 목소리가 황급히 사내 뒤를 쫓아갔다. 그러나 굳이 붙잡아 세우지 않은 것도 그간의 왕래가 또 그 모양이었기 때문이었다.

"음……. 뭔가 문제가 있었구만……."

남생이 두목이 편지를 읽어 보고 얼굴을 찡그리며 김첨지를 바라본다.

"내 그럴 줄 알았제. 애초 여기로 자리를 잡은 것이 잘못이지. 그 부인네가 여기까지 걸어오게 생겼어? 또 작년 그 일 뒤로는 관의 기찰이 심하고 자기도 여기 오기가 조심스럽다는 이야기구만. 그러나 올해도 어떻게든지 구휼미를 조금이라도 내겠다는 게여. 역시 장헌 부인네여 정말…."

김첨지가 편지를 받아 읽는다. 남생이 두목을 의식한 언문 편지였다. 그래도 외아전의 부인이라면 언문쯤은 어렵잖을 것이었다.

"거 봐요. 경계를 철저히 해야 돼요. 우리가 두드러진 일을 한 건 아니지만, 그 새끼들이 잔뜩 눈독을 들이고 있으니 부인께서도 안심할 수 없지. 암튼 조심할 수밖에 없어요."

두 번째 입을 땐 마흔줄 사내의 떨떠름한 목소리였다.

"그러면 우리도 여기를 일찍 뜨는 게 좋겠소. 급한 일은 없고, 설 쇠고도 만날 수 있으니까. 그만 일어나세."

김첨지가 편지를 접어 두령한테 내주면서 곁들였다.

"제기, 이런 때 남한테 내 것을 주면서 사는 사람은 얼마나 좋을고. 나도 한번 그런 처지가 돼 봤으면 여한이 없겠다."

삼수라는 젊은이가 하는 말에 방 안이 금세 숙연해졌다. 그것은 자기도 가진 자가 돼 보겠다는 비천한 사욕이 아니라, 남을 돕는 것이 얼마나 중요하고 값진 일인가를 아는 데서 오는 작은 바람이었기 때문이다. 된사람이었다.

잠시 후 행장을 차린 다섯 사람이 눈부신 햇빛을 안고 길을 나섰다. 찬란한 아침인데도 그 쟁쟁한 연안 이씨 문중의 터줏대감격인 이 집성촌은 아직도 깊이 잠들어 있었다. 내린 눈에 반사되는 햇빛이 너무 날카로워 눈을 뜰 수가 없었다.
  얼어붙은 논에서 썰매 타고 팽이 치는 아이들이 막힘 없이 소리지르며 깔깔거리고 있었다. 그 맑은 얼음 거죽에 흡족하게 빛을 뿌리는 태양이 시무룩하게 웃고 있었다.

  남사당패의 연희마당이 시작되었다. 와아 하는 구경꾼의 환호성이 터지는 것이 어름산이와 매호씨의 수작이 제법 무르익은 것 같았다. 장삼에 고깔을 쓰고 밧줄에 올라선 어름산이가 지금 한창 재주를 부리며 매호씨를 놀리고 있었다. 그 기둥 한쪽에 주과포(酒果脯)가 놓여 있는 것이 줄고사(告祀)를 지낸 것 같았다. 고사를 지낼 때 동원된 꽹과리, 징, 북, 장고는 이미 자리를 떠 보이지 않고 고수레를 했는지 술잔도 놓여 있었다. 낭창낭창한 밧줄은 한눈 팔면 떨어지기 꼭 좋아 한시도 마음 놓을 수 없는데 어름산이는 그 줄 위에서 오도방정을 떤다. 한쪽 발만 딛고 한 발을 밑으로 늘여 휘젓는 거미줄 놀이에다 두 발로 뒤로 훑어가는 '뒤로 훑기', 두 발을 오므렸다 폈다 하며 콩 심을 때 콩 무덤 밟기 흉내내는 '콩심기', 줄 위에 걸터 앉아 화장하는 흉내내는 '화장사위', 양반집 아들의 병신 걸음걸이를 흉내내는 '참봉댁 맏아들 흉내내기', 병신 아전 마누라 흉내내는 '억석어미 화장사위', 처녀 총각이 서로 소리를 주고 받는 장면인 '처녀 총각 사위', 오른발 정강이를 줄 위에 꿇고 왼발로 밀고 나가는 '외무릎 훑기', 가랑이 사이로 줄을 타며 줄의 탄력을 이용하여 높이 뛰기를 계속하는 놀이, 앉았다 일어섰다 하면서 앞으로 가다가 두 발로 뛰어서 돌아앉는 '가새 트림', 한 발로 계속 뛰며 앞으로 나가는 '외허궁잽이', 두 발을 모아 붙이고 위로 뛰며 앞으로 나가는 '쌍허궁뱁이', 곰배팔이 병신 걸음걸이 하는 '양반 병신 걸음', 밤 따러 온 아이들을 쫓아 양반이 이리 뛰고 저리 뛰는 시늉하는 '양반 밤나무 지키기', 임경업 장군의 당당한 걸음걸이 흉내내기 등 잔노릇이 수십 가지에 이른다.

지금 막 그 중의 '양반 밤나무 지키기' 장면을 선보이고 있었다. 빙 둘러싼 관중이 얼추 백여 명은 될 성싶었다. 어름산이가 사설을 늘어 놓는다.

"좋은 시절 일 년은 다 지나가고 첫서리가 내렸는데 작골 막바지 곤대골댁 샌님이란 분이 한 분 계시는데, 저 건너편에 밤나무를 많이 심어 놓고 밤을 지키되, 어린 놈들이 밤을 막 따가는데 밤 따지 말라고 소리를 쳐도 가지를 않아, 이 샌님이 화가 잔뜩 나가지고 두 주먹을 불끈 쥐고 쫓아가는 장면인데, 장단을 바싹 몰아 놓고, 밤 따지 마라 이놈들아……! 정기 정기 정적궁……. 이만 하면 내 재주도 바닥났으니까, 그뿐만 아니라 이제 막판에 임경업 장군께서 행차하신다고 여쭤라! 매호씨."

매호씨 "네에이!"

어름산이 "이놈 길군악을 몹시 치렸다."

그동안 여기저기 앉았던 잽이들이 일제히 일어나 밧줄 밑을 돌며 길군악을 울린다. 어릿광대 역시 신명나게 춤을 춘다. 어름산이 걸음걸이가 도도하다.

그렇게 흥겹게 판을 이끌던 어름산이가 밧줄에서 내려와 지켜보고 있던 꼭두쇠한테 다가선다. 연희 결과가 어떠냐는 듯 자랑스런 표정이고 뭔가 치하를 기다리는 표정이었다.
　어름산이 연희가 끝나자마자 마당 한쪽에 멍석이 깔렸다. 무동 두엇과 살판쇠 가열들이 마냥 바쁘게 돌아가고 있었다. 둘러선 관중 모두가 호기심 어린 눈으로 바라보고 있었다. 자, 과연 남사당패 연희 중에서 아찔하고 짜릿한 맛이 난다는 살판쇠 놀이가 무엇으로부터 시작할 것인가. 바삐 치고 돌던 잽이들이 모두 멀리에 둘러앉아 숨을 고루고 있었다.
　예부터 양반은 매사를 크게 움직이는 게 아니고 점잖아야 한다는 그 알량한 인습에 찌들어 있어 길을 가다가도 뒤에서 부르면 돌아보는 데 한 시간은 족히 걸린다는 우스갯소리가 나리만치 동작이 굼뜨고 작았다. 몸을 크고 빨리 움직이면 상스럽다는 게 생활 신조였다. 참으로 비능동적인 그들의 동작인데 그것을 거역하고 역동미를 내보이며 민중을 매료시켰던 연희가 바로 이 살판놀이고 전래된 민속의 하나였다. 죽을판 아니면 살판이란 말대로 살판을 찾아 노는 게 이것이었다. 별칭은 땅재주였다.
　모든 민간 놀이를 정재(呈才)라는 이름으로 예속시켰던 양반 지배층은 남사당패의 놀이라고 예외가 아니었다. 이름 좋아 동방예의지국의 놀이라고, 이 놀이도 옷을 벗고 하는 것은 규제해 두루마기와 갓만 벗을 뿐, 행전도 쳐야 하고, 뭐 별 우스운 간섭이 많았다. 그런데 이런 기예(살판)가 흔히 외국 사신 접객이나 대가댁 경사에 불려 다니는 땅재주꾼으로 알고 있는 게 보통이었다. 잘 하면 살판이요, 못하면 죽을판이라는 이 살판 재주는 오랜 세월을 통해 배우고 익혀 전수된 기예였기에 전동이도 철이 들어 아버지 홍도 손에 끌려다니던 여덟 살 때 벌써 연습을 시작했었다.

이런 목숨 건 남사당패의 살판 기예를 배 부르고 권세 있는 양반토호들은 한가한 도락(道樂)쯤으로 여기며 즐겼다. 열두 가지 재주와 명칭은 따로 있으나, 그것이 기예자의 연구와 개발로 변형된 것이 더 많았다. 그러다 보니 그 재주란 것들이 연희 마당에서 한꺼번에 다 선보일 수 없을 만큼 다양했다.

앞으로 걸어가다 손 짚고 한번 공중 회전하고 서기인 '앞곤두', 앞으로 가다가 손 안 짚고 공중 회전하기인 '번개곤두', 양발과 양손만을 땅에 짚고 몸 전체를 틀어 바닥에 닿지 않도록 뒤집어지기인 '자반뒤집기', 두팔 짚고 거꾸로 서서 걸어가기인 '팔걸음', 외팔로 거꾸로 서서 걸어다니기인 '외팔걸음' 등 십여 가지지만, 모두 머리·목·어깨·팔·손목·손가락·허리·다리·오금·발목 등 몸 어디 안 써먹는 데가 없어 연희 중 최고의 활동량이 필요한 게 살판이다. 남색 조끼에 삼색띠를 허리에 감고 감색 두건을 쓴 전동이가 살판쇠들 맨 앞에 나섰다. 해가 기울고 있었다. 서쪽 야산 송림 속으로 빛발이 녹아 들고 바람도 쌀쌀해졌다. 맑은 하늘은 누군가의 설움을 듬뿍 안고 있는 듯 시리기만 했다.

"야 전동아, 너 오늘 힘 좀 써 줘야겠다. 아까 어름산이가 줄 위에서 봉개, 참봉 영감이 저쪽 대청에다 자리를 만들어 구경하고 있더란다. 말로는 행중의 연희는 재미가 없다고 안 볼 것같이 해 놓고는 어름산이나 버나를 정신없이 구경했단다. 그러니 살판쇠들이 저 영감의 혼을 빼 놔야 한다. 그래야 뭐가 나와도 좀 묵직할 것 아니냐. 니가 한번 본때를 보여 줘라. 어쩔래? 화로 살판을 한번 넘어 봐라, 응?"

화로 살판은 아까 이야기한 열두 살판 기예에 들어 있지 않는 변형된 살판으로 보는 이의 간담을 서늘케 하는 극히 위험한 기예였다.

"왜, 하기 싫으냐? 무섭냐?"

꼭두쇠 오봉이는 아직도 몸이 성찮아 외꽃 핀 얼굴에 주름살을 말아 올리며 전동이 눈치를 살폈다.

"무섭기는요. 제가 그걸 한두 번 해 봤나요?"

그러나 전동이는 실은 왠지 그날은 그 기예가 하기 싫었다. 판이 크고 사람도 많아 기대도 있었으나, 겨울을 나고부터는 왠지 연희가 싫어졌고, 어디 한자리 진득하니 앉아서 다른 일을 하고 싶었다. 사시사철 돌아다니며 날씨에 쫓기고 양반놈들 호령에 내몰리는 그 신세에 넌덜머리가 나 버렸다. 어릴 적부터 평생을 부평초 신세도 마다 않고, 타고난 숙명인 양 불평 없이 곱다시 늙은 사람도 있는데, 이제 나이 스물을 갓 넘은 자기가 그렇게 벌써 연희에 싫증을 느낀다는 것은 그런 사람들한테 죄송한 일이고 말없이 조용히 지켜보며 감싸 준 아버지에 대한 일종의 배신이었다. 그래서 고민이 많았다.

한쪽에서 시퍼런 숯불이 이글거리는 놋쇠 화로가 나왔다. 삐리들이 그 불을 보며 히히덕거리고 물러선다. 가열이 나와서 앞곤두 팔걸음을 보여 주고 있었다. 잽이들이 일제히 소리를 낸다. 날라리가 길게 소리를 끈다. 꽹과리가 판을 선도한다. 장고가 뒤따르며 숨을 고른다.

잠시동안 구경꾼들 사이에 웅성거림이 죽는다. 그저 덩덕궁, 덩덕궁 하는 장고 소리가 전동이를 재촉하는 것만 같았다. 둘러 선 사람들 등 뒤로 저멀리 지금 힘차게 깨어나는 대지가 흐릿하고 삼삼했다. 못자리가 끝난 논에서 개구리 소리가 고즈넉했다.

 훤칠한 전동이가 나와서 몇 번 뒷곤두 살판을 가볍게 넘다가 다시 제자리에 섰다. 바로 앞에 화롯불이 시퍼렇게 타고 있었다. 사람들을 한번 휘둘러 본 그는 보지 않으려고 돌렸던 참봉댁 바깥사랑 쪽을 힐끗 쳐다보았다. 꼭두쇠 말이 생각나서였다. 아니나 다를까, 그의 말대로 거기 정자관 쓴 노인 하나가 사람들한테 에워싸여 앉아 있었다. 젖은 헝겊을 양손에 들고 놋쇠 화로 양쪽 귀를 잡았다. 바닥에 깔린 멍석에 불똥이 튀어 내렸는지 거기서 검은 연기가 몽개몽개 피어 올랐다. 물을 끼얹은 것같이 소리가 없다. 얼굴을 들어 사람들을 다시 한번 돌아보았다.

 에잇 하는 기합 소리와 함께 벌건 놋쇠 화로가 전동이 가슴에 안기면서 원을 그렸다. 살판쇠 머리를 회전축으로 하여 한 바퀴 돌고 난 화로가 전동이 가슴에서 무사히 떨어져 나와 다시 멍석 위에 놓여졌다. 순간의 일. 원심력에 고스란히 속아 넘어간 놋쇠 화로는 아무 일도 없었다는 듯 자잘한 불똥만 탁탁 튕겨 올리고 있었다. 자칫 잘못하면 그 화롯불을 온몸에 뒤집어쓸 위험천만한 묘기였다. 풍물이 와르르 소리를 내며 무너져 내리고 징까지 쿵쿵거렸다. 화로 살판의 성공을 축하하는 소리들이었다. 와아 하는 관중들의 환호성이 귀를 멍멍하게 했다. 어느 틈에 전동이는 왼팔만을 짚고 물구나무 선 채 걸음을 휘뚝휘뚝 걷고 있었다. 또 손뼉 소리가 터져 나왔다. 일어선 전동이 얼굴이 벌겋게 상기되고 볼까지 땀방울이 흘러내렸다. 이마의 감색 두건 아래쪽도 땀에 젖어 있었다. 가열 두 사람이 서로 바꿔 가면서 모둘빼기, 사람 셋을 나란히 세우고 뒤로 넘으면서 공중에 떠서 저쪽으로 넘는 재주를 선보이고 있었다. 계속되는 살판에 넋을 빼앗긴 사람들. 해너미라 들에서 돌아오던 사람들이 뒤엉켜 관중이 자꾸 불어났다.

살판쇠와 매호씨 사설에 매료되어 사람 울타리는 더욱 두터워졌다. 그 한쪽, 지난 해의 볏가리 옆에서 검은 얼굴의 징수님 홍도가 쓸쓸한 눈길로 땀을 식히는 전동이를 바라보고 있었다. 연희가 다 끝나기도 전에 해가 떨어져 어느 결에 불빛이 흐느적거리는 공터에는 사람이 더 많이 모여 들었다. 연희가 끝나는 사람부터 저녁을 먹는데, 참봉댁 행랑채 부엌을 막 나서는 전동이를 불러 세우는 사람은 곰뱅이쇠 근용이의 암동모인 큰예였다.

"전동아 나 쪼깨 보자. …에러운 부탁인디 작은예를 어디로 싱겨야 쓰겄다. 어쩌끄나. 오늘 밤에 저 늙다리 참봉 영감이 작은예를 들여보내라는디…."

토벽에다 기와를 얹은 울타리에 둘러싸인 집은 대문만 걸어 잠그면 힘센 장정 아니면 뛰어 넘을 수 없는 완고한 방책 안에 있는 셈이었다.

"…큰예야 그게 무슨 소리냐 응? 작은예를…, 그러니까… 응… 그렇다 그것이지? 고 천하에 빌어먹다 벼락을 맞아 죽을 놈의 영감태기… 어디에 사람이 없어서…."

"곰뱅이쇠는 그래야 행하가 많이 나온다고 자꼬 시키잖냐? 자는 아직도 처년디 말이여. 나는 불쌍해서 저것은 그냥 보기도 아까운디, 내가 요로고 있응개 자도 그리될 줄 알고 뭇놈들이 침을 질질 흘리잖여…. 나도 인자사 말 허는디 애초 내가 몸을 베리기 전에는 전동이 너를……."

　큰예의 말이 중동무질러졌다. 다음 말을 입안으로 삼키며 큰예는 주변을 휘둘러 보았다.

　사람들이 바삐 움직이는 것이 저녁참이 다 된 것 같았다. 참봉댁 바깥 행랑채와 동네 사랑에 나눠 들고 있는 행중은 오후의 연희에 지쳤는지 무동이나 세미는 보이지 않고 꼭두쇠와 곰뱅이쇠에 홍도만이 참봉댁 대문 밖 너른 마당을 서성이고 있었다.

　전라도 태인현 관할 고현내 원백마을 곽참봉댁에서 곰뱅이가 터져 연희를 시작한 것은 아침나절이었다. 곰뱅이를 틀 때부터 곰뱅이쇠는 제 암동모 큰예와 그 동생 작은예를 데리고 우선 곽참봉의 눈을 흐리게 하려고 그 앞에 나아가 연희 허가를 신청한 것이고 작은예의 해맑고 빼어난 미모에 눈이 어두워진 곽참봉은 그냥 선선히 승낙하고 말았던 것이다. 새참에 막걸리나 그러루한 음식이 나온 것도 알고 보면 작은예 덕이었다. 그러나 연희가 끝나갈 무렵, 그 집 집사가 나와서 하는 소리에 모두들 얼굴을 마주 바라보았다. 참봉 어른이 작은예의 수청을 원하고, 그리되면 행하도 듬뿍 내리겠다는 조건이었다.

　그러나 그 일을 맨 먼저 틀고 나온 것은 곰뱅이쇠 암동모 큰예였다. 그리되니 일이 난감해졌다. 물론 매음을 전문으로 하는 사당패는 아니지만 그 언니가 남사당패 암동모로 전락해 있는 처지에서 그 동생의 그런 일쯤은 어려운 일이 아니었다. 누가 생각해도 다 익은 과일이나 다름없고 차려진 밥상과 같은 나이 십팔 세의 성성한 처녀인 작은예는 누가 먼저 손을 대느냐가 문제지 금남의 대상은 아니었다. 그러나 그 언니 큰예의 보호와 경계에다 자기는 그리됐을 값에 동생만큼은 이 행중에서 언젠가는 떠나게 해야겠다는 옹근 마음 때문에 그런대로 처녀를 유지해 온 것이었다. 그리고 달리는 꼭두쇠가 은근히 감싸고 있어서도 그 과일은 쉽게 낙과 안 되고 아직도 가지에 붙어 있었다.

"… 좋아 했었는디."

다시금 전동이를 향하는 큰예는 울고 있었다.

아직도 땋아 늘인 댕기가 치렁치렁해도 이미 뭇 남자가 거쳐간 그녀의 지체는 그 자신의 말마따나 얼굴을 못 들 몸이라 더 말이 이어질 수가 없었다. 지금도 곰뱅이쇠 암동모로 지내지만 자유의 몸은 아니었다.

"잉, 전동아. 내가 죽어도 자는 사람 맹글랑개, 전동이 니가 어디든지 데리고 가서…."

눈물 짓는 그 얼굴이 아직도 겉으로는 탐스러웠다. 너무 닮은 자매는 그래서 사람들 입줄에 오르내리기도 많이 했다. 전동이도 오후의 연희에서 한바탕 신나게 놀았던 몸이라 피로가 없을 수 없었다.

"그러니까 나보고 데리고 어디로 도망가란 말이구나. 그렇체…?"

전동이도 그 이전의 끈적한 큰예의 시선을 모르는 것은 아니었고 아울러 작은예는 언니처럼 돼서는 안 된다고 속으로 몇 번 측은하게 여겨오던 터. 그래서 행중에서 잠자리 때문에 고생이 많은 작은예를 몹시 동정했었다. 작은예는 꼭 잠자리는 여염집 골방이나 애들 잠자리에 끼어 자며 몸을 지켰다. 그것은 큰예의 집요한 감시와 배려로 이루어진 결과였다. 정 잠자리가 없으면 제 잠자리

곁에서 재웠으니 얼마나 속이 탔겠는가. 속으로 울고 겉으로 엉너리 치는 그 설움에 흘린 속눈물이 또 얼마였겠는가.

그러니 곰뱅이쇠가 좋아할 리 없었고, 응큼한 그자는 그런 작은예한테까지도 흑심을 품고 있는 듯하여 큰예는 또 애가 닳았다. 그게 큰 고통이었다. 날이 어두워져 누가 누구를 부르는지 소리들이 시끌작했다.

"내가 자 대신 모른 척하고 들어갈랑개, 어서 좀 데리고 어디든지 가 분지라고 응? 가서 좋은 디 있으면 짝 지어 주고잉…."

울음에 묻힌 큰예의 어깨가 어둠 속에서 애처롭게 출렁거렸다.

"나 이런 말 안 헐라고 했는디, 전동이도 홍도 아저씨가 진짜 아부지가 아니드만. 누가 그런 것이 아니라 내가 암만 봐도 그래. 그렇게 도망가 분지라고. 그러고 다시 여그 오지마. 어디 가서 그 인물 갖고 무슨 짓을 못혀? 다 이보다는 낫겠제. 자, 이거 내가 몰래 숨겨 놨던 것인디, 가다가 배고프면 머 좀 사 먹고. 아조 자를 각시 삼아 델고 살아 응? 착한 애닝개 하늘도 도울 것이구만. 어서 가 전동아. 여그 다시 올 생각 말고잉…. 으흑… 응…."

산새가 울고 있었다. 조그맣게 웅크리고 있는 작은예는 전동이 곁에 바싹 붙어 앉아 숨소리도 없다. 그 동네를 떠나서 서쪽 어딘지 지리도 모르는 데를 향해 물을 건너고 한참 걸으니 고개가 나왔다. 떠나올 때 대강 지형은 알아 뒀으나 이렇게 험한 데가 나올 줄은 몰랐었다.

"야, 작은예야. 너 안 무섭냐? 내가, 내가 너를 잡아 먹으면 어쩔래?"

"참 오래비도…. 사람이 사람을 어떻게 잡아 먹는대? 오래비가 나 잡아 먹으면 차라리 나는 좋겠네."

아금받게 되돌아오는 작은예의 숨결처럼 뜨거운 대꾸는 전동이를 한참 주춤거리게 했다. 큰예에 비해 유달리 육감이 강하게 의식되는 작은예였다. 역시 제 언니, 아니 부모를 닮았는지 예쁜 얼굴이었다.

'이런 애가 용케 그 늑대 소굴에서 견뎌 내다니 참…. 자, 어쩐다?'

전동이는 지금 한씨 부인을 생각하고 길례의 뾰로통해질 얼굴을 상상하며 속으로 웃고 있었다. 만약 한씨 부인이 작은예를 선선히 받아주면 하는 가정에서 생각한 길례 표정이었으니….

"야, 작은예야. 나는 그래도 남사당패를 아직은 떠날 수 없고, 너 때문에 떠나기는 더 어려운 일이다. 내가 데려다 준 데서 받아 줄지 모르나, 받아 준다면 거기 잘 있다가 좋은 사람 만나서 살아라. 그 집 아주머니도 좋은 분이니까 너를 나쁘게는 안 할 것이다."

"아니, 오래비. 그럼 나 데려다 주고 도로 남사당패로 간단 말이여? 언니는 나허고 같이 살 것이라고 했구만…. 그럼…."

'허…. 이거 일 고약하게 됐네, 덤터기도 보통 덤터기가 아닌데?'

고개를 내려가 한참을 가니 길을 잘못 들었는지 입암이란 데가 나오고 거기서 내처 걸어 또 어디쯤 와서 날이 새서 한길 가 주막에서 요기를 했다. 높이 한 뼘 됨직한 나무 판대기 의자에 궁둥이를 붙이고 역시 높이 한 자 남짓한 암반 같은 밥상에다 내 놓은 순대국밥 두 그릇을 게눈 감추듯 하는데 불식간에 곁의 작은예 왼손이 전동이 고의춤으로 사정없이 쑤시고 들어왔다. 깜짝 놀란 전동이가 바라보자 얼굴이 시뻘개진 작은예가 그 속에서 손을 쫙 펴서 뽑아냈다.

"야 이게 왜…?"

빙긋이 웃으며 검지를 입에 대는 작은예가 너무 함초롬하고 참했다. 밤새 고개를 넘어 온 피로도 없이 땋아 늘인 댕기는 아직도 진홍빛이었다. 아무리 오래비라 불러도 한창 때의 총각 전동인데 어찌 그리고 느낌이 없겠는가?

"언니가 밥 사 먹으라고 준 것인디. 오래비가 내."

"참 재미있는 오누이구만. 아 동생이 내면 어쩌간디 오래비 골 마리에다 손을 쑥 집어 넣으까잉? 허허 참."

할머니의 넉살이 좋았고 그 말에 작은예 얼굴에 모닥불이 피어 올랐다.

어렵잖게 그날 저녁 줄포 여각에 닿은 전동이는 후유 하고 깊은 숨을 내쉬었다. 손에 든 지팡이를 땅에 대고 툭툭 쳤다. 이것을 써 먹지 않고 온 것이 퍽 다행스럽다는 몸짓이었다.

역시 부엌에는 내가 꽉 차 있었다. 그때 떠나서 넉달 만에 다시 온 여각은 낯설지 않고 포근한, 어찌 생각하면 고향집 같은 느낌이 들었다. 태어나서 이날 이때껏 떠돌며 지나온 세월이니 전동이가 그런 느낌을 알 리야 없겠지만 인간 누구에게나 있는 귀소성조차 어찌 없으리오.

"…알겠다. 꼬박 밤을 새우고 또 하루를 걸어왔다는 말이구나. 처자도 참하게 생겼다. 그렇게 걸었는데도 고단해 하는 기색이 없으니 대단하다. 지금 몇 살이냐? 이름은?"

저녁을 얻어 먹고 뜨듯한 방에 앉아 있으니 졸음이 온 모양인데 마님이 들어오는 바람에 입에서 반쯤 흘러내리다만 침을 엉겁결에 손바닥으로 문지르고 일어나 전동이처럼 큰절을 올린 작은예가 찬찬히 잠기가 싹 가신 얼굴로 한씨 부인을 바라보았다.

"예, 열여덟이고 이름은 작은예구만이오."

작은예 듣는 데서 대충 전후 사정을 이야기한 전동이는 작은예와 마님을 번갈아 보았다.

"그러니까 나보고 맡아 달라는 거구나. 그 행중에서 빠져 나왔으니……."

"예, 마님이 좀 데리고 계시면 좋겠구만요."

"그럼 나중에 데리러 오겠다는 거냐? 너하고 야하고 부부가 되겠다는 거냐? 그걸 똑똑히 말해야 내가…"

웃음기 머금은 한씨 부인은 몰곳몰곳 작은예를 바라보았다.

"……그런 건 아니고요, 야 언니가 아직도 행중에 있으니까 무슨 조치가 있겠습지요. …너, 마님 말씀 잘 따르고 시키는 대로 잘 있어. 그래야 언니가 온다. 이제 남사당패에는 올 생각 말고……."

"저렇게 좋게 생긴 처자가 그 아사리판에서 용케 몸을 지키고 살아났구나. 참 불쌍한 인생이 또 하나 있었구나. 나무관세음보살…."

경건하게 염불을 외는 한씨 부인을 지키보던 작은예가 뜸을 뒀다가

"아니, 그럼 오래비는 돌아간다는 말이 참말이구만. 아까 올 때 헌 말을 나는 그냥 장난으로 허는 줄 알았더니. 아니, 나도 같이 가. 나 여그 안 있을 거여."

"호호호호…. 응, 그럴 것이다. 전동이가 거짓말을 했구나. 그럼

못쓰지…. 작은예라고 했느냐? 오라버니를 믿고 여기 있으면 오라버니가 다시 찾아온다. 그때는 내가 너희들을 가시버시로 만들어 줄 것이니 나를 믿거라. 너도 있어 봤지만 거기가 어떤 데냐? 사람다운 사람이 없는 데가 거기 아니냐? 오라버니 각시가 되려면 더 많이 배우고 세상을 알아야 한다. 지금 당장 내외간이 돼도 애도 낳고 뭐 별짓을 다 할 수 있지만 마음의 준비가 있어야 하느니라. 오라버니는 아버지가 거기 있고 할 일도 많으니까 예서 조용히 기다려라 응? 알았냐?"

확 붉어졌던 작은예 얼굴이 시나브로 가라앉아 아까의 뽀얀 얼굴로 돌아가 있었다.

"근디요, 마님. 다 그러는디 전동 오래비 아부지가 친아부지가 아니라데요. 저도 보기에 얼굴이 달부고 어디 닮은 데가 쬐깨라도 있어야지요. 그런디 무슨 아부지라고……"

'흥, 당돌한 놈이구나. 어른 앞에서 제 의견을 거침없이 내 보일 정도면 수월찮은 앤데…

전동이는 순간 뭐가 갑작스레 깊은 허방에 빠져드는 느낌을 받았다. 사람이라면 누구나 어느 한 곳 꼭 약한 데가 있어 누군가 거기를 건드리면 소스라치게 놀라고 맥을 못 추는 데가 육체적으로나 심적으로 있기 마련이다. 전동이 약점은 바로 아버지였다.

철들면서부터 아버지 손을 잡고 걸어온 유랑의 길 수만 리. 그것도 그에게 남에게는 있고 내게는 없는 어머니를 생각지 못하게 하는 데 넉넉한 망모(忘母)의 세월이었고 그것은 그런 결과를 낳는 데 충분한 환경이었다. 그러나 또 한 가지. 그 긴 세월에 아버지 손을 잡고는 있지만 한번도 아버지를 느낄 수 없는 의구의 구름을 내쳐 보지 못한 것이 한이었다. 버거운 짐이었다. 그저 아버지라고 부르라니 부르고 남이 가리켜 너의 아버지라 하니 그렇게 믿어 왔을 뿐이었다. 어떤 영적으로 융합되는 육친의 정을 커 가면서 더 회의했고 그런 전동이 속 마음을 건드리는 어떤 외부의 자극도 의식적으로 외면했으며, 그런 일이 있을 때면 꼭 무슨 올무에 걸리거나 허방에 빠져드는 느낌을 받은 게 사실이었다. 지금도 그런 충격은 마찬가지였다. 희미하나마 그런 감정의 종말이 언젠가는 있어야 한다는 서두름 비슷한 생각은 시간이 갈수록 그 농도가 짙어갔다. 아버지는 그러나 멀어지면 희미해지거나 희석되는 형상이나 감정이 아니었다. 멀리 떨어져 있어도 늘 가까이에서 작용하고, 지워 버리려고 도리질쳐 봐도 더 끈질기게 늘어 붙은 그림자였다. 참으로 버거운 일이었다.

"참 전동아. 그때 너 있을 때 왔던 몽구리, 그 중이 또 왔는데 행중이 지금 어디 있느냐고 꼬치꼬치 캐물으면서 꼭 꼭두쇠를 만나야 한다더라. 혹시 아는 사이냐 꼭두쇠하고?"

"하하하, 마님이 변을 쓰시니까 요상스럽네요. 그 중이 뭣 때문에 우리 행중을 찾지요? 아마 앞으로 충청도로 넘어가기 쉬울 텐데요. 혹시 또 오면 올해는 충청도 땅에 많이 있을 거라고 말해 주세요. 저도 그 몽구리가 변을 쓴 게 몹시 궁금하고 또 한번 만나면 따져 봐야겠어요."

저녁을 먹고 바로 되짚어 가려던 전동이는 할 이야기가 많다고 붙드는 한씨 부인 때문에 골방에서 밤을 보냈다.

길례 방에 들어간 작은예는 길례가 귀찮을 정도로 전동이와의 사이를 캐묻는 바람에 짜증이 나 버려 제대로 대꾸도 않고 마님이

건네준 헌옷을 챙겨 입고 그대로 쓰러져 잠을 청하는 척했다. 그러면서도 저 잠든 사이에 전동이가 가 버릴 것 같아 귀를 세우는데 무심한 잠은 그런 애틋한 작은예의 심정을 모지락스럽게 내쳐 버렸다.

작별인사를 나누려고 길례 방에 들어온 전동이에게 와락 달라들어 보듬고 못 간다고 떼를 쓰는 작은예를 본 길례는 사람 하나쯤 금방이라도 거덜내 버릴 것 같은 살찬 눈이 되어 작은예를 위아래로 찔러 보는데 작은예는 그것도 아랑곳하지 않았다.

"그럼 오래비. 꼭 돌아와서 나랑, 나랑 산다고 약속해 줘 응? 그럼 놔 줄게. 오래비, 나도 첨부터 오래비를 좋아했는디 언니가 나보다도 더 좋아한 것 같아서 내가 참았었어. 그런 줄이나 알아 오래비…."

훅 끼쳐 오는 다 큰 처녀, 열여덟 살 작은예의 무르익은 체취가 코앞에 몰려들자 자세를 달리 할 수밖에 없는 전동이었다. 그도 한 팔을 올려 작은예 어깨를 감싸며 힘주어 보듬었다.

"호호호. 못하는 소리가 없구나. 그래라. 전동이도 꼭 와서 작은예와 찬물이라도 떠 놓고 예를 올려 가시버시가 돼라, 응? 그게 좋겠다."

언제 들어왔는지 찬 방에 들어선 한씨 부인이 그렇게 다독거려서야 붉어진 얼굴을 전동이 어깨 뒤에 감추고 휘감았던 팔을 풀었다. 전동이도 한씨 부인이 그런 꼴을 보고 있는 것이 부끄러운 듯 얼굴이 홍당무가 되어 서둘러 방을 나가 버렸다. 헌옷을 입었을망정 싱싱하고 팽팽한 작은예의 육체가 주는 자극은 견디기 힘든 것이었다.

전동이를 떠나 보낸 한씨 부인은 속으로 작은예를 참 옹골지고 수월찮은 기집애라고 감탄하면서도 조금은 철이 덜 들어 너무 당돌하다고 생각했다. 지난 정초 산사람들과 상의해서 민비 궁방토 소작인들을 도와주려던 계획이 깨지고 나서 얼마 있다가 동네 몇 사람과 돌아다니며 기어코 자기 뜻대로 자기 논에서 받을 도조를 그 궁방토 소작인들한테 풀어 먹인 뒤 빈손으로 돌아온 적도 있었다. 그렇게 어려운 일을 해 나갈수록 자기 곁에 붙박이로 사람 하나는 있어야겠다는 생각이 간절하고 그 끝에 생각나는 게 또 전동이었다. 물론 지금까지 재산 관리나 뭐 그러루한 일을 처리하는 집사 비슷한 사람이 없었던 건 아니지만 그게 다 동네 사람인데 마음이 개운찮았던 것이다. 그런데 갑자기 작은예를 데리고 전동이가 나타났으니 기회가 좋았는데, 그의 뜻을 붙잡지 못한 게 안타까운 일이라 작은예에 대한 관심도 남달랐다. 어떻게든 전동이를 곁에 두고 일을 맡기고 싶은 게 한씨 부인의 소망이었다.

　한편, 새벽 잠이 없는 곽참봉은 일찍 일어나 간밤의 부끄러운 일을 떠올리며 장죽을 물고 당성냥을 찾았다. 희부옇게 밝아 오는 동창이 원망스러웠다. 아직 행하는 안 줬지만 어쩐지 기분이 찜찜했다. 뭔가 아까운 것을 잃어버린 허전함 때문에 담배맛도 없었다. 집사만 알고 벌인 간밤의 일이지만 왠지 집안이나 다른 사람들이 자기를 보고 비웃는 것만 같았다. 남사당패가 들어와 연희를 하겠다고 비대발괄하듯 사정할 때 그 곰뱅이쇠보다 같이 온 여사당한테 딴 마음이 생겨 선선히 허락하고 자기 집 바깥 행랑도 내줬던 것이다.

입맛이 써서 몇 번 가래침을 뱉고 나서 다시금 쳐다봐도 밝아오는 방 안에서 흐트러진 모습으로 홑치마만 걸치고 누워 있는 여자는 아무리 보아도 처음 점찍었던 계집애가 아니고 다른 여자임이 분명했다. 몇 번 쑤석거리지 않고 그냥 죽어버린 양물을 되살린다고 주물럭거리던 그 손이나 오동포동하기는 하나 어딘지 다른 몸뚱아리가 이상해 보였던 것이다.

"야 이년아. 그만 일어나 냉큼 나가거라. 누가 볼까 무섭다."

입에 물고 있던 장죽을 뽑아든 영감은 싸가지 없게도 뜨거워진 담배꼭지를 그 허옇게 드러난 큰예 궁둥이 한쪽에다 댔다.

"으이크, 뜨거."

째지는 비명과 함께 벌떡 일어난 큰예가 독기 오른 눈으로 영감을 노려보다가 일어서 옷을 입는둥 마는둥 하고 방문을 여는데

"네 이년!"

소리와 함께 영감 손이 큰예의 어설픈 댕기머리를 거머쥐고 끌어당겼다.

"니년이, 인자 보니까 그년허고 바꿔치기 했구나. 그년은 어디 두고 니년이 감히…. 허허 나 원, 이런 것들한테 둘리다니…."

상투 끝까지 화가 치민 참봉 영감은 애꿎은 놋재떨이만 열나게 후려치며 집사를 불러들였다. 옷매무새를 고치고 앉아 있는 큰예가 볼수록 얄밉고 이가 갈리는 일이었다.

"야 이놈아. 너는 눈깔에 명태 껍데기를 바르고 댕기느냐? 저년이 누군가 똑똑히 봐라. 내가 데려오란 년은 어디다 빼돌리고 숭악한 늙은 행창년을 데려왔냐, 이 오살놈아! 당장 그년 데려오고 저년을 꽁꽁 묶어서 광에 집어넣고 굶겨라. 내 분풀이를 하자면

당장 때려죽여도 시원찮다만 응…. 어섯! 못 도망가게 쇠를 채워라 알았냐?"

그리되니 행중에 불호령이 떨어질 것은 당연했다. 그때까지 꼭두쇠와 곰뱅이쇠만 알고 꾸민 일인데 중간에 사람이 바뀌지는 꿈에도 몰랐고 전동이가 어디 다녀온다고 나간 일밖에는 이상이 없는데 작은예도 없어졌으니 이번에는 전동이 아버지 홍도가 야단이 났다. 나중에사 일의 전말을 알게 된 사람들이 새파랗게 질려서 허둥대기 시작했다. 광에 갇힌 큰예도 큰예려니와 그날로 행하를 받아 전주로 가야 할 계획이 틀어진 데서 문제가 생겼다. 뒤미처 꼭두쇠와 곰뱅이쇠가 불려 들어가 마당에 무릎 꿇리었다. 범강장달이 같은 종복 네댓 사람이 달려들어 덕석말이가 시작됐다.

덕석말이는 흔히 양반 권세가들이 사악한 자신들의 죄과는 뒤로 감춰 버리고 강상죄인(綱常罪人)을 징치한다고 행하는 사형(私刑)으로 그것을 관에서는 기강 확립이란 핑계로 묵인해 오던 비인간적 과형 제도였다. 불려온 죄없는 죄인을 마당에 깐 멍석에 눕히고 그대로 둘둘 말아 붙여 이리저리 굴리면서 몽둥이면 몽둥이, 도리깨 자루면 또 그것으로 닥치는 대로 후려갈기는데, 멍석 속의 사람은 그 매가 직접 몸에 닿지 않아 처음 한두 번은 견디지만 차츰 멍석을 파고드는 매에 녹아나 혼절해 버리는 게 보통이었다. 그렇게 닦달을 받고 나면 거의 외상 없는 병신이 돼 시름시름 앓다가 일 년 혹은 길어도 이삼 년 만에 죽어 버리는 무서운 매타작이라 덕석말이를 하는 당사자들도 주인 영감의 영을 받았지만 선뜻 실행을 못하고 서 있었다.

참봉 영감은 누가 알까 애초 쉬쉬하던 태도가 바뀌어 아예 드러내 놓고 매를 들고 나섰다. 행중은 다 죽을상이고 거기서 이십여 리밖에 안 되는 태인 관아에 말이 안 들어간다고 장담할 수도 없는 일이라서 동네 사람들도 눈치만 보고 있었다.

아이고 대고 비명이 터지고 이놈 저놈 호령이 섞여 그 큰 참봉댁이 발칵 뒤집어져 버렸다. 그때 전동이는 줄풋길을 재촉하고 있었으니 알 턱이 없고, 큰예의 잔꾀가 이런 결과를 낳을지는 그 본인도 몰랐던 것이다.

광 속에서 듣는 바깥 동정이 어떻다는 것을 알고 있는 큰예는 사내에 우선 주니가 났다. 어린 나이에 많이 겪은 사내들이지만 색을 밝히기는 늙은이나 젊은이나, 꼭 들이나 산에서 만난 늑대와 하나 다른 게 없다고 돌이질을 쳤다. 간밤의 참봉 영감도 마찬가지였다. 입에 담을 수 없는 짓을 하라고 치근덕거리는 그것이 사람이 아니라 꼭 색에 기갈 들린 짐승 같은 작자였다. 생각만 해도 소름이 끼쳐 왔다. 배도 고프지만 전동이와 작은예 일이 마음에 걸리고 작은예를 빼돌렸다고 얼마나 지랄을 할지 모르는 곰뱅이쇠 일도 걱정이었다. 자기를 암동모로 데리고 살면서도 작은예한테까지 색탐 나는 눈짓을 번번이 돌리던 그 작자라 그냥 넘어가기는 어려울 것이라고 생각했다. 잘 갔는지…. 전동이가 제 말대로 아주 떠나 버린 것으로 알고 있는 큰예는 둘이 어디 가서 산다 해도 이보다는 나을 것이라고 생각했다. 행창질의 뒤끝이 이런 것인가고 또 한번 몸부림을 쳤다. 불현듯 소름끼치는 일을 떠올렸다.

"아이고 어매…, 나 쪼께 살려 줘. 귀신이라도 있다면 나 좀 살려 주소잉. 어쩔라고 나를 낳아서 이렇게 고생을 시키는가. 저승에서 우리가 이렇게 고생하는 것도 모르는가…. 엉 엉 엉. 어매는 그래도 알 것 아닌가. 나만 그렁 것이 아니라 어매 얼굴도 모르는 작은예도 죽을 지경이여. 이 썩을년의 새끼를 안 낳을라고 온갖 짓을 다 해도 소용 없고, 낳으면 또 우리같이 죽을 고생을 허다 죽을 지도 모르는 새끼를 뭣 났다고 낳아…. 그래서 나는 안 낳을라고 이 짓을 했잖는갑네. 그러고 새끼 낳으면 그날부터 눈치 꾸레기가 돼 먹고 살 수도 없는 거이 내 신세여. 어매, 나 어매 원망 안 할랑개, 이 새끼 좀 떼 주소."

 큰예는 간장 종지를 입에서 떼자마자 오만상을 찌푸리고 부르르 몸서리를 치면서 눈물이 그렁그렁한 얼굴을 무릎 사이에 넣고 피보다 진한 붉디 붉은 어머니에 대한 원망을 토해냈다. 종지에는 아직도 반나마 새까만 간장이 남아 있고 그것을 다 마셔야 된다는 꼭두쇠 말이 밤중에 불꽃처럼 살아오르자마자 한 모금 마시고는 그냥 내동댕이쳐 버리고 싶은 충동에 빠져들었다. 꼭두쇠 말보다도 아이를 뱄다고 패에서 쫓겨날 것이 두려워 없는 어머니를 부르며 애타게 하소연했다.

 벌써 이런 일이 세 번째가 아닌가. 간장 먹기는 이번이 처음이지만 첫 번째는 무슨 약인지도 모르고 벌컥벌컥 시키는 대로 들이마시고 어지러워 잠시 혼절했다가 일어났고 그 뒤 하루 만에 뒤를 보러 가 거기서 시뻘건 피를 얼마나 쏟았는지 거기서도 기를 잃었다가 겨우 작은예의 도움으로 살아나 그때서야 그것이 유산이라는 것을 알았다.

 두 번째는 더 기가 막혔다. 꼭두쇠가 주는 하얀 가루약을 두 첩 먹고 또 피를 쏟아 이제 됐겠지 했으나 그냥 태아가 무사해 만삭이 돼 어쩔 수 없이 낳는데 하필이면 산달이 겨울이고 이리저리 흘러다니는 유랑 생활에서 어디 한곳 정착해서 몸을 풀 형편도 아니라, 어느 날 밤 진통이 시작되면서 근처 빈집에 들어가 몸을 풀게 됐다. 방은 얼음장 같고 뚫린 문구멍에서는 칼바람이 아우성이었다. 생각다 못한 큰예는 방바닥의 냉기라도 막아 보겠다고 근처 여염집의 짚다발 두어 개를 훔쳐다 깔고 거기 누웠다. 개도 새끼를 낳으면 주인이 찬바람을 막아 주는데 큰예의 경우는 그 개만도 못한 비참한 상황이었다.

생각하면 피눈물 나는 십개월이었다. 곰뱅이쇠 눈치보다 밥벌이를 못하니 행중의 냉대가 이만저만이 아니고, 어디 소식 없이 없어졌으면 하는 눈치가 역력했다. 동생 작은예만이 그런 언니를 징징 울며 부여잡고 어찌 할 바를 몰라 했다.

"언니, 죽지 마. 어디 가지 말고잉? 나 언니 없으면 나도 죽어 분질랑개…. 애기 낳아서 누구 줘 분지고, 우리 어디 딴 데 가서 살자. 참말로 징그랍구만 이놈의 짓…."

작은예가 벌써 몇 해째 이 생활에 슬무가 나 있는 것은 큰예와 다를 바 없었다. 쌍둥이다 싶게 언니와 닮은 얼굴이고 둘다 예쁜 얼굴이라 찾는 사람도 많아 꼭두쇠나 곰방쇠는 두 자매를 부자 방망이로 알고 다뤘으나 작은예가 손님을 못 받게 큰예가 훼방 놓는 것이 제일 못마땅했다. 작은예도 손님을 받으면 그만치 수입이 있는데 그걸 눈 뻔히 뜨고 놓치니 그럴 수밖에. 허나 언니가 한사코 말리는 데는 도리가 없었다.

"꼭두쇠 어른, 자는 이짓 안 시킬랑개요. 그 대신 제가 더 많이 받을 것이니 암 말도 마시게라. 우리가 죽어도 한 사람이라도 깨끗하게 살다 가야 저승에서 엄니가 우리를 받아 줄 것잉만요. 그렁개 지발 내 말대로 해 주시게라우, 예?"

꼭두쇠도 어쩔 수 없는 것이 강제로 할 수 없는 이유가 있었다. 자매가 빚을 지고 온 것도 아니고 오히려 행중에서 굿판을 꾸미고 손님 끄는 것은 그 애들뿐이고 다른 사람과 달리 아무런 약속도 없는 자유의 몸이기 때문에도 그 말을 강제로 꺾어 버릴 수가 없었던 것이다. 언제고 행중을 떠나도 누구 말할 사람이 없는 게 그들 자매의 신분이었다.

그러나 나이 탓인지 큰예보다는 철이 덜 든 작은예는 때로 엉뚱한 짓으로 큰예 가슴을 놀라게 했는데 그것이 큰 걱정이었다. 언젠가는,

"언니 나 돈 받았다. 닷냥이나 받았다. 저녁에 와서 더 준다고 암디도 가지 말라고 했다."

"아이고 썩을 년아. 그 돈이 무신 돈인 줄 아냐? 니 몸뚱아리 사겄다는 약조금이다, 이년아. 너도 내 꼴 될라고 그러냐? 이리 줘, 이년. 물정을 몰라도…."

"언니 나도 돈 벌란다. 왜 그려? 언니도 범시로…."

눈물이 앞섰다.

'세상에 돈이 무엇인가? 저것도 벌써 돈을 탐내니…'

두 해 전의 작은예의 철 모르는 순진한 생각이 떠 올랐다.

핏덩어리는 초산인데도 쉽게 빠져 나왔다. 원체 작고 가벼웠다. 십개월동안 그것을 뱃속에다 넣고 안 간 데 없이 엎어지고 뒹굴며 넘고 걸은 길과 산 또 건넌 강이 그 얼마였던가? 그러니 애가 뱃속에서 조용히 클 수가 없었기도 했지만 못 먹어서도 제 몸을 불

리지 못했으리라.

　누구 하나 굽어보는 사람 없는 먹방 냉돌에서 지푸라기 위에다 핏덩어리를 쏟아 내고, 손으로 더듬어 탯줄을 집어 올려 앞니로 그것을 물어 뜯었다. 물컹 하고 뜨뜻미지근한 것이 입 안에 들어오자 비린내가 확 풍겨 오고 구역질이 목젖을 휘저었다. 이것을 끊지 않으면 나도 저것도 죽는다는 생각에서 앞니로 다시 으등거렸지만 그리 쉽게 끊어지지 않았다. 얼마나 놀라고 떨렸으면 나이 열아홉 살짜리 산모가 탯줄을 물어 뜯었을까.

　'어매 나 좀 살려줘. 이것을 어쩌면 좋당가. 안 끊어지네.'

　입 안에 피가 범벅이 되고도 끊어지지 않는 그것을, 다급해진 큰예는 이번에는 그 한쪽을 손에다 쥐고 어금니로 잘근잘근 씹었다. 빈 속에서 넘어 올 것도 없는 식도에서 헛구역질만 났다. 결국 갈기갈기 씹혀 찢어진 탯줄은 완전히 태아를 모체와 분리시키는 데는 성공했으나, 얼마가 지났을까 처음에는 심하게 울던 애가 울음이 없었다. 지푸라기 위에 뒹굴던 핏덩이에 제 적삼을 벗어 덮었다. 거의 본능에 따른 움직임이었다. 적삼 하나뿐이던 큰예도 추위에 부대껴 떨기 시작했다. 참 야속한 사람들이었다. 전에도 행중 여자 하나가 이런 일이 있어 그 뒷바라지를 큰예가 한 적이 있고, 그때 여자는 큰예를 시켜서 사금파리 한 쪽을 주워 오라 했다. 주워온 사금파리가 못마땅했는지 한두 번 시도해 보다 안 돼 결국 자기 앞니로 끊어 낸 것을 본 적이 있었기에 그것을 흉내낸 것이었다.

　첫 국밥이란 말도 들은 적이 있고 산모가 땀을 흘려야 한다는 둥 별 희한한 해보깐(해복)에 따른 이야기를 들었건만 그 말은 큰예한테는 꿈과 같은 일일 수밖에 없었다. 우선 자기가 추워서 견딜 수가 없어 일어나 방 안을 더듬었으나 자기가 훔쳐다 놓은 지푸라기밖에는 방바닥의 먼지뿐이었다. 너무 당황하고 무서워 행중한테 달려가 이 위급을 알려 볼까 해서 방문을 열었다가 그때사 자신의 적삼이 벗겨진 채인 것을 깨닫고 황급히 방 안으로 되돌아와 핏덩이를 안았다. 그러나 그 순간 큰예는 몸 전체를 훑어 내리는 소름을 느꼈다. 애 몸에 온기가 없고 차게만 느껴졌다.

뉘 자식이건 주체스럽던 증오의 씨였건 간에, 죽지 않고 살아서 열 달의 동거를 거쳐 이 세상에 나온 태아의 자지러지는 첫 울음소리에 때맞춰 가슴 밑바닥에서 꿈틀거리며 피어오르는 것은 모성애일 수밖에 없었다. 그러나 강하게 어머니를 의식하는 순간의 그 격정이 영아의 식어 버린 육신을 만나 그만 전율로 바뀌고 말았다. 배꼽줄을 감아주지 않아 거기서 그 영아를 지키던 피가 다 빠져나간 것이 사인이었다.

악몽이 아니라 지옥에 다름 아니고 죽음의 공포뿐이었다. 간장을 마저 마셔 버리고 몸서리를 쳤다. 그때 그 일 년 전의 소름끼치는 참경이 떠올랐고 그 생각은 어쩔 수 없이 나머지 간장을 털어 넣게 만든 불가항력이었다.

이번에도 애를 배면 죽음뿐이라는, 어찌 보면 단순한 생각이지만 그렇게 마음이 정리되기까지 한없는 심적 고통과 갈등을 겪어야만 했다. 아무리 행창질이라고 해도 살을 섞다 보면 마음에 드는 사내가 있고 또 전후 지각없이 자신이 달뜰 때가 있었다. 그것이 육체였다.

"거, 그런 고생 안 할라면 일 추리고 바로 일어서서 뒷물을 쳐버리라고. 그게 그만이여…. 그짓을 못허고 여자들…, 어이 참 속을 모르것당개. 잠깐 일어서서 뒷물 그것이 얼매나 시간이 걸리는 것도, 또 된 일도 아닌디…. 그냥 자빠져 있는 것이 종개 그냥 그러다 잠이 들고, 잠을 퍼 자다 보면 볼쎄…. 내 말을 들으면 꿈에 떡 얻어 먹긴디……. 고생해도 싸지 싸…."

곰뱅이쇠의 천하에 싸가지 없고 인정머리 없는, 충고도 못 되는 비아냥거림이었다.

허나 그 말이 맞긴 맞다. 일을 끝내고 바로 뒷물을 치면 거의 뒤탈이 없다는 것은 모두 아는 일. 그러나 그게 말같이 쉬운 일이 아니었다. 여름밤이라도 그랬다. 언제나 사내 품에 안겼을 때는 일이 끝나면 그래야겠다고 다짐하나 그래도 조금이나마 마음에 드는 사내와 일을 치를 때는 그렇게 기계처럼 일이 끝났다고 일어설 수 없는 것이 항용 있는 일이었다. 나른한 그 쾌감의 후유증에 이끌려 조금만 조금만 하다가 깜빡 드는 잠이나, 뭐라 중얼거리거나 소근대는 사내 말 소리에 끌려 자신도 몇 마디 대꾸하다 보면 또 시간을 놓칠 수 있고, 그 잠자리 하는 것이 그렇게 다 감미로운 건 아니지만 성이기 때문에 끌고 끌리는 맛에 칼로 자르듯이 할 수 없는 것이었다. 특히 겨울에는 어찌어찌 일을 치르고 나면 체열 때문에도 그렇고 방바닥의 온기 때문에도 그렇게 나른해지고 바깥 공기가 싫은 것이 사실인데, 그런 자리에서 발딱 일어나 아랫도리도 엉성한 채 한데 나가 얼음 같은 찬물로 뒷물을 친다는 것은 사람으로서는 차마 할 수 없는 일인 것이다. 그 타성을 모르는 곰뱅이쇠의 말이 자기 목을 치는 회자수 칼날보다도 더 징그럽고 매정스럽게 들렸다.

 그것을 모르지 않을 나이의 곰뱅이쇠 말이 보초대기가 없었다. 역지사지라고 자기가 그 처지라면 그리 쉽게 일어나겠는가. 또 있다. 사내가 자신의 배설물을 그리 쉽게 지우고 들어오는 여자를 좋아하겠으며, 잠시라도 빠져나갔다 돌아온 여체의 냉기를 좋아할 자 누구겠는가. 끈질기고 인색한 사내는 본전이 아까워서도 그러고 들어온 여체를 또 탐하는 경우가 허다한데…. 이 질문을 곰뱅이쇠한테 하고 싶었다. 아무리 방비를 해도 허점은 있고 그렇게 해서 또 핏덩어리가 몸에 늘어붙게 되는 행창질의 어쩔 수 없는 눈물겨운 숙명을 뉘라서 어루만져 주겠는가.

 "어매, 나도 사람이라 마음에 드는 사내 새끼가 어찌 없다고 하겄는가. 그러나 내 꼬라지가 이 모양인디 누가 나를 데려가겄소. 왜… 왜 나를 이렇게 낳아 놓고 혼자 가 분졌소. 엉 엉…. 어매 나 좀 살려 주어."

 큰예 울음소리가 방 밖으로 새어 나갔는지 작은예가 방문을 벌컥 열었다.

 "어매. 그래서 나는 기왕 이리된 거, 말 헐 것도 없고. 차라리 내 대신 작은예나 몸 안 베리고 있다 사람만 착실허면 누구든지 짝매 줄라고 그러요. 그런디 누가 작은예를 깨끗한 여자로 알 것능가. 누가 알아 줄 것이여? 어매, 누가 데려갈랑가 몰라잉."

 산 사람한테 하듯 하는 하소연에 붉은 소원이 해일처럼 밀려들었다. 그만 나가자는 작은예 권유도 뿌리치고 생각에 잠겨 있었다. 자신을 지키기 위해 지금 생각해도 아찔한 순간을 용케 넘겼던 일은 또 얼마였던가.

한번은 이런 일도 있었다. 무주 어느 시골, 공명첩이나 얻어 행세하는 인색하기 짝이 없는 첨지 한 사람의 노모 미수잔치 마당에서 굿을 벌이던 그날 밤. 그 첨지 영감의 성화에 못 이겨 합방을 하게 됐다. 애초에 뜻이 없고 때맞춰 몸때라 꼭두쇠에 애걸까지 했으나 꼭두쇠는 이런 큰 몫에는 네가 큰일 좀 하라고 조르는 바람에 옴나위 없이 영감을 맞아들인 것까지는 그럴 수 있었다. 그런데 이 첨지 영감 양기가 쇠해 제대로 일도 못추리는 게 안쓰럽기까지 했으나 밤 새기를 작정하고 치근덕거리는 데는 아무리 절에 간 시악시 꼴이 된 큰예지만 짜증이 날 수밖에. 방 윗목에 떠다 놓은 큼직한 대야의 찬물에다 연장을 담갔다가 닦아 내고 달려드는데 죽을 맛이었다.

첫 닭이 울 때까지 땀을 뻘뻘 흘리며 큰예 몸뚱아리를 구린 입에다 깔끄러운 손하며, 노린내 나는 수염을 들이대고 입을 맞춘다, 핥는다, 벼라 별짓을 다하는 데 견딜 수가 없던 큰예는 재차 물건을 찬물에다 담갔다가 꺼내 들고 달려드는 영감을 오른발을 구부린 채 들어 올려 힘 안 들이고 무릎으로 영감 오목 가슴을 가볍게 제겨 버렸다. 체중도 없고 허깨비 같은 영감은 끙 소리도 없이 이부자리 위에 엎어지더니 그만 그 길로 맥을 놓아 버렸다. 참으로 어처구니 없는 일이고 한편 엄청난 일이었다. 큰예가 움직이지 않는 영감의 겨드랑이에 손을 대고 끄집어 올리려는데 뱃구레가 조용한 게 이상해 뒤집어 놓고 보니 이미 죽은 뒤였다. 힘도 안 들이고 그저 한 다리를 들어 무릎만 잠시 구부린 것뿐인데 지레 흥분한 영감이 걸리고 만 것이다.

"먼저 곤장을 때리기 전에 네 이야기를 들어 보자."

이튿날 새벽같이 동헌에 끌려간 살인범 큰예는 오들오들 떨리고 정신이 아득했지만 호랑이굴에 물려온 셈으로 정신 차리자고 다짐다짐하며 겉으로는 태연히 보일 뿐이었다. 영감이 죽은 줄 안 집안에서는 소동이 났으나 양반이 남사당패 행창과 합방했다는 소문이 두려워 쉬쉬 했다. 시체에 상처가 없는 것으로 미루어 복상사나 급체일 것으로 단정하고 일을 덮어 둘 요량이었는데 바람둥이 그 집 큰 아들이 또 사단이었다. 양반이라고 큰 갓 쓰고 노상 술에 취해 취생몽사하는데 그날 할머니 미수연에 불려온 사당패 젊은 계집 큰예한테 눈독을 들이고 끝나기만을 기다리던 참에 갑자기 아버지 방으로 들어갔다는 말을 듣고 이를 갈고 술만 더 마시다 날이 밝았는데 소동이 벌어지자 아버지 치상보다 요년 잘 걸렸다 하고 큰예를 살인범으로 몰아 고발해 버렸으니 덮어 둔 똥에서 냄새가 날 수밖에. 그 소문은 삽시간에 온 고을로 퍼지고 큰예는 그렇게 해서 끌려갔다. 사또는 평소 공명첩 양반으로 위세 떨고 관에 협조 않는 첨지에게 앙갚음을 하려던 차에 이런 일이 벌어졌으니 잘 됐졌다고 쾌재를 부르는 판이었다. 고발이 들어왔으니 사건을 처리 안 할 수 없게 됐지만 첨지 집안 손을 들어줄 생각은 추호도 없었다. 우선 양반이 행창과 놀았다는 것은 유유상종이라고 양반인 사또도 창피스러운 일이었다.

"쉰네, 행하 받고 영감님 모신 죄밖에 없사옵고, 감히 쉰네가 존귀하신 어른한테 무슨 해악을 끼쳤겠습니까? 이것은 필시 연로하신 영감님께서 갑자기 기를 돌구셔셔 일어나는 병으로 복상사가 분명하온 줄 아옵니다. 굽어 살피소서."

"으음…. 고년 주둥이는 살아서. 너 이년, 니가 그 집 재물이 탐나 영감을 죽인 것이 분명하렷다. 이실직고하지 않으면 살아 남지 못하리라."

　사또는 속으로 영리하고 대찬 계집으로 생각하고, 생긴 것도 예쁘지만 여기가 어디라고 당돌한 언어거지가 마음에 들어 곧 방면할 생각이었으나 우정 한번 엄포를 놓아 본 것이다. 또 무슨 소리가 나오는가 궁금하기도 했다.

　동헌 밖에 이 희한한 구경거리에 구미가 당긴 사람들이 그 하회를 보려고 발 디딜 틈 없이 빼곡했다. 그것을 막고 섰는 나졸들도 땀을 흘리고 있었다.

　"쇤네…, 아무리 사또께서 닦달하셔도 드릴 말씀은 그것뿐입니다. 쇤네 아비도 어릴 적 그와 똑같이 돌아가셨는데 어머니 말씀이 복상사라고 하시던 것만 기억하고 그 일이 있은 뒤 어머니는 저희들 보고 그런 비상시의 대책을 가르쳐 주셨습니다."

　"그래? 그럼 그 방법이 무엇이라더냐. 소상히 아뢰어라."

　"예. 그것은 다름이 아니오라 남자가 그런 증후가 있으면 서둘러 바늘로 부자지 밑을 따서 피를 내는 것이라 들었고, 어젯밤에도 쇤네는 영감님이 그런 기미가 있사와 서둘러 바늘을 찾았으나 없어서 하다 못해 동곳이라도 빼서 손을 써 볼까 했사오나 워낙 상투가 작아 동곳도 없어서 손을 쓸 겨를이 없었습니다. 제가 바늘을 찾다가 없어서 동곳을 찾으려고 했을 때에는 벌써 어른은 운명하신 뒤였습니다."

　"으음, 그래? 그럼 네년 애비도 그렇게 죽었단 말이야? 네년 애비는 뭣을 했었느냐 그럼."

　"그저 글을 읽는 백두에 불과했습니다."

"으음, 그래? 그런데 남사당패 행창이 됐구나. 여봐라 형방. 저년 말대로 영감 상투가 작은지, 평소 동곳을 안 꼽고 다녔는지 알아 봐라. 그러고 딴 데 상처가 있는지 철저히 살펴봐라."

 사또의 눈이 형방한테 뭔가 또 말을 하고 있었다.

 증인으로 같이 불려 간 꼭두쇠는 속으로 혀를 내두르고 있었다. 어린 것 어디에 저런 무서운 소견이 숨어 있었을까 생각하니 오히려 큰예의 그 수작에 기가 막히고 겁이 날 정도였다. 내가 저것을 늘 어리다고만 봐 왔으니 큰일 날 뻔했구나. 저 정도라면 쓸모 또한 많으리라. 꼭두쇠는 속으로 계산했다.

 그날 오후 풀려난 큰예는 밥도 마다하고 해넘어까지 울고 또 울었다. 그런 일이 있은 뒤 꼭두쇠나 곰뱅이쇠의 큰예 대접이 달라졌다. 아무리 범인이지만 깔보일까 봐 조사받을 때는 사투리를 안 쓰고 양반들 흉내를 내서 고비를 넘긴 큰예였다.

 남사당패에서 겪어온 지난 일들이 머릿속에서 어제 일처럼 떠올랐다 사라졌다.

 추위도 모르겠고 악만 남은 큰예는 곳간 속에 갇혔어도 바깥 일에 신경을 모아 일이 어떻게 돌아가는가 귀를 세웠다. 비명이나 노성도 사라지고 조용해졌다. 덕석말이가 끝났으면 어떻게 하나. 아무리 좋게 생각해도 자신의 앞날은 뻔했다. 장고잽이로 남사당패 유일한 여자잽이지만 그것은 겉으로 내세운 허울일 뿐. 젊음이 시들 때까지 남자들 놀이개가 되는 행창질이 이어질 것이고, 그러다 보면 언제 또 그 몸서리쳐지는 임신의 악몽이 되풀이 안 된다는 보장이 없었다. 받는 해웃돈도 모두 곰뱅이쇠 몫으로 떨어지고 어쩌다 그런 뱃속을 아는 사내가 있어 손에 쥐어 주는 몇 푼 여윳 돈이 있지만 그것도 눈치 채고 간간이 몸뒤짐을 해서 털어가는 뱀 같은 곰뱅이쇠였다. 게다가 곰뱅이쇠가 노린내 나는 주둥이나 거 쿨진 손으로 후벼 파듯 자신의 성기를 다루는 그 징그러움을 면할 수 없는 것이 한없이 가련하고, 그러다 보면 어머니에 대한 사무 치는 그리움과 원한이 되살아나고, 눈물바람으로 어머니만 불러 외치는 것이었다.

'이대로는 안 되겠다. 차라리 행중을 떠나자. 여기보다 못한 데 가 어디 또 있을까. 하다 못해 주막집 행창질을 해도 이보다 낫겠 지. 그래 어디로든 발길 닿는 대로 뛰자. 이자 작은예도 전동이도 없는데 무얼 보고……. 그나 저나 여길 내 발로 걸어서 나갈 수나 있을는지……'

생각은 끝이 없었다. 어릴적 꽃을 보고도 고운지 몰랐고, 봄을 맞은 새소리도 정겨운지 모르고 자란 큰예에게는 여지껏 오직 회 색 하늘만이 머리를 덮씌우고 있을 뿐이었다.

그때, 광문이 열리면서 눈부신 햇살이 뻗질러 들어왔다. 누군가 광문 앞에 서 있었으나 그저 검을 뿐이었다.

"끌어내게."

누군가의 고함이 들리고 성큼성큼 사람이 들어왔다. 양 손목을 묶은 노끈이 풀렸다.

"나와라."

풀어준 사내가 어깨를 잡아 끌었다.

"으음, 얼굴은 제법 반반하구나. 그러니…. 허허 참 아버님이 망 령이 나셔서…"

바깥 행랑의 어느 방으로 끌려 들어간 큰예는 머리가 멍하고 어지러울 뿐이었다. 노인의 추근거림에 잠도 편히 못잔 터에 두 끼를 굶고 온종일 추위에 떨었으니 꼴이 말이 아니었다. 둘러보니 해가 지고 있었다.

의복이 그리 단정한 편은 아니고 통영갓도 한쪽이 약간 찌그러져 있는 것이 깔끔한 위인은 못 되는듯 싶지만 양반은 분명 양반인 청년이었다.

"행중으로 돌려 보내게. 참, 행하는 내렸는가? 거 쉰 명 가까운 사람이면 양식도 꽤 들 것인데…."

"서방님. 안 됩니다요. 이 계집을 보냈다가는 큰일 납니다요. 아침참에 덕석말이 당한 놈들은 반송장이 돼 모두 쓰러져 버렸습니다. 영감마님이 한 톨도 행하를 내리지 말라는 엄한 분부셨습니다."

"내가 알아서 할 터이니 행하로 쌀 한 가마니와 돈 열 냥을 이 아이에게 주게."

"네엣? 싸, 쌀 한 가마니라니요? 서방님, 그건 꿈도 못 꿀 일입니다요. 돈도 돈이지만…."

"이봐 천서방! 내 말이 말 같지 않나? 내게도 생각이 있으니 우선 그렇게 처리하고 다친 사람들은 동네 빈집이나 어디서 몸이 나을 때까지 있게 하게. 내가 아버님한테 말씀 올려 말썽 없이 할 테니 아뭇소리 말고…."

거칠게 생겼어도 불량기는 없는 삼십대 중반의 젊은이는 안쓰러운 낯빛으로 큰예를 바라보고 있었다.

"나 보는 데서 돈을 갖다 주게 어섯! …나도 너희들 행중의 생활을 잘 알고 있다. 사람이 돼서 사람 대접을 못 받는 너희들을 나는 늘 못마땅해 한다. 나도 양반이지만 양반이라고 다 사람이 아니다."

아들로서는 아버지가 문제였고 아버지한테는 아들이 골칫거리인 이 집이었다. 타고난 호색가인 곽참봉은 젊어서부터 그것 때문에 말썽도 많아 늘 자식들한테 큰소리를 못 치고 지내왔었다. 이번 일을 두고도 아들은 속으로 묘수를 궁리하고 있었다. 기회가 왔다고 무릎을 쳤다.

집사가 나간 뒤 아들은 고개를 들고 자신을 짯짯이 쳐다보는 계집의 요모조모를 뜯어보다가 대뜸 물었다.

"너 언문이라도 읽을 줄 아느냐?"

휘딱 고개를 쳐든 큰예가 청년을 흘깃 쳐다보았다. 마뜩찮은, 무슨 뚱딴지 같은 소리냐는 귀찮은 표정이었다.

"……"

'속이 많이 틀어진 게로군. 그렇지. 노리개 삼아 데리고 놀다 광에 처박고 해웃돈도 안 주니 그럴 만도 하다.'

속으로 고개를 주억거린 곽참봉 아들은 큰예의 표정을 그렇게 이해했다. 그 아들이 아버지 노여움의 이유가 어디 있는지 모르고 있는 게 다행이었다.

"내가 하는 말 잘 들어라. 너 혹시 이 행중의 생활이 마음에 안 들거나 다른 일을 하고 싶거들랑 말해라. 내가 너를 다른 데로 옮겨 주마. 아까도 이야기했지만 너희들의 이런 개 돼지만도 못한 생활을 나도 마땅찮게 여기는 한 사람이다. 사람은 누구나 고루 잘 살아야 한다는 게 내 생각이다. 너만 원한다면 오늘밤 안으로 내가 너를 다른 데 보내 주마. 말해 봐라."

그 아들이 관찰한 큰예는 총기가 있는 게 마음에 들고 강단진 것이 좋았다. 흔히 행창들에서 볼 수 있는 천기가 없는 게 돋보였다. 출생이야 어찌 됐건 사람은 바탕이 깨끗해야 하니까. 그래서 욕심이 생긴 것이다.

"어딘데요 나으리? 저도 그렇게만 할 수 있다면 따르겠어요. 언문도 조금 읽을 줄 아느면요."

큰예도 곳간 속에서 먹었던 마음의 길과 다르지 않은 제안이라 우선은 그렇게 말해 두었다. 그러나 다음 말은 집사 때문에 중단이 됐다.

집사 얘기는 쌀 닷말을 겨우 빼내다 줬다는 것이었고 돈은 언감생심이라 했다.

"알았다네. 내가 알아서 처리할 테니 어서 나가 보게. … 너는 여기 조금만 더 있거라. 안에 좀 다녀오마."

무슨 학인지 도인지에 미쳐 제 출삿길도 내팽개친 아들을 원수보듯 하는 아버지는 또 아들의 그 외고집과 강직한 성격에 밀려 큰소리 못 치고 항시 눈치만 보고 있는 터라 그날의 소동도 아들이 알까 봐 조마조마 하던 판이고, 아들이 집에 없는 것을 기화로 일을 꾸몄던 것인데, 결과가 그러니 속이 뒤틀릴 대로 뒤틀린 참봉은 쌀가마니란 집사 말에 기절초풍했으나 아들 말이라고 하니 닷말로 깎아 내려 울며 겨자 먹기로 행하를 내렸다. 그러나 그나마도 아들이 들어가 고집했던 대로 쌀은 닷말을 더 내오고 돈 열 냥은 아들이 직접 아버지한테 받아 냈다.

일을 처리하고 돌아온 아들은 큰예에게 서찰을 내밀었다.

"자, 이것을 가지고 고산으로 가거라. 내가 같이 갔으면 좋겠는데 내 일이 바쁘다. 가서 잘 있으면 후에 내가 한번 들르겠다."

고산이라면 전주에서 봉동, 운주, 금산으로 해서 충청도로 빠지는 길목에 있는 고을이었다. 거기에 주막을 하다 성공해 큰 사업을 하고 있는 곽참봉 둘째 아들의 젖어미가 있어 서로 좋자고 큰예를 그쪽으로 소개한 것이었다.

돈과 서찰을 받아 치마 말기에 구겨 넣고 이게 꿈인가 생시인가 큰예는 갈피를 못 잡고 허둥댔다.

덕석말이를 당한 두 사람은 식음을 전폐하고 끙끙 앓고 있어 어디 출행이나 연희는 말도 꺼낼 수 없었으나, 만져 보기도 어려운 쌀 한 가마니가 행하로 나왔다니 꿈에 얻어 먹은 떡이 아닌가 반신반의했다.

그러나 호사다마라고 덕석말이를 당한 다음 날, 그러니까 곽참봉댁에서 연희를 한 지 나흘 만에 정초부터 기신거리던 꼭두쇠 오봉이가 그만 숨을 거두고 말았다. 이제 나이 오십을 갓 넘긴 그는 금년 정초 산사람의 하나인 삼수의 문병을 받은 바 있고, 그때 벌써 병세가 악화됐었다는 소문이 퍼지고 있었다. 그러나 보름을 넘기고 다시 만나는 행중을 이끌 사람이 마땅찮아 병구를 이끌고 나섰다가 그만 참변을 당하고 말았으니, 그렇잖아도 이런저런 일로 흔들리던 남사당 오봉이패는 자칫 해산의 운명을 앞에 두고 만 것이다. 그보다 앞서 전날 밤에 나타난 전동이를 쳐다보는 홍도의 눈길도 곱지 않았고, 우선 이 행중을 떠나기로 각오한 탓에 이것저것 뒤숭숭한 큰예는 그만 입을 크게 벌리고 말았다. 자기 부탁대로 작은예와 어디로 종적을 감춰 버린 줄 알았던 그가 눈앞에 나타났으니……

"아니 전동아, 왜 돌아왔냐? 작은예는 어따 내 분지고 응? 아이고 어쩌까, 나도 작은예와 바꿔치기 했다고 광에 갇혔다가 겨우 풀려나고, 꼭두쇠와 곰뱅이쇠가 덕석말이를 당해 지금 숨이 깔딱깔딱 헌디, 어따 뒀냐 작은예 응? 아이고 속 타 죽겄네 참말로…."

남사당패는 딴에 규율이 엄했다. 꼭두쇠 말에 따라 가히 일사불란하게 움직이고, 조직의 비밀을 누설치 말아야 했고, 상호의 재물에 손을 대지 말아야 하며, 무단이탈을 용서치 않았다. 만약 위반자가 있으면 꼭두쇠의 명령에 따라 징벌이 가해지는데 보통 매는 벅구잡이가 들게 돼 있었다. 알고 보면 결과적으로 전동이도 무단이탈에 해당하나 행중이 우환 중이라 누구 하나 나서서 그를 책망하는 이가 없었다. 그때 꼭두쇠 목숨이 경각에 달려 있었으니 큰일이 작은일을 덮은 덕택이었다.

상여도 없이 가마니때기에 쌓인 꼭두쇠 오봉이의 시체가 행중의 서러운 풍악 소리에 떠밀려 구절치를 넘어 능다리 쪽 남향 야산에 묻힌 것은 닷새째 되는 날 오후였다. 누구 하나 상복 입은 이 없고 더구나 상주가 있을 리 없는 그 행렬. 지게는 어름산이 만적이가 짊어졌다. 몇몇 행중의 눈이 붉고 같이 해 온 걸식 길동무의 시신을 묻는 사람들은 기어코 설움에 겨워 벌건 황토 분묘 위에 눈물을 떨구고 말았다. 고인의 명복을 비는 징소리가 멀리멀리 산발한 여인네의 머리칼처럼 흩날리며 퍼져갔다.

어디 묻을 데가 없어 여러 사람들이 사방을 헤맸다. 천출 중의 천출인 광대나 남사당패의 시신은 아무 데나 묻을 수 없어서였다. 살아 생전에도 사는 곳, 사는 집 모두 품계가 있듯이 죽어서도 아무 데나 유택을 마련할 수 없는 게 남사당패였다. 그래서 시신을 깊숙한 산속에 묻은 행중은 장차 닥쳐올 자신들의 운명을 미리 서러워 해서 많이 울고 또 울었다. 징쇠 홍도의 한 맺힌 징소리가 구슬펐다. 오십 평생을 떠돌며 구름 벗하여 길바닥에서 보낸 꼭두쇠 오봉이의 소지품은 달랑 깨진 꽹과리 하나와 담뱃대에 고랑내 나는 중의적삼뿐이었다. 징쇠 홍도는 그것을 태우면서 섧게 섧게 울었다. 짧은 세월이었지만 꼭두쇠와 홍도의 우정은 피에 가깝게 다정했고 진했다. 불과 두 살 차이지만 친형제가 무색한 우애였다.

그런 뒤 당연히 뒤따라야 할 하나의 수순이 있었으니 그것은 새 꼭두쇠 선출이었다. 하루 빨리 떠나야 할 이 징그러운 고현내 원백 땅이었다. 그렇게 기세등등하던 곽참봉도 꼭두쇠가 죽었다는 말을 듣고 돈 사십 냥을 내놓고 서둘러 출타해 버렸다. 뒤따라 그 아들이 내놓은 보리 한 가마니도 장사 비용으로 충당됐다. 동네에서 들리는 소문으로는 그 아들이 동학군이고, 하는 짓이 올곧고 인정이 있어 추앙을 받는 인물이고, 관에서도 곱지 않게 보고 있지만 도량 넓고 강단진 그는 현감도 한 발 양보하는 협객이라 했다. 그는 꼭두쇠 장사를 마음을 열고 보살펴줬다. 수의가 있을 턱이 없는 꼭두쇠가 그의 덕으로 수의를 입고 명부로 갔으니 비록 꼭두쇠 사인을 제공한 그 집 푸네기지만 행중으로서는 은인이나 다름없는 사람이었다.

하루를 뼈대다가 선출된 새 꼭두쇠는 곰뱅이쇠 근용이었다.

"제미…. 꼭두쇠? 아무리 천한 남사당패의 꼭두쇠지만 저런 사람이 어찌 꼭두쇠가 됐다요, 응? 여러분들 보씨오. 미물인 개미도 대장은 개중 힘 세고 일 잘허는 놈이 되는디…. 아 곰뱅이쇠, 그 계집 씹구녁만 찾는 사람이 꼭두쇠가 됐다니 이 행중도 다 되었소. 나 딴디로 갈랑개…. 원 세상에 사람이 없다고 그런… 참….”
 말을 끊은 것은 당자 곰뱅이쇠가 이쪽으로 들어왔기 때문이었다. 꼭두쇠 유고시는 대개 나이 많은 상쇠가 뒤를 잇고 모두의 찬성이 있고 우선 행중에서 덕망이 있다고 인정 받은 사람을 선출하는 게 관례였다.
 “폐일언하고 그때 날렸다는 정여립 장군 같은 사람이 나와서 대장이 돼야 허는겨.”
 “야 이놈아. 남사당패에 무신 정여립 장군이 필요허냐.”
 용백이 불평을 만적이가 튕겨 냈다.
 “그럼요. 우리 남사당패한테도 맞는 이야기고, 또 이 썩어 문드러진 조정인가 석정인가에도 맞는 얘긴개요. 상감인지 땡감인지…. 나 원 제 제집한테 꼼짝 못허고 나라를 요렇게 행창들 보지구녁같이 맹글어 버린 그런 인간은 쓸데없어요. 아까 누가 이야기 안 헙디여? 사람은 개미나 짐승같이 그렇게 총중에서 잘나고 힘세고 경우 밝은 사람이 왕이 돼야 백성이 잘 살제 뭣 땜시 대대로 즈들만 헤 처먹냐고요. 즈덜이 낳은 새끼들이 다 똑똑하고 잘난 놈들이다요, 예? 말 좀 해 보씨오. 세상에는 그보다 몇백 배 몇천 배 똑똑하고 깨끗하고 경우 바른 사람이 시글시글 헌디. 왜 하필이면 지 새끼들만….”
 “야 이놈아. 니 모가지가 몇 갠디 그런 소리 허냐? 누구 쥑일라고…. 참 저것이 겁이 없어도….”
 “놔 두시오. 죽어도 지가 죽제 우리가 죽소? 들어나 봅시다.”
 왕을 두고 갑론을박이 벌어진 것은 꼭두쇠가 곰뱅이쇠로 결정된 데 대한 불평과 성토 때문이었다.

"나도 저 구석에서 들었소만 저 청년… 이름이 뭔가. 나도 동감이고 그래야 되네. 서로 이름이나 알자고. 그래요, 지금의 봉건 왕조는 타도의 대상, 다시 이야기 하자면 때려 엎어야 할 상대라는 거요. 우리가 이렇게 사람끼리 층계가 생기고 빈부로 갈라진 것도 전부 그 왕권 통치 때문이오. 자세한 이야기는 할 수 없으나 그래야 우리가 살 길이 생기는 거요. 우리도 그 정도는 알고 삽시다."

위로차 남사당패를 찾아왔다가 자리 차지를 하고 앉은 곽참봉 아들 곽태수의 차분한 말이었다.

"지는 사용백이구만요. 저 같은 것을 사람으로 알아 주시니 몸 둘 바를 모르것구만이오. 고맙습니다요."

그날 밤 큰예는 곤히 잠든 모두에게 속으로 인사를 건네면서 생전 구경조차 해 본 일 없는 열 냥이란 큰 돈을 지니고 자취를 감추어 버렸다. 그 전에, 덕석말이에서 살아났지만 여전히 끙끙 앓던 곰뱅이쇠가 꼭두쇠가 됐다고 그 주제에 술에 취해 세상 모르게 잠에 떨어져 있는 그 사이를 틈 타 단 한 사람 전동이를 만났다.

"어디로 가든지 몸이나 성하고 잘 있어. 너는 사람이 많이 따르니까 나는 그것 하나 믿고 마음 놓겠다. 나도 행중을 떠나도 살 수 있는 길이 있으나 아직은 때가 아닌 것 같아. 작은예는 좋은 분 만났으니 이제 걱정 없고, 일러 준 대로 거기 있으니 언제든지 찾아봐. 그러나 곰뱅이쇠 눈에 띄면 안 좋을 거다. 앙심을 먹을 테니까 조심하고. 나는 나 혼자를 생각하지 않고 행중이 내 몸같이 여겨져. 모두가 누구에겐가 자기들 팔자를 도둑 맞거나 빼앗기고도 그것을 되찾으려 하지 않고 남의 팔자를 고스란히 받아 안고 사는 서글픈 사람들이다. 나도 마찬가지지. 그런 사람들을 두고 내가 어디로 가겠냐…. 나보다 다 나이가 많고 살아온 풍진 세월에 씻기기도 한 분들이니 나 같은 젊은 놈이 있어 기둥이 돼 줘야지. 그런 분들한테만 맡길 수는 없어. 자칫하면 풍비박산이 돼 떼거지가 생기지. 그리고 나는 누가 뭐라 해도 지금의 아버지가 좋아. 작은 예도 아버지와 내가 닮지 않았다고 했는데 그러면 어때. 나는 그분한테 어릴 적 끌려다니면서 언문이라도 배워 까막눈은 면했다. 지금 우리 행중에 곰뱅이쇠 말고는 제대로 셈을 하는 사람이 없잖냐. 이런 판속인데 내가 이 행중을 버릴 수 있겠어? 어디 가서 좋은 선생 만나 칼도 좀 배우고. 아버지가 그랬듯이 나도 절에 들어가 불목하니가 돼 세월을 보내고 싶고 높은 스승을 만나 공부도 하고 싶지만…, 그러나 내 이런 욕심이 부질없는 거 같애. 제각기 욕심만 부리면 생기는 게 싸움뿐이지."

"참 사람은 열 번 된다는 말이 있는디 니가 그렇구나. 무슨 중 같은 소리를 하고 있어 시방. 참 아깝다 니가. 그렇다고 니가 이 행중에 있으면 뭐가 될 것 같냐? 용백이는 벌써 교에 들겠다고 참봉 아들과 뜻을 같이 했다는디 그래도 정신 못 차려? 우리 자매 떠나지, 용백이 가지, 꼭두쇠 죽었지. 뭐 볼 것 있다고…. 꼭두쇠가 된 곰뱅이쇠 근용이가 일을 제대로 할 것 같냐? 기회는 더 없어!"

"그것도 맞는 이야기지만… 내가 이 행중을 버리는 것은 아버지를 버리는 것과 같아. 내가 가 버리면 아버지가 얼마나 외로워 하실지 생각하면 꿈도 못 꿀 일이다. 하여튼 기회는 있을 거다. 너무 몰아붙이지 마. 나도 큰예의 마음을 애초부터 왜 몰랐겠어? 알고 있었지. 아무리 큰예한테 어떤 깊은 상처가 있대도 나는 큰예를 옛적의 큰예로 알고 있어. 고산이라니까 언제 한번 찾아가겠다.

작은예는 나 오지 않음 죽어 버리겠다고 저러는데 그것도 큰일이다. 암튼 큰예, 거기 가서 다시 잘 시작해 봐."

"고마워 전동아. 작은예 잘 봐줘. 내가 찾아갈 수는 없고. 꼭 만나 도와줘. 나도 전동이 잘 되길 빌고 있겠다. 응?"

대화 속의 인칭이 자꾸 뒤바뀌는 것은 그만치 두 사람의 심중에 갈등이 깊다는 표시였다.

그 고을에 들어가 비극을 맞은 남사당패에게 동네에서 모아 주는 행하도 적지 않았다.

전동이는 떠나는 큰예에 대한 느낌과는 다른 소외감을 용백이의 출분(出奔)에서 맛보았다. 용백이는 어디서 들었는지 이미 오래 전에 동학을 알고 있었으니까.

떠나는 남사당패 이름이 근용이패로 바뀌었다. 행중 모두는 늘 또 다른 목적지를 찾아간다는 기대나 어떤 호기심 같은 것이 있을 리 없었지만 크게 상처 입은 이번 출행길은 유달리 침울했다. 지난 해 박새 일에서 시작된 행중의 불상사는 기어코 꼭두쇠의 죽음으로 끝난 것 같았지만 언제 또 무슨 일이 벌어질지 모르는 불안한 분위기였다. 뜬쇠나 가열들의 마음도 제각각이었다. 평소 꼬부장한 근용이의 오기가 많은 심사는 앞으로 행중을 다스리는 데 어떤 부작용을 가져올지 모르나, 큰예가 도망가고 나서 더욱 더 비뚤어진 꼭두쇠는 놈태와 어울려 매일 술타령이었다. 이리저리 얻은 행하를 짊어진 나귀쇠(등짐꾼)들은 짐이 없으면 굶을 일이 불안하고 짐이 많으면 허리가 휠 일이 걱정이라 늘 시무룩한 게 일이지만 이번 연희길은 유난히도 얼굴들이 어두웠다.

벌써 박새 없는 꽹과리에서 소리가 깨지고, 한참 잘 노는 버나쇠 용백이가 없어졌으니 버나놀이가 또 흔들리고, 장고에서 큰예가 없어졌으니 소리가 허해 앞날이 걱정이었다. 박새는 상공운님이 될 만치 익은 솜씨였다. 그것을 박새가 그리 된 뒤에는 꼭두쇠 오봉이가 간간히 맞춰 주어 어설프게나마 관중들을 속일 수 있었는데, 그조차 없으니 남사당패 첫째 연희 종목인 풍물놀이가 위태로웠다.

고현내에서 옹동면으로 빠져 솥은재를 넘으면 시야가 확 트인 들녘이 나오는 데 그게 금만경(金萬頃) 평야의 한자락이다.

계사년 이월 척왜양을 부르짖는 동학교도들의 선동 벽보가 외국공관과 한양성내에 나붙기 시작하고 각국 공관에서는 자국에 군함과 병력 증파의 전문을 치는 모르스 신호음이 시끄러웠다. 그런 중앙의 긴박함은 시간이 가면서 지방으로 파급되어 전라도 땅 원평이나 고부 고을은 희미하게 긴장감이 감돌기 시작하고 지방 관아 또한 경계를 강화하고 있었다. 변산반도의 산속에 잠복해 온 초적의 무리들도 바다를 경계하며 산을 들고 나는 인원의 발걸음이 분주해졌다.

산에서는 오봉이패 남사당패가 출행하는 이른 봄, 오봉이를 통해 행중에 뭔가 일을 부탁할 계획이었으나 오봉이가 병중이라 만나지 못했는데 그 오봉이가 연희 도중에 죽었다는 소식을 받고 꼭두쇠 후임 선출에 촉각을 곤두세울 수밖에 없었다. 오봉이는 그래도 산이나 동학에 우호적이어서 횡적 연대가 있었고 더욱이 박새가 살아 있을 적에는 만적이와 함께 산과 내왕이 있어 본인들도 동학에 연대한다는 것을 은연중에 자랑으로 알고 있었다. 행중에서도 꼭두쇠가 우선 산과 줄이 닿아 있어 임진년 여름의 일본 미곡선 탈취 일에도 도움이 됐었다. 어쨌든 원인은 알 수 없으나 만적이와 박새는 이미 오래 전에 동학과 연계돼 있었던 것이 적실했다. 그러나 근용이는 꼭두쇠가 되자마자 그런 낌새를 틀어쥐고 나섰다.

"그 사람들이 우리 굶을 적에 쌀 한 톨 보태 준 일 없고 공연한 행중 들쑤셔 엄청난 일이나 맹글어서 사람 죽게 허는 디는 이골난 사람들잉개 상관들 말어! 우리가 이렇게 비럭질 하고 댕기는 것도 모다 양반님네들 덕택잉개. 첫째도 양반님네들 비우 상허게 말고잉. 우리는 도적 패거리도 아닝개 적게 묵고 가는 똥 싸드라고. 정 딴 일 허고잡은 사람이 있으면 일찌거니 딴 디로 가 분지라고. 같이 있어 봐야 분란만 낭개. 내가 꼭두쇠가 됐다고 안 좋은 소리들이 있는가분디… 나도 왜 죽은 오봉이만 못 허겄어. 두고 봐, 내가 배는 안 골릴 텡개. 글고 또 이야기 허지만 암동모 시켜서 번 돈, 쬐깨씩은 내 놔야 혀. 우리 남사당패가 돈이 어디서 생기겄어. 행하 받은 곡식은 먹고 똥 싸 분지고. 돈 쓸 데는 많은디 그렇게 십시일반으로잉…. 나도 암동모도 없이 헛좆 꼴리면 용두질로 달랭개 그리들 알어…."

어찌 들으면 행중에 대한 패악이 될 수도 있고, 또 달리는 계고(戒告)도 될 수 있으나, 어쨌든 그것은 분명 꼭두쇠 자신의 명령에 복종해야 하고 같이 살기 위해서 번 돈을 내 놔야 한다는 공개적인 독촉이었다. 그것을 못 알아 듣는 행중이 아니었다. 얼른쇠나 덧뵈기쇠와 덜미쇠 같은 늙은 뜬쇠들은 오만상을 찌푸리며 그 소리를 듣고 있었다. 오직 꼭두쇠와 허물없이 지내고 매사에 죽이 맞아 일을 꾸미는 덜미쇠 놈태만은 그런 근용이 꼭두쇠를 이죽거렸다.

"꼭두쇠 나아리가 뽁을 놓치고 심사가 좋지 않겠구만. 딴 사람은 허다 못해 밤마다 암동모라도 품고 자는데 말이여. 그나저나 그 좋아하는 그것이 없으니 무슨 연희에 정신이 있겄어. 누구 암동모라도 꼭두쇠 나아리한테 드리지 그려? 좋은 일 헌다고."

"시끄러 이 으뭉한 놈아. 저것이 병 주고 약 준당개. 야 이놈아, 말이사 바로 허는디 뽁하고 뒤하고 바꾸겄냐? 생각해 봐라. 그 뿌득거리고 잘 들어가지도 않는 구멍에다 용쓰는 것허고 미끈거리고 뜻뜻한 그 맛이 같겄냐? 이 웬수야!"

"히히히. 그것도 틀린 말은 아니고 그것도 좋지만 뒤는 뒤대로 맛이 또 있잖소. 그 딴딴한 똥도 툭툭 잘라내는 그 꽉꽉 씹어대는 그 맛이 조개에도 있당가요?"

놈태가 재미있다는 듯이 꼭두쇠 근용이에게 손가락질하며 뱃살을 움켜쥔다.

원평장이 제법 벅신거린다. 고현내를 떠나 옹동을 거쳐 거기에 닿은 것은 춘삼월의 어느 날 아지랑이 너울거리고 야산 기슭에 복사꽃 수줍을 때였다.

봉놋방에서 잠잘 때도 있지만 그것은 아주 드문 일이고 남의 사랑이나 공청 아니면 빈집에 들어가기가 예사인 남사당패는 거기라고 예외는 아니었다. 큰 술도가 허청을 치우고 몇 사람이 우선 들어앉았다. 여장을 풀고 난 행중에게 잠시의 자유시간이 허락되고 꼭두쇠와 놈태가 들어가는 주막에 홍도가 한 다리 슬쩍 끼어들었다. 늘 무거운 징을 왼손에 들고 움직이는 징수님 홍도는 그래서 그런지 왼쪽 어깨가 조금 올라간 듯 걸음걸이도 약간 삐딱했다. 말이 없고, 죽은 꼭두쇠 오봉이와 늘 어울렸지만 죽고 난 뒤에는 외돌톨이었다. 입이 무거운 그가 단짝이 죽어 더욱 말이 없으니 붙임성이 없고 더 뚱하게 보였다. 쉰을 바라보는 나이지만 행동거지가 그래선지 더 나이 들어 보였다. 행중에서도 누구에게나 쉽게 곁을 내주지 않아 사이들이 서먹했다. 주막에 들어선 세 사람 다 이춤을 추듯 몸을 끊임없이 움직이는 것이 약속이나 한 것 같았다. 얼핏 보아 그것은 이런저런 동작 끝에 일어나는 잉여 동작쯤으로 알고 지나치겠지만 그게 아니었다.

카아 하고 막걸리 잔을 입에서 떼어 낸 놈태가 바지가랑이 사타구니를 바지 위에서 긁적거렸다.

"나 못살겄구만잉. 참말로 먹는 것도 시언찮은디 이 육실헐 놈의 이 떼들이 뜯어먹자고 달라드니…."

"가들이 언제 농사 지었능가. 같이 먹고 살자는디 어쩌겠능가. 냅두소 좀 뜯어먹게…."

꼭두쇠 대꾸였지만 저도 오른쪽 겨드랑이를 왼손으로 금방 긁적거렸다. 막걸리 잔을 입에 댔던 홍도가 그것을 떼어 내고 두 사람을 건너다 보면서 싱긋이 웃었다. 그도 허리께를 긁적거리다 이내 손이 사타구니로 간다.

그럴 수 있었다. 이리저리 정신 없이 떠도는 행중이 빨래인들 누가 해 주고, 입은 옷이 나들잇벌이고 연희복이니 언제 벗고 갈아입고 할 여유도 없지만, 단벌 신세에 어떻게 할 수 없으니 이가 들끓을 수밖에.

하룻밤에 열두 고개를 넘는다는 그 무서운 이 떼를 고스란히 키우고 있는 이들은 그만치 시달릴 수밖에 없었다. 덮개라도 있어 벗고 잘 수 있으면 덜 뜯기겠지만 벗어 놓고 잠자기란 생각도 할 수 없으니 좀 잘 번식하겠는가. 변태 성욕자나 동네 머슴이 고린 닢을 주고 무동이나 암동모를 데리고 자지만 그날 밤으로 이 떼는 몽땅 옮겨 붙어 비역질로 재미 보고 나면 이투성이가 되기 때문에 경험 있는 작자는 다순 방에서는 상대를 활딱 벗겨 놓고 일을 시작했다. 그래야 이 떼가 옮겨 붙지 않고 일하는 데도 걸치적거리지 않으니까. 그래서 여름에도 이와 남사당패는 밀월이 계속됐다. 참으로 말 못할 고통이요, 그것은 또 쓰라린 남사당패의 어쩔 수 없는 숙명이었다.

주모의 술 따라 주는 손이 걸었다. 꼭두쇠의 어디를 봤는가, 주인이 안 볼 적에 슬쩍슬쩍 잔을 채워 주고 알량한 푸성귀 안주지만 듬뿍듬뿍 담아 냈다.

"날 봐 그러다가 이 집 망하겄네."

그런 주모에 배알이 꼬이는지 놈태가 트집을 잡고 늘어졌다.

"냅 두시오. 망해도 이 집 망허제 내가 망허간디요. 왜? 안 중개 쌍불씨요."

"저놈의 여편네 말허는 것 좀 보소. 싸가지 없이…. 아무리 우리 처지가 그렇다고 사람 괄시허능 거여?"

"잔네도 대접 받고 싶으면 꼭두쇠 되소."

거무죽죽한 얼굴에 나이답지 않게 주름이 많은 꼭두쇠는 수염도 노리끼리 했다. 그 수염을 타고 흘러 내리는 구정물 같은 탁배기가 흰색이라기보다는 회색에 가까운 것이 꼭두쇠 바지에 톰방

톰방 떨어진다. 주모가 얼른 도토리묵 한 점을 집어서 꼭두쇠 입에 갖다 댄다.

"꼭두쇠 어른 나도 한잔 주시게라. 당최 목구멍이 근질근질해서 못 견디겄구만이라."

"퍼 먹소. 술단지 보둥고 있는 게 누구간디 도라 마라 혀."

"참 이것이 다 돈 내고 사먹는 것이제 공짜간디라?"

그때 주인 노파가 성큼 술청에 들어서 한바퀴 휘 둘러본다. 주모가 꼭두쇠한테 눈을 꿈쩍인다.

"그로소. 먹고 맞아 죽으나 굶어 죽으나 같응개 한잔 푹 떠서 마시소. 돈은 내가 낼 텡개."

"아이고 인심도 좋아라. 그럼 한잔 헐라요."

제법 능숙한 주모의 대응이었다. 주인 노파가 그 수에 안 넘어갈 수 없고 그대로 서 있기가 멋적었는지 건성으로 목로를 행주로 훔치는 시늉을 하다 술청 뒤 상추밭으로 나간다.

홍도는 그러나 놈태와 꼭두쇠를 바라보지 않고 삐딱하니 틀어지게 앉아 두 사람을 외면한 채 술잔을 보듬고 있었다.

"연희는 언제부터요. 예쁜 암동모나 무동이 많은 게라? 나도 나가서 귀경 쪼깨 헐라는디. 행하 많이 받으면 나 술 한잔 더 사주시오 잉!"

"어쩌, 한잔 미리 주까? 맛이 어떤가? 땡기면 아조 한잔 더 해분지제."

"아, 아니어라. 더 먹으면 오늘 일 못해라. 죽어 분지요 나는…."

주모는 술청과 안방 쪽을 둘러보더니 행주치마 끝을 잡아 올려 눈귀를 누른다.

"내가 남사당패 좋아한 것도 알고 보면 까닭이 있지라. 우리 아부지가 충청도 땅에서 박수였대라. 엄마는 나를 무당 안 맹글라고 나를 데리고 도망가다 다쳐서 그 길로 고생하다 죽고, 나는 또 누구한테 끌려댕기다 어떤 놈팽이 만나 살다가 이 신세가 안 됐소. 시집 가라는 사람도 많고 이 집 늙은이도 지 먼 친척 되는 사람한테 시집 가면 호강헌다고 그래 쌓는디 왜 그렁가 모르겄어라. 한군데 오래 못 있겄고 자꼬 떠돌아댕기고 자파서… 이리 찌웃 저리 찌웃 떠돌아댕길 궁리만 헌다요. 계집년이 떠돌아댕기면 몸 베리기 꼭 존 것이라고 늙은이는 다독거려 쌓는디…. 당신네들이 들이닥칭게 또 내가 무신 바램이나 안 날랑가 그래서 저렇게 눈에다 불을 씨고 안 있소. 사람 팔자 도독질은 못 헌다고 나는 천상 역마살 땜시 이러고 못 있을 것 맹인디. 어쩌요 꼭두쇠 양반, 나 쪼깨 데리고 댕기시오. 사당패덜은 행창질을 시키고 또 거사 서뱅이 있담서요 잉? 서방한테 매여 사는 것도 억울헌디 또 행창질까장 해서 돈 벌어다 줘야 험담서요. 그것 보고 걸립패 아니, 사당패라든가 남사당패는 그리 안 헌담서요. 나 데리고 가씨오. 내가 이렇게 살아왔어도 아직 밥 팔아먹고는 안 살았소. 마음에 드는 놈팽이한테는 한두 번 몸을 맺겼어도…."

악의도 없고 그렇다고 탁 풀어진 얼굴도 아닌 여자는 과히 밉상도 아니고 어딘지 한쪽에 치우쳐 골똘히 무슨 생각에 빠져 있는 얼굴이었다. 뭔가 조금은 사람들 마음을 꿰뚫어보려는 듯 앙바튼 눈길이 마음에 걸리기는 했으나 더 할 말이 없었다. 꼭두쇠로서는 이게 웬 떡이냐, 고소원이 불감청이라고 잘만 하면 각시가 생길 판이라 군침만 꿀꺽꿀꺽 삼키고 사람들 눈치만 보고 있었다. 가슴까지 벌렁거리고. 그러나 노회한 그는 그 말을 액면 그대로 받아들이지 않았다. 산전수전 다 겪고 닳아질 대로 닳아진 그가 속으로 계산이 왜 없겠는가. 물끄러미 바라보는 꼭두쇠 눈에 의혹이 깔리기 시작했다.

'이 여자가 농으로 사람 속 떠보려 하는 소린가? 그것은 아닌 것 같은디…. 그렇다면 뭘 캐낼라고?'

아무리 까 밝혀진 남사당패 내막이라도 새어 나가 좋을 게 없는 일이 더러 있으니….

"뭣 땜시 꼭 우리 행중에 들겠다는 거냐? 속 시원허게 숨은 뜻을 털어놔 봐라. 다른 행중도 더러 있는데 말이다."

홍도가 처음으로 끼어들었다.

"예 그러지요…. 여그서 벌써 일 년 넘게 이러고 있는디, 어처케나 갑갑해서요. 갑갑증이 도질 때는 요 도랑에 방죽이라도 있으면 풍덩 빠져 죽어 분지고 싶당개요. 그러나 여그저그 세상 귀경이나 험서 살다 죽는 것이 소원이고, 하나 있는 오래비가 살아 있는가 죽었는가 그것도 찾아보고 울 어매 묏동도 한번 가 보고…. 그저 서러워서 못 살겠어라."

말을 하다 제 설움에 겨워 목이 매인 여자는 훌쩍거리다 소리까지 내어 울어 버렸다.

"이대로는 세상 살기가 어려워진다고들 합디다만, 나한테는 그저 어매 꿈이나 꿈서 목구멍에 풀칠만 허면 더 바랄 것이 없어라. 좋은 옷도 또 문딩이 같은 사내 새끼들도 다 싫고 거지 신세가 돼도 좋구만이라. 따라 댕김서 속 안 썩힐랑개 나 좀 데리고 댕기시오. 지발 소원 좀 풀어주시오.

"……."

듣고 있는 홍도는 어쩐지 가슴이 찡해 오고 뭔가 머리 속을 후비고 지나가는 뜨거운 것을 느꼈다.

"그럼 니가 행중을 따라 댕기면서 밥벌이를 헐 수 있냐, 무신 재주가 있냐? 얼어 죽고 때로는 병이 나도 약 한 첩 못 쓰고 죽는 일이 있는 아주 막된 데가 여그다. 잘 생각해 봐라. 뭘 보고 자꾸 조르느냐. 벌이가 없으면 며칠씩 굶기도 허고 응…? 그렇게 만만헌 것이 남사당패가 아니다."

또 홍도였다.

"저 양반, 그 말 잘 했소. 나 이렇게 빼도 강단지고 참을성 있어요. 끄니 같은 거 서너 끄니 걱정 없어라. 징글징글허게도 굶고 살았소. 어릴 적부터 굶을라고 어매 뱃속에서 나온 거 아닝가 모르게 굶고 컸어라. 그런 걱정 마시고 지발 데리고 가 주시오. 이 집에 빚도 없고, 되레 머슴 노릇 끝이라 떠난다면 받을 새경도 좀 있응게 걱정 마시고…."

"또 물어보는디, 니가 그럼 뭣으로 밥값을 헐 것이냐? 한 가지 재주는 있어야 살아갈 것 아니냐?"

꼭두쇠가 다시 물었다. 아까와는 달라진, 자기에게 의지하려는 상대를 깔보는 말투였다.

"글쎄라, 그저 묵고 그것 허는 것밖에는 재주가 없구만이라."

"머… 그것 허는 재주? 하하하…. 이런 나 참 기가 막혀서. 이건 첨 듣는 이야기네, 정말."

"아니어라. 참말이어라. 누구든지 그러는디 내 물건이 좋다고. 물건 하나는 찰찰허다고들 험서 또 찾아온 사램이 더러 있지라.

나도 모르는디 좋탕개 종가 부다 헐 뿐이지라. 그렁개 꼭두쇠 양반. 봉께, 각시가 없는 것 맹인디 꼭두쇠 양반 각시 돼 주께요. 그러고 내 물건이 좋당개 그것으로 밥값 제하고…. 내가 잘 헤디리께. 그러다가 나도 한번 존 사내 새끼 만나 자식 낳고 살아 봐야 안 허요. 오다가다 그런 놈팽이 만나 뜻이 맞으면 소리 소문 없이 꺼져 분질랑개요. 그리 아시고라. 또 꼭두쇠 양반 새끼 배불면 또 그럭저럭 살고… 왜 안 되께라?"

"……."

"야, 너 그럼 논허고 거그는 물이 많아야 헌다는디 물은 많냐?"

놈태가 짖궂게 쑤시고 든다.

"하이고 벨 시장시런 소리 다 허고 앉았네. 걱정 마시오. 얼매나 물이 많은지 찔꺽찔꺽 헤서 아적마다 꼬쟁이 갈아입니라고 성이 가시오. 왜요, 볼라요?"

"응…? 하이고 됐다 됐어. 그만 허면 물건이다."

꼭두쇠나 홍도는 그 말을 듣고 뭔가 도깨비에 휘둘린 것 같은 기분이었다. 홍도는 그 여인을 다시 바라보았다. 어쩐지 머릿속이 개운해지는 것 같고 사람 하나 부끄러움이나 두려움 같은 것도 없이 벌거벗은 알몸, 그것도 천하거나 더럽히지 않고 깨끗하고 품위 있는 그 모습에 머리 숙여지는 기분이 들었다.

아까의, 듣기에 따라서는 여자에게 모욕이 될 수 있는 그 거칠 것 없는 자신들의 오만한 질문이 왠지 쑥스럽고 민망해졌다. 범할 수 없는 한 인간의 참모습에 기가 꺾인 그는 여자 얼굴에서 시선을 떼고 고개를 숙였다.

"지가 헐 이야기 다 했잉개 인자 알아서 허시게라. 내가 따라 간다고 조금치도 짐이 안 될 텡개요. 두고 보게라."

"……."

아까부터 외로 앉아 있던 홍도가 한참만에 이쪽으로 돌아앉으면서 반이나 남은 탁주 잔을 훌쩍 마시고 나서 입을 훔쳤다. 달이라는 그 여자는 놓인 빈 술잔을 치우고 그 자리를 행주로 훔쳤다.

"… 어이 꼭두쇠 나아리 내 한마디 하까…. 잘 들어 둬요. 나 오늘처럼 이렇게 속으로 울어 본 적이 일찍이 없었소…."

홍도가 늘 그렇듯 가라앉은 표정으로 근용이 꼭두쇠를 정면으로 바라보았다

"거 무신 소린가. 근디 자네 눈이 왜… 울었는가? 허 참, 사나 대장부가 웬 눈물이 그리 헤픈가…."

자세히 보니 눈이 붉고 시울이 젖어 있는 게 사실이었다. 그 무거운 표정에 눈까지 그러니 한번 다시 보였다.

"저 여자 괜찮소. 나 저 여자의 갸륵하고 숨김 없는 마음씨…, 바로 말헌다면 지금 세상에 저만한 여자가 있겠소. 밥값 하고도 남을 여자요. 한번 마음 주면 천 년이 가도 변허지 않을 여자. 꼭두쇠 도량에 맡기겠소. 나 저 여자 그 말 몇 마디에 그냥 눈물이 나서 견딜 수가 없었소. 사람이면 누구나 같은 것 같으면서도 달라요. 태어나면서부터 갖고 있는 정해진 길흉화복이 있는 거요. 꼭두쇠나 나나 이 남사당패의 행중이 돼 떠도는 것도 미리 정해진 그것이오. 허지만 사람 누구에게나 그게 걸맞는 감이 있는 거고 슬픔을 타고났지만 어차피 웃어야 허는 광대가 우리라면, 저 여자도 또 겉으로 웃지만 속으로는 통곡하는 원래 슬픔을 타고 났지만 자신도 모르는 사이 자기 힘이 미치지 않는 어떤 자연의 힘에 이

끌려 그 슬픔과 떨어져 살아야 할 바로 그런 사람이오. 내 눈에는 그것이 보이오. 여보 꼭두쇠님, 당신 기왕에 혼자 된 몸이니 저 여자와 손을 잡으시오. 괜찮을 거요. 큰예는 나이가 어리고 언젠가는 떠날 애였으니 잊어버리고. 나도 저 여자와 몇 마디 우스갯소리를 했지만, 얼마나 깨끗한 마음이오? 더 이야기 하자면 저 여자 마음 속 고갱이는 울음이다 이 말이오. 바로 그 울음이 저 여자를 저만치라도 지탱해 준 거요. 보기에 얼굴에 상부살이 있긴 헌데 그건 이미 치러낸 과거니 안심하고…."

그 말을 듣고 있는 꼭두쇠는 아까 그 여자가 한숨 섞인 푸념으로 오래비를 찾는 것이 또한 소원이라던 말을 되새기면서 눈을 감았다.

멀리서 풍물 소리가 아스라이 들려 왔다. 꼭 엄마 찾는 아이 울음소리 같은 뜬쇠들 소집 신호였고 가락을 맞춰 보는 허드레 건성 가락이었다.

어깨동무

　헉헉거리는 숨소리가 마치 부사리 콧김같이 거셌다. 칠흑의 밤을 꿰뚫고 그 지점에서 동북쪽으로 사라져 가는 검은 그림자가 얼추 쉰 남짓. 모두의 등에는 묵직한 쌀 가마니가 메어져 있었다. 오르막길은 아니고 그렇다고 내리막길도 아닌 산등성이를 타고 가기 때문에 걸음은 빠르나 가끔 가다 허방에 빠지는지 어이크 소리가 심심찮았다. 날이 새기 전에 목적지에 닿아야 하는 절박한 걸음들이라 몹시 빨랐다. 등에 진 쌀이 어깨를 찍어 누르기 때문에도 그렇게 숨들이 거칠었다. 목적지는 동북쪽의 언득 고을이었다. 거기까지가 이른바 변산반도와 부안평야의 경계였으니까. 초저녁에 떠난 제일조 오십여 명은 축시 초쯤 돌아오고 제이조는 인시 말쯤이 예정이었다. 일, 이조를 한데 묶지 않은 것은 도중에서 생길지도 모를 변고를 예방하기 위한 조처였다.

사실 장물인 쌀을 운반해다 넘길 상대가 또 관의 기피 대상인 동학의 무리임에랴. 언득 고을서부터는 본격적인 동학의 손으로 또 어디론가 운반하기로 약속한 작업이었다.

"서둘러야 할 일이, 관군들의 동태가 의심되고 안핵사 이용태가 지금 움직이고 있어 그게 언제 부안 쪽으로 나타날지 모른다는 이야기요. 지금 부안포(扶安包)에서 군량미를 인수하고 있으나 언제 어디서 어떻게 어느 포가 기포(起包)할지 모르는 유동적인 상황이니 빨리 작업을 끝내야겠소. 그들도 우리와 방법은 다르나 뜻은 같으니 우군이랄 수밖에 없소. 세가 규합돼 백산에서 출병한다면 기민하게 그것을 뒷받침하기 위해서라도 신속한 행동이 선행돼야 하오. 그들이나 우리나 배고픔을 면해 보려고, 또 그런 세상을 만들자고 뜻을 모은 사람들 아니오. 이 세상에 먹을 것이 없다면 모를까, 있는 것이 한쪽으로만 치우쳐 있으니 될 일입니까. 일하는 사람은 그래도 고루 먹고 살아야 하지 않겠소. 일하지 않고 남이 마련한 재물을 빼앗아 먹는 그런 부류는 반드시 청산돼야 질서 있는 세상이 되지 않겠냐 이 말이오. 그 길만이 살 길이고 용기를 잃으면 죽음뿐이오. 나도 한때는 여러분이 일궈 낸 논밭의 소출을, 관직에 있다는 핑계로 타 먹고 있었습니다. 그 대신 여러분은 빼앗긴 자리에 서게 되고 말입니다. 나는 내가 섰던 자리가 바뀌고 여러분과 같은 부류가 되고 보니 여러분이 너무 무력하게 빼앗기고 있었다는 것을 알았습니다. 아이들도 제 손에 든 떡 한쪽이라도 빼앗으려 달려들면 울며 도망가거나 발버둥이라도 칩니다. 그러나 여러분은 그런 아이만도 못해요. 여러분은 왜 소리 한번 못 지르고 반항 한번 못하고 고스란히 빼앗깁니까. 병신이죠.

그게 바로 여러분이 남한테 욕할 때 쓰는 "병신 같은 새끼!" 바로 그것입니다. 물론 핑계가 있겠지요. 허나 내가 보기에 너무 헤프고 허약합니다. 그래서는 백 년이 가고 천 년이 가도 그 무리와의 차이는 없어지지 않습니다. 동학을 보세요. 빼앗기다 빼앗기다 견딜 수 없어 이제는 목숨이라도 부지하려고 들고 일어났지 않았습니까. 빼앗은 무리들은 여러분을 땅바닥을 기어다니는 지렁이만도 안 여깁니다. …나 더 말 않겠습니다. 어떻게 해야 여러분이 살 수 있을까 한번 생각해 보고 그런 지난 날의 무기력증을 고쳐 보세요. 동학…. 그 사람들 잘하고 있어요. 우리는 빼앗은 자들 것을 털어 내 빼앗긴 자들을 돕자고 이 산속에서 이렇게 고생하지 않습니까. 우리가 그동안 얼마나 빼앗긴 사람들을 도왔습니까? 부끄럽지 않습니까? 이름 좋아 활빈이지 뭘 했습니까? 겨우 재작년에 남사당패 도움으로 얻은 쌀 몇백 가마니로 체면을 유지했습니다. 물론 우리 힘도 있었지만, 그 사람들 동가식서가숙하며, 유랑하는 행중이지만 알찬 생각 가진 사람 많습니다. 그들은 우리를 지켜보고 있습니다. 몇몇 분이 최근에 우리와 손을 잡았습니다만 참 당찬 사람들입니다. 우리도 그 사람들 못잖게 한번 일어섭시다. 이 군량미 운반이 끝나면 우리도 뭔가 저들을 도와야 합니다."

김첨지라고 남생이패의 어른 축에 드는 사람이 하는 긴 이야기를 듣는 모두는 숨소리조차 죽이며 귀를 기울이고 있었다. 그는 그의 말대로 한때 관록을 먹던 인물이지만 뜻한 바 있어 산식구와 손을 잡은 어느 고을 현감 출신의 협객이었다.

"그렁개 김첨지 말씀도 옳고 다 좋은디 우리가 지금까지 일을 너무 무르게 해 온 것 같여. 어느 고을 누구를 친다는 비밀이 자꾸

새 나가 막상 일에 착수헤 보면 꼭 도깨비한테 홀린 것 같당개. 싹 도망가 분지고…. 도대체 왜 그런가 몰라. 우리가 정신이 썩어서 그런가? 김첨지 말씀대로 어디 뽄 좋게 들이쳐서 활빈 한번 제대로 못했잖여. 재작년 봄에 몇 군데 쑤석거렸지만 괜히 소리만 컸제 알맹이가 없었고. 그 바람에 쫓기기는 허천나게 안 쫓겼냐고… 참…. 이번에 어쩔 것이여, 한번 헤볼 테여? 그렇다면 입조심허고 허리끈 뽈깡 쫌매고 해 보자고. 줄포에서 벌써 소식은 와 있응개. 똑 떨어지게 해서 허다 못혀 궁방토 소작인들이라도 살려 내자고. 모다 굶어서 송장 다 됐일 텐디…. 어디 도망갈 디도 없는 사람들 생각도 좀 허자고요. 요전에 왕실인가 칙간인가 그것들이 대궐서 연등놀이 헌다고 하루 저녁에 화약만 80만 냥어치를 태워 버렸다는디 그 돈이면 전라도 한쪽은 충분히 살리고 남았을 것이네. 제미 씹 못헐 년이 그 많은 곡식 수십만 석을 퍼 주고 돈도 수십만 냥을 산이나 물에 다 처넣고 무신 기도를 디린다고. 아까 김첨지 말씀대로 빼앗긴 사람들 받아 죽일라고 그런가 모르겄어. 그렁개 그년이 새끼를 까도 고자를 까갖고 참나 더러워서……. 그 죄 받니라고 고자가 생긴 거여…. 궁녀들이 입으로 빨아줘도 연장이 안 슨담서잉…. 그년 땜시 이 나라…… 나라라고 헐 수도 없제. 나라가 있으면 백성들이 요 고생을 할 것이여? 좆 같은 거, 모레는 어떤 일이 있어도 한군데 치로 갈랑개 정신 바짝 채려. 어디라고 말 허면 또 새 분징개. 이번에는 몇 놈 까도 상관없잉개 멋지게 해 봐. 글고, 참 거, 남사당패서 들어온 누구여, 그 사람 오라고 허소. 배들평에서는 시방 걸궁들이 일어나 사람들을 끌어내는디 그것 말고 좋은 방법이 없다네. 그 걸궁패가 나타나면 사람들이 허옇게 모인야. 긍개 빨리빨리 남사당패 찾아가서 두말 말고 백산으로 가라고 허소. 사람 끌어모으는 데는 그 사람들밖에 없잉게. 그 사람들도 이번 일에 한몫 해야지. 김첨지 말씀대로 그 사람들 힘이 크닝개 어서 빨리 그 사람 보내라고."

고개만 쳐들고 허리를 꺾은 남생이패 두목이 칼칼한 목소리로 좌중을 휘어잡았다. 김첨지라는 사람도 고개를 끄덕이고 있었다.

"좋은 말씀이오, 두목 어른. 모두가 죽기로 나서면 안 될 일도 없고 우리가 갈 길은 이것뿐입니다."

밖의 해송 숲 속을 헤집고 지나가는 세찬 바람 소리가 섬뜩했다. 그 바람의 자락이 스며들어 방 안의 시원찮은 들기름 등잔불마저 위태롭게 했다. 서해가 거칠어졌는지 바람소리는 더욱 기세를 올리고 있었다. 산 전체가 흐느끼는 듯했다.

"암튼 여러 말 할 것 없이 이번에는 피를 보는 한이 있드래도 좀 제대로 일 한번 하자고. 두 번 세 번 치지 말고 단칼에 목이 떨어지게 칼들을 잘 갈아 놓고 육혈포도 손 봐 놓으라고. 육혈포는 뽄으로 들고 댕기는 것이 아닝개. 사불 여차하면 한두 놈 골통을 뚫어도 좋으닝개. 충청도나 그 웃녘에서는 언제 나간다고 미리 연통해 놓고 털로 간다는디 그건 멍청한 짓이고, 어찌 보면 뺏길 놈하고 짜고 허는 가짜 활빈당들이지 그게 어디…. 그쪽은 어쩔 값에 우리는 저 귀신도 통곡할 만치 감쪽같이 쳐들어가서 그놈들 간댕이까지 꺼내 씹어 먹어야 혀."

생김새는 비록 남생이 같지만 튕겨 내는 듯한 목소리 하며 지릅뜬 눈초리나 표정은 충분히 많은 사람을 위압하고도 남았다. 감춰진 패기가 그렇게 해서 뿜어져 나왔다.

그 시기 변산반도에 잠복해 온 초적의 무리는 아무도 그 실상을 몰랐다. 변산이 그들의 근거지가 된 것은 얼추 오백년 전으로 올라가고 그 산채 주인들은 바깥 세상이 시끄러울 적마다 바뀌고 변해 갔다. 그러나 언제 한번 관의 토포 대상이 된 적이 없었다. 산세가 다른 산악처럼 높고 험한 것도 아닌데, 관은 그 반도를 베돌았다. 수많은 사건의 단서가 또한 거기였지만, 뚜렷이 해결된 일도 없었다. 수많은 소읍(小邑)과 해안선을 거느린 그 반도는 언제나 여염과 연결돼 있어 관이 정탐하려 든다면 못할 것도 없지만, 여지껏 그런 일도 없었거니와 또 관을 정면으로 해서 맞선 무리도 없었기에 평온이 유지됐는지 몰랐다. 패거리가 한둘이 아니라 그래서도 관의 추심이 어려웠을 것이라고 짐작할 수도 있었다. 어쩔 때면 내소사 승려들이 몰려들어 그 속에서 기합을 넣으며 단기 훈련을 하는가 하면 정체 모를 초부들이 뼈대 좋은 해송을 베어 내는 일도 있었고, 여느 산과 마찬가지로 계절에 따라 그 산을 필요로 하는 여러 계층의 출입이 끊이지 않았다. 사람들은 그 산을 가리켜 도깨비산이라고도 했지만, 두려워 하지도 않았다. 오직 밥술이나 뜨는 자들이나 관에 가까운 자들이 까닭 없이 두려워할 뿐이었다. 그러나 허기지고 주린 창자 못 채우는 사람들은 그 산을 어떤 기대를 가지고 바라보고 있었으며 은연중에 친근감을 갖고 산 소식에 귀기울였다. 어쨌든 수상쩍은 산이 변산임에는 틀림없으나, 요산(妖山)은 아니었다. 단지 세월과 함께 늙어 가는 평범하고 운치 있는 산일 뿐이었다.

정읍에서 북동쪽에 자리잡은 고현내(古縣內) 고을은 이름 그대로 오래된 고장이었다. 거기 대대로 터를 지키며 당당하게 지세를 휘어잡아 온 곽씨 집안이 있었고 그 중에서도 곽참봉댁이 가장 위풍당당했다. 그 원백 마을의 곽참봉댁이 변산에 잠복한 초적 남생이패의 습격을 받은 것은 남사당패의 그 소용돌이에서 헤어나 겨우 평상을 되찾은, 그러니까 그 행중이 떠난 지 꼭 보름만의 일이었으니 누가 보나 공교로운 일이라 아니 할 수 없는 맹랑한 우연이었다. 한 근심 덜고 발 뻗고 자던 참봉댁은 눈깜짝할 사이에 공포의 도가니에 빠져 들었다. 동네는 삼, 사월 긴긴 해를 넘기느라 기진한 뱃속을 아무렇게나 채우고 사랑방에 들어앉아 이야기에 팔려 등잔 심지 줄어드는 것도 모르는 이슥한 때였다.

 안방마님이 병환이 도졌다는 말에 안 들어갈 수 없는 안방에서는 곽참봉의 밭은 기침 소리가 심란하게 들려왔다. 너무 취리와 이재에 빠져 들어 안방을 모르쇠하는 남편의 그짓이 섭섭하고 환갑 이전의 여인이 갖기 쉬운 묘한 투기 때문에도 없는 병이 생길 법한 일이었다. 겉으로는 하찮은 시골 낮은 벼슬아치지만 속부자로 이름난 곽참봉은 전주 박주윤 물산 객주와 거래하는 돈만도 엄청난 액수요, 시골 현감 따위는 거들떠 보지도 못하는 위세요, 전주 관찰사나 그러루한 벼슬아치에 바치는 인정전만도 수만 냥이란 소문이 떠돌고 있는 재력가였다. 그것은 어쩔 수 없이 그의 금전 출납을 훤히 알고 있는 전주 객주의 입에서 나오는 소리니 빈말은 아닐 것이었다. 종종 서울까지 손을 뻗치고 있으며 민씨 일가와도 좋은 사이라는 말도 속새로 퍼지고 있었다. 그렇다고 엽관 운동을 하는 위인은 아니었다. 오직 돈놀이로 부를 꿈꾸는 자라 인색하기가 그지없고 이태가 계속되는 한해로 온 나라 백성의 삼분의 일이 유랑인구로 변해가고 민란이 기승을 부리지만 요지부동이었다. 얼추 천여 가마니의 비축미가 있다는 소문이지만 싸래기 한톨 내는 일이 없었다. 그러나 아랫것들한테는 원하는 대로 먹여 주고 입혔다. 그것이 자기 부를 보장하는 길이라는 것을 아는 그였다.

초저녁에 들어간 안채에서 그런저런 일로 딸한테 붙들려 고경을 치르다 빠져나온 곽참봉은 길게 숨을 내쉬었다. 뭐가 마땅찮은지 잔뜩 흐린 밤하늘에 달도 없었다. 보름이 가까운데. 천천히 안채를 나와서 사랑채로 나온 그는 뭔가에 놀란 듯 움찔하고 걸음을 세웠다. 왠지 서늘한 바깥 바람이 불어오는 느낌과 묘한 인기척에 고개가 갸웃거려지고 발이 가만히 떨려 왔다. 집안은 제 숨소리가 들릴 만치 조용했다. 모두가 잠이 든 울 안의 상하 인원은 얼추 30여 명이지만 누구 하나 코고는 소리조차 없다. 낮의 고된 안팎의 일에 곤죽이 된 일꾼들이라 그럴 수밖에 없었다. 왠지 소름이 쭉 끼쳐 오고 갑자기 요의가 느껴졌다. 사랑방에 요강이 있으나 우선 급한 대로 모퉁이를 돌아 채전머리에 세워 둔 소매그렁이에 오줌발을 갈겼다. 턱 퍼진 양물을 잡고 볼일을 보는데 보름 전의 그 사당패 여자 생각이 나고 혼자 생각해도 웃음이 나와 피식 웃었다. 사랑방 앞 섬돌에 올라서 마루에 막 올라서던 그는 또 무춤하고 방문 앞에 서 버렸다. 분명 비어 있을 방 안에서 인기척이 났기 때문이었다. 돈을 밝히듯 사람을 쉽게 못미더워 하는 그는 사람에게 너무 예민해 방에 앉아 있어도 대문간에 드나드는 인기척을 느낄 정도로 신경이 날카로웠다.

그 자리에 쪼그려 앉은 그는 번질번질 윤이 나는 마루에 내비치는 방 안 불빛에 의지해 바닥을 살폈다. 그렇게 꼼꼼한 작자였다. 뭔가 부옇게 흙먼지가 두어 군데 묻어 있는 것을 발견한 그는 흠칫 놀라 일어나 얼른 섬돌에서 다시 내려섰다. 그때 사랑채 모퉁이 큰기둥 뒤에서 시커먼 그림자가 성큼 소리 없이 다가서더니 빛도 없는 어둠이지만 흰빛 나는 장도 끝을 그의 옆구리에 슬쩍 쑤셔 박는다. 찌릿한 통증이 그의 전신으로 퍼져 나가는 듯했다.

"쉿! 빨리 방으로 들어가라."

얼굴을 돌려 바라보니 큰 키의 복면은 목소리가 젊었다.

"우리가 시키는 대로 하면 된다. 자, 시간이 없다. 어서 오만 냥짜리 환을 만들고 수결을 해라. 고함을 쳐도 소용 없다. 집안에는 우리 패가 꽉 들어차 있다."

방으로 끌려 들어온 곽참봉은 태연하게 아랫목에 앉아 있는 또 한 사람의 복면을 보고 또 한번 놀래야 했다. 칼을 대고 방 안으로 밀어 넣던 사람은 언제 없어졌는지 흔적이 없고, 복면한 사내의 버거운 위압에 밀리는 곽참봉은 그러나 당황하지 않았다.

"누군데 이 밤중에 이 무례한 짓이오? 밝은 대낮에 통성명하고 사정 이야기를 하면 안 될 것도 없는 일이거늘… 내가 죽기로 항거한다면 어쩔 것이오? 이게 정도는 아닐 것이오. 나가시오."

"……."

복면의 눈이 번쩍 빛을 뿌렸다.

"야 백이…… 안 되겠다. 그 육혈포로 이자 골통을 쪼개 버려라. 돈은 됐다 천당 가는 노자로 보태 쓰게 그냥 두고 쏴 버려."

짜증 같은 복면의 말이 떨어지자 어느 사이에 들어 왔는지 또 한 사람의 복면이 시커먼 쇠뭉치를 곽참봉 뒷통수에 갖다 댔다.

"그것이 요새 나온 육혈포다. 손가락만 까딱하면 네 골통은 박살이 난다. 야 백아, 그것을 이자 눈 앞에 대 보여 줘라."

'육혈포라니 그 무섭다는 총이 아닌가. 아아, 내가 무슨 잘못이 있다고…. 이런…, 이거 큰일인데….'

곽참봉은 속이 허전해 오며 핏기가 아래로 쭉 빠지는 느낌이고 윗몸에 전혀 중량감이 없어졌다.

"야 이 개놈의 새끼, 점잖은 말로는 안 되겠구만. 너 이놈, 감사나 한양에 갖다 바치는 그 돈이 다 어디서 나왔느냐? 네 전장이 수만 마지기라는 걸 알고 있다. 그 논밭에 매인 소작인들의 등가죽 벗겨 번 돈이 그 돈인데, 지금 전국에서 굶어 죽는 사람이 골골이 수십만이다. 네가 갖다 바치는 돈만 풀어도 몇 고을 사람들 목숨은 건진다. 긴 말 않겠다. 어서 써라. …못 쓰겠냐? 할 수 없다. 백아, 쏘아 버리고 집안 식구들도 물고를 내 버려라. 안 되겠다."

찰카닥 철환 쟁이는 소리가 나고 유황 냄새가 방 안에 확 끼쳐왔다.

"오만 냥이면 우리 식구 다 팔아도 모자란 금액입니다요. 뉘신지 모르지만 살려주시오. 그 대신 곳간의 쌀은 다 가져가셔도 좋습니다."

스르릉 하고 앉은 사람이 일어서며 장도를 뽑았다.

"안 되겠다. 총소리가 나면 동네가 시끄럽다. 이 칼로 한번만 쑤셔 버리자. 백아 비켜라."

그 말이 떨어지자 금방 손발을 달달 떨며 무릎을 꿇고 엎더 버렸다.

"예, 예, 쓰겠습니다요. 쓰지라. 오만냥, 쓰지요."

알게 떨고 있는 사내는 붓을 들었다. 붓도 떨고 세 사람 그림자가 바람도 없는데 바르르 떨었다.

"묶어라. 재갈을 먹이고."

두 사람이 더 들어오고 오만냥 짜리 환을 받은 복면은 일어섰다. 재갈을 먹고 꽁꽁 묶인 곽참봉이 벽장으로 옮겨지고 그 문에 자물쇠가 다시 채워졌다.

워낙 놀라고 기가 죽은 곽참봉은 말 몇 마디에 거금 오만 냥짜리 환을 써 주고 묶여 버렸다.

"우리는 활빈을 하는 사람들이다. 너무 섭히 생각 말아라. 네가 낸 돈이 송장이 돼 가는 너와 똑같은 이 나라 백성을 살릴 것이다. 쌀을 다 주겠다는 네 심뽀를 생각하면 죽여 버리고 싶지만 이 돈이 어떻게 쓰이는가 너도 알아야 하기 때문에 살려 둔다. 왜 너만 혼자 잘 살려고 남을 죽여? 고루 나눠 먹지 않고. 그리고 우리가 간 뒤 사흘 안으로 구휼미를 풀지 않으면 이 집을 불태워 버리고 가족을 적몰하겠다. 우리는 멀리 있는 게 아니고 가까이에서 늘 너를 감시하고 있으니 속일 생각일랑 꿈도 꾸지 말고…."

벽장에 들어가기 전에 곽참봉은 그런 말을 들으며 자신의 허튼 수작에 놀아나지 않는 이 사람들이 도대체 누굴까 하고 궁금해 했다. 무거운 쌀을 가지고 가면 얼마를 가져갈 것이며 날 샐 때까지 퍼간다 해도 그게 대수랴 싶어 그런 잔꾀를 써 본 것이었다.

사랑에서 벌어진 일은 집안 아무도 몰랐고 나중에사 끌려 나온 집사와 또 한 사람이 곳간 열쇠를 가져갈 때에야 곽참봉이 없어진 것을 눈치챘다. 자정이 되기 전에 삼십여 명이 짊어진 무명이 백여 동이었다. 그 길게 늘어선 곳간문이 죄 열리고 너울거리는 횃불 아래 포장 작업이 재빨리 진행됐지만 아녀자들은 그걸 모르고 밤을 넘겼다. 익숙한 솜씨들이고 흐트러짐이 없는 대오였다. 두 패로 나뉜 남생이패 초적들은 어둠 속에서 헤어졌다. 헐벗은 사람들한테는 제일 절실한 것이 무명이기 때문에 그것만을 골랐다.

"김첨지가 이것을 맡아 바로 전주로 가십시오. 백이와 삼수를 데리고. 날이 밝는 대로 그 집에서 돈으로 바꿔 준비해 놓은 마필에 싣고 바로 전주를 뜨십시오. 나는 이 사람들과 그곳으로 갈 것이니 그리 아시지요."

두목이 김첨지란 사람에게 하는 이야기였다.

"잘 들으시오. 우리는 그저 무지몽매한 도적의 무리가 아니오. 당신들과 똑같은 피를 지닌 이 땅의 굶주린 사람들이오. 그런 피붙이들을 한 사람이라도 살려 내려고 일어선 활빈의 무리요. 당신들 눈에는 도적으로 보일 것이지만 우리한테는 그런 양심이 있소. 우리가 간 뒤 발고를 해도 좋으나 그리 되면 뒷날 당신들이 무사하지 못할 것이오. 같은 피붙이를 살리자는 우리의 길을 방해하진 않을 줄 믿소. 당신들이 아무리 남의 집 하인으로 있지만 그런 도리는 알아야 할 것이오. 당신들을 억누르던 주인 놈은 벌써 다른 패거리가 데려갔소. 일이 무사히 끝나면 털끝 하나 다치지 않게 돌려 보낼 것이오. 그리 알고 흔들리지 마시오. 우리 뜻을 알았다면 길을 트시오."

김첨지가 이렇게 이야기한 것은 시간을 벌기 위한 수단이기도 했다. 지금 주인을 찾는다고 나선다면 전주나 태인으로 기별이 가기 때문에 위험한 일이어서 그랬다. 어떻게든지 내일 아침까지는 주인을 묶어 둬야 하고 이 밤 안으로 전주 팔십 리를 달려가 물산 객주에서 오전 안으로 환전이 돼야 하기 때문에 부득이한 조처였다. 전주에는 이미 줄포의 한씨 부인이 손을 써 현금을 옮길 만반의 준비가 돼 있었다. 집사는 그때까지도 곽참봉이 벽장에 갇혀 있는지 모르고 있었으니까.

"자 그럼 우리는 동쪽으로 갑니다. 두목 어른, 잘 가셨다가 내일 밤 거기서 만납시다."

김첨지는 젊은이 두 사람을 데리고 서둘러 동쪽 산외면 상두산을 향해 어둠 속으로 스며들었다.

사랑에서 복면을 쓰고 주인을 다루던 사람은 바로 김첨지이고, 백이라 불리운 젊은이는 남사당패 버나쇠 용백이었다. 곽참봉 아들 곽태수와 의기 상합하여 동학으로 뜻을 돌린 용백이는 그날 밤 곽태수와 함께 꼭두쇠 죽음으로 두서가 없는 남사당패를 떠나 정읍 배들평으로 가서 나흘을 보내고 바로 곽태수 심부름으로 변산을 찾았던 것이고 산에 들러 곽태수의 서찰을 전하고 그냥 거기 머물러 있다가 초적들과 행동을 같이 한 것이었다.

배들평에서 돌아온 용백이는 산에 와서 삼수를 만났다. 삼수라면 정초에 두목 지시로 눈 속에 남사당패 꼭두쇠 오봉이를 문병했던 청년이다. 두 사람은 거기서 뜻이 맞아 동학군의 선봉이 될 것을 다짐했다.

곽태수는 동학교도이며 뜻이 있어 언제부턴가 산과도 손을 잡고 있었다. 왕권 통치에 대해 격렬한 반항 의식을 가진 그는 우선 자신부터가 개혁돼야 한다는 각오로 동학의 대열에 뛰어들었다. 평소 아버지와의 반목으로 집안은 늘 얼음장 같은 분위기였다. 곽태수는 그래서 자기부터 솔선수범해야겠다는 생각에서 자기 집의 소상한 내력을 산에 알려 활빈당의 거사 대상으로 해 달라는 간절한 심정을 피력했고 산은 그런 곽태수의 정보에 따라 활동을 개시했었다. 곽태수는 한술 더 떠서 그 일을 돕기 위해 자기 집에서 연회를 했던 남사당패 용백이를 가담시켰던 것이다. 그러니 일이 얼마나 순조로웠겠는가. 며칠 후 줄포나 고창 근방의 민비 궁방토 소작인들이 누군가로부터 양식값을 얼마씩 도움 받고 살아났다는 해괴한 소문이 먼저 전주 감영에 보고됐고, 멀리 전라도 남쪽 장성에서 북쪽 충청도의 논산 근방까지 퍼지기 시작했다. 기민 구휼에 시늉만 내던 관은 촉각을 곤두세울 수밖에 없었다. 계속해서 터지는 민란에다 동학의 움직임이 심상찮은 판에 이런 일이 벌어졌으니 어느 장단에 춤을 추며 사태를 분석해야 좋을지 모를 일이었다. 속된 말로 도둑놈은 시끄러운 장터가 좋다고 초적들이 움직이기는 꼭 좋은 상황이고, 그 반대로 그것을 방치하면 지배층이 제물이 될 것이 뻔해 더욱 난감한 처지가 된 게 관이었다.

　이번 구휼 사건이 벌어졌지만, 어디 한군데 가진 자들의 피해 발고가 없는 것은 새로에 초적들에 대해 칭송이 자자하니 속이 타들어가는 것도 그들뿐이었다. 안팎곱사등이란 말은 이들을 두고 하는 말이 적실했다. 조정에서는 민비가 푸닥거리한다고 무당 불러다 놓고 수백만 냥을 물쓰듯 하지, 왕이란 위인은 이권 내 놓으라고 으르렁거리는 외국 놈들한테 미끼 던져주느라 정신이 없고, 사방에서 난리는 나지, 사모 쓴 도적놈들은 눈이 시뻘개 가지고 먹을 구녁 찾지, 그게 바로 엎친 데 덥친다는 말이 아닌가. 한 나라에 계집이 날 뛰다가 조선은 그야말로 사면초가, 망조는 들어 환후가 중증이었다.

누구 한 사람만의 공로로 볼 수 없는 이번 일은 손발이 척척 맞은 탓인지 신통하게 뒤끝이 깨끗했다. 굳이 내세우라면 제 몸 돌보지 않고 나섰던 용백이한테로 치사를 돌릴 수밖에 없었다. 그런 장본인이 산에서 내려와 한씨 부인 여각에 들렀는데, 삼수도 동행했다.

"용백이라고? …참 이번 일에 공이 많았다는데 이렇게 만나 보니 더욱 반갑구나…. 삼수야 넌 이번에 안 나갔었냐?"

한씨 부인이 넌지시 용백이를 추켜 세운다.

"아닙니다요. 맨 앞장 서서 대단했습니다. 곽생원이 일러 줘서 그렇지 몰랐으면 헤맬 뻔했습니다. 삼수는 김첨지 모시고 전주에 나갔었는데 어떻게나 일을 근사하게 해냈는지 김첨지 어른이 양반으로 꾸미고 삼수가 배행으로 의뭉을 떠는데 물산 객주 주인 놈이 그냥 깜쪽같이 나가떨어졌지 뭡니까. 더구나 체구가 저러니 그 집 사노들도 한몫 놓던데요"

"그것보다 용백이가 고현내에서 일하는 것 보니까 날고 뛰데요. 역시 재주가 있으니까 몸뚱아리 어디 하나 움직이지 않는 데가 없고, 맨 먼저 칼로 주인을 위협할 때는 정말 살기를 느꼈으니까요. 진짜 도적패로 나서면 크게 성공하겠더라고요, 마님."

"에이끼 순 나쁜…. 나는 곽생원 부탁으로 이번에 처음으로 그런 짓을 했지만, 다시는 안 할란다. 내 재주 버나쇠도 버리고 왔지만 동학이나 열심히 배울 생각이다. 앞으로 누가 뭐래도 그짓은 고만 할 거다. 또 그런 자리 나가라면 차라리 우리 행중 찾아 가 버릴 게다."

"하하하, 남사당패는 돼도 도둑놈은 되기 싫다 그거구나 응? 알았다. 그런데 거 김첨지 일 잘하더라. 그 어른 얼굴을 전주 감영에서도 알고 있을 텐데 감영에서 두 마장도 안 되는 그 객줏집에 들어가 거드름 피우며 천연덕스럽게 수인사 하고 수작하는 걸 보니까 내가 오히려 부랄 밑이 근질근질해 못 견디겠더라. 넌 못 봤냐? 응 바깥 일을 맡았으니 못 봤겠구나. 하여튼… 간댕이 한번 크더라."

"그럴 것이다…. 곧 죽어도 그분은 현감 퇴물 아니냐. 그러니 그 행동거조가 어쨌겠냐……. 감영에서 얼굴을 안다고 그렇게 막다른 골목에서 몸을 사릴 수 있겠냐. 하는 데까지 해 보는 그분 성미를 몰라서 그러냐. 나도 두어 번 만났지만 대단한 분이야. 그런 신분으로 초적에 들어왔으니 참 놀라운 일이지. 또 거 두령 말이다. 그분도 원래는 쇠백정이었댄다. 어떻냐, 쇠백정과 양반이라면 천양지차, 아니 내 말부터가 양반을 하늘로 표현한 게 틀려먹었다. 차라리 산사람을 하늘로 할 걸. 그렇게 평소에는 같은 하늘 아래 못 살 것 같은 두 부류 사람들이 마치 형제간처럼 오손도손 일을 꾸며 나가는 것을 보면서 사람에게는 짐승보다 나은 점이 있다는 것을 다시 깨우쳤다. 양반층은 자기와 다른 층 사람들을 원수 보듯 하고 또 어떻게든지 찍어 누르고 짓뭉개려 해 결국 세상은 이렇게 각박해졌지 않냐."

"그래요 마님. 저도 그걸 보고 많이 생각했어요. 첫째 김첨지란 분은 현감으로 있을 때 결전(結錢)을 못 내 모가지가 달랑달랑 해도 굽히지 않고 자신의 결백을 주장했다니 어쩔 수 없이 뿌리가 착하고 올곧은 분이지요. 아전들의 포흠을 고스란히 뒤집어쓰고 목이 잘린 그분은 그래서 두령과 손을 잡을 수 있었던 거에요. 양반이 모두 그분만 같으면 이 나라에 굶주림이 없고 싸움이 없을 텐데요. ……두령님도 나는 처음 시답잖게 보았어요. 그런데 시간이 가면서 그분한테서는 묘하게 사람을 끌어들이는 힘이 있고, 그렇게 유순한 분이 일단 어떤 일에 매달리면 그럴수록 눈은 작아지고 그때는 얼굴에서 살기까지 느껴져요. 들은 이야긴데 그분이 소를 잡을 때면 소들이 지레 겁을 먹고 주저 앉아 생똥을 싸 버린데요. 쇠망치를 뒤에 숨기고 소 둘레를 한 번 빙 돌면 소가 제 풀에 픽 하고 쓰러져 버린답니다. 그 무서운 살기에 미리 기가 죽은 거지요. 그래서 그분이 소를 잡을 때에는 힘이 덜 들었답니다. 무서운 분 아닙니까?"

처음 들은 여각이고, 거기 천만 뜻밖에도 작은예가 있는 것을 보고 깜짝 놀란 용백이었다. 작은예가 없어진 것은 고현내의 그날 밤이었고 그리 대수롭지 않게 여겼던 그 이탈이 이렇게 결과 지어진 것이 아리송했다. 그 일이 있은 지 며칠 후 산에서 뭔가 짐을 챙겨 주며 여각에 갖다 주라는 지시를 받고 내려온 두 사람이었다.

"그러면 전동이는 잘 있는가? 전동이가 정초에 여기 있다 갔는데…."

"아… 네. 들어서 알고 있었습니다. 지금 아마 전주 쪽에 나가 있을 겁니다. 저도 고현내에서 헤어진 뒤로는 소식을 모르니까요. 왜 무슨 일이 있습니까 마님?"

"아니. 아무것도 아니고 그냥 해 보는 소리다. …야 작은예야. 때가 됐는데 뭘 하느냐? 여기 네 사람 저녁 챙겨 와야 할 게 아니냐? 왜 또…."

삼수에 용백이. 또 한 사람 남자는 줄포에서 왔다지만 서로 눈

인사만 건넸을 뿐이었다.
"길례한테… 어이그 그년도 나잇살이나 처먹구서… 어린 것을 또 못살게 했구나. 만난 지가 얼마나 됐다고 툭하면 어린 것을…. 쯧쯧쯧 야 작은예야. 니가 참아라. 갈 날도 얼마 안 남았으니까 응?"

그을린 얼굴에 눈물이 흘러내리고 그것을 손등으로 씻어 내니 얼굴이 얼룩질 수밖에 없었다. 아까 용백이를 보고 반색을 할 때는 괜찮았는데 그 사이 누구와 무슨 일이 있었던 게 분명했다. 작은예가 여기 온 뒤 큰 상전이 길례였다. 나이가 근 열 살이나 벌어지지만 작은예가 온 첫날 같이 온 전동이 때문에 그 밤부터 시작된 시집살이었다.

"야 이년의 가시내야. 다 큰 년이 밥만 처먹고 밥상도 안 치우냐? 니가 뭣이간디 아씨 대접 받을라고 그러냐?"

독기가 아니라 가시가 박혀도 한두 개가 아닌 너무 살찬 욕설이었다. 전동이를 마음에 두고 있는 푼수 없는 길례는 그래도 전동이가 짐도 들어다 주고 나무단도 날라다 준 그 친절을 달리 생각해 가슴속에 모닥불을 태우고 있었는데, 다시 온 전동이는 작은예라는 눈엣가시를 데리고 와 뭐 장래가 어떻고 기다리면 온다 어쩐다 하는 소리가 귀에 들어오자 오장육부가 발칵 뒤집히고 눈에 누구 말마따나 쌍심지가 켜져 버렸다. 알고 보면 참 안타까운 일이었다. 되모시. 누구한테서나 비웃음을 받던 그 말이 늘 붙어 다니는 호패같이 부담스러운 것도 그것이지만 비녀 꽂은 낭자머리가 철천지 원수였다. 곱게 일 년을 못 살고 상부한 여자. 회태 한번 못해 보고 청상 소리 들으니 그것보다 한층 후한 칭호-되모시-를 붙여 주는 것도 귀찮고 남자를 알듯 말듯 하던 그 운상(雲上)의 비경(秘境)을 두 손으로 왈칵 거머쥐고 제것으로 만들기 전에 떠나버린 사내가 또 이가 갈리는 원수였다. 그런 못된 맛을 알려 주지나 말고 가 버렸으면 또 모를까. 잠자리에 들기만 하면 그 생각에 사지가 비비 꼬이고 살이 무지근해 오는 요상스런 통증은 참기 어려운 세상의 어떤 고된 노역(勞役)보다 더한 고달픔이었다. 전동이가 그런 그녀 앞에서 얼신거리니 뭐 눈에는 뭐만 보인다고 상대가 총각인 줄도 모르고 김칫국부터 마셔 버렸는데, 그 눈앞에 나타난 작은에가 뭘로 보이겠는가. 한참 달아오른 그 가슴에 찬물을 끼얹는 존재가 될 수밖에 없었다.

"마님, 저 이 낭자 풀어 분지까요?"

"뭐 낭자를 풀어? …허 참. 기막힌 소리 들어 본다. 그래 시집 또 한번 가고 싶냐?"

"……"

할 말이 있을 턱이 없었다.

"끌끌… 그 주제에 되모시 행세는 하고 싶어서. 니 나이 이자 스물 여덟이냐 응? 괜찮겠다. 풀어라 풀어. 누가 보나 처녀로 보일 나이다. 쯧쯧쯧"

오죽 얄미워야 그런 소리가 나겠는가. 그때부터 별호가 되모시가 되고 자주 들르는 삼수가 묘하게 탐내는 여인이 됐지만 삼수한테는 눈곱만치도 생각이 없어 늘 데면데면했던 것도 솔직한 이야기였다. 나이 두 살 아래지만 몸이 걸쳐 서른까지도 보이는 삼수는 길례의 과거가 어찌됐건 아랑곳하지 않고 만나면 뜨거운 눈길로 길례 몸을 친친 휘감았다. 그러나 길례는 한결같은 콧방귀였다.

'쳇 내가 아무리 되모시지만 제까짓 것한테…. 흥, 어림없지.'

삼수가 어디 부족한 데나 있으면 어련 길례 속마음을 탓할 수도 없겠지만 어디로 보나 똑 떨어진 총각이고 한갓 하면 어두운 생활을 하는 게 흠이고 옥의 티였다. 한씨 부인도 그것을 알고 옹고돔한 길례가 마음을 풀어 짝이 됐으면 하는 생각이 없지 않았다. 그러나 길례가 한사코 싫다는 데는 다른 처방이 없었다. 작은예를 데리고 나타난 전동이를 본 길례 질투의 감각은 갑자기 두텁고 탄탄하게 응고되어 갔다.

꼬집기가 특기였다. 조금만 잘못해도 몸 어디고 사정없이 꼬집는 길례가 무서워 같이 밥도 못 먹을 정도였다. 길례의 속마음을 꿰뚫고 있는 한씨 부인은 가엽게 커 온 안쓰러운 과거를 가진 길례를 속으로까지 미워하지는 않았다.

"야 길례야. 작은예가 니 동생도 몇째 동생이다. 좀 살살 다뤄라. 가나 너나 전생에 부모 덕 없어 서럽게 태어나 가파르게 살아오지 않았느냐. 서로 감싸면서 오순도순 지내 봐라. 그러면 얼마나 보기가 좋겠냐. 나도 니가 왜 그런지 안다만 사람은 제 분수를 지킬 줄 알아야 한다."

소용없었다. 마님 꾸중을 들으면 그날은 더욱 심술이 도져 꼭 작은예 눈에서 눈물이 떨어져야 그 단막극은 끝이 났다. 알고 보면 한씨 부인에게는 시집의 먼 조카뻘 되는 애라 이런저런 꼴을 다 보더라도 끝을 내 줘야 할 애물단지였다. 그래서 은근히 삼수와의 결합도 염두에 두고 있으나 그게 안되는 데 그녀의 고민은 고질로 변해 있었다. 길례로서는 작은예가 전동이와 아무런 관계가 없으면 소 닭 보듯 개 고막 보듯 지낼 수 있겠는데 그게 아니라서 자신의 발작을 제어할 수 없는 어려움에 부대꼈다.
 상을 훔치는 작은예가 행중에 있을 때보다 얼굴도 그렇지만 기가 죽어 있는 게 안돼 보여 속으로 안쓰럽게 바라보는 용백이었다. 아까 샘에서 발을 씻을 때 두레박질을 도와주며 뭔가 할 말이 있는 듯 사방을 두리번거리던 작은예 얼굴이 생각났다.
 '작은예가 뭔가 괴로움이 있구나. 큰예라도 있으면 좋겠는데, 제 언니는 어디로 갔을까.'
 당연히 일어나는 의문일 것이 행중에 같이 있을 때는 한시도 큰예 곁을 떠난 적이 없는 작은예였고, 큰예한테 하는 어린 양도 귀엽게 보였기 때문이었다.
 "그렁개 네 언니가 어디 있는지 모르냐? 왜 여그 고생험서 붙어 있냐. 차라리 행중으로 돌아가 분지제."
 "언니만 있으면 돌아가고 싶지만, 언니도 없고 나 혼자 거그서 뭣 허라고? 나도 인자 다른 데로 가면 갔지 행중으로는 앙 갈 테여."
 "전동이가 뭐라댜? 여그 그냥 있으라고 아니면…."
 "으응… 여그 있으면 델로 온댔는디, 모르겠어. 여그 온 지 두 달도 안 됐는디 내 몸뚱아리 어디 성한 데가 없어. 멍이 들어서. 가면 전동이 오래비한테 내 말 좀 전해 줘, 용백이 오래비."
 작은예는 용백이가 행중을 떠난 줄 모르고 있는 눈치였다.
 "……"
 대답할 수가 없었다. 자기도 떠났다고 말한다면 작은예 낙심이 클 것이라는 애잔함 때문에.
 삼수는 변함이 없었다. 길례를 향한 일편단심이.

"썩고 자빠졌네 지놈 보고 누가 나무 갖다 달랬간디 비싼 밥 처묵고 참 지랄병도 가지가지네."

작은예를 꼬집고 난 뒤라 꼬일 대로 꼬여 있는 길례는 설거지가 끝나가는 자신을 돕는다고 밖에 부려 놓은 삭정이 두 짐을 단 한 아름으로 안고 들어와 때기 좋게 벽에다 알뜰하게 세워 놓은 삼수를 보고 하는 소리였다. 그런 길례 말을 문 뒤 안방에서 듣고 있는 한씨 부인의 입귀가 비스듬히 돌아가고 있었다.

개갱갱갱, 개갱갱갱, 개갱갱갱….
구웅 구웅 구웅 궁궁 꽹꽹….
덕기덩 덩기덩….
피릿피릿 피피리 피이 피닐리리….

전주에서 서쪽 용머리 고개를 넘어 쑥고개 쪽으로 가는 길은 김제 금구가 가까워지면서 사람들이 불어난다. 언제나 한산했던 이 길 위에 이렇게 사람들의 숫자가 늘어나기는 처음이었다.

"어이, 같이 가세. 나도 질은 조금 걷는다고 장담하는 사람인디 웬 사람이 이렇게 많다야? 천천히 감시로 딴 사람들 이야기나 좀 들어보세."

몇 사람이 일행인 듯한데 보조가 각각이라 대오로 친다면 퍼진 횡대였다.

"근디, 저게 무신 소리여? 어서 걸궁 들어왔는가?"

"잉, 기구만. 걸궁이구만. 웠다 사람 많은 것 좀 보소. 어디 사람들이까?"

"그나저나 사람이 이렇게 많으면 금구에 다 못 들어가겄는다…."

"걱정도 팔자시. 그 넓은 들판에 사람이 들어찬다면 수십만일 텐디. 그리는 못 되제. 시방 농사철인디 그렇게 오겄는가?"

교주 신원 상소를 냈으나 조정이 또 약속을 어기자 충청도 보은에서 다시 집회를 열어 항의했다. 그런데 그것마저 별무 성과로 끝나자 점점 과격해진 동학교도들은 삼월 이십오일 전라도 김제 땅 금구에서 이만여 명이 또 모여들어 대대적인 시위를 벌였다. 거기로 동서남북에서 사람들이 벌떼같이 모여들었다. 원평, 황산, 김제, 삼례, 전주 쪽에서 모여든 사람은 우선 흥겹게 울려퍼지는 걸궁의 농악 소리에 맞춰 춤을 추며 판을 이끌어 갔다. 지도부에서는 거기에 착안해 농촌마다 준비돼 있는 걸궁을 동원해 주위 삼십여 개 부락을 돌게 하고 멀리 외지에서 모여드는 길목에 진을 쳤다. 김제에서 황산 오는 길목과 원평 태인 간 솥은재 아래 주막거리, 전주 금구 간 쑥고개 밑, 금천사 근처에 분산시켜 민중을 고무시켰다. 시한부 시위가 아니기 때문에 오는 사람 가는 사람 연락부절이었다. 금구 서북쪽 옥성리 뱀골에서 시작해 황산 네거리까지 사이 약간 지대가 낮은 분지 같은 평지가 희디 흰 사람의 물결이었다. 궁… 궁… 궁… 궁…. 뭔가 신들린 것처럼 울리는 징소리가 사람들 발걸음을 한번은 세우는가 하면 깬시 깬시 깬시 하는 꽹과리 소리가 발걸음을 바쁘게 바꾸고, 줄떡 줄떡 줄떡 뭔가 주저하듯 마음을 달뜨게 하는 장고·벅구·북 소리가 사람들을 기어코 그 자리로 잡아 끌었다.

"워매, 사람들 좀 보소잉. 징허게 많네."

전남에서 이사 와 사는 사람인 듯 전남 목포 갯가 사투리가 거

침없이 튀어나오고,

"갈 데까장 가 보드라고. 어디 가서 쉬야 좀 해야겄는디…. 다리 몽둥이도 좀 쉬고 볼쎄 얼매를 걸었는가 오늘."

분명 순창 근방 말씬데 아닌 게 아니라 많이 걸었는지 옷맵시가 후줄근했다.

모임을 주관하는 사람들이 있는 곳에는 수많은 깃발이 펄럭이고 있었다. 거기서는 조금 다른 풍물 소리가 길게 늘어진 엿가락처럼 희미하게 끊어질 듯 이어지며 휘어 들었다. 결국 소리와는 조금 다른 가락이고 달착지근한 여운이 감칠맛이 있었다. 어딘지 애조 띤 음색이고 빛깔도 있었다. 그냥 희기만 한 온갖 것과는 다른 시선을 끄는 분홍색, 파란색, 빨간색, 노란색의 원색이 수놓인, 뭔가 움직이는 그림 같은 것은 사람들의 움직임이었다. 가까이 갈수록 그것은 율동에 맞춰 움직이는 놀이패 같았다.

"허허 오늘 굉장하시잉. 저거시 남사당패 아니라고?"

"잉 맞구만. 근디 남사당패가 뭣 땀시 여그 왔이까?"

"저 사람들도 사람 아니간디? 하늘로 머리 두른 사람은 뜻이 같은겨. 저 사람들이라고 왜 속이 없겠는가. 저 불쌍한 사람들이야말로 천대 받고 사람답게 못 사는 막다른 사람들인디. 한번 제대로 살아 보겄다는 맴이 왜 없겄는가?"

"체, 씰데 없는 소리 허고 앉았네. 저저끔 재주 팔아 행하 받고 잘먹고 지내는 사람들, 누가 세금을 내랄까, 군포를 내랄까, 천하에 뱃속 편한 사람들이 저 사람들이여. 불상은 절마다 있는 것이고. 헝개 당최 그런 소리 말아. 알고 보면 못된 것들이라고. 동네 들어오면 남정네들한테 버젓이 뒤를 팔고 즈들찌리도 뭣이냐 남자찌리 여자 남자 삼아 갖고 그짓 허는 것이 예사여. 그래서 여사 당패나 남사당패를 드럽다고 하는 것이여."

"……."

하도 옹골지게 내치는 말이라 남사당패를 거들었던 사람은 입을 벌리고 그 사람 얼굴만 쳐다보고 있다가 할 말이 없어졌는지

"어이 그 맛이, 앞보담 낫담시로. 어쩡가, 한번 맛 봤능가?"

"에이끼…."

"하하하하."

사내들은 그렇게 두 사람 다 입을 헤 벌리고 거침없이 웃어 제꼈다. 그게 그리 흥미롭고 재미있는 일인가. 하기야 인간 본능인데 어쩌겠는가.

"자네 말도 존디 어쨌거나 불쌍헌 사람들이여. 오직 해야 의붓애비 보고 아부지라고 허데끼 그 뒤에다 대고 용을 쓰겄는가. 어디 성한 제집이라도 있어 그 사람들한테 살보시나 안 헐랑가 몰라. 돈이라도 많다면 청루에도 가고 기생집에도 가겠지만 그건 꿈도 못 꿀 소리. 암턴 안됐어. 근디 재주 한나는 모다 비상허다고… 빨리 가보세. 기왕에 왔잉게 한 가지라도 더 보세."

금구의 모임은 벌써 그 성격이 달라져 가고 있었다. 지금까지의 일방적인 양보나 순종, 인내를 벗어나 한 단계 수위를 높인 도전의 단계로 올라서고 있었다. 교주 신원에 대한 내용도 그렇고 어느 결에 척양척왜의 반외세 깃발이 나부끼고 있었으니까. 거기에 주목해야 했다. 곳곳에 석성을 쌓고 척양척왜의 오색기가 오방(五方)에 세워졌다. 휘황하고 기운찼다. 가끔 함성이 일고, 그때마다 모든 소리가 멎고 몇 사람의 고함 소리가 사방으로 퍼져 나갔다.

우쭐대는 깃대가 숲처럼 벌어졌다. 그 안에 끼어 남사당패의 상징인 삼색의 용독기가 꽂혀 있어 바람에 찢어지게 휘날렸다. 유독 큰 깃발이라 바람을 많이 받은 탓이었다.

판은 바뀌어 어느덧 버나쇠 놀이가 시작됐다. 흔히 대접이나 접시 쳇바퀴로 만든 버나나 메꾸리 같은 것을 길이 한 자 남짓한 앵두나무 막대기, 담뱃대, 칼, 자새 등으로 돌리는 재주인데 보통 남사당패의 두 번째 놀이로 정해져 있다. 꼬바리 사위, 앵두나무로 버나를 돌리는 순서가 끝나고 단발령 고개 넘는 사위가 벌어졌다. 버나쇠가 나와서 담뱃대로 버나를 돌리는데 이리저리 자유자재로 돌리다가 겨드랑이를 통해서 버나를 돌리고 오그려 붙인 팔을 뻗쳤다가 오그리고, 뒤로 돌려서 하는 재주는 모두 입을 벌리고 보고 있는 관중의 넋을 호리고 남았다. 양손에 담뱃대와 앵두나무 막대기를 들고 버나 한 개를 교대로 돌리는 양 좌우치기 때릴 사위가 벌어지니 이리저리 관중들은 꼭 손자 밥 먹일 때 입을 벌린 손자 입 따라 할머니 입이 따라 벌어지듯 그렇게 버나쇠가 쏠리는 쪽으로 이리 기웃 저리 기웃 쏠리면서 손뼉들을 치고 야단이었다. 제법 시간이 흐르고 열두 가지 버나 돌리기가 끝나 가고 있었다.

버나쇠 놀이란 것은 이리저리 구걸 다니다 다 퇴짜 맞고 배는 고프고 먹을 것도 없는데 에에라 하고 대접이나 그릇을 돌리며 심심풀이를 하거나 아니면 이 그릇에 언제 또 곡식이나 음식이 들어올 것인가 하는 애절한 염원이 담긴 것이 이 놀이였다.

버나 돌리기 반주는 덩덕궁의 자진가락, 노래는 매화타령 산염불 놀이였다. 연희는 비교적 쉽게 끝났다. 산염불은 계속되고 있었다.

(버나잡이) 나네 난실 네나 네에요 거드럭거려서 염불이로다
(매호씨) 산에 올라 들구경하니 길가는 행인 길 못 간다
(버나잡이) 나네 난실 네나 네에요 거드럭거려서 염불이로다
(매호씨) 산은 첩첩 청산인데 물은 흘러 녹수로다
(버나잡이) 나네 난실 네나 네에요 거드럭거려서 염불이로다
(매호씨) 산은 높고 골은 깊은데 딸랑 소리에 매 나간다
(버나잡이) 나네 난실 네나 네에요 거드럭거려서 염불이로다
(매호씨) 일락 서산에 해는 지고 월출 동녘에 달돋는다
(버나잡이) 나네 난실 네나 네에요 거드럭거려서 염불이로다
(매호씨) 올라가면 한양이고 내려가면 하도로구나
(버나잡이) 나네 난실 네나 네에요 거드럭거려서 염불이로다
(매호씨) 가세 가세 낭구를 가세 버드랑 갈퀴가 낭구는 안 나네
(버나잡이) 나네 난실 네나 네에요 거드럭거려서 염불이로다
(매호씨) 인제 가면 언제 올까 명년 춘삼월 돌아온다

와아 하는 환호성이 울리자 매호씨로 분장한 버나쇠 가열이가 나와서 관중을 향해 절을 하며 돌리던 대야를 관중들한테 내밀었다. 시커먼 털벙거지에 흰 테를 먹인 쇠털 벙거지를 벗고 꾸벅꾸벅 절을 한다. 사방에서 엽전이 쏟아져 멍석 위나 대야 속으로 떨어졌다. 주워 모은 돈이 대야로 반 남아 차 올랐다. 버나쇠와 가열이가 나오고 무동들이 나와서 춤을 추며 버나놀이를 마감했다. 풍물이 두서없이 시끄럽게 울리다가 길군악으로 돌아섰다. 궁 꽹꽹 꽹 궁 꽹꽹꽹 궁 꽹꽹꽹….

살판(땅재주)이 벌어지고 어름산이(줄타기)로 바뀌었다. 사람들 울타리가 점점 커져갔다.

덧뵈기(탈놀이, 가면놀이)가 시작될 무렵에는 서쪽 황산 위에 해가 위태롭게 올라앉았다.

어디서 놀다 온 걸궁 두세 패가 가세해 들어왔다. 그러나 그들은 남사당패 연희를 멀리서 에워싸고 반주만 울려 줄 뿐이었다. 그들도 구경꾼이기는 마찬가지니까.

덧뵈기 놀이의 장단은 아무래도 장고가 으뜸이었다. 춤사위는 나비춤, 닭이 똥사위, 피조개 춤이 있는데 지금 피조개 춤으로 덧뵈기 놀이를 마감하고 있었다. 한쪽에 쳤던 포장도 벗겨지고 덧뵈기 쇠들이 모두 탈을 벗고 나오며 머리를 흔들고 긴 한숨을 내쉰다. 남사당패에서 풍물잽이 말고는 제일 식구가 많은 게 덧뵈기쇠 패들이었다.

황산 쪽 야산에 올라앉았던 햇덩이도 휘부윰한 저녁 노을 속에 꼴까닥 하고 넘어가 버렸다. 해를 동무 삼아 꾸역꾸역 모여든 사람들이 얼추 만여 명을 넘고 있었다. 수십 군데 횃불이 타오르고 모두 밤이슬 맞을 채비를 하고 있었다.

전라 감사 김문현(金文鉉)이가 내일 이 장소에 나타난다는 소문이 바람처럼 불어왔다. 그러나 군중의 기세는 변함이 없었다.

드높은 함성은 금구벌을 적시고 멀리 금산사 정여립이 천일 기도를 올렸다는 제비산과 그 조상이 묻혀 있다는 오공혈까지 번져 갔다. 날이 어두워졌다.

그 장소의 동쪽. 월천리 당월 부락 변두리 서너 채 초가에 몸을 부린 근용이 남사당패는 이슬을 맞고 철야하는 군중과는 달리 의

지처에 들 수 있었다. 밤이 되면서 주인 쪽의 배려로 여섯 개 놀이패들은 제각기 자기들 앞에 촛불을 밝히고 잘게 짜갠 대오리를 휘고 구워서 뭔가를 만드는 데 여념이 없었다. 바닥에는 창호지와 풀, 송곳, 주머니, 칼, 물감 등이 널려 있어 어수선했다. 이미 행중에 합류한 달이가 반지빠르게 이집 저집을 돌아다니고 있었다.

　꼭두쇠 근용이는 담뱃대를 물고 한쪽 구석에서 그런 행중의 움직임을 곰뱅이쇠 놈태와 함께 한가롭게 강건너 불구경 하듯 하고 있었다. 꼭두쇠에게는 이제 달이라는 여자가 생김으로 해서 매사에 찜부럭하던 버릇이 없어지고 느긋해졌으나 달이가 행중 누구에게나 두남 두지 않고 엉너리치는 게 아주 못마땅했다. 끼어든 지 얼마 안 되나 저렇게 나대다가는 어느 놈이 치맛자락 잡아 당기며 수작 걸지 몰라서였다.

　"제미. 지랄도 가지가지라고. 굿이나 허고 꽹과리짝이나 때려주면 됐지, 무신 탈놀이여 탈놀이가, 응?"

　꼭두쇠의 볼멘소리에 맞춰 이번에는

　"저러다가 벙거지들한테 밉보여 혼쭐이나 안 날랑가 그게 걱정이오. 오지랖이 넓어도 분수가 있제. 제 밑구녁도 못 닦는 주제에 무신 동학꾼들 일까장 봐 준다고 저런가 몰라. 전동이 저 귀때기 새파란 것이 뭘 안다고 저렇게 설쳐. 저것이 꼭두쇠제 형님이 꼭두쇠요?"

　그때 근용이가 얼른 담뱃대로 놈태 허벅지를 꾹 찔렀다. 징수님 홍도가 마침 이 방으로 어정어정 걸어 들어오고 있어서였다. 남사당패는 지금 거창한 연회 준비에 눈코 뜰 새가 없었다. 내일 군중 집회의 막바지를 장식할 연회에 지금까지 없던 탈놀이를 선보이기 위해서 지금 그 탈을 만드는 중이었다. 남사당패로서는 큰 경사나 놀이판이 벌어질 때 어쩌다 탈놀이를 하는데 비용도 들고 시간이 걸려 놀이판 초청자가 그 비용을 부담하는 경우에만 일을 꾸몄다. 물론 많은 행하나 좋은 조건이 전제돼야 했다. 이번 연희는 동학에서 비용을 부담했으니 꼭두쇠가 불평할 일은 아니었다.

쉽게 말하면 자(子) 축(丑) 인(寅) 묘(卯) 진(辰) 사(巳) 오(午) 미(未) 신(申) 유(酉) 술(戌) 해(亥) 십이간지 동물의 탈을 만들어 쓰고 노는 연희였다. 그러나 짧은 시간에 그 탈을 만든다는 것이 쉬운 일이 아니라서 모두 땀을 뻘뻘 흘리고 있는 중이었다. 대오리를 촛불이나 끓는 물에 담가 휘거나 구부려 대강 짐승의 원형을 만들고 거기에다 종이를 바르고 그림을 그려 넣어 색칠도 하는 것이어서 그 작업이 화공이 아닌 남사당패로서는 쉬운 일이 아니었다. 말하자면 세공인데 그게 쉽겠는가. 탈 크기가 보통 사람 머리보다 크고 그것을 쓰고 나면 키가 일곱 자가 웃도니 쓰고서 노는 것도 어려웠다.

남사당패가 원평서 연희를 중단하고 이쪽으로 머리를 급히 돌린 것은 곽태수와 산의 간절한 부탁이 있어서였다.

이미 동학의 움직임이 교주 신원 상소 단계를 넘어서 있어 대대적인 민중 동원이 절실했던 것이다.

그 시각 이미 이른 저녁을 먹은 집들은 등불을 밝힐 무렵인데 행중이 든 한 집에 난데없이 행색이 남루한 중 한 사람이 모습을 나타냈다. 달이가 내두르는 엉덩짝을 따라 중이 찾는 꼭두쇠를 만난 것은 잠시 후였다.

"댁이 이 행중의 꼭두쇠요?"

대뜸 묻는 말이 조금은 퉁명스러웠다.

"예… 그렇소이다만, 댁은 누구요?"

그 말도 중의 말을 따라 제법 아금받았다.

"… 아, 그럼 이 행중이 석구패가 아니란 말씀이오니까?"

말투가 정중해졌다

"아… 그 석구…. 그 사람 죽은 지 달포가 됐나? 왜요? 오봉이라고 했었지?"

거꾸로 꼭두쇠 근용이 말이 시건방져졌다.

"……"

그때 방 한구석에 축 처져 담뱃대를 만지작거리며 천장을 올려다 보고 있던 징수님 홍도 얼굴이 순간 홱까닥 변하고 눈빛이 사나와졌다. 삿자리 깐 너저분한 방 한가운데 이울어져 가는 촛불 하나로 방 안 네 사람이 서로를 금방 식별할 수 있겠는가. 홍도는 그러나 분명 방문 쪽에서 그래도 기진해 가는 촛불 빛을 온몸에 받고 장승처럼 서 있는 중의 얼굴을 넉넉하게 알아볼 수 있었다.

서서히 몸을 일으킨 홍도가 반 가부좌를 하고 앉으며 똑바로 중을 건너다 보았다. 보고 또 보았다. 목소리를 확인하자고 몸을 조금 앞으로 내밀었다.

"그랬구나. 회자정리라더니…. 나무관세음보살, 나무관세음보살."

은근한 목소리가 방 안으로 밀려들었다.

'아아 틀림없는 나암 그 자다. 아, 얼마만이냐? 죽지 않고 살아 있었구나. 어쩐다…. 알은 체를 해?'

홍도는 가슴이 두근거리며 맥박이 빨라지는 느낌이었다. 왠지 목둘레가 뻣뻣해지는 듯 목이 잘 돌아가지 않았다.

"어느 절에 계시는 스님인지 모르나 이 밤중에 석구 양반을 찾아 오셨는데 가고 없으니…. 좌우간에 잠시 들어 앉으시오. 갈길이 바쁘다면 모를까… 밤이라도 새고 가얄 것 같은데…."

중이 일없이 사방을 두리번거리며 주저하듯 하다가

"그럼 잠시 실례할까요?"

방으로 어기적어기적 기어드는 중을 보자 자리에서 일어난 홍도는 갑자기 차오르는 숨을 토해 내려고 황급히 방을 나가 버렸다. 중과 엇갈릴 때 중 시선이 홍도를 훑는다. 꼭두쇠가 자리를 비켜 주며 손으로 앉으라는 시늉을 했다.

'아니…? 저… 저게 한주…. 그렇지 내장사의 그 한주가 여기서 웬일일까. 가만 있자….'

앉으면서 서둘러 빠져 나간 한주 등을 가려 버린 어둠을 바라보던 중이 등에서 바랑을 떼어 내려 놓고 후유 한숨을 쉰다.

"가만 계십쇼. 말씀 묻겠소이다. 방금 나간 이가 혹시 한주란 분이 아닙니까?"

말을 던지고 난 중의 머릿속에 이십여 년 전의 내장사 뒷뜰 낙엽이 하염없던 어느 가을이 떠올랐다. 핏빛 단풍이 아우성인 그 산사 뒤에는 산에서 흘러 나온 물이 대쪽 홈통을 흘러가는 여린 물소리뿐이었다. 은행나무가 뿌려 놓은 금빛 이파리가 단풍잎을 시새워하다 한두 개씩 바람에 날려갔다.

"예? 저 사람은 홍도라고 우리 행중의 징수님… 아시오, 징치는 분?"

'아… 그럼 그 사이 이름을 바꿨나? 분명 한준데….'

그 얼굴이 시르죽어갔다.

'무시무종이란 사람 사이의 인연이 이렇게 끈질긴 것인가. 내가 저 자를 여기서 만날 줄 누가 알았어. 그렇다고 피할 수도 없고. 그 자에 대한 죄밑 때문에 평생 편한 잠을 못 잤는데…'

검고 투박한 홍도보다는 땟물을 벗은 것 같으나 주름투성이의 얼굴하며 특히 목덜미의 갈라진 논바닥 같은 굵은 주름은 하 많은 고생을 겉모양으로 내보이고 있었다. 장삼에 꼬질꼬질 때절은 게 떠돌이 중이 적실했다. 허나 형형한 눈빛이 그런 허물을 어느만치는 가려 주고 있었다.

"아… 네, 그렇습니까? 밝은 날에 자세히 보면 또 모르겠습니다. 오늘은 여기서 좀 실례를 해도 좋을지…"

"마음대로 하시오. 우리나 대사나 떠돌이 같은데 사양할 게 뭐가 있소. 편히 하시오. 저녁은 어떻게? 우리는 시늉만 냈소이다만…"

"대강 끝나가는데, 내일은 연희가 끝나면 어떻게 쉬었다 떠나는 가요, 꼭두쇠 아저씨!"

그때 방문을 풀썩 열고 젊은이 하나가 방 안으로 들어서며 하는 소리였다. 촛불이 숨넘어갈 듯 자지러졌다 일어선다.

"엉…? 아니, 그때 그 몽구리 아니시오? 오랜만입니다. 날 모르시겠소?"

전동이였다. 각 패거리가 맡은 탈 만들기를 끝내고 잠자리에 들기 전 내일 일을 확인하기 위해 전동이가 모두를 대신하여 꼭두쇠를 만나러 들어오던 참이었다.

"저런 후레자식 봤나. 머 몽구리? 그때도 주둥이 더럽게 놀리더니 오늘도… 이자식….”

"아니 몽구리 아저씨. 몽구리니까 몽구리라는 게 뭐 잘못이요? 중이 술과 고기 먹고 못할 짓 없다는 사람도 그럼 대사라 부를까요?"

찬물 한 대접을 얻어다 바랑 속의 미숫가루를 꺼내 저녁 대신 타먹고 있던 중이, 그렇게 말하고 들어오는 젊은이가 그때 줄포 여각에서 만났던 젊은이라 반갑기도 해 먼저 알은 체를 할까 하던 참에 또 심사가 엇나가고 있었다.

"네 이놈. 대가리 피도 안 마른 녀석이… 이 무슨…. 상놈의 새끼는 어디가 달라도 달라. 어이 그것 참…."

"상놈 좋아하지 마시오. 당신은 그럼 양반의 자식이라 몽구리가 됐소?"

전동이도 지지 않았다. 꼭두쇠와 놈태가 말려 겨우 티격태격은 면했으나 볼이 잔뜩 부은 전동이는 말을 이었다.

"내일 연희를 크게 하려면 뭔가 다른 놀이나 창이 있어야 하고, 꼭두쇠 아저씨나 곰뱅이 양반이 행중을 한번 챙기시고 만들어 놓은 탈도 보시고 그래야지, 다른 사람은 고생하는데 이러고 있으면 안 되지요."

"야, 야. 너 걱정도 팔자다. 그까짓 동학군들 돕자고 우리가 이러는 것도 과분한데 그만 하면 됐지 더 뭘을 어쩌자고…."

"……."

꼭두쇠 입에서 나온 말이 어떻게 전동이 귀에 새김질됐는지 모르나 그 말을 들은 전동이는 차분한 눈길로 꼭두쇠와 놈태를 번갈아 보았다.

"아저씨들 우리가 남사당패죠? 편을 가른다는 것은 좀 뭣하지만 우리가 누구 편입니까. 우리가 우리를 못살게 하고 짐승만치도 여기지 않는 양반놈들 편입니까? 말 좀 들어 봅시다. 꼭두쇠 아저씨가 바뀌고 뭔가 우리 행중이 달라질 것으로 알고 있는 행중은 아저씨에 대해 실망하는 것 같아요. 이번에 동학군 도우기로 한 것은 그들과 우리의 뜻이 같기 때문이고 우리를 돕고 있는 모든 사람들이 그러기를 바래서 하는 일 아닌가요? 설령 그 사람들 말이 없었대도 우리가 앞장서야 할 일 아닙니까?"

"야… 전동아 네 오지랖이 얼마나 넓냐? 이짓 헌다고 돈이 생기냐 밥이 생기냐? 고생만 쎄가 빠지게 허고 잘못했다가는 육모 방망이 맞기 십상이다. 관의 미움 받아서 좋을 게 뭐 있어? 가서 시키는 일이나 해라, 잔소리 말고."

"참…. 말씀 다 하셨소? …나 탁 까놓고 이야기가 나도 피가 끓어서 못 살겠소. 지렁이만도 못한 이짓 고만 때려 치우고 하루를 살다 말더라도 동학군 돼서 한번 싸워 볼라요. 사람이 생겨서 죽을 때까지 뭔가 한 가지 보람 있는 일을 해야지…. 행중에서도 동학으로 가잔 사람들이 한둘이 아니오. 나 건드리지 마시오. 우리가 정말로 하늘을 보고 한점 부끄러움 없이 살다가 죽을라면 동학을 도와야 허요. 나 여러 가지 의논할려고 왔는디 무슨 말씀을 그리 섭히들 허시요이. 잘해 보시오들…."

전동이가 불쾌하니 얼굴을 붉히고 일어서자 놈태가 얼른 전동이 바지가랑이를 잡으며

"야 전동아 니가 이러면 행중이 뭐이 되겄냐? 시방 니가 젊은 나이지만 행중 사람들은 너만 바라보고 있다. 너 하나 삐딱해 분

지면 이 행중은 절단난다. 서로 탁 터놓고 이야기해 보자."

"…주전 없이 내가 끼어 들어도 될지 모르나, 너 이놈, 젊은 놈이 나이 드신 어른들 말씀 새겨듣지 않고 무신 방정이냐? 너 혼자 무신 일이 곧 될 것 같냐? 쥐뿔도 없는 놈이…."

"뭣이 어째? 이 몽구리… 뭣 땜시 남의 일에 간섭이여? 내가 말 잘못헝 거 뭐가 있어?"

"이런 못된 놈의 새끼. 말끝마다 몽구리, 몽구리…. 배운 것이 그것뿐이냐?"

"야 전동아, 니가 잘못했다. 대사보고 몽구리라니…. 그건 잘못잉개…."

"몽구리 보고 몽구리라고 한 것이 죄라면 내가 사과하겠소. 근디 그럼 대사는 아니 거창하게 대사보다 스님이 낫제. 스님은 뭣 땜시 남의 일에 간섭하는 거요? 그것이 불제자… 허허이 나 참 드러워서 배꼽이 하품하네 젠장…."

"못된 놈의 새끼. 저 잘되라고 타일러 주니…, 하하, 나 이런 놈의 새끼 처음 보네. 꼭두쇠 양반 말씀대로 지금 칼날 같은 세상이다. 핑계가 없어 백성 못잡아 먹는 관것들이니 눈치껏 하라는 거지 꼭 어디 편역 들자는 게 아니다."

"허허 나 이거. 약 주고 병 주고 모다 한통속이구만. 언제부터 꼭두쇠 아저씨는 저 몽… 대사, 아니 스님과 그렇게 죽이 맞았소? 내가 시방 하고 싶은 이야기는 다른 게 아니오. 나도 젊은 놈이 화를 내서 죄송하고요, 좀 건방진 이야기지만 우리가 살아 있는 인간이라면 한번 인간답게 살아보자는 거요. 잘 들어 보세요. 우리 같은 행중이 조선팔도에 얼마나 있는지 모르나 모두 하루살이 같은 인간들이오. 다 태어나기를 지랄같이 태어나 집도 절도 없이 떠도는 부평초 신세 서러워서 못 사는 사람들 아니오. 그래서 나는 오래 전부터 궁리해 온 것이 있는데, 우리 행중만큼은 그러지 말고 돈을 모아 허다 못해 찌그러진 주막이라도 하나 사서 그것을 우리 고향맹키로 근거지 삼고, 아픈 사람 생기면 가서 병구완 받고 엄동설한 갈 데 없는 우리의 보금자리로 만들고, 보따리 짊어지고 이리저리 아는 집을 찾아간다고 뿔뿔이 헤어지지 말고 시안 삼동 거기서 지내면서 삐리나 무동들 기예 가르치고, 손 놀리지 말고 가마니 짚신 만들어 밥값이나 하고 일년 내내 길바닥에서 여독난 몸 쉬게 하자는 의견이오. 지금 달이 아주머니가 있으니 그런 분들한테 맡기면 서푼이라도 생길 것 아니오. 큰돈 번다는 것보다도 우리 행중의 집이다 생각하고 일년 연희가 끝나면 모여 들어 겨울을 넘기고 행중에서 나이 들어 못 움직이면 그곳에서 여생을 보내면 얼마나 좋아요? 우리 행중도 고향이 있다고 힘이 날 게 아니오. 노상 굶주리고 남의 행하나 바라보던 생활을 차차 바꾸자는 이야깁니다."

"…야, 니 말 참 비단쪽 같고 좋은 말인디, 떡이 있어야 굿을 헌다고 돈이 있냐? 딴사람도 어찌 그 생각을 못했겄냐. 우리 처지로는 그림의 떡. 생각도 말자…"

"하이 참. 왜 그렇게 겁을 먹어요? 들어 보시오. 우리 행중 여섯 패가 한 달에 열 냥씩만 모아 봅시다. 여섯패면 육십 냥이고 여덟 달만 연희 나간다 치고 육십 냥을 여덟이면 사백팔십 냥인데 그걸 못 모아요? 물론 행하는 우리가 먹는 걸로 허고. 돈이 있네 없네 해도 삐리나 무동이 똥구녁 찢어짐서 벌어들인 돈 있잖아요. 그 돈을 다 쓰지 말고 술이나 투전에다 조금씩 쓰고 열 냥 못 만들어요? 내가 알기로 무동이나 삐리가 번 돈이 솔찮을 텐데요. 사백팔십 냥으로 무얼 허냐고 할지 모르나 시골 주막 찌그러진 것 하나 값이 얼마나 가졌어요. 만약 그리 된다면 내가 한 이백 냥은 책임지지요. 돈 칠백 냥이면 살 수 있습니다. 어떻게 한번 해 봅시다. 짚시랑 물이 돌팍을 판다고 우리 오십 명 식구가 그 일 하나 못해내겠어요?"

전동이는 산과 한씨 부인을 염두에 두고 거기서 적어도 이백 냥은 나올 것이라는 계산에서 그리 말한 것이고, 속새로 허름한 시골 주막 금새를 알아 보는 중이었다. 목 좋은 것이야 비싸고 장소에 따라 다르지만 싼 것이라도 하기 나름이라 자신의 계획이 그렇게 허황하지 않다는 자신이 있어 꺼내 본 이야기였다.

"……."

"더 들어 보세요. 우리는 살아가는 세상을 너무 어렵고 무섭게 보고 있는 게 탈입니다. 나라가 있고 뭐 어쩌고 저쩌고 하는 이야기에 충의(忠義)와 효도 어쩌고 자꾸 풋말 방구 뀌는 소리로 백성을 속이고 멍하게 만드는데, 그건 즈네들 살아가는 방식을 천년만년 끌고 갈라고 허는 이야기지 우리 멍청한 백성들을 위해서 허는 소리는 절대 아닙니다. 우리 자신이 살아갈 길을 스스로가 찾아야지, 그 개만도 못한 놈들 믿고 있다가는 천년 만년 종살이밖에 못허고 언제나 알거지가 되는 거요. 도대체 왕이 있다지만 그것이 뭣허는 것이오. 계집들 수백 명 거느리고 밤에는 그짓이나 허고 낮에는 풍악이나 울리고…. 생각해 봅시다. 우리를 위해서 해 준 것이 뭐였어요? 수십 가지 세금 뜯어 내고 보면, 벌건 황토

흙밖에 안 나오듯 우리한테…. 아이고 말이 안 나오네요. 그래서 허는 이야기가 그것덜 다 때려 부시고 새나라 맹글자는 동학군이 훨씬 사람다운 사람들이다 이겁니다. 동학군은 생각이 첫째 다르고, 하겠다는 약속이 좋아요. 시방 보세요. 몇 개 나라에서 들어와 이권(利權) 내 놓으라고 저 야단 아니오. 얘기하자면 끝이 없고, 아까 헌 이야기 이 자리에서 합의만 되면 다른 건 다 내가 할랍니다. 행중에 다 알아듣게 이야기허고 돈 거둬 들이는 일 이런저런 일 죄다 내가 할게요. 내가 헌다면 반대헐 사람 없을 거요."

"야 이놈, 듣고 보니 천상천하 유아독존이네. 니가 나랏님을 능멸하는 소리를 보통으로 해대고, 꼭 역적 같은 이야기 아니냐. 그러고 보면 동학군이 역적들 아니냐? 에이 고연 놈. 말 조심해라. 내 말 한마디면 너는 모가지 열 개가 있어도 모자란다."

코를 골고 있어 안 들은 줄 알았더니 죄 듣고 있던 중이 부스스 일어나며 또 전동이 속을 긁어댔다.

"뭐 동학군이 역적들이라고? 말 잘했소. 동학군이 역적이라면 어쩔 테요? 듣자하니 벨 좆 같은 소리를 다 허고 자빠졌네."

"뭐 뭘 허고 자빠져? 뭐 같은 거? 이놈 그냥 둬서는 큰일 날 놈이구나. 내일 보자. 날만 새면 당장 금구 관아에 발고하겠다. 너 같은 놈은 이 남사당패를 위해서도 그냥 둬서는 안 되겠다."

아까의 오기가 덜 풀린 눈자위였다.

"몽구리라 몽구리 같은 소리 하고 있네. 나 잠자러 갈라니까 서삼집(입)으로 구성(똥)이나 빨아"

변으로 해대는 대거리와 욕에 화가 등천한 중이 벌떡 일어서서 바랑 속의 목탁을 꺼내 들고 막 방문을 나가는 전동이 뒷통수를 향해 휙 집어 던졌다. 확실히 몽구리는 몽구리였다. 탁 소리와 함께 어이크 하는 비명을 지르며 전동이가 어둠 속으로 고꾸라져 버렸다. 연이은 세 초가집에 불이 꺼진 지도 오래됐는데 그런 소동이 벌어졌으니 다시 불이 밝혀지고 뻴기를 찧어 바른다, 고약을 갠다 야단이 났다. 지혈용 구급약이 그것밖에 없으니 그럴 수밖에 없었다.

"여보 대사. 당신이 아까부터 우리 역성 드는 건 좋았는디 뭣 때문에 멀쩡한 사람 골통을 깨놨소? 말이나 좀 해 보시오. 당신 도대체 누구요? 우리 행중과 무슨 관계가 있소? 잠자리 내줬으면 곱게 잠이나 자고 떠날 일이지 젊은 사람 오장 쑤시는 소리는 도맡아 허고 그 젊은이허고 무슨 웬수 졌소? 어쩔 것이오, 피가 많이 난다는디. 목탁으로 사람 골통 깨라고 부처님이 가르칩뎌?"

아무리 전동이한테 뻬딱했던 놈태지만 일이 그리되니 가재는 게편일 수밖에 없었다. 쭝긋쭝긋 방문이 열리고 사람들이 번을 갈아 방 안의 중을 구경했다. 바랑을 챙기고 장삼을 입은 중이 부스스 일어섰다. 자신이 생각해도 불안하고 그런 분위기에서 도저히 잠자리를 빌릴 수는 없을 것 같아서였다. 한편 뻴기 말린 것을 찧어 바르고 수건으로 머리를 싸맨 전동이로서는 참 엉뚱한 결과였다. 굴러 온 돌이 박힌 돌을 뽑는다고 아무리 나이가 어리지만 잠동냥 하러 온 중한테 봉변했으니 기도 막히고, 그것보다 먼저 어찌 해서 저자가 자기가 멸시하고 타기하는 왕조 지배층을 필요 이상으로 감싸고 나서는지 영 마뜩찮고 꼭 놈들의 첩자가 아닌가 하는 생각을 지울 수 없었다. 자기와 그렇게 생각이 다른 사람이 있었는가 그것부터가 의문이고 꼭 제 손으로 목을 비틀어 죽이고 싶어졌다. 목 안에서 뜨거운 것이 불끈불끈 솟아올랐다. 전신이 덜덜 떨리는 것도 그 억울함과 치욕 때문이라고 짐작했다. 치료를 하는 이는 덜미쇠 뜬쇠. 나이 60을 바라보는 머리가 센 노인이었다. 뭣 모르고 전동이가 피를 흘리는 게 어디서 싸움판이 벌어졌나 했는데 이 사람 저 사람 하는 이야기를 듣고 중이 던진 목탁에 맞았다는 것을 알고 불퉁거리는 소리가 재미있었다.

"이것도 알고 보면 분명 살생인디. 몽구리가 사람 괴기가 먹고 싶어졌다냐. 전동아 앙 그렇냐? 니알 아적에 어떻게 생긴 몽구린가 쪽이나 조깨 봐야 쓰겄다."

그 말은 적어도 가슴이 타들어가는 전동이한테는 불난 데 부채질 하는 격이었다. 한쪽에서는 성질 급하고 욱 하는 전동이가 더구나 칼을 배워서 늘 물미장을 가까이 두고 있는데 저러고 그냥 말 것인가 하는 묘한 기대 같은 것을 느끼고 있는 것이 사실이고 솔직한 이야기였다. 그 중놈 인자 죽었다 하고 벌어질 사태를 걱정하는 사람도 있고.

"자 죄 많은 소승 중생 제도도 못하고 떠나니 많이들 통촉하십시오. 잠시라도 은혜 많았소이다. 나미아무타불…"

부시럭거리며 일어서서 시늉만의 합장을 올리는 중을 어쩌지 못하는 꼭두쇠나 놈태는 그저 어리둥절하니 같이 일어섰다. 그러나 아까부터 이들은 약속이나 하듯 서로를 바라보는데 그것은 방을 나가는 중이 어쩌면 머리가 터진 전동이를 많이 닮은 것 같아서 속으로 고개를 갸웃거리던 참이었다. 두 사람이 꼭 같이.

그런데, 방문을 막 나서려던 중의 장삼자락이 펄럭 하더니 그만 방 안으로 밀려 들어왔다.

"어딜 도망가려고? 이 순 땡땡이 중놈의 새끼. 그때는 술에 괴기까지 처먹드니, 오늘은 사람 괴기까지 먹고 싶드냐, 순 개자식!"

전동이가 머리에 흰 띠를 두르고 긴 몽둥이를 들고 들어오며 오른손으로 중을 밀어붙였다. 하얗게 바랜 전동이 얼굴에 붙어 있는 눈이 꼭 무슨 일을 저지를 것 같은 쌩고돔한 표정이었다.

방 안 총중이 말을 잃을 수밖에.

"어디 한번 또 던지시오…. 못 던지겠지요? 사람 골통을 깨라는 목탁은 필요없으니 이리 주시오."

등에 짊어진 바랑 어깨띠를 확 잡아 앞으로 제껴 버렸다. 기우뚱하니 바랑이 벗겨지면서 중 몸뚱이가 방바닥에 쓰러져 버렸다.

바랑 속에서 꺼낸 목탁을 손에 든 전동이 얼굴이 수상쩍게 빛이 나며 섬짓한 웃음이 번져 일어났다.

"요것으로 꼭 왕놈의 새끼 면상을 후려 갈겨야 하는데. 에잇 더러운 목탁."

밖으로 나간 전동이가 거기 놓여 있는 섬돌에다 목탁을 힘껏 내리쳐 버렸다. 그렇잖아도 기대와 무서움으로 뭔가 벌어질 것을 바라보고 있던 사람들 몇몇이 자기들 발치에 산산조각이 난 목탁 쪼가리가 날아 들자 일제히 발을 뒤로 뺐다. 돌아서 들어간 전동이가 그 손에 들었던 가는 몽둥이를 들어 올리는가 했는데 에잇 하는 기합 소리와 함께 중의 오른쪽 어깨를 내리쳤다. 으 하는 비명과 함께 한쪽으로 기운 중은 그대로 그 자리에 쓰러져 버렸다. 한참만에 겨우 일어선 중이 다시 고주박이 쓰러지듯 넘어진 채 입을 벌리고 말 한 마디 못하고 버르적거렸다. 이어 그 몽둥이가 스르릉 하는 소리와 함께 두 토막이 나면서 촛불 빛을 받아 번쩍거리는 장도로 돌변했다. 칼이 내뿜는 빛보다 더 파랗게 바랜 전동이가 입술을 씰룩거렸다.

"너는 몽구리도 못된 놈. 뭐 중생제도? 왕이 어쩌고 양반이 어째? 에잇…."

"전동아, 잠깐! 내리치기 전에 내 말 한 마디만 들어라. 그래도 늦지 않다. 그 칼 내려라. 내 얼굴을 봐라."

그때까지 아무데서도 볼 수 없었던 징수님 홍도가 불빛 속 전동이가 추켜든 칼 앞에 홀연히 모습을 나타냈다.

"……?"

전동이의 푸른 얼굴이 홍도를 향했다. 불과 서너 자 거리.

"전동아. 내 일찍 말 못했다. 이분이 네 생부시다. 칼 내리고 무릎을 꿇어라."

처음 들어보는 홍도의 노성이었고 그것은 노성이라기보다는 어떤 절규라면 맞고, 체념에 젖어 매달리는 목소리이기도 했다.

그때 홍도는 이십년 전의 회상을 좇고 있었다.

신미년(辛未年). 단기 4204년. 고종(이명복) 8년은 사건도 많은 해였지만 유독 조정을 곤경에 빠뜨렸던 임술민란에서부터 시작된 민요(民擾)가 막을 내리는 해여서 특히 소란했다. 신미년 민란의 주모자 이필제와 정기현이 문경새재에서 다시 거사를 모의하다 체포돼 처형된 때문이었다. 민란도 민란이지만 천재지변도 많아 불안에 휩싸인 백성들은 모두 제간에 그 재앙을 덜어 보겠다고 자기 집 조앙 아니면 산신령이나, 있는 사람은 푸닥거리를 하고 조상묘에 크게 제사 지냈으며 토호들은 절을 독점하여 심지어 백일 기도를 드리는 낭비도 불사했다. 절이란 절은 이런 토호나 양반의 행차가 끊이지 않고 절마다 쌓이느니 곡식과 피륙 등 재화였다.

가을비가 추적거리는 그 해 구월은 유난히도 을씨년스러웠다. 호남지방의 명문대가의 부녀자 행렬이 이어지는 정읍 내장사는 단풍마저 빛을 잃고 추레했다. 풍경 소리나 목탁 소리는 제법 낭랑하였지만 대웅전에 드나드는 주지 스님 얼굴에도 피로한 기색이 역력하였다. 주야를 잇는 법회가 열리고 불공 올리는 대가댁 아녀자의 스란치마가 법당의 번들거리는 마루 위를 미끄러지듯 스쳐갔다. 밤낮 구분 없이 방마다 통장작이 메어져 삶아대는 쌀이며 산채가 곳곳의 바리에 그들먹했다. 연이은 삼년째의 흉년으로 쌀 얼굴 보기가 어려운데 그것을 본 농민들은 자기들 눈을 의심할 지경이었다. 도대체 저 쌀이 어디서 나온 것이냐고. 며칠씩 묵다 가는 거의 모든 공양주들은 절의 대우가 융숭했다. 그 대신 그들을 대접하고 모시는 데 땀을 빼는 것은 누구네 누구네 해도 절의 불목하니일 수밖에 없었다. 모든 절의 인력은 거기에 차출됐다.

그들 공양주 중 한 사람인 고현내 원백 부락 참봉댁 일행은 달포 넘게 체류하고 있어 모든 절 식구들과 구면이 돼 서로가 임의로웠다. 못할 말이 그들 특히 종복끼리는 없을 정도였다. 불목하니 한주는 언제나 시커멓게 그을은 얼굴로 그저 궁굴어 다니는 굴렁쇠같이 이방 저방 하며 눈코 뜰 새가 없었다. 곽참봉 일행은 엄청난 재력을 과시하듯 공양미나 공양전이 월등해 주지의 끔찍한 대접을 받고 있어 종복들도 덩달아 말발이 섰다. 승려 나암도 예외일 수 없이 곽참봉 부인한테 비나리 치기는 마찬가지였다. 그는 곽참봉 부인 방 출입이 무상하였다. 그만치 신임과 총애를 받고 있었다. 나암과 한주는 두 살 터울로 그때 한주가 열아홉에 나암이 스물하나고 벌써 나암(懶岩)이란 법명이 있었고 총명하고 눈치 빨라 주지 스님의 눈에 든 몸이었다. 두 살 터울이지만 한주가 몸이 걸쩌 어찌 보면 나암이 손아래로 보일 정도였다. 사이도 좋아 못할 말이 없는 두 사람이었다. 지체가 다를 건 없지만 나암은 미끈하고 희었다.

 곽참봉 부인의 몸종인 정님이는 그때 절 안의 귀물이었다. 열일곱의 꽃나이답게 뭇사람의 가슴을 설레게 했으나 그것은 범접할 수 없는 꽃이었다. 달이 넘게 체류하니 아무리 내외법이 있다 해도 서로 농을 주고받을 만치의 여유는 생기고, 오다가다 나암은 그런 정님이의 어깨를 건드릴 정도로 허물이 없어졌다. 불목하니 한주라고 어찌 꽃 본 나비가 아니겠는가만 그것은 이루어질 수 없는 꿈이라 애초부터 외면해 오던 터였다. 애들의 그런 눈치를 챈 주지 스님은 특히 나암을 불러 앉혀 혹시나 공양주 가족에게 누를 끼치지 않도록 타일렀다. 그것은 누가 들어도 이성 관계를 깔끔하게 가지라는 말이었지 다른 게 아니었다. 주지 스님의 눈에 비친 정님이의 몸가짐이 어린 깜냥에 너무 색정이 과하다는 판단 때문이었다.

 구월도 저물고 시월로 접어 든 어느 날. 그날도 비는 낮잠 자기 좋을 만치 부실거리는 힘없는 궂은비였다. 법당에서 예불에 빠져 있는 곽참봉 부인은 쉽게 나올 줄 몰랐다. 장작 한아름을 안고 가서 곽참봉 부인이 머무는 방 군불을 때려고 부엌 바닥에 부리는데 방 뒷문이 스르르 열리면서 나암이 조심스럽게 토방으로 내려 서는 게 보였다. 얼른 몸을 낮춘 한주는 불을 때는 척 그쪽을 돌아보지도 않고 빈 아궁이 속을 기웃거렸다. 한참 뒤 얼굴을 들고 보니 나암도 없고 방 안은 조용하기만 했다. 불을 지피고 그 별채 앞쪽으로 돌아나오는데 마침 정님이가 나오다가 뭔가에 놀란 사람처럼 한주를 보더니 금방 방 안으로 튕겨 들어가는 게 아닌가. 한 사람은 뒷문 또 한 사람은 앞문? 그 이상의 궁금증은 없었으나 '나암이 곽씨 부인도 없는데 뭣하러 방에?' 란 의문은 지워지지 않았다. 그 이틀 후 맑은 날씨였으나 지는 가을이 무색하게 포근한 날 다른 공양주들과 하도 좋은 햇볕이라 이야기에 팔려 절 입구 일주문 앞 쉼터에 앉아 시간 가는 줄 모르는 부인은 마냥 즐거운 표정이었다. 절의 후대와 정성껏 치성했다는 안도감 때문이리라. 그때 한주는 산에서 내려오는 물받이 대홈통을 손보려고 법당 뒤안으로 돌아갔다. 기암 절벽이 꿈처럼 얽혀 있는 그 사이를 흘러나오는 물이 이 절의 식수원이니 소홀히 할 수 없는 일이었다. 그쪽에서 이십여 보 백일홍이 가을 때문인지 기신거리는 그 바위 모퉁이에서 불쑥 나타난 나암을 본 한주는 그만 소스라치게 놀라 우뚝 서 버렸다. 거기는 외형상 경치는 좋으나 접근하기가 매우 어려운 자리여서 그랬다.

"······?"

뚱하니 자기를 바라보는 한주를 보자 나암은 뭔가 당황한 듯

"너 여기는 뭣하러 왔냐? 너 혹시 내 뒤를 밟은 게 아니냐? 이 자식!"

느닷없는 나암의 추궁에 어이가 없는 한주는 대답도 없이 멍하

니 바라볼 뿐이었다. 평소 좋던 둘 사이에 일찍이 없던 험한 말이라서도 그랬다. 그게 오히려 상대방의 의구심을 돋궜는지 그때까지도 말문이 열리지 않아 우두망찰 서 있는데 나암이 나오던 모퉁이에서 이번에는 정님이가 벌겋게 상기된 채 조심스럽게 걸어나오지 않는가.

'아 내가 못볼 것을 봤구나. 그랬었구나.'

그때 문득 사흘 전의 일이 얼핏 머릿속을 스쳐갔다. 그러면 그날은? 상상해서도, 또 하기도 싫은, 그러니 어딘가 제 마음 속에도 조금은 부러운 정님이와 나암의 접촉을 보는 그 순간은 정말 심정이 몹시 착잡했다. 긴말 할 것도 없이 나암과 정님이의 관계와 전후사를 알게 된 것 같았다.

"야, 이건 내가 너한테 부탁하는 게 아니고 서로 좋자는 말이다. 혹시 스님이 내 이야기 묻거덜랑 들은 것도 본 것도 없다고만 해라. 니가 내 말 거역하면 좋은 일 없고…. 알것냐? 나는 오늘 밤으로 이 절을 떠날 테니까 뒷일은 니가 알아서 해. 니가 곧이곧대로 이야기했다가는 좋지 않을 것이다."

그 말대로 나암은 그밤으로 종적을 감춰 버렸다. 왠지 나암의 말을 거역 못할 묘한 중압을 느낀 그는 그저 아무런 표정 없이 마주치는 정님이를 보아야 했고, 그런 자신이 몹시 실망스러웠지만 그 실망의 뿌리가 뭔지 그것을 헤아리지 못했다. 그러나 막연하나마 그것과 병행하는 감정이 있었으니 그것은 야릇한 시새움이었다. 그것만큼은 자각할 수 있었다. 말이 없는 한주는 그런 일을 겪고도 그냥 그 부인과 정님이를 보냈고 그러고 나서야 그것을 깨달았다. 정님이 얼굴이 그려진 그 둥근 과녁은 누구나 쏘아 맞힐

수 있는 무주물(無主物)인데 자신은 그 과녁을 못 맞힌 아쉬움보다 아예 쏘지도 못했다는 생각이 자괴가 되고 그것이 결국 그 실망의 뿌리가 됐다는 것을 확인했다. 그렇게 보고만 있어도 즐겁던 정님이란 꽃을 꺾어 버리고 사라진 나암을 그때까지도 그것 때문에 자취를 감췄다고는 생각 못했으나 후에 그것을 깨달았다. 나암이 부럽기도 하고 한편 몹쓸 사람으로 점점 각인돼 갔다. 본시 한 주도 없는 집, 더구나 서자로 태어나 서당에서 글줄이나 읽고 자랐지만 혹독한 몰락으로 일시에 고아가 돼 절 몇 군데를 거쳐 내장사 불목하니로 들어왔었다. 절에 들어오면서 불경도 배우고 부처님을 알려고 마음 먹은 것이 나이 열두 살 때였다.

"너 이놈 한주야! 너 내가 묻는 말에 숨김 없이 대답하렷다. 나암 그놈이 가기 전에 너한테 하는 말이 없었느냐? 나한테 뭐라고 전한 말도 없더냐? …매정한 놈."

"……"

주지 스님도 오 년이란 세월을 고스란히 일에만 파묻혀 온 그에게 가타부타 말이 없고 뭔가 장래를 기약해 주는 말 한 마디가 없어 그 자신도 마음이 많이 흔들리던 때였다. 내가 어디 가서 무슨 짓을 하면 이보다 못할까 하는 희미한 반항심이 싹텄던 것도 그때였다. 붓글씨를 조금 쓸 줄 아는 그는 그것을 낙으로 틈을 보냈다. 마음이 흔들리기 시작한 지 거의 일 년. 이제는 이 내장사를 떠나야겠다고 마음을 다지고 있을 때 바로 나암이 모습을 감춘 지 여덟달 만인 임신년의 한여름, 어느 허름한 중년 여인과 정님이가 절에 나타났으니 놀란 것은 누구보다도 한주였다. 꿈에도 생각 않던 정님이가 배가 불러 초췌한 모습으로 주지 스님한테 서찰 한

장을 내밀었다.

"흐음. 내 이럴 줄 알았다. …야 한주야, 이리 오너라. 오늘부터 이 여자를 네가 좀 거둬 줘라. 산달이 가까우니 그때까지만 니가 애를 좀 써라. 이게 바로 사바세계의 어지러움이다. 몹쓸 놈 같으니라구…."

그게 누구를 지칭하는지 아는 한주는 앞에 고개 숙인 정님이를 무슨 큰 짐덩어리를 보는 기분으로 바라보고 있었다.

"지가 여기 찾아 온 것은 스님도 아시다시피 뱃속의 것 아부지가 나암 스님입니다. 부끄러워 말도 못 하겠습니다만, 여기서 몸 풀 때까지만 신세 지겠습니다. 마님이 주신 돈도 있고 조금도 불편이 없습니다. 불쌍한 인간 하나 살리신다고 봐 주십시오. 지가 몸을 푼다고 해도 아이는 못 데리고 가고, 저는 그 집을 떠나면 바로 굶어 죽습니다. 저는 나암 스님이 계신 줄 알고 찾아왔는데 이제는 죽도 살도 못할 형편이 돼 버렸습니다. 여기 있을 때도 스님 신세를 많이 졌는데 또 부끄럽게 된 이 마당에 스님을 찾아 뵈오니 꼭 죽고만 싶습니다."

눈물을 톰방톰방 떨구며 말을 해 나가는 정님이는 그때나 지금이나 곱기는 마찬가지였다. 누가 저 행동거지를 보고 남의 집 종이라 하겠는가. 나암이 원망스럽고 얄미우나 정님이 자신의 정상이 그저 보아 넘길 수 없이 안타까울 뿐이었다. 정님이는 그를 스님이라 부르고 있었다. 그녀로서는 그 호칭 말고는 달리 없었기 때문에 그렇게 불렀으리라. 두 달이 속절없이 흘렀다. 절에서 서북쪽에 있는 서당촌에서 몸을 푼 정님이는 또 그 앞에 부시부시한 얼굴을 부끄럼 없이 내놓고 하소연했다. 잠시 지난 두 달 사이 정님이를 세심히 관찰한 한주는 아이를 낳되 그것을 자신이 키울 수 없는 처지가 안타까워 밤낮 가리지 않고 눈물 바람 하는 정님이한테서 자신이 미처 발견 못한 인간의 간절한 소망이 무엇인지 알게 됐다. 특히 여자의, 서당리 그 마을, 배곯고 헐벗은 사람들한테서 무슨 젖이 그리 많이 나오겠는가. 명색이 젖어미한테서 커 나가는 애는 미음죽으로 커 나갔다. 애초 참봉댁에서 삼년간 다달이 얼마씩 보내주기로 한 아이의 미음값도 그나마 일 년을 넘기고는 끊어져 버렸으나 수입이 없는 한주로서는 어떻게 할 엄두가 나지 않아 할 수 없이 주지 스님한테 하소연했다

"스님, 이런 말씀 올리면 저를 염치 없는 놈이라고 꾸중하실지 모르나 전동이는 지가 키워야 될 것 같습니다. 먹여 주고 입혀 주신 그 은혜만도 과분한데……."

말을 잊지 못하는 한주를 내려다보던 주지는

"그래 어쨌다는 거냐? 말을 해 보아라."

가볍게 한숨을 쉰 주지는 한참 있다가 속으로 중얼거리듯

"알겠다. 니가 네 자식같이 키우겠다 그것이지? …그래서 뭔가를 그 집에다 줘야 한다 그 말이렷다? …어디 궁리해 보자. 쌀이면 쌀, 돈이면 돈 되는 대로 조금씩 주자…. 그러나 저러나 너를 다시 봐야겠다. 사람 중의 사람이 바로 너로구나. 나는 불문에 들어온 지 사십 년이 된다만 너 같은 사람 처음 본다. 기특하다. 해 보자. 나암 그놈은 안 되느니라."

이미 주지 스님은 애기 이름을 전동이라 지어 부르고 있었다.

'저 주지 스님이 나를 알고서 하는 소린가?'

조금 겁도 났다. 그것은 한 가지 말 못할 비밀 때문이었다.

열다섯 살 땐가 같은 불목하니와 무슨 장난 끝에 서로의 성기를 만지는데 자신의 것을 만지던 아이가 얼른 손을 떼면서 그의 얼굴을 들여다 보았다. 꼭 만져서는 안될 징그러운 것을 건드린 그런 얼굴 표정이었다.

"……?"

한주도 얼굴이 붉어지고 상대를 눈여겨 보며 그애 성기에서 손을 뗐다. 꼭 돌덩이같이 단단한 그것은 자기 것과는 전혀 달랐기 때문이었다.

"야 한주야 너… 혹시 고자 아니냐?"

서너 번 주물럭거리면 점점 커지는 상대의 성기와 자신 것의 차이를 발견한 그는 그만 흠칫 놀라며 상대의 얼굴을 다시 바라 보았다. 그 얼굴은 의아와 연민의 빛이 완연한 일그러진 표정이었다. 그 순간 그는 깊은 절망의 늪으로 빠져들었다. 그 뒤 몰래 애들이 하는 용두질 흉내를 내보기도 하고 별의별 짓을 다 해도 요지부동인 자신의 성기를 내려다보고 울기도 많이 울었다. 분명 자신은 성불구자다. 일 년, 이 년, 몇 년이 흘러도 변화가 없었다. 아아 나는 불구자다. 정님이의 그 탐스럽던 젖무덤이나 또다른 공양주의 이러저러한 신체의 부위를 보아도 그저 무덤덤하니 머리 끝에서 발 끝까지 흐르는 묘한 감각이 찡할 뿐 전혀 성기와 연결이 안 됐다. 생식불능. 왜 그것을 몰랐을까? 색정과 관능이 연결되지 않는 그 안타까움에 몸부림도 쳤다. 그것도 슬픔이었다.

일찍이 내장사를 떠날 때부터 그는 모든 것을 포기하고 있었다. 그래서 그 아이 전동이한테 집착했는지도 모를 일이었다. 피를 방울방울 뽑고 살을 점점이 도려내도 아픈 줄 모르고 먹이듯이 키운 아이였다. 세 살 때 그 절을 떠나면서 전동이는 어미 없이 혼자 크는 아이가 돼 아비(한주) 등에서 자랐다. 어디 가서 제대로 직업이 있을 수 없는 한주는 또 절에 들어가 불목하니가 됐고 혹 달린 사내를 좋아할 절이 그리 많지 않았으나 워낙 성실한 그를 얼마간 부려 보고는 그대로 아이 꼴을 보겠다는 데도 없지 않았다. 그런데 산에 나무하러 갈 때 따라오는 게 질색이었다. 어느 겨울인가 김제 금산면 금산사에서 겨울을 넘길 때 재워 놓고 산에 가서 한참 나무를 하는 데 정신이 팔려 그 추운 겨울인데도 땀을 뻘뻘 흘리는데, 느닷없이 애 울음소리가 나 내려다 보다가 허옇게 눈이 온 산으로 울며 기어오르는 전동이를 보고 그만 낫을 내팽개치고 주저앉아 버렸다. 높은 울음도 아니고 으윽 으윽, 꼭 새끼 늑대 울음소리같이 흐느끼며 올라오는데 시뻘겋게 얼어붙은 발바닥에서 피를 철철 흘리고 있지 않는가. 눈속을 맨발로 피를 흘리며 걸어왔는지 핏자욱이 한줄로 곱다랗게 눈을 물들이고 있었다. 어디 나무 등걸에라도 찔렸는지 그 많은 피를 흘리면서 아버지를 불러 외치면서 산으로 기어오른 전동이는 손도 뻣뻣이 얼어 있었다. 부둥켜 안고 같이 얼마나 울었는지, 애 목구멍이 글글거렸다. 흰 눈속에 점점한 선홍의 핏자욱은 봄에 핀 산꽃송이같이 곱기만 했다.

 '에이 괘씸한 놈들. 내가 아이 좀 봐 달라고 그렇게 애걸했거늘… 이럴 수가….'

 잠에서 깨어난 아이는 잠시 울다가도 놀이감이나 뭔가 입맛 다실 것을 주면 금방 울음을 그치는데 그런 조그마한 도움도 못 준단 말인가. 내가 낳은 자식은 아니지만 이런 정경에는 눈물이 없을 수 없었다. 나무를 하다 말고 내려온 한주는 우선 아이 발바닥

상처를 치료하면서 명색이 부처의 자비를 배우러 왔다는 승려들의 비정과 이중성에 치를 떨었다. 그렇게 해서 전전한 절이 벌써 몇 군덴가. 그래도 아이는 탈없이 잘 자랐고 떠듬떠듬 언문도 읽어 나갔다. 사람으로서 감당할 수 없는 고통 속에 일곱 살을 맞은 전동이는 아버지가 남사당패 징쇠가 되면서 같이 무동이 됐다. 같은 무동끼리 지내는 남사당패 생활에 전동이는 시름을 잊고 제 동무들과 잘도 어울렸다. 그렇게 무심히 흐른 세월은 한주를 남사당패 징수님으로 만들었고 날쌘 몸놀림의 전동이는 어느덧 그 패의 살판쇠가 돼 제 앞가림을 하게 된 것이었다.

한주는 남사당패에 들면서 아주 성도 없는 제 이름을 홍도로 바꿔 버렸다. 부자간에 벌이는 연희가 쑥스러울 때도 있지만 한편으로는 모두 겨울 산비탈을 굴러다니는 외톨이끼리의 행중에서 서로 의지가 됐다. 말이 없는 징수님 홍도는 모든 말을 아끼고 꼭 해야 할 때만 입을 열었다. 그래서 누구나 쉽게 범접을 못하고 또 곁을 내 주지도 않았다. 참으로 몸서리쳐지고 징그러운 지난 세월이었으나 한 가닥 위안을 얻을 수 있는 것은 오직 전동이의 순탄한 성장이었다. 커 가면서 철이 들고 그 눈 속에서 맨발로 백설 위에 산꽃무늬를 아로새기며 산에 오르던 전동이는 그 이듬해 또 아버지가 이번에는 잡도리를 해 놓고 산에 올라가면

"아부지 또 산에 갈라고?"

"그래 여그서 잘 놀아라. 이것 먹으면서 울지 말고. 또 올라오면 그때같이 다쳐서 피 많이 낭개잉. 알았제?"

맑은 눈망울을 반짝이며 아이는 한참 있다가 고개를 끄덕거렸다. 다녀오라는 묵시의 동작이었다. 그렇게 아이 때문에 옮긴 절

이 두어 곳. 직업이 따로 없는 그에게는 불목하기가 제격이었다. 그렇다고 여염에 들어 머슴살이 같은 것도 어려웠다. 아이 때문에. 그러나 손을 잡고 더울 때나 추울 때 길을 갈 때면 꼭 잡은 손과 손 사이에는 찐득한 땀은 배어나지만 그 어린 영혼과 자신의 넋을 관류하는 뜨거움 같은 것을 느낄 수 없는 것이 추웠다. 묵묵히 따라 걷는 아이 머리 위에 곱게 부서지는 오월의 햇빛이 밝았지만 한주의 가슴 속은 먹구름이 드리우고 있었다. 어쩔 수 없이 자신이 남사당패 징쇠가 됐을 적에도 전동이는 무동으로 여장(女裝)하고 뜬쇠들 어깨 위에 올라서서 춤을 춰야 했다. 남사당패에 군식구란 있을 수 없고 그 자신도 전동이가 어떻게 된다는 것을 알고 행중에 합류했으니까. 전동이 열한 살 때였고 자기 나이 서른여섯인가…?

삐리에서 무동으로 올라가고 남사당패의 불문율인 그 매음(비역)을 하고 돌아와 밑에서 피를 흘리며 아프다고 징징 울었을 때는 자기 가슴 속을 날카로운 칼날로 후벼 파는 아픔을 맛봐야 했다. 저 어린 것이 그 무지막지한 놈들의 성기를 어찌 견뎌냈을까 생각하니 그 다음에 일어난 감정은 오직 울분이었고, 마지막으로 사위어가는 정감은 그저 허탈과 체념뿐이었다. 어기적어기적 걸으며 용변 때는 비명을 지르며 고통을 호소하는 그 울음소리가 들리면 귀를 막고 방바닥을 뒹굴었다. 그러나 그것이 그 한 번으로 끝나는 일이 아니고 앞으로 계속될 것을 생각하면 남사당패에 정나미가 떨어지지만 달리 길이 없었다. 사지 멀쩡한 놈이 동냥 다닐 수도 없고.

"전동아, 너 여그 있고 싶냐 아니면 절로 가끄나… 응?"

"아니여. 아부지 나 여그가 좋아. 동무도 있고 밥도 많이 먹을 수 있고. 굿도 재미있는디…."

그 다음에 무슨 말이 나올 것인지 알고 있는 그는 그저 힘없이 고개를 떨굴 뿐이었다.

'저 불쌍한 것…. 제 에미나 애비는 저것이 저렇게 크고 있다는 것을 알기나 하는지….'

곽참봉 집에서 정님이 임신을 알게 된 것은 여섯 달이 되면서였다. 이제는 더 가리고 속일 수도 없는 신체의 변화를 죽을 각오로 마님 앞에 실토했다.

"남 부끄러운 일이고 집안 망신이니 내가 시키는 대로 해라. 절에 가서 이 글을 주지 스님한테 주고 거기 좀 있거라. 그러고 몸을 풀면 다시 오너라. 나는 다 알고 있었느니라. 그 젊은 중이 애비냐 어쩌냐? 또 하나 있던 젊은 총각은 아닐 테고…."

그 말에 대한 대답이 나올 수 없고 부끄러워 몸을 바로 할 수 없었다.

아이를 낳고 돌아온 정님이는 공교롭게 자기와 같은 시기에 몸을 푼 마님을 대신해서 막내 아들에게 자신의 젖을 물려야 했다. 말하자면 곽참봉 막내 아들의 젖어미가 된 것이다. 그 집 맏이가 곽태수로 열두 살을 접고 있을 때였다. 곽태수의 어머니는 그때 황달이 있어 아기 수유(授乳)를 않는 것이 좋다는 진단에 따라 마침 집에 와 있는 정님이를 젖어미로 정하고 그의 아들은 그런 조건으로 서당촌에 맡겨졌으나 결과가 그리돼 버린 것이었다. 부를 대로 부른 젖을 눈을 슬슬 감으면서 끝없이 빨아대는 주인댁 막내 아들은 질이 좋은 정님이 젖을 먹고 날이 다르게 몸무게가 늘어갔다. 퍼런 정맥이 흐르는 불룩한 젖무덤을 고사리 손으로 안고 꿀꺽꿀꺽 목젖을 움직이는 아이가 자기 아기가 아니라는 이물감에서도 그랬고, 제 아이가 이 젖을 못 먹고 얼마나 배고파 울까 생각하니 오장이 타들어가는 기분이고, 공연한 굵은 눈물 방울이 그 새하얀 젖무덤 위로 수없이 굴러 떨어졌다. 찝질한 눈물이 아기 입으로 흘러드는 것을 막자고 얼른 손등으로 그것을 씻어 내고 얼굴을 돌려 무릎 위로 그것을 떨어뜨리고 코를 훌쩍였다. 나이 열여덟에 아기를 낳고 열아홉에 활짝 핀 정님이의 몸은 요염한 빛깔의 자목련처럼 탐스럽고 무르익은 복숭아같이 싱싱했다. 그런 하녀 정님이를 눈여겨 본 곽참봉이 그냥 두고 말 위인이 아니고 그 눈은 날이 갈수록 탐욕스러워 갔다. 전에도 그런 일들이 많아 말썽이 있었던 영감을 어쩔 수 없고, 그 탐욕의 대상인 정님이를 없애는 게 상책이라 여긴 안방마님은 이 생각을 맏아들 태수와 상의했다. 나이답잖게 어른스런 곽태수는 어머니의 시름을 충분히 이해하고 어머니 처분에 동의했다. 한발 더 나아가 집안 식구처럼 여기던 사람이라면 적어도 앞일은 보장 못해 줘도 우선 살 길은 마련해 주는 것이 온당한 처사가 아니냐고 어머니를 설득했다.

  그러니까 정님이가 참봉댁을 하직한 것도 그 집 막내아들이 젖을 땐 해였다. 나이 스무살에 무엇을 하러 어디로 갈 것인가. 고산이라고 충청도 접경 어디에 산다는 곽참봉 먼 친척되는 홀아비 한 사람이 구차하게 사는데 정님이를 그 후처로 보내기로 뜻이 모아졌다. 아들을 찾지 않는다는 조건으로 쥐어 준 밑천 몇 푼이 족쇄였다. 사내와의 나이 차이가 근 이십 년이니 부녀간이라면 맞는 만남이었지만 주인댁 분부니 어쩌랴. 그때까지만 해도 정님이는 자신의 자립 같은 것은 상상도 못했고 죽으나 사나 주인댁 부부가 하늘의 계시였으니 어쩌겠는가. 깨쳐지지 않는 의식으로는 헤쳐 나갈 수 없는 세태였고 사람들의 의식 수준이었으니. 가기 전에 한 번만이라도 아들을 보고 싶었지만 그것은 꿈도 못 꿀 일이었다. 꼭 한번 내가 이 돈과 아들을 데리고 종적을 감춰 버리면 어떨까 하는 무서운 생각을 해 봤지만 그것은 생각만으로도 발이 얼어붙고 뒤에서 누가 머리채를 잡아채는 기분이라서 눈을 감아 버리고 머리를 절레절레 흔들어 버렸다. 그런 그녀였지만 고산으로 쫓겨 가는 길에 기어코 내장사에 들러 서당촌에서 크는 아들을 잠시 안아 본 적이 있었다. 죽을 각오를 하고…. 그 회상의 장면들이 자아내는 모든 것은 그저 탄식과 슬픔뿐이었다.

밝고 맑은 날이 동학군의 앞날을 축복하듯 싱그러운 푸르름 속까지 남김 없이 비춰 주는 햇빛이 고마운 일이었다. 간밤에 어지럽던 군중이 놀던 자리가 말끔히 정돈되고 영기(令旗)가 다시 아침 바람에 기세 좋게 휘날리고 있었다. 사람들이 맑은 정신으로 서로를 바라보며 어제보다 더 굳은 의지를 서로 쥐고 흔드는 손아귀 속에서 다지고 있었다. 저 서편 사동(蛇洞) 쪽에서 천둥소리 같은 징소리가 들려오는가 했는데 이어 가볍게 사람들 마음을 들뜨게 하는 꽹과리 소리가 엉겨들기 시작했다. 사람들이 웅성거리며 그쪽으로 모두 얼굴을 돌렸다.

"어이 오늘은 이상하시. 저것이 뭣이당가…?"

사람들이 흥미롭게 다가오는 소리를 더불은 탈을 쓴 사람들을 손가락질했다. 여태껏 못 보던 진기한 모습들이었다.

"응 남사당패한테 뭣인가 좋은 일이 있는갑네 잉…"

"글씨 말이여. 저 사람들이 여간해서 저러지 않는디 말이여. 하여튼지 빨리 가 보세. 볼 만허겄구만…"

피리리 피리리 쿵 피리리… 피리리 쿵쿠웅 쿠웅 피리리….

흥에 겨운 행중이 탁무를 추며 가까이 온다. 쥐, 소, 호랑이, 토끼, 용, 뱀, 말, 염소, 잔나비, 닭, 개, 돼지의 열두 탈을 쓴 열두 사람이 줄줄이 춤을 추며 걸어 나온다. 흰바탕에 그럴듯하게 그려 만든, 그 짐승의 특징이 그대로 드러난 재미있는 탈이었다. 크기가 사람 머리 두 배쯤 돼 어찌 보면 그 탈에 사람이 눌리는 것처럼 보였다. 하룻밤 사이에 만든 것 치고는 제법 정교했다.

그 뒤에 줄줄이 따르는 각 패거리의 몸짓 또한 가관이었다. 행중이 들어오는 좌우로 몰려든 사람들의 의식 속에 어떤 신앙으로까지 각인된 십이지(十二支)는 바로 그네들의 생활이었다. 너무나 친숙한 동물들이라 모두 목젖이 보일 만치 입을 벌려 웃으며 손뼉들을 쳐댔다. 쥐가, 말이, 잔나비가 이리저리 제몸을 돌려가며 사방에 제모습을 선보였다. 볼 만한 구경거리였다. 아랫다리 가락이 흥겨웁게 울려 퍼진다. 한 무동이 잔나비 탈을 쓴 뜬쇠 어깨에 올라서서 양손을 쩍 벌리고 흔든다. 또 한 무동이 말 탈을 쓴 뜬쇠 허리에 발을 걸고 손으로 말 머리를 어루만진다.

둥둥 덩덕궁 둥둥 덩덕궁 덩덕궁 덩덕궁 덩 덩….

세 사람의 열두 발 상모가 어지럽게 돌아간다. 살판쇠가 번개같이 곤두를 넘으며 이리저리 땅재주를 부린다. 어지럽다. 인사굿이 끝나고 돌림벅구 선소리판이 벌어진다. 당산 벌림, 양상치기, 허튼 상치기, 오방 감기, 오방 무동 놀림, 쌍줄백이, 사통백이 등이 차례차례 벌어진다. 구름같이 모여든 동학군들이 넋을 놓고 바라본다. 오늘은 원평에서 꼭두쇠 마누라가 돼 합류한 달이도 무동들과 한 복색으로 수건을 머리에 쓰고 다홍치마 노랑저고리에 색띠를 두르고 나오니 판이 더 흥겨웁게 돌아간다. 무동의 어색한 여장(女裝)보다 육감적인 푸짐한 궁둥이가 다홍치마 속에서 씰룩거리는 것이 볼 만한지 구경꾼들 눈이 그쪽으로 쏠린다. 밉잖은 얼굴에 두어 잔 걸친 듯 불콰한 안색이 가히 도전적이다. 열두 짐승들이 흰 사람의 물결 속을 이리저리 헤엄쳐 다니고 있었다.

"어이, 근디 남사당패에는 조개가 없담성, 저, 저거 진짜 조개 아니라고, 응?"

"긍개 말이여. 사당패는 행창들이 있다지만 이 사람들은 없을 텐디… 몰라 혹시 여장을 그럴듯허게 해서 그리 뵈능가? 잘 봐 이 사람아!"

"아니. 아무리 봐도 저 궁딩이 봉께 진짜 조개구만. 저, 저 왔다 갔다 허능 것 좀 보소. 남자 떡판이 저러겄는가."

"에이 씨발, 기면 어쩌고 아니면 어쩌 젠장!"

"가서 한번 만져 보소. 그러면 되잖여…"

"호랭이 물어 갈 소리 허고 자빠졌네. 그러다 좆 꼴리면 어쩌라고…!"

"허허허허…"

"해해해…"

참 못 말릴 사람들의 험구는 중구난방이었다. 언제 매어졌는가 줄타기 동아줄이 팽팽했다. 거기 올라선 어름산이가 쥘부채를 쫙 펴고 이리저리 몸의 균형을 잡고 앞뒤로 콩심기 놀이를 하고 있었다. 이윽고 매호씨와 재담이 벌어졌다. 사람 속에서 헤엄치던 동물들이 서로 싸우기도 하고 쫓고 쫓기기도 하다가 가벼운 충돌도 일어난다. 그것이 재미있다고 사람들은 손뼉을 치며 깔깔거렸다. 그 한쪽에는 덧뵈기 놀이가 벌어지고 있었다.

남사당패는 대충 여섯 가지 놀이로 분류돼 있으나 이 큰 군중집회에서는 그 순서대로 할 수가 없었다. 그래도 군중은 개의치 않고 사소한 몸동작 하나만 봐도 거기에 열중하여 환호했다. 판이 달아올랐다. 전동이가 나서서 각 놀이패를 돌아보며 뭐라고 을러댄다. 늙은 뜬쇠들이 그때마다 고개를 주억대며 껄껄거린다. 일 년에 한번 어쩌다 볼 수 있는 두렁쇠나 난장쇠들과는 다른 능란하고 감칠맛 나게 곰삭은 놀이 솜씨들이었다.

그래서 같은 풍물 소리라도 민중들은 이들의 소리를 좋아했고 그들이 나타나기를 눈이 빠지게 기다리고 기다렸던 것이다. 그 염원은 해마다 되풀이되는, 어쩌면 그들의 먹는 것에 버금가는 중요한 행사인지도 몰랐다. 그 군중 속에는 전혀 남자만이 아닌 부녀자나 아이들도 끼어 있으나 뉘라서 그들을 내쫓겠는가. 동학군들이라고 모두가 도덕군자도 아니고 점잖만 빼는 샌님들도 아니기에 세속의 걸쭉한 육담이 어찌 귀에 당기지 않겠는가.

놀이는 점심을 먹고 미시 말쯤에 지친 꽹과리 소리가 죽어 가면서 대단원의 막을 내렸다. 여섯 가지 놀이패 뜬쇠들은 모두 나이 들어 쉰 가락이 흐트러지고 소리가 달라졌지만 전동이가 넘는 살판의 앞곤두 뒷곤두 자반 뒤집기는 재주가 거듭할수록 동작이 기민해졌다. 시간이 흐르면서 그렇게 치솟던 사기는 차츰 가라앉고 판을 이끌던 전동이 선도에 따라 놀이판은 그렇게 시나브로 끝이 난다.

 동학군들을 선무하러 온다던 전라감사 김문현(金文鉉)의 대열이 뽀얀 먼지를 일으키며 전주 쪽에서 나타난 것은 남사당패가 연희를 끝낸 바로 뒤였다.
 서둘러 행장을 차린 남사당패는 인동과 채율을 거쳐 쑥고개를 넘어 효자리에서 명물인 송정 주막거리에 들어섰다. 전에 없이 아침부터 수만 명 군중에 둘러싸여 그 사람들 기에 시달리며 놀이판을 벌인 데다가 흘린 땀에 젖은 채 삼십여 리를 걸어 왔으니 그 몰골들이 모두 데쳐 놓은 푸성귀 꼴이었다. 그렇게 생기 넘치게 곤두를 넘던 전동이도 아침 기분과는 달리 시무룩하니 말이 없이 선두만 지켜 왔다. 그것은 어쩔 수 없이 치뤄낸 간밤의 일 때문이었고, 그 가슴 답답했던 밤을 넘기고 난 전동이는 그럴수록 이제부터는 오직 믿을 것은 자기 자신뿐이라는 어떤 체념 같은 것에 떠밀려 마음을 다져 먹었다.

 어젯밤. 들어 올렸던 칼은 비명에 가까운 아버지 홍도의 목소리에 그만 힘을 잃고 그대로 칼 끝이 방바닥 쪽으로 내려갔다. 비굴하게 일그러진 중 나암의 얼굴이 보기 흉했다. 한 팔을 들어 올려 앞을 막고 또 한 팔은 궁둥이 옆을 짚고 앉은 채 뒷걸음질 칠 자세였으니까. 상황이 그렇게 되자 꼭두쇠와 곰뱅이쇠가 자리를 털고 어물쩍 일어나 부잣집 업 나가듯 슬그머니 나가 버렸다.
 "이리 달라!"
 묵직한 홍도 목소리가 쥐고 있는 칼자루를 힘없이 떨어뜨리게 했다. 다른 칼보다 가벼운 편인 물미장이었다. 조금은 설친 듯 성급하나 고집이 있는 전동이는 그 순간을 어찌 넘길 것인지 눈 속에 피어났던 불꽃들이 사방으로 흩어져 나가자 이번에는 머리 전체가 어떤 시커먼 먹물 속으로 푹 가라앉는 것처럼 깜깜해졌다. 숨도 멈춘 것 같았다. 그러나 그런 상태지만 제 자신에 관한 모든 것을 순간을 훑고 지나가는 번개로 해서 식별할 수 있듯이 윤곽을 잡아 버렸다. 그 모습은 여러 번 자신이 그려 보던 어떤 한쪽의 그림이었고 그 그림들은 그러나 한쪽이 모자란 절름발이였던 제 모습을 통째로 드러내는 순간이었다. 그것은 자신의 기대나 상상을 크게 벗어나지 않는, 늘 그것이 그랬을 것이라는 가능성을 확인시켜 주는 그림이기도 했다. 타는 듯 이글거리는, 뭔가를 탐색하는 듯한 전동이 눈초리가 송곳 끝같이 뻗질러 가 생부의 얼굴에 꽂혀 들었다. 칼을 떨어뜨린 그 자세는 장승처럼 우뚝했고 뭔가 도전의 상대를 기다리는 자세였다. 그 어기찬 시선을 받아 낼 길 없던 나암은 맞바라보기는 하나 입은 열려 있어도 말이 없었다. 눈을 깜박거리는 것이 투항의 표시였다.

 "앉아라. 우선 아버지한테 큰절을 올려라."

 홍도의 목소리가 가늘게 떨리고 있었다. 숨이 막힐 것 같은 무겁고 딱딱한 분위기가 못 견디겠는지 홍도가 그렇게 침묵을 먼저 허물었다. 한 손에 든 염주가 역시 마음 속 격정 때문인지 규칙적으로 흔들린다. 나암도 세웠던 고개가 조금 움직이고, 전동이 그 얼굴이 일그러지면서 그 눈 망막에 뭔가 물기가 번들거리다 빙그르르 한 바퀴 돌았다. 전동이의 시선이 흐려지면서 그것이 어쩔 수 없이 한쪽으로 그 몹쓸 인력(引力)인가에 끌려 모아졌다가 그러면서 방바닥을 향했다. 고개가 조금 숙여지자 그것들은 거기에서 힘을 얻은 듯 우르르 쏟아져 내렸다. 원망과 증오, 거기에 반항까지 가세해 만수위(滿水位)가 된 감정의 언제(堰堤)는 자기 연민과 혈연이란 폭우를 만나 마침내 소리내어 무너지고, 너무나 쉽게 붕괴된 둑은 삽시간에 그 많은 수위를 토해내 버리고 말았다. 그것은 숙인 전동이의 고개로 입증되었다. 그렇게 격정에 사로잡힌 전동이의 변화에 정비례해서 중 나암의 얼굴에서도 핏기가 가셔 버렸다. 입술을 달싹거려 뭔가를 주절거리는 것 같으나 소리가 없고 이제 무릎 위의 두 주먹마저 보기 민망하게 떨고 있었다. 개개 풀어진 눈은 아무 것도 담고 있지 않은 그저 빈 동공 같았고 터져 버린 언제에서 쏟아져 내리는 물줄기같이 전동이 눈에서 물기가 쏟아졌다.

"아부지이—!"

우뚝 서 있던 전동이가 두 주먹을 들어 올려 눈자위를 훔치더니 곁의 홍도 앞에 무너져 내리면서 그 무릎에 얼굴을 묻어 버렸다.

"아부지이—! 아부지이—! 이제 와서 내게 생부라니 무슨 말입니까? 생부가 다 뭐요, 응? 아부지이—!"

넋두리가 곡성으로 변하면서 막혔던 물줄기가 터지듯 펑펑 쏟아지는 눈물을 걷잡지 못하는 전동이었다.

"오냐. 니 맘 알겠다. 알았다. 그만 해라 응! 이 자리가 이렇게 슬픈 자리가 돼서는 안 되지. 자 그만 울어라."

그러나 그 말은 터져 나오는 물줄기에 길을 내주는 거나 다름없었다. 어깨가 아니라 온몸 전체를 떨며 우는 전동이는 온통 울음 덩어리였다. 엄청난 눈물이고 아이 같은 울음이었다. 서럽고 원통하고 야속했다. 이것이 사람이 살아가는 데 겪어야 할 일이라면 살아서 무엇하랴는 의문이 생기는 그때의 전동이의 가슴 속이었다. 울음 속에서도 언젠가 초저녁 일들이 선명히 떠올랐다.

"전동아, 오늘 밤에는 친구들과 자지 말고 딴 데서 자야 헌다. 어디 가지 말고 응? 곰뱅이 아저씨가 시키는 대로 해야 한다, 알았제?"

그저 친구들과 노는 무동놀이가 어쩔 때는 위험하기도 하고 잘못해 다칠 때도 있지만 친구가 그렇게 좋아 밤이면 친구들과 한방에서 자는 게 재미였다. 아버지보다 좋았다. 무엇보다 좋았다. 그런데 딴 데서 자라니 깜짝 놀란 전동이는 아버지 얼굴을 유심히 살폈다. 남사당패에 들어오고 나서는 그렇게 다정하지도 보고 싶지도 않는, 그저 있어서 든든할 뿐인 아버지라서였다

"아가, 이리 와서 내 옆에 앉거라. 이것 먹고 응?"

그날 밤 곰뱅이쇠 아저씨는 유달리 살갑고, 저녁을 먹고 잠자리로 갈까 말까 망설이는 전동이를 데리고 간 방은 담배 연기가 자욱하고 쿠리한 고린내가 엄청 풍기는 삿자리 깐 봉놋방이었다. 남자 하나가 빙긋이 웃으며 그 투박한 손을 뻗어 자신을 부르며 하는 소리였다. 그의 손에는 그 가을 일찍 나온 군밤이 서너 개 들려 있었다. 머리에서 수건을 풀어 내리고 웃저고리를 벗으니 그냥 맨살이었다.

"야, 이리 와. 이리 와서 내 등 좀 긁어라, 엉."

우두커니 선 채 바라보는 전동이는 군밤에 눈도 주지 않고 있다가 마지 못해 다가서 등에 손을 댔다. 어쩐지 이 밤 이자의 말을 듣지 않으면 곰뱅이쇠나 아버지한테 야단을 맞을 것 같고 한번 들

어온 방에서 나갈 수 없을 것 같은, 이상스레 주눅이 드는 것이 묘했다. 등불이 훅 꺼지고 섰는 자기 몸이 우람한 사내 팔 안에 들고 자리에 뉘어졌다. 요 같은 것을 깔고 자 본 적이 별로 없는 전동이는 까끄라운 자리에 익숙한지라 그만 무릎을 꺾고 누워 버렸다. 사내가 달려들어 바지를 벗겨 버렸다. 알몸이 됐다.

속옷이 있을 턱이 없는 전동이는 본능적으로 부자지를 가렸다.

"야 이놈아. 알량한 풋자지, 손 치워라."

사내는 뭔가에 허기진 사람처럼 숨을 헐떡이며 전동이를 덥석 보듬어 방바닥에 엎어 버렸다. 꼭 개구리같이 납작하니 엎드린 전동이는 그저 오들오들 떨 밖에 다른 도리가 없었다. 사내도 제 바지를 까내리는지 바스락거리는가 했는데 느닷없이 섬뜩한 무슨 물같은 것이 자기 항문에 발라지는 그 손놀림이 우악스러웠다. 거기다가 바르는 게 사내 침이라는 것을 알고 그만 아이고오 하는 소리와 함께 발딱 일어나 버렸다.

"이 자식이, 가만 있으랑개. 임마, 너 죽고 싶어?"

으앵 하고 울음고가 터져 버렸다. 나이 열한 살에 충분히 나올 울음이었다. 첫째가 무서움이요, 둘째도 무서움, 셋째가 아버지한테 가고 싶은 충동뿐이었다. 다시 그 우람한 손에 잡혀 엎어졌다. 부엉이한테 채인 들쥐 새끼보다 더 가련한 꼴이었다. 궁둥이에 바른 침 때문인지 그곳이 시원하고 선득거렸다. 사내의 몸이 그 연약한 몸 위에 겹쳐졌다. 순간 같은 무동과 놀 때 간간이 들던 똥구멍 이야기라든가 아프고 피가 나고 어쩌고 한 말이 번개같이 머리를 스치고 지나갔다. 몸을 바짝 오그려 붙였다. 구멍에도 힘을 주고 이를 앙다물고 사지에 힘을 꼭 주었다. 사내의 손에서 또 한 줌의 침이 궁둥이 사이에 또 발라졌다. 사내가 올라 타서 무슨 막대기 같은 성기를 궁둥이 사이에다 끼워 넣었다. 숨도 가쁘고 가슴도 답답했다. 그 사이에서 요동을 치는 사내 성기 때문에 그 사이가 질척거렸으나 다른 일은 없었다.

"야이 새끼가 지랄허고 자빠졌네. 왜 용을 쓰냐 작것아!"

그 말과 함께 양 겨드랑이에 사내 손이 파고들더니 간질밥을 먹이는 게 아닌가. 유달리 간질밥을 타는 전동이가 그만 몸을 확 풀면서 키키키 하고 몸을 비틀었다. 완전히 기를 놓은 상태. 그때 뿍 하는 괴상한 소리가 나면서 눈앞에 번갯불이 지나갔다. 억 하고는 기를 잃어 버렸다. 그리고 깨어났을 적에는 사내의 움직임이 시나브로 죽어가고 있었다. 뒷구멍이 찢어지는 통증뿐 아니라 그저 멍멍함과 함께 어디에 열상이 생겼는지 쓰리기 시작했다. 이제 완전히 저항을 놓아 버린 거기에 조금 뒤에 또 뭔가 묵직하게 비집고 들어왔다. 힘을 주고 버둥거렸다. 사내 숨쉬는 소리가 요란했다. 또 의식이 희미해져 갔다. 오직 멍한 둔통(鈍痛)이 있을 뿐이었다. 똥구멍이 엄청나게 커지고 산같이 높아지는 기분이고 뭔가 철떡거리는 소리가 들렸다. 숨도 가쁘고 눈 속에 자꾸 오색별이 생겼다.

"아부지이―! 아부지이―! 나 좀 살려줘…."

작은 목소리지만 필사의 몸부림이었다.

"에이 그놈의 새끼. 지랄도 퍽 해쌓네. 야 이놈아 돈 줬어. 밑천은 건져야제. 세 번은 해야 허는디 씨발 것이 에이 참…."

다시 깨어났을 때는 사내는 간 곳이 없고 해가 어느 쪽에 있는가 분간할 수 없었으나, 밖에서는 사람들 소리가 들리고 구수한

우거지국 냄새가 나 더 누워 있을 수 없어 평소대로 몸을 돌려 일어서려다가 그만 악 하고 쓰러져 버렸다.

"내가 못난 놈이다. 아가 전동아. 많이 아프제잉? 세상에 내가 내가……."

방에 들어온 아버지는 그렇게 울먹이고 있었다. 항문에 무슨 약을 바르는지 손만 대도 후들거렸다. 남사당패의 이른바 계간(鷄姦)의 첫경험이었다. 그것은 그들의 불문율이니 홍도인들 거역할 수가 없는 일이었다.

"아부지이. 나 여그 안 있을 테여. 산으로 가. 절로 가잉…. 나 죽어. 아부지 나를 왜 이렇게 맹글어 으응? 절로 가서 살아 아부지…."

홍도 눈에서 흐르는 눈물은 전동이에 대한 연민보다도 자기 자신에 대한 액색함, 생식 불능에서 오는 절망과 이 애도 자신의 피붙이가 아니라는 서글픈 확인 때문이었다. 어린 생명에 덮씌운 횡액—그것을 그는 그렇게 알고 있었으니까—을 막아 주지 못한 자신의 무능을 한탄하는 회한이기도 했다. 그러나 역부족이었다.

그 뒤 전동이는 또 매음에 내몰렸다. 두번 세번 거듭하면서 타성이 생긴 탓인지, 배설 때의 고통은 여전했으나 항문의 열상은 더 이상 없는 것 같았다. 전동이는 자신의 몸에 상처가 생긴 그 일이 있은 후부터 홍도를 보는 눈이 달라졌다. 유년 시절의 아버지와 소년 시절—그 일이 있는 뒤부터—의 아버지의 심상은 그래서 다를 수밖에 없었다. 그러나 이 세상에서 의지할 사람은 오직 아버지인 홍도뿐이라는 것을 잘 알고 있었기에 어젯밤 생부와의 맞닥뜨림에서 맞보는 절망을 양아버지한테 하소연 했던 것이 그 처절한 울음이었다.

　어젯밤 그 자리에서는 그 이상 세 사람 입에서 나온 말은 없었다. 오직 가슴 속에 쌓이고 쌓인 각기 다른 회한을 각자 맛보고 있을 뿐이었다.

　홍도는 어젯밤 혼자 억수로 술을 마시고 정신을 잃고 쓰러져 버렸다. 흐려지는 의식으로나마 지금 자기의 생애에 어떤 단경이 다가오고 있음을 자각했다. 전동이와 어설프게나마 설정됐던 부자간이란 관계가 청산될 시점에 이르렀다는 것을 의식했으며, 자신도 현재의 생활에서 어떤 변화가 있어야겠다는 작은 강박을 느꼈다. 언젠가는 나암을 만나겠지 생각하고 있었고, 그러면 그때는 전동이에게 그 뿌리를 알려 주는 게 자기가 맡은 책임을 벗는 일임을 알고 있었으나, 그런 기회가 영원히 없을 것 같기도 하고 한 쪽으로는 오지 않았으면 하는 야릇한 기대도 전혀 없지 않았다. 홍도의 당황은 그래서 나암을 만나서 갑작스러웠다.

　나암은 정님이가 임신했고 사내를 분만했다는 소식을, 언젠가 후일담이 궁금해서 서당촌에 숨어 들어 들은 적이 있었다. 그러나 그는 거기에 추호도 가책이나 부담을 느끼지 않고 표연히—이미 자기와 인연이 없어진 모자로 알고—떠돌이 길을 재촉했으며 그런 유랑은 이십 년을 넘게 계속되었고 오늘 밤과 같은 불의의 해후는 상상도 해 본 적이 없었다. 단지 조금은 당돌한 청년 하나를 지난해 줄포의 여각에서 만난 적이 있다는 것이 기억에 새로울 뿐이었다. 그때 주고받은 험담도 생각났고 해서 방에 들어온 청년이 우선 반갑기도 했었는데, 댓바람에 자기를 몽구리라고 튕겨 내는데 고까움이 앞서 버렸던 것이다. 머릿속이 헝클어진 실타래가 된 나암은 그래서도 말을 잃고 온 밤을 뜬눈으로 지샜다. 늦게 든 새벽잠에서 깼을 때는 징소리에 섞여 풍물 소리가 길군악으로 바뀌어 조금씩 멀어지고 있을 때였다. 마을 변두리 행중이 묵었던 서너 집은 흡사 초상 치른 집같이 썰렁하고 어수선했다.

'이게 인간 세상의 인연이란 말인가? 그렇게 나를 힐난하듯 대하던 한주는 도대체 어디로 갔을까? 인사라도 나눠야 할 텐데….'

나암이 선뜻 거기를 못 뜨는 것은 부끄러운 낯을 들고 자식을 대할 수 없어서도 그랬지만 이십여 년 전의 자신의 그 못된 이기적인 행동이 부끄러워서 뭔가 한마디 용서를 빌고 싶어서도 그랬다. 그러나 묘한 것은 이럴 때 자신에게도 아들이 있다는 자족감이 생겨야 마땅한데, 그와는 달리 아들은 영원히 자기와는 다른 세상을 살아갈 것이라는 괴리감과 소원함이 있을 뿐이었다. 할 수만 있다면 한주를 붙들고 통곡이라도 하고 싶었다. 그런 그지만 자식 전동이의 생각—크게 말해 전동이가 따르는 동학의 세상—에는 동의할 수 없어서도 그 거리는 머나먼 것이었다. 더 기다리며 시간을 보낼 수 없었다. 그렇다고 어디 정해 놓은 데가 있는 바쁜 걸음도 아니지만 될 수 있으면 빨리 이곳을 떠나고 싶어졌다. 뜻밖에 얻은 아들이 남사당패라는 것이 못마땅한, 주제 넘는 나암의 사치스런 생각도 없지 않았다.

'참 피는 못 속인다고 제 어미를 그렇게 빼닮았을까? 그런 인물이 씨가 좋고 속에 글이라도 들어 있으면 얼마나 좋을까?'

괜히 갖는 맹랑하고 허영에 찬 나암의 생각이었다.

넉넉히 얻은 행하. 그것은 동학군들 모두가 자진해서 한 닢 두 닢 던져 준 돈이었다. 그들은 남사당패를 속깊은 동무들로 알고 또 그들이 굶어서도 안 되고 불행해져도 안 된다는 인정에 젖어 있는 사람들이었다. 할 수만 있다면 어깨동무라도 하고픈 심정이었다.

그들의 도움으로 행중은 흥겨움에 젖어 있었고, 내일 닥칠 어려움을 생각 않고 흥청망청했다. 송정리 주막거리가 그래서 그날 밤 그렇게 떠들썩했다. 전주까지는 십리도 못 남은 용머리 고개 넘어 부중 사람들도 간혹 지나가면서 이 행중을 훌끔거렸다.

땅거미가 지고 이내 어둠이 그들이 떠나온 금구 쪽에서 슬금슬금 몰려 들었다. 전동이가 키낮은 주막 처마 밑에 웅크리고 앉아 뭔가를 땅에다 끄적거리며 온 길 금구 쪽 행길을 하염없이 바라보고 있었다. 누구를 기다리는 것도 아닌, 초점 없는 시선이고 쓸쓸한 표정이었다. 행중과 어울리기 싫은 듯 그 자리에서 일어나 몇 걸음 주막에서 멀어지면서도 시선은 의미 없이 금구 쪽을 향하고 있었다. 누구를 기다릴까? 그 모습도 이내 밤 속으로 멀어져 갔다.

산천초목

"야야 작은예야, 나 좀 보자."

저녁을 일찍 먹고 평상에 나 앉은 한씨 부인이 장죽을 평상 다리에다 때리면서 부엌 쪽에다 하는 소리였다.

"그래, 기어코 갈 생각이냐, 응? 다시 생각해 봐라. 전동이가 와서 너 없으면 얼마나 허퉁하겠냐. 너도 그렇게 약조했잖냐."

"예 그런디요. 아무리 생각해 봐도 그 오래비 생각은 딴디 있는 것 맹이고, 저도 나이는 어리지만 그런 눈치 봐감서 이러고 있기보다는 일찍 그런디 가서 뭐라도 배우고 싶구만요."

그것은 자신이 더 잘 아는 일이었다. 전동이, 뭔가 뜻이 있어 그쪽으로 길을 열어 보려고 노력하는 그런 애가 이 작은예를 마음 두고 있을 리는 만무하고 그것을 공감하고 있기에 더욱 작은예의 출가(出家)를 안타깝게 여기고 있는 터였다. 작은예가 여기 온 지

반년이 지났건만 길례와의 사이도 그렇고, 어쩐지 마음이 딴 데가 있는 것 같고, 그렇다고 전동이를 짝사랑하는 것도 아닌 눈치로 보아 속앓이를 해온 작은예가 안쓰럽기도 했다. 전동이가 자기 말을 들어준다면 꼭 부부를 만들어 자기 곁에 두고 싶었는데, 그 작은 바람이나마 꺼져 버리는 아쉬움에 요즘 심기가 조금은 상해 있는 한씨 부인이었다. 언젠가 동냥 왔던 전주 용머리 고개 넘어 정혜사(定慧寺)의 비구니를 만나고 나서 흔들리기 시작한 작은예였다. 두어 번 들른 나이 서른 넘은 듯한 차분한 그 비구니는 어느 날 갑자기 작은예의 출가를 허락해 달라는 뜻을 내놓았다. 너무 창졸간의 일이라 어리둥절했고 할 수 없이 자기한테 매인 몸도 아닌 작은예를 불러 앉혀 뜻을 물어봤는데 이미 작정한 태도였다. 두어 번 번의를 권유했으나 흔들림이 없는 게 몹시 아쉽고 전동이라도 왔으면 싶었으나 어디 있는지도 모르고 작은예가 있을 곳을 분명히 알고 있는 이상 놓아 줄 수밖에 없었다.

'저것이 길례 학대를 못이겨서 저런가'도 생각했지만 온 지 석 달이 넘으면서는 길례의 가학증(加虐症)도 없어진 뒤라 퍽 의아스럽게 생각했다.

'풋사랑인가 짝사랑인가 그런 것도 아니지. 그 정도만 됐어도 안 갈 텐데 참 아까운 것…'

그런 저런 사람이 드나들며 눈여겨 보고 이런저런 말이 있어 자신이 허락만 하면 임자가 많은 작은예지만 그 자신이 정한 길을 가겠다는데 자기 생각을 강요할 수도 없는 일이었다.

'전주 정혜사라. 정혜사가 어딘가…'

전주 나들이가 많은 한씨 부인도 처음 듣는 절 이름이었다.

작은예는 나이는 어려도 언니 큰예의 마음을 꿰뚫고 있었다. 아무리 언니가 몸을 험하게 굴리고 있어도 그 한구석에는 전동이가 자리잡고 있다는 것을 알고 있었던 것이다. 행중을 떠날 때 언니도 어디로 간다고 했지만 결코 전동이와 따로일 수 없을 것이라는 생각이 굳어 있었다. 물론 전동이가 자기와 나눈 약속에도 기대는 했지만 반신반의였다. 다시 오지 않을 것이라는 생각이 날이 다르게 커가고 있었으며 그런 전동이를 자기 쪽에서 먼저 잊는 게 속 편할 것이라는 나이답지 않은 이악함도 있고, 남사당패에서 자기도 돈을 벌어 보겠다고 언니한테 떼를 쓴 일이 얼마나 철없고 위험한 생각이었는지 깨달은 것도 비구니를 만나서였다. 다른 어떤 큰 욕심보다 그런 무풍지대에 그냥 폭 빠져 들고 싶은 심정에서 결정한 일이었다. 마님이 싫어서, 길례의 박해가 두려워서도 아니었다. 오직 한 마음으로 그 비구니처럼 부처님을 섬기며 살고 싶을 뿐이었다. 그래서 굳힌 마음이었다.

마님과 나누는 작은예 이야기를 듣고 있는 길례도 속이 편찮기는 마찬가지였다. 산식구 삼수와의 보쟁이던 사이도 이미 어떤 형태로든 가닥이 나 있는 이때, 자기가 없어지면 작은예라도 있어야 하는 이 집 형편 때문에 그렇고, 이미 엎질러진 물이 된 삼수와의 관계 때문에 벗어나기 어려운 빚을 지는 기분이라서도 작은예의 출가를 아쉬워했다. 마님의 아쉬움과 자신의 그것이 겉으로는 같지만 속으로는 엉뚱한 차이가 있었다. 삼수와의 그 일이 두고두고 후회스러웠다. 그러나 그렇게 귀찮고 얄밉게만 보이던 그가 이제는 은근히 기다려지는 것도 자신이 속이 없는 여자라서 그러는 게 아닌가 혼자 부끄럼도 탔다. 산일이 뭐가 그리 바빠서…. 공연히 투정도 났다. 그렇게 보기 싫고 곁에 오는 것조차 질겁을 하던 사내에 대한 묘한 기다림 때문에 부엌에 들어가 히죽 웃었다. 그것은 그렇게 웃을 수밖에 없는 일이라 이번에는 조금 더 크게 킥킥거렸다. 그 웃음은 이상하게 달착지근하고 아래에 짜릿한 쾌감으로 이어지면서 얼굴에 홍조까지 번져 올랐다.

'이제 어쩔 수 없지….'

떠꺼머리 삼수의 살내가 생각났다. 미움과 그리움이라는 것이 이렇게 백지 한 장 차이일까.

그날 낮. 밀대를 한아름 아궁이에 집어넣고 불을 때는데 밀대라는 것이 늘 붙어 앉아 살펴야 하고 쉽게 타 버리기 때문에 계속 밀어 넣어야 하는 번거로움이 있는 것이 흠이었다. 삭정이나 다른 것을 때도 좋으나 한씨 부인은 그것만을 고집한 것은 거기에서 나오는 재를 여러 모로 활용하는 재미로 점심 나절의 잠시 땔감은 밀대나 보릿대를 고집했다. 그날 낮에는 일꾼들이 이맛살 찡그리는 수제비를 뜨는데 날이 더웠다. 고래가 막혔는지 불기운이 거꾸로 나오는데 또 눈물을 철철 흘리면서 끓는 물에 양념 집어 넣으랴 밀가루 반죽에다 간 맞추는 일, 불 밀어 넣어야 하고 캄캄한 솥 속 들여다 보는 일에 내몰린 길례는 제정신이 아니었다. 다른 일 잠깐 하다 보면 불이 죽어 버리고…. 참 짜증이 절로 나는 날이었다.

"어디 갔냐 모다? 쥐가 죽었는가 조용허네. 음마 부엌에 사람 있구만 그렇게 소리도 없당가?"

말투는 여자 같지만 나타난 것은 산과 이 집의 연락꾼 삼수였다. 어지럽게 너풀거리는 검은 댕기하며 부수수 일어난 머리, 심란하게 꾀죄죄한 입성, 거의 다 된 털메기가 걱정스러웠다. 보니 부엌에는 길례가 혼자 땀을 뻘뻘 흘리고 있는지라 입이 헤벌레 찢어진 삼수는

"마님은 어디 갔당가잉?"

"……."

"음마, 꿀먹었능갑네. 왜 말이 없제? 사람이 같잖은개 그런가 대답도 안 허네, 세상에……."

길례로선 그럴 수밖에 없는 것이 삼수라면 사람같이 여겨지지도 않을 뿐더러 그 주제에 자기를 이성으로 보고 있는 그 눈이 괘씸해서 대거리도 안 하는 것이 그녀 의중이었다.

"그렁개 마님허고 작은예는 어디 갔어? 산에서 소식도 있고 만나 봐야 쓰겄는디."

"몰라! 선창에 괴기 사러 갔는가. 가시내 허고 같이 나갔잉개."

독살스럽고 정나미 떨어지는 고함이었다. 그러나 능글맞은 삼수는 길례가 그렇게 나올수록 유들유들하게 얼굴을 들이밀었다.

'때는 이때다. 지가 열 번 찍어 안 넘어가? 젠장!'

오달진 기회가 오늘이라 여긴 그는 찬방에서 부엌으로 통하는 문턱에 걸터 앉아 그런 길례를 재미나게 바라보고 있었다. 그 자리에서 앉으면 불을 때는 길례가 아래로 내려다보이고 거리라야 두어 걸음 사이니 무슨 일을 벌이기로 든다면 맞춤한 거리였다.

"아이 길례…. 나는 총각이고 길례는 어른 아닝갑네. 이런 소리 어른헌테 헌다고 싸가지 없는 놈이라 욕 말고 잘 들어 둬."

"뭣이? 총각이라고? 얼어 죽고 썩어 죽을 총각 쌔분졌네 치이.

그래 나는 어른잉개 간섭 말고 가 분져. 마님 와서 맞아 죽지 말고."

활활 타고 있는 아궁이 앞에 궁둥이를 내리고 양발을 쫙 벌리고 있으니 속치마가 보이고 그리저리 부끄러운 자세일 수밖에 없었다. 그렇다고 발을 모으는 것도 영 어색하고 부지깽이 놀리기도 사나워 그냥 벌리고 앉았는데

"긍개 우리 조선사람덜 말이여. 여자들이 불을 땔 때 거시기 거그럴 이리저리 궁개(구우니까) 뭣이냐, 히히히…."

삼수 제가 생각해도 그 다음 말이 우스운지 웃음을 못 참고 낄낄거린다. 잔뜩 화가 나 있는 길례는 그런 삼수가 더 얄미운지라

"미쳤는갑네잉? 뭔 말을 허다가 저런댜. 저렁개 어떤 미친년이 따르겄어. 뵈기도 싫은개 가 분져!"

끝에 불이 붙은 부지깽이를 들어 올려 부엌 바닥을 탁 치며 소리를 꽥 지르자 놀란 시늉을 하면서 삼수가 궁둥이를 들썩인다.

"헤헤헤헤, 그 다음 말이 은근히 듣고 싶은감만…. 그렁개 그렇게 아래를 불에다 잘 궁개 뭣이냐 여자들 그 대하증이나 냉병이나 간지럼병 같은 것이 없단 말이여. 늘 거그가 끈적끈적헌디 그냥 둬 봐. 바로 곰팡이 쓸제. 이 아궁이가 그래서 존 것이고 그렇게 발을 쫙 벌리고 앉는 것이 질 존 것인개 그리 알어."

"응? 썩고 자빠졌네. 누가 그런 소리 허랬어? 귓구멍은 있다고 어서 줏어 들었능가. 시끄러 저리 가."

또 부지깽이를 들어 올려 바닥을 치자 그 막대기가 힘없이 두 동강이 나 버렸다.

"봐라 심술 부링개 부지깽이도 깔보지 않어. 어쩌, 내 말이 틀렸

어? 그렇게 벌리고 앉았으면 시언허고 근지럽고 좋체잉?"

"에이, 요 나쁜 짐승, 어른헌테 헐 소리가 없어서…."

부러진 부지깽이 남은 것을 삼수 발치에다 홀떡 던져 버렸다. 그러나 그 얼굴은 그렇게 아까같이 쎙고돔하지는 않고 조금은 누그러진 표정이었고 왠지 얼굴이 더 붉은 것 같았다.

"긍개 모르는 것은 아들한테도 묻는다고, 내가 아들은 아니지만 좋은 말이 있응개 나 괄시 말아. 어쩌? 맞제? 거그를 불에다 되작되작 구워 놓으면 저녁에 서방님허고 잠자리서도 일이 잘 되고 더 좋다느만 그려. 어쩌 길례는 몰랐제? 긍개 이럴 때 암도 없을 적에 속곳을 활딱 벗어 분지고 맨살을 내 놓고 구우라고. 치마만 입고잉. 나 쩌그 가 있을랑개 그렇게 해 봐."

또 악담이 나올 줄 알았는데 말이 없어 바라보니 고개를 푹 수그리고 뭔가 못 참을 웃음을 웃느라고 어깨가 들썩이고 있었다. '아무리 독살을 피워도 저도 속은 있겠지.' 하고 삼수가 바라보자 한참 웃고 난 길례가 눈을 찢어지게 흘기며 일어나 솥 속을 들여다 본다. 그 얼굴이 홍당무가 돼 있는 것은 말할 나위도 없고 사실 길례로서는 처음 듣는 이야기고 서방하고 살 때도 이런저런 것을 모르고 엄벙덤벙 살다가 남편이 쉽게 요절한 바람에 이 년도 못 살았지만, 삼수가 하는 이야기를 이리저리 주워 맞춰 보면 자기는 몰랐던 남녀간의 그 일에서 궁금한 것도 많고 자기는 경험 못한 또 다른 세상이 있는 것도 같았다. 세상 사람들이 농으로 주고받는 이야기나 간간이 자신이 느끼는 그 일에 대한 아쉬움 같은 것을 봐도 삼수라는 위인은 그 속으로 자기보다 한 수 위일 것만 같아 더욱 미워졌다. 어째서 그 떠꺼머리 총각 놈이 그 속을 그렇게 길이 훤하게 잘 알까? 전동이도 저렇게 능글맞고 잘 알까? 나도 저 오살놈만 없으면 이럴 때 확 벗고 좀 구웠으면 싶은디 정말인가? 나도 사실은 아래가 늘 축축해서….

그런저런 싹수 없는 생각에 빠져들다 보니 삼수가 잊혀졌고 다시 둘러보니 언제 갔는가 어디 볼 일이 있는가 안 보여 부엌 밖에까지 나가 보았으나 온데간데가 없었다. 길례 표정의 변화를 눈여겨 보고 있던 능구렁이 삼수는 슬쩍 자리를 피해 주고 부엌 뒤 더그매에 올라가 조용히 부엌 안을 내려다보고 있었다. 거기서는 부엌이 잘 보여도 부엌에서는 목을 틀고 올려다봐야 하는 위치라 들킬 걱정은 없었다. 물이 끓는지 김이 솟아 오르고 몸을 숙였는지 시야에서 길례가 사라져 버리자 목을 길게 뽑아 부엌 안을 더 자세히 내려다보았다. 물이 펄펄 끓고 밀가루 반죽 하느라 구슬땀을 흘리고 있는 길례가 안쓰럽기조차 했다. 한 가지 보기 싫은 것은 뒷꼭지에 붙은 낭자머리였다. '나는 이미 사내를 알고 있소' 하는 표시 같은 그것을 볼 때마다 눈에 거슬렸고, 저것이 댕기 들여 땋아내린 머리면 얼마나 좋을고 하고 제 속을 일 삼아 후벼팠다. 그러나 어쩐 일인지 길례만 보면 아래가 무지근한 게 병이었다. 지금도 부엌에 있을 때부터 성이 난 양물이 사그라들 줄 몰라서 애를 먹고 있는 터였다.

한참 딴 데를 바라보다 목이 아파 팔베개를 하고 누웠다가 다시 고개를 들고 보니 반죽을 끝낸 길례가 부뚜막에 한 발을 올려 걸치고 밀가루 반죽을 떼어 넣고 있다. 아궁이에서 불은 계속 타고 있고 매운지 고개를 이리저리 돌리며 어려운 동작을 계속하고 있었다. 슬쩍 더그매에서 내려 부엌에 다가가 굽어보던 삼수는 그만

헉 하고 숨을 들이마셔 버렸다. 검정 삼베 치마를 입고 있는 길례 아랫도리에 속곳이 없지 않은가. 눈에서 화끈하고 불이 지나갔다. 한 발은 부엌 바닥을 딛고 한 발은 부뚜막을 밟고 있으니 그 자세에서 오는 관능의 폭발성은 엄청난 것이었다. 아아 저럴수가. 목 안으로 군침이 꿀꺽 하고 넘어갔다. 길례가 밀가루 반죽을 다 떼어 놓고 막 허리를 펴며 벌렸던 발을 내리려는 찰나였다. 번개같이 달려든 삼수가 길례 허리를 바싹 껴안고 군말 없이 문이 열려 있는 찬방으로 끌고 들어갔다. 눈 깜짝할 사이의 질풍 같은 동작이었다. 이미 벌겋게 성이 나 있는 제 것은 갈 바를 모르고 요동치고 있었다.

"왜 이런댜? 썩을 놈이 응? 수제비 다 퍼지느만…!"

앙탈이 계속됐으나 그것은 그저 해 보는 소리고 허세였다. 속셈은 따로 있었다. 아까부터 삼수의 이런저런 비릿한 말을 듣고 있던 길례는 왠지 아래가 화끈거리고 자기도 한번 활딱 벗고 구워 볼 생각이 일어 삼수가 없어진 사이 속곳을 벗어 던지고 발을 쫙 벌리고는 아까 같은 자세를 잡으면서 반죽을 떼어 넣었던 것이다. 아니나 다를까, 삼수 말이 맞는 것이 후끈거리는 불기운이 아무 것도 없는 맨살에 슬쩍슬쩍 끼쳐 오니 뜨겁기도 하고 가렵고 시원하기도 해 그냥 견디고 있던 참이었고, 한 가지 걱정은 불꽃에 거웃이 타지 않을까 하는 그것이었다.

"이것 못 놔? 썩고, 왜 이런댜?"

길례 목소리에서 차츰 가시가 빠지기 시작했다. 불덩어리가 된 두 살이 내뿜는 열기는 수제비 솥 속이 무색했다.

"으응 삼수, 아이 삼수, 나 조께 더 꽉 좀… 아이고…."

튼실한 삼수 허리를 힘껏 껴안고 이를 가는 길례는 구운 보지가 확실히 좋기는 좋다고 감탄하면서 삼수를 물어뜯고 비벼댔다.

"수제비 다 퍼지느만 야는 어디 간 거냐?"

그때 송곳 끝 같은 한씨 부인 목소리가 날아들었다.

"이크."

파다닥 하고 삼수가 날쌔게 괴춤을 움켜쥐고 아쉽게 앞문으로 튕겨 나가고

'어매 어쩌, 이 좋은 것을…'

홑치마 바람으로 부엌쪽 문을 나서는 길례는 제 정신이 아니었다. 불벼락을 맞는 한이 있더라도 조금만 더 있었으면 하는 안타까움이 완연한 얼굴이었다. 모든 것을 눈치 챈 한씨 부인은 얼른 작은예를 뒤란으로 돌려 보내고 자신은 태연하게 앞마당으로 걸어 나왔다. 삼수도 보이지 않았다. 길례가 잠시 후에 물벼락 맞은 몰골로 나타났다.

'으음 저것들이 기어코…. 어쩌, 별 수 없지. 삼수 그놈 소원 풀었겠구만…'

그 얼굴에 왠지 부끄러운 웃음이 조용히 번져 나가고 있었다. 길례로서는 잡히지 말아야 할 약점이고 삼수로서는 잡혀서 좋은 약점이었다. 마님이 증인이 됐으니 이제부터는 처지가 바뀌어 자기가 큰소리 치게 생겼으니 얼마나 흡족한가.

삼수를 통해서 산에서 보내온 소식은 한씨 부인이 돌보고 있는 민비 궁방토 소작인 문제였다. 작년의 그 혹독한 흉년에 녹아난 소작인들에게 또 백지징세(白地徵稅)를 했으니 어떻게 해야 그

사람들을 살릴 수 있을까 하는 절박한 사정을 의논하기 위해 산식구가 그 밤에 여각으로 내려온다는 것이 내용이었다. 먼지가 풀썩거리는 땅에 결세를 물리고 그것이 안 되니까 백지징세를 하여 종곡까지 훑어갔으니 지난번의 한씨 부인 구황(救荒)도 새발의 피일 수밖에 없고 남부여대하여 어디론가 가야 할 사람들이지만 목적지가 없었다.

다른 지주들도 마찬가지지만 이 민비 궁방토 소작인의 경우는 또 달랐다. 군노를 동원시켜 뒨장질을 해서라도 눈에 띠면 띠는 대로 싹싹 긁어가 버리니 그 원성은 통곡으로 변해 골골이 울음 도가니였다. 민비는 그렇게 혹독했다. 임오군란에서 죽은 자기 조카 민겸호를 통해 전국에서 긁어 들인 재물이 바닥이 나고 장호원 도피 신세가 됐다가 돌아온 민비는 눈에다 불을 켜고 전국에다 호령했다. 골골의 수령 방백들이 국고보다 민비 사고(私庫) 채우기에 전전긍긍해서 칼을 들이대며 소작인들을 협박했다. 난리가 다른 게 아니라 바로 그게 난리였다. 전국 각지에 민란이 꼬리를 물고 활빈당이 출몰해 자기들 기득권이 위협 받고 있는 지배층은 밤잠을 못 잘 지경이었다. 산에서도 그 문제를 그냥 지나칠 수 없다 하여 두 번째의 활빈을 계획하고 있으나, 그게 쉽지 않는 것이 그 대상자 선정 문제였다. 거듭되는 한해로 토호 지주들의 곳간은 굳게 잠기고 심지어 사병(私兵)까지 두는 데가 있어 더욱 그랬다. 고현내 곽참봉 집 같은 경우는 내부 제보자가 있어 신속하게 처리할 수 있었지만 다른 데는 언감생심이었다. 멀리 백여 리를 벗어나 전주나 그 이동(以東)이라면 또 모르겠으나 가까운 지방은 대상이 없어서도 고민이었다.

"전주 감영에 군사 사백여 명이 증파되어 친군무남영(親軍武南營)을 설치하는 등 관의 동향이 심상찮아요. 우리는 동학의 깊은 전략은 알 길 없으나 관은 벌써 그것을 간파한 것 같소이다. 일개 도감영에 그런 특수한 부서를 둔다는 것은 일찍이 우리 역사에서도 흔치 않은 일입니다. 한편 우리가 전주 근처에서 일을 한대도 그것들이 방해가 될 것이 뻔합니다. 사백여 명이라면 우리에겐 부담이 큽니다. 무기도 신식일 거고요."

김첨지가 역시 조용히 말문을 열었고

"그렁개 김첨지 말씸대로 이 근방은 없고 멀리 나가야 일이 되는데 지난번처럼 일이 매끄럽게 되지는 않을 것잉개, 마음 단단히 먹고 나서라고…. 어찌 됐건 이대로 갔다가는 사람들 다 말라 죽지 살 것이라고… 응? 헐라면 어디든지 빨리 한군데 치자고. 사람을 놓아 모다 알아보라고. 초상칠 만헌 놈이 어떤 놈인가 응?"

남생이 두령의 초조한 낯빛 때문인지 말도 그렇게 투박하고 다급했다.

"전주를 꼭 한번 쳤으면 좋겠는디 멀어서 참…."

"뭐, 어디 봐 둔 데라도 있는 게냐?"

"아아 있다마다. 전주 부중의 백가 몰라? 청수정 백가. 거그도 좋고, 뭐 기린봉 밑에 이참판인가 이양판인가도 있고 쌔버렸제. 근디…."

"그러면 당일치기나 이틀치기가 어렵습니다. 사흘치기나 나흘치기로 허면 되지 않을께라?"

"어렵지요. 아까 내가 이야기한 대로 한양에서 파견한 정예군 사백여 명이 틀고 앉았는데 거기가 될까요?"

그 말에 나올 듯하던 몇 사람의 의견이 고개를 숙여 버렸다.

"성동격서(聲東擊西)라고 계책이 없는 건 아닙니다만, 그 백가 집이나 이참판 집 모두가 감영에서 이마장밖에 안 되는 게 문젭니다. 내가 전라감영에 오래 있어 봐서 밥술이나 먹는 놈은 죄 아는데… 아무래도 어려울 것 같네요. 차라리 완주 쪽으로 나가 봉동이나 삼례 고산 등지 부촌을 손대는 것이 좋을 것 같소이다. 물론 지난번같이 돈이 되면 좋겠지만 그게 안 되고 식량이나 물건이면 운반하는 데 어려움이 많아요. 하기야 구민할 데야 많으니까 그건 문제가 안 되지만 이쪽 빈민들을 어떻게 해야 할지…."

김첨지였다.

"좌우간 일을 맹급시다. 칼도 칼집에 오래 넣어 두면 녹이 스는 것잉개. 빼서 한번 휘둘러 보고 벨것이 없으면 허다 못해 벼슬아치놈들 감투라도 베자고…. 내 생각 같으면 완주군 내에서도 부촌이란 아까 그 세 군데가 좋을 것 같으요."

그때 약탈한 쌀은 변산반도에서 제일 높다는 쌍선봉에 감춰 뒀다가 실려 나갔고, 이제는 신선봉으로 근거지를 옮겨 온 남생이패 활빈도들의 작전회의였다.

"전주 감영이 그렇다면 좀 떨어졌다는 여기도 안심할 수가 없습니다. 언제 어느 때 토포의 손이 미칠지 본래 있던 병력이라면 서로 알고 있으니까 불가근 불가원 하는 사이였지만 이제는 경군이 들이닥쳤으니 인정사정 없을 게 뻔합니다."

"두령님 말씀이 옳습니다. 칼을 쓰지 않으면 녹이 슨다고 우리는 어차피 새 세상이 오지 않으면 양민이 될 수 없는 사람들입니다. 우리가 바라는 세상을 만들기 위해서는 큰뜻을 내세운 동학과 보조를 같이 할 수밖에 없습니다. 게다가 동학이 일궈 낼 새 세상은 많은 피를 원하고 있어요. 그 사이 그렇게 백성을 짓밟아온 조정을 때려 엎으려고 하고 많은 난리가 났지만 어느 것 하나 성공한 일이 없었던 것은 우리가 깨우치지 못하고 서로의 힘을 합치지 못한 때문입니다. 백성은 모두 우리 편이고 그들은 말은 못해도 우리 일이 잘 되기를 축원하고 있어요. 또 번번이 일어났던 외국과의 싸움에서 나라를 지킨 게 누구였습니까? 그런데 이 멍청한 왕은 그것을 모르고 눈앞의 간신배들만 믿고 있어요. 전쟁 때 그들은 어디서 무얼 했습니까? 무기를 들고 싸운 사람은 누구였어요? 이러니 나라가 제대로일 수 있겠어요? 걱정입니다. 임오군란 보세요. 그러고도 어찌 나라를 지키겠다고 큰소리치겠습니까. … 우리는 우리 생각대로 행동해야 합니다."

김첨지의 간곡한 충고와 격려 말이었다.

"그래서 하는 이야기가 동학의 움직임을 유심히 봐야 합니다. 일단 거사했다 하면 우리가 선봉에 설 각오를 해야 합니다. 그들과 사활을 같이 해야 하는 게 우리 처집니다. 활빈이나 동학의 명분대의가 대동소이한 것이니 모두 그리 알고 내부 기강도 바로 잡고, 두령님 말씀대로 편을 나눠 내가 지시한 대로 떠나 주시오."

또 한 사람 참모였다. 옥녀봉에 나가 있는 동패와 세봉에 떨어져 있는 무장대에 그 밤 안으로 연락이 가고, 분주해진 산속에 바람 소리조차 없고 숙숙했다. 그 야음을 타 남생이 두령과 김첨지 등 두세 명이 변복을 하고 산을 내려갔다. 목적지는 줄포 여각. 요즘 바싹 생기가 동한 삼수가 세봉의 연락꾼을 제치고 심부름 나가는 일이 많아졌다. 늘상 웃는 얼굴에 뭔가 조금은 개운해진 것 같은 그의 행색이었다.

　작은예가 떠나는 날은 길례도 울가망한 얼굴이었다. 뭐든지 시키면 다람쥐같이 부지런히 자신을 돕던 작은예가 없어지니, 그 일이 그 일이지만 일이 많아진 것 같고, 어디다 심청을 부릴 데 없어 늘 찌뿌드드한 얼굴이지만 삼수가 와 있는 날은 그와 정반대였다.
　'웬수놈의 낭자 이것을 없애 분지까?'
　그 일이 있고부터 매사에 걸리는 것이 그 낭자였다.

　전라감영이 있는 전주는 다른 도시와 달랐다. 전주 팔경의 하나인 남고모종(南固暮鐘)을 곁에 둔 전주 남쪽 학봉리(鶴鳳里)에는 큼직한 쇠장터가 있고, 수백 개 말뚝이 박힌 마당 한쪽에는 흑석골 쪽으로 제법 너른 공터가 있어 남사당패 연희하기는 안성맞춤이었으나, 도살장이 있어 한점 그게 흠이었다. 거기서 이틀 동안의 연희를 마친 때가 한여름이요, 전주 부중에 경군이 진주했대서 조금은 술렁거릴 때였다. 전주만 해도 인구가 많아 구경꾼들도 제법 많고 깐깐했다. 농투성이가 태반인 시골과 달라서 잽이나 무동, 뜬쇠 등의 옷치장도 깨끗해야 했다. 자칫 거지 취급 받기 일쑤라서, 또 사람이 많아서 개중에는 왈짜가 있고 그들끼리의 다툼도 심심찮았다.
　하루 더 놀기로 한 연희가 중단됐다. 행중은 거기서 흑석골 쪽으로 올라간 보광재에 방을 얻어 들었는데 어름산이 만적이와 전동이가 끙끙 앓고 누워 있었다.
　"야 이놈아, 니가 뭣이간디 쌈을 가로막고 나서? 참 여그가 전주다 전주. 어느 귀신이 차 갈지 모르는 왈짜들이 득실득실 허고 감영 나졸들이 사람 한둘 없애도 꼬딱 안 헌디가 여그다. 그런디 니가 전녀? 흥 어림도 없는 소리제…. 나도 들은 애긴디 전주란 데가 맹랑한 데여. 지금부터 칠백여 년 전 관노 출신 기두(旗頭)와 죽동(竹同)이란 자들이 관노 농민들을 규합하여 크게 난을 일으킨 데가 여그다. 사람들이 유순한 것 같으나 한번 결기를 내면 걷잡을 수 없이 대단한 데가 여그다. 그래서 조정에서도 여그다 친군무(親軍武) 뭐라드라 하는 군사를 배치시킨 거 아니냐. 시뻐 볼 데가 아니다. 정신차려야 산다."

금구 놀이 이후 부쩍 술이 많아진 홍도는 그 검은 얼굴이 더 검고 바싹 야위어 갔다. 밥보다 술을 더 찾는 그날 이후의 홍도를 걱정하는 사람은 아무도 없고, 오직 꼭두쇠 마누라 달이가 간간이 입에 맞는 반찬을 챙겨 주지만 그것도 속편한 짓은 아니었다. 그것을 모를 꼭두쇠가 아니지만서도 대놓고 욕을 해댔다.

"야, 이년아. 니 서방이 언놈이냐? 홍도 그놈이냐 나냐? 말을 해 봐라."

그것은 질투였고, 평소 홍도에 대한 껄끄러운 감정을 그렇게 해서 모난 눈초리로 바꿔 달이를 윽박질렀다. 만난 지 얼마 안 되지만 속으로 삭아 들지 않는 꼭두쇠의 질투에 대한 달이의 서운함도 없지 않았다. 언제나 말이 없고 매사에 나서지 않은 홍도에 조금은 호감을 가지게 된 그녀는 날이 다르게 얼굴이 축이 지는 게 보기 딱해 하다 못해 시래기국이라도 다습게 떠다 주고 한 것인데 그런 결과를 낳고 말았으니, 가벼운 한숨을 내쉴 수밖에 없는 달이었다.

'저 꽁한 심보……'

그날도 연회가 끝나갈 무렵 벌어진 왈짜끼리 싸움에 엉뚱하게 끼어들어 나졸들한테 애꿎게 뭇매를 맞은 전동이를 보고 속이 상해 있다가, 더는 못 참고 그 속을 달랜다고 빈속에다 그 독한 소주를 들어부었으니…. 그게 인자 깨는지 초저녁이 돼서야 일어나 전동이를 보고 늘어 놓는 사설이었다. 전동이와 죽이 맞은 만적이가 그런 전동이를 역성든다고 끼어들었다가 그는 왈짜들의 발길질에 나가떨어졌는데, 하필이면 소달구지 쇠테바퀴에 옆구리를 찧어 시방 죽네 사네 야단이었다. 왈짜끼리 점찍어 놓은 암동모(무동)를 서로 차지하려고 시비가 붙고 오간 주먹과 발길질이었다. 혈기만 믿고 뛰어들었다가 놈들이 신고해 쫓아온 나졸들한테 걸렸던 것이고, 전동이는 아린 얼굴 상처와 욱신거리는 어깨뼈를 찬 물수건으로 찜을 들이면서도 나졸들의 그 욕지거리를 떠올리며 이를 사려 물었다.

"야 이것들아! 너그덜도 사람이라고 싸움 할 줄 아냐? 해해, 나기가 막혀서 사람도 아닌 남사당패가 사람을 팼다니 어처구니없네. 에이 요 좆 같은 새끼들, 뒈져라 뒈져…."

서로 안면이 있는 왈짜들과 눈짓을 하던 두 놈에게 붙들린 전동이를 닥달하는 나졸들은 제 마음대로 전동이를 짓이겨 버렸다.

"그렁개 니가 뭣이간디 싸움질에 끼어들어, 응? 칼 좀 쓸지 안다고? 야 이놈아, 주먹 쓰는 놈은 주먹에 죽고 칼 쓰는 놈은 칼 맞아 죽는 거여. 나도 이 세상 언제까지 살지 모르지만, 한번 죽으면 그것으로 모든 게 끝이다. 너, 내 말 명심허고 싸움질 말아라, 제발. 내 잔소리 들을 날도 많지 않을 것이다. 너는 그래도 사람같이 살아야 할 텐디……."

그 소리를 들은 전동이는 몸을 발딱 일으켜 세웠다. 너무나 섬뜩한 말이라서였다. 아버지가 달라져도 너무 달라졌다고 속으로 은근히 겁을 먹어 오던 전동이도 그 말에는 전율하지 않을 수가 없었다. 너무 불길한 예감이 드는 말이기 때문에. 아, 아버지가 왜 저럴까? 그 아버지 때문에? 비그르르 누워 버린 아버지 홍도를 내려다보는 전동이는 식은땀을 흘렸다. 맞은 상처가 아파서 흘린 게 아니고 온몸의 털이 일시에 곤두서는 무서움 때문이었다. 빈속에 마신 술기운이 떨어지고 기가 빠진 탓이려니 싶어 깨워서 찬물이라도 한 그릇 드리고 싶었으나 꼭 주검처럼 움직임이 없고, 겨우 모로 누운 어깨 언저리가 희미하게 움직이는 것으로 살아 있다는 것을 확인할 수 있었다. 아직 나이 오십 전이면 한창이랄 수 있는 터에 저러니 평소 그리 강건한 체질은 아닌 홍도는 그렇게 그 날 그날을 힘겹게 넘기고 있었다.

'개 같은 것들, 뒈져라 뒈져…'.

나졸들이 입에 거품을 물고 내리치는 육모방망이 사이사이로 들리던 그 말….

'정말 우리가 사람이 아닌가? 그렇게 살아온 아버지도, 또 생부라는 사람은 어떨까?'

"야, 전동아. 너 좀 어쩌냐? 큰일났다. 일어날 수 있냐 응?"

꼭두쇠 근용이가 얼굴이 새파래가지고 그 이튿날 아침 방문 앞에서 벌벌 떨고 있었다.

"……"

"야, 좀 일어나 봐라."

아버지 홍도는 이마 왼쪽에서 오른쪽 턱 아래까지 곧게 핏줄이 그어져 있고 다른 상처는 없는 것 같았다.

보광재 넘어 그리 높지 않는 야산의 작은 절벽은 그 밑이 온통 사나운 너설이었다. 서너 길 높이에서 뛰어내려도 박살이 나고도 남을 험한 지형이었다. 숙소에서 거기까지 반 마장도 못 되는 거리를 재너머에서 부중으로 들어가던 나무꾼이 보고 행중에 알린 것은 꼭두새벽. 그 사람도 오가며 이틀이나 벌인 연희를 보았고 죽은 사람이 행중인 것을 알고 숨 넘어가게 지게까지 벗어 놓고 달려와 알려 준 비보였다.

살아서 임자 없고, 죽어서도 더구나 임자 있을 턱이 없는 홍도의 시신은 그대로 남사당패 선례에 따라 가마니때기에 쌓였다. 치상이란 말이 사치스럽고 언감생심이었다. 고현내에서 죽은 꼭두쇠 오봉이 때와 같이 함부로 묻을 수 없어 깊이 들어간 후미진 곳에 자리를 잡아 줬다. 꼭두쇠 오봉이는 곽태수 덕으로 수의라도 입었지만 이번에는 그나마 관도 없었으니 고혼이 얼마나 서러울까. 유랑의 넋이니 그것으로 만족해야 했을까? 전동이와 가장 가까운 만적이는 똥물을 먹고서야 겨우 일어나 기신거리면서도 눈물 지었다. 눈·비 휘몰아치는 엄동설한, 천둥·번개·장대비·장마 마다 않고, 가는 길 정처 없어도 가야만 했던 떠돌이 생활 반백년. 누가 오라고 반기는 이 없고, 떠난다고 서러워할 사람 없는, 그저 목숨 붙어 있어 살기 위해 나선 발길은 그래서 더디고 어설펐다. 춘하추동 가리지 않고 멈춰 선 곳이 연희터고 나서면 유랑길이었다. 철이 들면서 절 불목하니로 시작된 인생이 두 번째라면 성불구자로 판명돼 상실했던 인생을 다시 전동이와 더불어 시작한 여정이 세 번째 인생이었는데, 어느 날 그 전동이라는 지주가 허망하게 허물어져 버렸으니 더 무슨 의욕으로 살아가겠는가. 태어나서 축복 없었고 죽어서 애도 없는 삭막했던 징수님 홍도의 혼백은 끝내 안식처를 못 찾고 구천을 떠돌 것인가. 죽어서도 자신의 탄생을 원망했을 그 홍도는 끝내 그 푸른 하늘을 이고 있는 솔밭 속 붉은 황토땅에 묻혔으니 뜬구름 같던 그 생애를 마친 그의 죽음을 전동이는 끝없이 애도했다. 그 붉은 땅에 엎뎌 울고 또 울었다.

"아부지, 그렇게 가실라고 저한테 그런 말씀 하셨어요? 어디 제가 첨부터 싸움을 좋아한 놈인가요? 이 세상이 저를 사독한 독사를 만들기 때문에, 저도 달라드는 놈을 물지 않으면 살 수 없기 때문에 그런 것이지요. 왜 제가 싸움을…, …왜 싸움을 좋아했겠어요? 아부지 말씀 죽을 때까지 잊지 않고 살겠어요. 아부지 고생하시다 인자 편하게 사실 데로 가셨으니 근심 걱정 모든 걸 잊으시고 사세요. 저도 좋은 세상 될 때까지 남사당패를 떠나지 않을 거요. 아부지, 안녕히 계셔요. 여기 지날 때면 꼭 문안 드릴께요."

엉엉……. 구슬픈 울음소리가 산굽이를 휘돌아 퍼져 나갔다

장사가 끝난 뒤 한풀 죽은 행중은 그러나 군말 없이 길을 나섰다. 그 길 위에서 만적이가 물어 왔다.

"야 전동아, 너 볼 낯이 없다. 아저씨가 그렇게 허망하게 가 버리니 너 정말 적적하겠다. …헌디, 나도 너한테 들어서 알지만 그 생부 말이다. 탁 까놓고 이야기 해 봐라. 어느 쪽에 더 정이 가냐? 내 생각으로는 길러 준 홍도 아저씨한테 더 정이 갈 것 같은디…. 안 그렇냐?"

"아저씨 말도 틀린 말이 아니어요. 나는 생부라는 사람은 믿어지지 않아요. 아부지가 그렇다니까 생부로 알지…. 그러고 나는 양부가 내 생부가 아닌 것을 짐작은 허고 있었는데 느닷없이 생부가 나타나니까 그게 오히려 엉뚱허게 마음이 꼬여 버리드라고요. 그러면서 지금까지 양부에 대해 느껴 보지 못한 끈끈한 정이 생기고 생부가 미워지드라고요. 그래서 나는 그때부터 이 일을 어쩌면 좋게 헐까 하고 마음 고생이 많았었요. 참말로 내가 어디로 없어져 버릴까도 생각했고, 앞으로 어찌 될지 모르나 생부가 나타난다 해도 정이 생기지 않을 것 같고, 지금까지 없어도 살아왔는데 꼭 만나서 같이 살 것도 없잖아요? 그분은 그분대로 역마살 때문인지 젊어 이후로 그렇게 떠돌아댕겼다는데…. 앞으로는 아저씨밖에 의지할 데가 없으니까 그리 아소…."

누구에게랄 것도 없는 만적의 넋두리가 뒤를 이었다.

"인자 갈 사람 다 갔구만. 박새 아저씨, 용백이, 큰예, 작은예, 오봉이 꼭두쇠, 징수님까장 다 가 분졌으니 이 행중도 운이 나간 거 아닌가 몰라…."

등가죽을 더 벗겨라

날이 번히 밝아 올 무렵까지 사사망념에 시달리다 잠이 든 민비는 사시 초가 돼서야 눈을 떴다. 밖에서는 상궁들이 몰려들어 몸이 닳고 있었다. 여기저기서 중전을 찾는 사람이 떼거리로 몰려오고 상감도 아까부터 중전을 찾고 있어 대궐 안이 발칵 뒤집혀 있었다.

"진령군, 그저께 그 일이 어찌 됐나? 하회가 궁금하네…."

일어나 약 두어 시간 정신 못 차리게 사람을 만나며 일을 처리한 민비는 정오가 지나서야 중궁전에서 수렴하고 바깥 사람을 만나고 있었다. 입이 작고 눈에 살기가 있는 민비는 약간 검다 싶은 살갗을 진주 가루를 발라 빛이 나게 해, 그늘에서 보면 어두운 흰색이고 밝은 데서 보면 푸른기가 드는 백색이었다. 보기만 해도 섬짓한 얼굴이고 기가 넘치는 눈초리였다.

"네 마마. 소인이 지금 알아 보는 중이온데 해 안으로 하회가 올 것 같사옵니다. 그런데 값이 비싸다는 상대 말이라……."

민비 눈썹이 곤두섰다 내려앉는다.

"얼마를 이야기했는데 그런가? 애초 십이만 냥으로 정하지 않았는가? 그런데 그게 비싸다고? 현감도 아니고 군수 자린데……."

"네에…!"

진령군은 어둡게 얼굴을 숙인다. 중간에서 십이만 냥에 삼만 냥을 더 얹어 십오만 냥을 이야기했으니 그럴 밖에고, 그 삼만 냥은 자기가, 말하자면 구전으로 먹는 건데 그것은 차마 이야기할 수 없어서였다.

'저 여우 같은 년이 거기다 또 얹었구나. 그러니 말을 못하지. 저년도 제 실속 차리는 데는 빈틈이 없다니까. 고이한 년. 조정이 휘뚝거리니까 저년도 눈치가 달라지는 게, 아니야…. 대궐에 들어온 지 십년이 돼 가니까, 저년도 백여우가 돼 곧 둔갑할 때가 됐지? 응, 그렇지. 둔갑하기 전에 내쫓아야 할 텐데…. 저년이 없으면 거간 노릇은 또 누가 한다?'

진령군은 민비의 매관매직 거간꾼으로 벌써 그녀를 거쳐 나간 인원만도 수백을 헤아렸다. 작게는 참봉에서 시작해 유수, 목사 자리까지니 인물도 가지가지고 그 전말(顚末)도 구구각색이었다. 돈을 가지고 흥정하다 안 돼 나가떨어진 사람, 이리저리 두 다리 세 다리 걸쳐서 눈치 보는 사람, 심지어 액수가 많다고 깎자고 떼를 쓰는 사람, 부임한 뒤에 내 놓겠다는 외상꾼…. 참 웃지 못할 일이 많았다. 그러니 웃음이 안 나올 수 없는 일. 그렇다고 내놓고 그런 축들을 닦달할 수도 없을 것이, 비밀을 지켜야 하는 매관매직이니…….

그러나 그게 비밀이 아니었다. 공공연히 상감 무릎 밑에까지 어음쪼가리가 들어오고 그 액수를 보고 병풍 뒤의 내시한테 고갯짓 하는 상감의 꼴은 안쓰럽기보다 가련할 지경이었다.

"마마 그건 그렇게 아시옵고…. 어제 들어온 고부군수 건은 이것으로 되올지……."

진령군이 소매 속에서 내놓은 어음은 팔만 냥짜리였다.

"군순데 왜 팔만 냥인가? 십이만 냥인데……."

"예—. 그게 우선에 팔만 냥을 올리고 부임한 뒤에 바로 사만 냥을 올리겠다는 약속이라. 우선 이것만이라도 쓰시라고 받아왔사옵니다."

"으음…."

민비가 가볍게 한숨을 쉬며 진령군의 그 여우상 얼굴을 한참 바라보았다.

'흥, 이년이 나를 아주 우습게 보는구나. 십이만 냥에서 사만냥을 먹겠다 그것이로구나 괘씸한 년….'

"그러면 진령군이 나머지를 책임지겠는가? 부임까지 한 달, 두 달이면 되겠다는 거면 우선 진령군이 내놓고 그쪽에서 받는 게 어떤가…."

"옛? …아아 네— 마마. 생각해 봐서 하회 올리겠습니다. 허나 저한테도 그런 거금이 있을 턱이 없고, 주선해 보면 혹시…."

"음 그럴 테지. 아무튼 본인을 만나 두 달 안에 내지 않으면 면 직시키겠다고 이르게. 내가 또 뒤를 여러 가지로 알아볼 테니까…."

그건 엄포였다. '네 이년, 쓸데없는 장난 치면 너 죽는다' 는. 그걸 모를 리 없는 진령군이 하얗게 부복한다.

진령군은 거부가 돼 있었다. 벌써 매관매직의 앞잡이가 된 지도 칠팔 년 됐으니 그런 계산이 나오고도 남았다. 민비 계산도 그렇고 또 진령군은 한술 더 떠서 민비 몰래 자질구레한 이권이나 인사에 개입해 재미가 쏠쏠했으니까. 또 그걸 모르는 민비가 아니지만 거기까지는 눈감아 버렸다.

'저년이 안 해 먹으면 어느 누군가 해 먹기 마련인 이 아사리판. 돈 놓고 돈 먹긴데 잘 해먹어라.' 그런 심정이었다.

"하온데 마마…."

"왜 그런가? 무슨 일이 있는가?"

"예ㅡ. 그게 다름이 아니오라…."

두 달 전 전라도 어느 고을 현감 감투를 팔았는데 두 달이 채 못 돼 또 그 자리를 그보다 더 비싸게 팔아 버린 것까지는 좋았다. 두 번째 산사람이 마침 그 고을 사람이고 두 달 전의 사람은 서울 사람이라 이리저리 준비하랴 인사 다니랴 집안 정리 뭐 할 일이 어찌나 많은지 감투를 사 가지고 거들먹거리고 내려가기까지는 괜찮았는데, 그 사이 그 자리가 또 팔려 그 고을 출신인 후임자가 벌써 부임한 뒤가 돼 버렸으니 이 일을 어디다 호소하겠는가. 그만치 매관매직이 빈번하니까 언제 어느 고을이 팔리고 누가 가 있고를 따질 겨를이 없었다. 적어도 일 년 동안은 뜯어먹게 두었다가 갈아치워야 하는데 워낙 돈이 딸리고 먹는 입이 많으니까 언제 그 자리가 팔린 줄도 모르고 거듭 팔아버리니 이런 일이 생길 수밖에.

"영감이 뉘신데…. 내가 이 고을 현감이오. 무슨 일이신지?"

늦게 온 감투보고 새로온 감투가 하는 소리였다. 이쯤 되면 한양에서 내려간 사람은 닭 쫓던 개 지붕이 아니라 하늘 쳐다보기였다. 누구를 탓하겠는가

"… 으음 그리 됐구나. 그것 너무 앞당긴 게 아니냐? 일 년은 채 워줘야 하는데…. 암튼 내려갔던 사람이 안됐다. 으아하하, 하하하하 거 참 안됐다. 아이고 어찌나 우스운지 배창자가 꼬이는구나. 아으, 하하하…."

실성한 듯 껄껄거리는 민비의 웃음 소리에 기를 빼앗긴 시골 무당 출신 진령군도 넋이 나가 멍하니 민비의 얼굴을 바라보고 있었다. 산전수전 다 겪고 백여우 소리를 듣고 있는 그녀도 그런 민비에 정나미가 떨어져 버렸다. 창백한 민비 얼굴에 홍조가 피어오르자 자줏빛으로 변해 버렸다. 음기 가득한 중궁전에 웃음 소리마저 괴기를 자아냈다.

"국고뿐 아니라, 내탕고가 텅텅 비어 아무 것도 할 수 없는 지경이다. 너 정신이 있느냐, 없느냐. 이런 사정을 알고 있으면서도 그렇게 허술하게 일을 했으니, 너를 어찌하면 좋겠냐, 이놈아. 니가 민씨 집안이면 또 그런대로 똑똑히 일을 해서 뭔가 성과가 있어야지 응?……."

그날 밤 야심한데 도포 바람으로 민비 앞에 불려간 사람은 호남지방 징세와 균전(均田) 업무를 맡아 파견돼 있는 경차관(敬差官) 민영기였다.

"지금 단 한 닢도 아쉬운 판이다. 그런데 궁방토 작인들 금년 농

사는 어떻더냐?"

"소인이 보기로는 황송하오나 가뭄 때문에 백토가 반절은 되옵고 금년 추수도 작년보다 세수가 떨어질 것이 예상되옵니다. 황송하옵니다. 마마."

"……음, 그래? 하지만 작년만큼 징세는 해야 하느니라."

얼굴이 일그러진 경차관 민영기는 속이 있는 대로 꼬이고 왜 자기가 그런 자리에 있게 됐는가 부아가 치밀어 올랐다. 눈앞에 떠오른 궁방토 작인들의 비참한 정경, 종곡까지 빼앗기고 어찌할 바를 몰라 이고지고 어디론가 떠나려던 그들…. 내년 농사는 꿈도 못 꿀 일이라고 울부짖던 노인네의 피맺힌 하소연이 귀에 쟁쟁했다. 그런 상황에서 이 해 농사를 기대하는 것부터 미친 짓이고, 사람이 아닌 흡혈귀와 같은 자들만이 할 수 있는 소행인데, 소위 일국의 중전이란 사람이 저럴 수 있을까. 절망했던 지난 가을이 어쩔 수 없이 떠올라 고개를 떨구었다.

'이 자가 중간에서 새치기한 것 아닌가? 왜 저렇게 얼굴이 구겨지지?'

민비는 많이 듣던 세곡 비리를 떠올리며 고개를 갸웃거렸다.

"마마. 아뢰옵기 황송하오나 마마께서 궁방토를 오래 지키시고 거기서 많은 소출을 보시려면 방법을 바꿔 보시는 게 좋을 것 같사옵니다."

"응, 그게 뭐냐? 어떤 방법이냐? 말해 보거라."

솔깃한 이야긴지 상체를 내밀며 눈을 크게 떴다.

"첫째 징세 때 그 집 사정을 봐서 조금씩 여유를 주어 다음 해 영농에 지장이 없도록 하는 것이 징세를 체증(遞增)케 할 수 있는 방법으로 생각되옵니다."

"그러니까 싹싹 훑어 오지 말고 여유를 두라 그 이야기 아니냐? 그래야 그자들이 붙어 있다 다음 해 농사를 또 짓는다 이 말이지?"

"예 마마, 그렇게 해야 영농에도 의욕이 생기고 또 실농하더라도 농토를 버리고 떠나지 않을 것으로 믿습니다. 일단 농토를 버리면 소작인 찾기란 어려운 일이고 황송하오나 궁방토 징세가 가혹하다는 소문이 돌고 있어 모두가 궁방토 소작을 기피하고 있는 게 사실이옵니다. 지난 봄에도 줄포 근방의 어떤 자가 사전을 내어 궁방토 소작인들을 구휼한 적이 있어 그에 대한 칭송이 자자한 것으로 알고 있사옵니다."

"뭐 사전으로 구휼을 해? 건방진 것들 제 일이나 잘할 것이지 남의 작인을 구휼해? 그자가 어떤 자냐? 소상히 아뢰어라. 혹시 소작인을 들쑤셔 민란이라도 일으키려는 불순한 자 아니냐? 아니면 동학의 패거리냐?"

"아니옵니다. 그것은 아니옵고 여자인 줄로 아옵니다."

경차관 민영기는 줄포 지역의 숨은 재력가로 알려진 한씨 부인의 이야기와 변산에 숨어 있는 화적무리의, 활빈을 가장한 기행(奇行)을 자기가 아는 대로 고해 바쳤다.

'사전을 내서 구휼을 해? 거 해괴한 일이다. 세상이 이리 시끄러운데⋯. 응, 거기에는 필시 무슨 곡절이 있겠구나. 근처에 화적도 있고⋯. 그냥 둘 일이 아니다.'

민비는 속으로 뭔가를 다짐하듯 입을 굳게 다물었다.

민영기는 민비에 대한, 지금까지 느낄 수 없었던 이질감에 절망하여 그 앞을 물러 나왔다. 그는 속으로 혀를 찼다. 자기가 이런 일로 비록 중전이라는 사람 앞에 부복했으나, 알고 보면 그녀의 비행에 은연중에 동조하는 처지가 된 게 마땅찮았다. 어떻게든지 그런 일에서 놓여나고 싶은 것이 솔직한 심정이었다.

민영기는 자기의 경솔함을 후회했다. 자기 말을 듣고 한씨 부인의 이야기를 꼬치꼬치 캐묻던 것이 마음에 걸렸기 때문이었다. 그는 긴 한숨을 내쉬었다. 아아, 또 한 사람이 애매하게 중전한테 걸려드는구나!'

경차관 민영기는 그렇게 뇌이며 대궐을 나서고 있었다. 고부(古阜)는 석달 동안에 군수가 여섯 번이나 바뀐 고을이다. 조병갑의 농간이었다. 그의 작간으로 조정에까지 원성이 쏟아지고 그 여파는 어쩔 수 없이 고스란히 민비 몫이 돼 버렸다.

조병갑은 서얼(庶孼)이라 출사를 못하게 돼 있는 것을 조대비가 우겨서 이른바 국법을 어기고 임관한 자라는 것을 안 민비는 이를 뽀드득 갈았다. 생각 같아서는 당장 이조에 영을 내려 삭탈관직시켰으면 했으나 매사 자기를 삐딱하게 보며 끙끙 앓는 시늉을 하는 조대비 때문에 그러지도 못하고 속을 끓이고 있었다.

'쥑일놈 같으니 일어탁수라고, 미꾸라지 한 마리가 온 방죽 물을 꾸정거려? 요놈 어디 두고 보자.'

그 근원을 따져 들어가면 결국 자기가 그 부정의 뿌리라 할 수 있는데 민비는 그것을 모르는 게 아니라 외면하고 있었다. 오백여 명이 넘는 민씨 씨족의 봉작에서 한 사람도 그런 부정의 예가 없었느냐고 따진다면 대답할 말이 없어서였다. 돈이 아쉬워 환장할 일이었다. 쓸 수만 있다면 얼마든지 써서 자식의 고자를 낫게 하고 싶었다. 비밀리에 외국 의사를 불러들여 또 보이고 싶었다. 거기에 든 돈이 얼마가 됐건 좋았다. 그 병만 낫게 한다면 제 몸뚱아리를 팔아서라도 돈을 대 보겠다는 여자가 민비였다. 더구나 기절할 일은 남편 명복이도 속새로 여자한테 손을 대고 있다는 사실이었다. 하늘이 노랬다. 올 것이 왔구나. 이 나라가 끝장이 나는구나. 드나드는 궁녀 방이 어디라는 것도 알았는데 손을 쓸 수가 없었다. 그것도 궁중의 법도니….

 더군다나 동학이 세를 규합했다는 소식이 빗발쳤다. 안팎 곱사등이는 이를 두고 한 말인가. 민비는 차츰 매사에 성깔을 내기 시작했다. 밤잠을 설치기 일쑤였다. 외국에서 빌어 쓴 돈이 상환 기일이 몇 번씩이나 연기되고 보니, 일국의 중전이 외국 상인 나부랑이한테 권위가 서지 않고 그것을 빌미로 대궐을 제집 드나들 듯하기 때문에 폐일언 하고 몸이 바작바작 타 들어가는 기분이었다. 정도를 걷지 않고 권모술수로 정치를 해 나가니 돈이 안 들 수 없고, 자식의 고자를 고쳐 보겠다고 뿌린 돈에서 포흠이 시작돼 그것이 새끼를 쳐 나간 것이 걷잡을 수 없는 액수가 되고, 그것을 메워 보겠다고 외국 공관을 통해 돈을 꾸어 들였으나 그 돈은 그 돈대로 딴 데로 흘러가 버리니 사면초가였다. 그래서 착안한 것이 매관매직이었다.

 전국에 흩어져 있는 궁방토가 수월찮으나 그 수입 가지고는 턱도 없는 일이었다. 궁방토가 이름 좋지 어디 그게 정도를 거쳐 손에 넣은 땅인가? 이리저리 임오군란 전부터 민겸호를 시켜 거저 빼앗다시피 한, 토질도 좋고 위치가 좋아 누구나가 욕심 내던 땅인데, 정말 악랄한 방법으로 궁방토로 바꿔 버렸다. 멀쩡한 땅을 유망결세미미수(流亡結稅米未收)라는 이름으로 빼앗아 버리니 그런 관의 횡포를 힘없는 백성이 무슨 재주로 막아 내겠는가. 말하자면 자연재해로 농사 짓던 임자가 떠나 버린 땅을 결세미납이란 명목으로 압류하여 궁방토로 만들고, 그 지주들이 소작인이 되는 어처구니없는 강도적 수법이었다. 강도가 따로 없는 패악이고 그 원흉은 민비였다. 기름진 땅 호남평야에 눈독을 들여 오던 그 여자는 기어코 그 일을 해 내고 말았던 것이다. 만경 들녘 다음으로 옥토라는 부안평야가 바로 그 표적이었다. 해마다 징세 때는 관이 동원되어 국세보다 먼저 징세하여 전량을 확보한 다음에야 일반 농민들의 국세 징수가 시작됐다. 그러니 어쩔 수 없이 벼슬아치들은 그쪽에 더 주력할 수밖에 없었다. 원성이 자자한 것은 불문가지고 혹독한 수탈은 중간에 누가 있어 협잡을 하는 게 아니었다. 관도 눈을 크게 뜰 가혹한 방법이기 때문이었다. 그렇게 해서 경창(京倉)으로 실려 간 쌀은 민비의 창고로 고스란히 들어갔다. 경차관이란 임시직으로 이름은 그렇지만 순전히 결세 징수 독려관이고 감독에 조운사(漕運使) 일까지 겸한 고된 자리였다. 그러나 이태를 겪어 본 경차관 민영기는 민비의 그 악랄한 수법에 놀랐다. 어느 빈농에서는 병석에 누운 그 집 노모가 옷이 없어 이불 속에서 누웠다가 칙간 갈 때면 며느리나 딸의 치마로 앞을 가리고 가는 눈 뜨고 못 볼 참경을 보는 것이 큰 고역이었고, 이런 불쌍한 백성을 중전이란 사람이 좋게 앉아 그 등가죽을 벗겨 먹으니 사람이 아니고 야차로밖에 보이지 않고, 그런 일을 맡아 내려온 자신이 자괴스럽기 한이 없었다. 그런 상황에서 한씨 부인의 구휼 소식은 정말 신선한 충격이었고 눈이 번쩍 띄는 경악이었다. 도대체 어떤 인물인가. 그는 신분을 감추고 그 여각에 들어 잠도 자 보고 술도 사 마셨으나 좀체 한씨 부인과 대면할 기회가 없었다. 혹시라도 만나면 하다 못해 그 사람의 덕행이라도 칭송하려고 서너 번 그짓을 되풀이해 봤으나 본래 숫기 없는 성미라 여자를 그렇게 다룰 수 없어 때를 놓친 것이 아쉬웠다. 하도 감동한 한씨 부인의 선행이라 그런 이야기라도 해 주면 탐욕한 민비도 얼마간은 자극이 돼 가책이라도 받을까 했는데, 민비가 오히려 그 사람을 수상쩍게 생각하는 것과 투기가 묻어 있는 말투에서 불안을 느꼈다. 분명 숨은 독지가가 있으면 하다 못해 빈말이라도 한 마디쯤은 치하라도 있어야 하거늘….

민영기는 자신의 경솔을 다시 후회했다. 어떤 결과가 생길지 그것도 생각지 않고 쏨벅 내뱉은 한마디가 몰고 올 예상할 수 없는 파장이 두려웠다.

전라감사 김문현한테 불려간 한씨 부인은 공손하게 읍을 하고 좌정했다. 남편이 외아전이었던 까닭에 알게 모르게 감영 덕을 보았고 출입도 자유로웠으며 지금 산과의 그러한 관계를 묵인 받고 있는 것도 때때로 감영에 내는 후원금 때문이었다.

"그런데 거년의 그 한발에 고사하는 백성을 구휼했다는 소문이 있는데 사실이라면 참 가상하고 나라에 충성스런 일이네. 어찌 아셨는지 중전께서 치하의 말씀이 계셨고 앞으로도 적극 협조해 달라는 분부이시네. 자 보게나, 이게 마마께서 내게 보낸 서찰일세."

'아…. 내가 드디어 걸려들었구나…. 나는 그 그물에 걸려들지 않으려고 미리 손을 썼는데 누가….'

뇌리를 스치는 생각이었다.

"네, 감사합니다. 대감께서 잘 보아 주시니 중전께서도 소인한테까지 그런 말씀을 하시지, 어찌…."

"…허허허 자네는 과연 여장부야. 암튼 이번 기회에 중전마마의 은총에 보답하는 뜻에서 결심을 하시게"

"무슨 말씀이신지……?"

"다름이 아니라 조정에서 국내외로 일이 많은 것은 자네도 알겠지만, 그래서 재정난으로 숨이 막힐 지경이네. 그런 난국을 타개해 보시겠다고 중전마마께서는 당신 몸보다 더 아끼시는 궁방토를 매각하실 작정인데, 지방에 원매자가 많되, 평소 나라에 협조가 많은 자네한테 특별히 은전을 베푸시겠다는 거네. 어떤가? 궁방토는 내가 알기로 위치도 좋고 옥토들이라 소출도 많은데 자네 재력으로 그 근방 궁방토를 반절 정도는 사들일 수 있을 거라고들 하던데…."

'아아, 걸려도 되게 걸렸구나. 벌이는 품이 그냥 말 것 같지는 않는데….'

"……?"

"대감…. 소인은 일개 시골 여각으로 연명하는 자로서 근근히 모은 돈으로 몇 마지기를 장만한 것뿐이고 전혀 여력이 없습니다. 어찌 소인이 그 좋은 궁방토를 매입할 자격이나 재력이 있겠습니까? 통찰하십시오. 힘만 있다면야 사들이고 싶은 게 궁방토 아닙니까? 그렇게 제 사정을 알려 주시면 고맙겠습니다."

"흐음…. 사정이 그렇다? 사들일 수 없다? 내 듣기로 자네 재력이 만만치 않아 사들이고도 남을 만하다는데 그게 헛소문이었군

그러면……."
 "……."
 하고 싶은 말을 다 할 수 없고 섣불리 했다가는 꼬리를 잡힐 것 같아 그만 입을 다물어 버렸으나 마음 속은 걷잡을 수 없이 혼란스러웠다.
 "으음…. 정히 그렇다면 내 자네를 생각해서 내 생각을 이야기하네만, 이건 중전께서 분부하신 게 아니고 내가 생각해 낸 묘수네. 어떤가, 지금 돈이 모자라 야단인데 여기서 그래도 단 얼마라도 올라가면 자네는 물론 내 처지도 풀리고 좋은 일이 있을 것 같으이…. 그래서 말인데 이렇게 하면…, 궁방토를 담보로 해서 자네가 돈을 빌려 주면 그 어른은 그런 계산 속은 깨끗하니까 일 년이나 이 년 기한을 하고 말이네……."
 '점점 조여드는구나. 빠져 나갈 길이 없을 것 같은데…'
 "중전께서도 들리는 소문을 알고 계시는 것 같아 나도 이 일이 순조롭게 매듭지어졌으면 좋겠네. 자네 그 말이 무슨 말인지 모르겠나?"
 눈부시게 흰 명주 위 아래 도포에 붉은 술을 늘어뜨리고 정자관을 쓴 김문현은 거드름 가득한 얼굴로 한씨 부인을 내려다보고 있었다. 번들거려 얼굴이 비칠 정도로 잘 닦아낸 방바닥에서는 엷은 불기운이 오르고 있었다. 안석에 기대 눈을 감은 것은 그 다음 말을 궁리하기 위함이었다. 드디어 눈을 떴다.
 "한 가지 내밀하게 알려 줄 것은 다름 아니라, 자네가 변산의 적패와 내통하고 있다는 사실을 어느 정도는 눈치채고 계시다는 이야길세. 이제 알아듣겠는가?"

'… 올 것이 왔구나. 내 머리 위에 이제 제대로 벼락이 떨어졌구나. 아… 일찍 내가 모든 것을 털고 환고향할 것을….'
　잔잔한 불안과 긴장이 밀려들었다. 그때 문을 열고 들어오는 사내가 있었으니, 그게 다름 아닌, 중전의 서찰을 갖고 파발을 타고 달려온 경차관 민영기였다. 삼십이 넘은 유순한 인상의 사내는 감사 김문현한테 읍하고 찬찬히 한씨 부인을 바라보았다.
　'어디서 많이 보던 얼굴인데, 누굴까? …아아! 지난 여름, 여각에 들어 술도 마시고 잠도 잔 적이 있는, 이상한 사람이란 인상을 주던 그사람 아닌가. 어디로 보나 농투성이가 아닌 듯해서 길례보고도 조심하라고 당부까지 했던….'
　눈이 말을 하고 있었다. 다스운 눈빛. 조금도 거드름이나 적의가 없는 포근한 눈빛.

　민비는 기어코 송곳니를 드러냈다. 한씨 부인이 제물이 된 것이다.
　"이번에 내려가서 이 일을 꼭 성사시켜라. 좀 힘이 드는 일이지만 머리를 잘 써서 만들어 봐라. 혼자 어려울 것 같아 우리 집안의 젊은이를 대동시킬 테니 잘 상의해서 해라. 되면 바로 전주 감영에서 다시 파발로 오너라. 기다리겠다."
　그러면서 전라감사 김문현한테 서찰을 써 주었다. 민비가 밝힌 일의 내용이란 궁방토를 싼 값에 처분할 테니 사들이라는 이쪽 계획을 관철시키되 그것이 안 되면 궁방토를 담보로 빚을 얻는데 그래도 안되면 억지로라도 적패와 내통했다는 사실을 날조해서라도 윽박지르라는 것이었다.

아사리 장샛속으로, 또 그런저런 경험으로 닳고 닳은 한씨 부인이지만 민비의 송곳니는 피할 수 없어 손을 들고 말았다. 삼십만 냥이란 거금을 내놓은 한씨 부인은 부안 현감과 경차관 민영기 명의의 영수증과 차용증을 받았으나 그 손은 쉼없이 떨리고 있었다. 새하얀 얼굴은 그저 무표정할 따름이었다. 십만 냥짜리 어음 석장을 품 속 깊이 간직하고 부안 현아를 떠난 민영기와 또 한 사람 젊은이는 발걸음도 가벼웠으나 민영기의 속은 그야말로 심한 숙취에서 깨어난 사람처럼 헛헛하고 춥고 거기다 어지럽기까지 했다. 한씨 부인의 그 새하얗게 질린 얼굴이 망막에서 지워지지 않았다. 허투루 한 자기 말 한 마디가 빌미가 돼 한 사람의 유능한 백성이 그 생명과 같은 거금을 잃었으니 어찌 가책이 없으리오. 민영기는 입 속에서 아프게 혀를 자근자근 씹었다. 그래서 궁리한 일이 잘 되기만 바랄 뿐이었다.

서둘러 전주에 가 파발마를 탈 작정으로 움직였다. 큰일을 추스르고 난 사람 같지 않게 허탈감이 감도는 민영기 얼굴과 뭔가 기대에 찬 젊은이 얼굴이 대조적이었다. 원평에서 금구로 가고 모악산으로 들어가는 삼거리에서 다리쉼을 했다. 해는 넉넉했다.

"어이, 자네 생각은 어떤가? 여기 삼거리에서 왼쪽으로 가면 금구현이고 거기를 거치면 전준데 좀 길이 멀고, 오른쪽 모악산을 넘어가면 훨씬 가까운데 길이 좀 험하니 어쩌면 좋겠는가? 나는 아직 시간이 있으니까 왼쪽 너른 길로 천천히 가서 저녁이 되더라도 편히 갔으면 좋겠네."

"예 예. 저야 이 근방이 초행이고 형님은 잘 아는 길이니까 험하더라도 좀 빨리 가는 게 낫지 않을까요?"

민영기를 형이라 부른 자는 역시 민씨고 따져 보니 동항(同行)이라 편하게 그런 칭호를 쓰기로 했다. 민비의 애초 지시는 민영기보고 경차관 나리라고 호칭을 정해 줬지만 민영기 쪽에서 그것을 터 버렸다. 잠시 지체했다. 다시 일어나면서 뒤를 돌아보는 민영기 눈빛이 초조했고 젊은이 의견을 자꾸 캐묻던 것도 이상한 일이었다.

날이 저물면서 모악산을 넘어 전주 쪽 비탈로 접어든 후미진 계곡이었다.

"야, 이 자식들아. 이게 뵈냐 안 뵈냐? 어디를 넋놓고 그렇게 걸어가? 정신 나간 새끼들!"

산에 들면서 혹시나 했던 기우가 현실로 나타났다. 우악스럽게 생기기는 했으나 꼼짝마 어쩌고 겁주는 투도 아닌, 꼭 장난치듯 이죽거리는데 놀라지도 않았으나, 네 놈이 추켜든 장검을 보고는 그만 앗차 하고 주저앉아 버렸다. 민영기가 먼저 주저앉아 투항의 몸짓을 내보였다. 양손을 들고 젊은이는 벌써 사색이고 산에 오르기 전부터 다리를 조금 절고 있던 그는 얼굴을 찡그렸다.

"에이, 요 씹헐놈의 새끼들. 짐도 없능 거 보닝개 품 속에 돈냥이나 감췄겄어. 옷 활딱 벗고 좆만 차!"

몽둥이 몇 대에 반 주검이 된 젊은이가 보기 민망하게 떨면서 옷을 벗고 있었다.

"아니, 이것이 뭣이여? 누가… 으응 참 곰손이가 좀 봐라. 이것이…"

민영기 품 속에서 두겹 세겹 싼 백지 봉투가 나오는데 모두 눈이 휘둥그래졌다.

"아니니, 이거 어음 아니라고? 뭐 십만 냥짜리가 세 개? 허허, 이거 웬일이냐? 좆 같은 새끼들이 어서 훔쳐 온 거여, 뭐여?"

묶인 두 사람은 무릎을 꿇고 땅바닥에 퍼질러 앉아 있었다.

"너 이것들 좀 지켜. 두령한테 보이고 올 것잉개."

지키는 파수꾼 화적이 어정어정 걸어서 좀 멀찍이 서서 사방을 휘둘러 본다. 민영기가 틈을 내서 속살거렸다.

"어이, 자네. 일은 났네. 인자 누가 먼저 여기를 도망 나가 살아서 한양으로 가야 할 텐데, 나는 저 어음 때문에 죽을 것이 뻔하네. 어떻게든지 틈만 나면 도망가게. 내가 살면 내가 먼저 갈라니까 먼저 갔다고 원망 말고, 이런 때는 먼저 뛰는 놈이 장원이네…."

"시끄러워! 이 좆새끼들. 너그덜이 더 큰 도독놈이구만, 인자 봉개. 야 이놈아! 삼십만 냥이면…. 허허 나 말이 안 나오네."

몽둥이로 사정 두지 않고 두 사람을 후려 갈기면서도 파수꾼은 뭐가 좋은지 비실비실 웃고 있었다.

"요것이 나이 좀 먹었다고 나를 째려봐? 에이 요 씹새끼."

또 몽둥이가 날아와 민영기를 서너 차례 갈긴다. 날이 어두워지고 숲속을 헤집는 바람 소리가 으스스 한기를 몰아왔다.

"야 저놈들을 끌고 올라 오라신다. 가자."

앞뒤에서 지키고 산으로 올라가는데 한참을 올라가도 사람이 없었다. 사람은 달랑 아까 네 사람뿐이었다.

"이렇게 허자. 여기서 두 놈을 초상내 분지자. 올라가야 그게 그 거 아니냐? 어차피 다 까 분지라고 헐 텐디 말이다. 야 이놈, 너 먼저 일루와."

"요보시오들…. 왜 사람을 죽일라고 그러시오? 뺏을 것 다 뺏았으면 가게 놔 둬야지. 이게 무슨 짓이오?"

"얼레. 요곳 좀 보소잉? 조동아리가 안적 살았네? 너 이 웬수같은 놈덜, 너희 놈덜은 이렇게 몇십만 냥씩 해 처묵음서도 우리같은 좀도둑은 뭐 화적떼라고? …에이, 요 똥 털어 쥑일 놈덜. 너그덜 먼저 죽어야 세상이 바로 된다. 어이! 요것 먼저 까 가지고 저 낭떨어지로 굴려 분져."

이내가 어둠으로 바뀌었다. 젊은이는 거의 죽을상을 하고 고개를 푹 숙이고 있었다. 그때였다. 사내들을 보는 민영기 눈이 번쩍하고 빛을 뿌리며 뭔가 말을 했다. 잠시의 침묵, 아주 짧은 순간이었다.

"요곳을 먼저, 어이 이거 저리 끌고 가서 까 버리라고. 그러고 나서 낭떨어지에 밀어 분져. 그냥 밀어 분지면 살아날지 모릉개."

산속에는 숨가쁘게 어둠이 달려들었다.

"너 죽는다고 우리 원망 마라. 두령님 명령이고, 사실 너그덜이 죽어야 우리가 사닝개. 에이 좆 같은…. 어서 죽엇!"

퍽 하는 소리와 함께 민영기 몸뚱이가 기우뚱 하면서 땅바닥으로 쓰러져 버렸다. 그때 젊은이와 민영기 사이를 가로막고 서 있는 사내가 있었으나 공포에 질린 젊은이는 벌벌 떠느라고 고개를 들 수도 없어 그 방해물이 없대도 민영기 타살 장면을 바라볼 수 없었다.

"이거 식었어. 끌고 가 낭떨어지에 던져! 어섯!"

주고받는 말 소리. 그때사 얼굴을 들어 옆눈으로 그쪽을 훔쳐보니 축 쳐진 민영기 몸뚱아리 두 발을 잡고 질질 끌며 바위 모퉁이로 돌아가고 있었다. 위아랫니가 딱딱 맞쳐 오고, 벌벌 떨던 젊은이가 사방을 둘러보는데 한참만에야 완전히 어두워진 산속에 자기 혼자 쭈그려 앉아 있다는 것을 알아챘다.

뒤로 묶인 팔 사이로 해서 몸을 빼내 앞으로 돌렸다. 뒤로 묶인 것이 앞으로 묶인 모양이 됐다. 일어섰다. 몸을 낮춰 살살 기다시피 걸었다. 그리고는 어디만치 와서는 에에라 모르겠다 하고 그냥 궁굴어 버렸다. 천방지축 어디가 어딘지 모르면서.

"야아, 저놈 도망간다. 잡아라!"

아스라이 들리는 고함 소리가 화살처럼 날아왔다. 그리고 그 소리는 몇 번 계속되다 조용해졌다. 산은 다시 적막 속으로 그 우람한 모습을 감춰 버렸다.

"또 하나 민씨 푸네기가 죽었구나. 그런데 그 털린 장소가 줄포란 데서 얼마나 되냐 거리가. 이것도 내 탓인가?"

"예 확실치는 않사오나 근 백오십 리는 되는 줄로 아옵니다."

겨우 살아 돌아온 젊은이 말을 듣고 있던 민비가 가볍게 독백하듯 묻는 말이 그것이었다. 정확히는 백이십 리 거린데. 그러나 그 삼십만 냥은 아까운 듯

"삼십만 냥이면 어느 고을 현감 세 놈 갈아치우면 되지 뭐. 미련 갖지 말자."

그것도 아까의 독백과 같은 음량과 음색이었다. 태평한 얼굴이었다.

"알았다. 고생했다. 명부 문전까지 갔다 왔구나 어허…. 거, 진령군 없느냐?"

빽 하고 고함을 지르는 바람에 등에 식은땀이 고여 있던 젊은이

는 움찔하고 놀라 고개를 들었다.

　민영기의 기지로 삼십만 냥을 다시 찾은 한씨 부인은 눈물을 철철 흘리며 민영기 손을 붙들고 울고 있었다.
　쥐도 새도, 전라 감영이나 부안 현아 아무도 모르는 깨끗한 공작이었다. 그것은 순전히 민영기의 각본을 한씨 부인이 깔끔하게 연출한 결과였다.
　도중에 나타난 화적은 변산서부터 미행한 활빈당이고 그것은 민영기 부탁을 받은 한씨 부인의 배려였다. 전라감사의 협박을 받고 사색이 된 한씨 부인은 그날 밤 만난 민영기의 복안을 듣고 무릎을 쳤다. 그러나 민영기는 결코 동패가 아니고 권선징악의 협객 정도일 뿐이었다. 더구나 동학교도도 아니고, 오직 민비한테 의분을 느낀 사람이었던 것이다.

겨울

끄무레한 하늘 한가운데에 어느 쪽에서 날아 올랐는지 샛노란 은행잎과 새빨간 단풍잎이 살판쇠 곤두질하듯 뒤척이다가 하나는 동풍에, 또 하나는 낮은 기류에 휩쓸려 각기 방향이 다르게 사라져 버렸다. 시월에 접어든 계사년은 서둘러 제 길을 가고 있었다. 탑골치에 채이는 낙엽 소리에 소스라치게 놀란 전동이는 후딱 좌우를 둘러보았다. 맨 앞 영기 뒤에 물미장을 들고 가는 그는 아까부터 지난 여름 금구에서 있었던 생부와의 어색한 만남과 죽은 양부 생각에 빠져들어 있었다. 몸은 그저 타성에 이끌려 거침 없이 앞으로 나가고 있을 뿐이었다. 그에 걸맞지 않는 탑골치는 정월에 한씨 부인한테서 받은 선물이고 봇짐 속에 묵혀 뒀던 것을 꺼내 신은 것인데 사람들이 모두 그 신발에 궁금증을 내보였다.

오솔길은 갖가지 낙엽이 제 세상인 양 서로 정답게 몸을 비비며

뒹굴다 거기 자신들의 영토를 무례하게 침범하는 사람들의 발걸음을 나무랐다. 너무 많은 이파리였다. 한 줄로 서서 걷는 남사당패의 꼬리가 제법 길었다. 전주 학봉리서 놀다 육모방망이 찜질을 받아 누워 있던 전동이는 자기 때문에 떠나지 못하는 행중을 생각해서 억지로 일어나 기동했다.

  때는 어느덧 늦가을로 접어들고 있었다. 전라도 장수와 임실 지방에서 시간을 보내던 행중은 다시 길을 북으로 잡아 전주에 들어선 기린봉의 산자락, 마당재라는 한적한 마을에 짐을 부렸다. 한 해의 끄트머리에 다다른 행중은 안도보다는 무기력에 빠져 모두 쓰러진 채 눈을 감고 있었다. 무동들도 너른 들의 그런 차가운 그늘에 눌렸는지 평소의 시끄러움이나 웃음이 없이 시무룩한 표정들이었다. 날씨 탓만도 아니었다. 걷이가 끝난 들, 산에 나르는 것이 온통 낙엽이고 바람뿐이었다. 기약하는 내일이 없고 후회해 본 어제가 없는, 목적 의식도 없을 뿐더러 제물로 무엇인가 한 가지라도 해 본 적이 없는 그들은 어떤 사안에 대한 집착이 없고 대체로 무관심과 괴팍한 이기심이 있는 게 보통이었고, 어떤 기호에 빠져 들면 끝이 없었다. 그렇게 생활해 온 타성 때문에 창발성이란 게 없어 덜미쇠 놀음의 꼭두인형처럼 잡아당기는 대로 움직이는 괴뢰들이었다. 허나 행중에는 가끔 이상한 편집증에 빠져든 사람이 있어 기를 쓰고 무슨 일에 고집 부리고 제 뜻을 내세우는 사람이 있어 그런저런 것들을 다루는 꼭두쇠나 곰뱅이쇠의 어려움이 많았다.

  모든 게 수동적인 그들은 행중의 엄한 규율에는 그런대로 순응하는 것 같았다. 행중의 불행이나 행운이 있어도 감정의 변화가 별로 없고, 평소의 타성은 쉽게 사고의 리듬에 변화를 일으킬 줄 몰라 무미했다. 자세히 세어 보면 하루에 쓰는 단어가 오십 개를 못 벗어나는 단순한 생활이었다.

언제나 행중의 길잡이는 전동이였다. 동작이 느린 곰뱅이쇠 놈태는 뒤로 밀려 목적지에 닿으면 전동이와 만적이가 먼저 뛰어나가 활기 있게 상대방과 이런저런 조건을 걸고 수작하는 일이 많았다. 달이한테 빠진 꼭두쇠는 정말 이제는 무용지물이고 이름뿐인 꼭두쇠였다. 사람의 집단이라 어찌 감정의 변화가 없을까마는 이들은 대체로 거기에 둔감한 편이었다.

"꼭두쇠 양반, 보세요. 언젠가 내가 이야기한 추렴을 시작했더라면 명년 가실에는 우리 터를 하나 잡을 만하지 않아요? 근데 이것이 뭣입니까? 벌써 동짓달 추위가 몰려오고 또 쪽박 들고 시안 삼동 비럭질 다니게 안 생겼어요. 처량하지도 않아요? 그때부터 모았더라면 주막 살 돈 반절은 장만했겠네요. 나는 이번 시안에는 어디 가서 일해 주고 돈이라도 좀 벌어야 안 되겠어요. 이래가지고는 늙어 죽도록 곤두박질 쳐도 항시 그 택일 테니 일찌감치 무슨 일을 해도 해야 할 것 같네요. 나 어디 간다고 붙잡지는 마시오. 오란 데는 없어도 갈 데는 많으니까요. 곰곰이 생각해 보니 나를 찾는 사람이 없지는 않아요."

그것은 줄포 한씨 부인을 두고 한 이야기였다. 닭껍질같이 오소소 닭살이 돋은 꼭두쇠 근용이 목 울대가 꿀꺽 하고 침을 삼키면서 툭 불거진 목젖이 크게 꿈틀거린다.

뭔가 조금 거슬리는 말을 들었을 때 일어나는 묘한 버릇이었다. 시방도 뭔가 전동이 말이 거슬린다는 신호였다.

"갈라먼 나 좀 델고 가거라, 전동아. 나도 뭔가 정신 좀 챙겨서 눈을 크게 떠야지, 이러다가는 큰일 나겄다."

늘 붙어 다니는 어름산이 만적이가 퉁명스럽게 하는 소리였다. 코밑 수염이 제법 검고 억실억실한 얼굴하며 툭 불거진 관골이 성깔깨나 있어 보이지만 천하에 순한 게 만적이었다. 전동이와 죽은 박새를 잘 따라 일도 많이 해 봤지만, 군소리가 없는 사람이었다. 그래서 꼭두쇠는 성깔 있고 따지기 잘하는 전동이보다 그를 좋아했다. 사실 행중을 이끄는 게 이 두 사람이래도 지나친 말이 아닐 정도로 큰몫을 해내고 있었다.

"그래 아주 떠날 작정이냐? …허기야 너도 홍도 죽고 마음 둘 데가 없을 것이다. 사람은 항시 젊은 것이 아닝개 니 말도 맞다만……. 거, 네 생부 그 뒤 소식이라도 들었냐, 어쩌냐? 그 사람도 보닝개 장삼은 걸쳤어도 성깔은 있게 생겼더라."

"……."

전동이가 무슨 말을 하려다가 그만 고개를 떨궈 버린다. 멀리 서쪽 전주 부중에서 들려오는 소음이 바람을 따라 간간이 크고 작게 파도친다.

잠긴 하늘이 열리면서 파란빛을 내보였다. 지금 행중은 전주 부중을 거치지 않고 용진면을 거쳐 봉동 쪽으로 길을 잡을까 궁리중이었다. 그래야 어디서든지 잠자리를 잡아 어린 무동이나 삐리들을 쉬게 할 수 있기 때문이었다. 모두 짙은 피로 때문에 회색으로 변하고 있는 얼굴들이었다.

"성님, 삼례 쪽으로 나갑시다. 그쪽이 역터라 까다롭기는 헌디 사람들이 글빡(머리)은 터서 육갑(손)은 크닝개요. 언젠가 갔었지만 괜찮트라고요."

곰뱅이쇠 놈태가 그 길쭉한 얼굴을 쳐들고 꼭두쇠 눈앞으로 가져갔다. 꼭두쇠가 입맛을 쩝쩝 마셨다.

"근디 징수님이 귀신된개 징소리가 제대로 안 나는디, 큰일이다. 징소리가 좋아야 장송(사람)이 많이 오는디 말이여. 어디서 갑자기 구할 수도 없고……."

징소리, 그렇다! 그저 징징 하고 치면 되는 것 같은 그 소리는 기막힌 요령과 가늠이 꼭 있어야 제 소리가 나는 것이고, 가까이보다 멀리서 들어야 음색을 알 수 있고, 그것도 숙달된 사람이야 징소리를 알아 들었다.

"그것뿐이간디요. 큰예가 가고 난 뒤 장고도 소리가 안 맞고 뭐 한두 가지가 아니지요. 야 말대로 야도 어디 가 분지면 살판은 절판이지요."

야란 떠나겠다는 전동이를 가리키는 말이었다. 갈수록 좋아지는게 아니라 문제가 생기니 꼭두쇠 주변머리로서는 풀 수 없는 일들이었다. 도중에서 도망간 무동 두 사람을 채우려고 장수 근방에서 고아 하나와 누군지 모르지만 행중을 따르겠다는 아이도 유괴하다시피 끌어 넣었지만, 그것들을 가르칠 일이 걱정이었다.

꼭두쇠는 달이가 행중으로 들어오면서 두통거리가 생긴 것이 그와의 잠자리 문제였다. 한 사람만이라도 여자가 또 있다면 잠자리 걱정은 안 할 텐데, 이건 전부 여자한테 환장한 놈들뿐이고 그 사이에서 같이 잔다는 것은 극히 어려운 일이고 자칫 잘못했다가는 서로 싸우다 박 터져 죽을 놈이 생길 일이라 난감했다. 할 수 없이 벽에다 바싹 붙여 재우고 자신이 그 옆에서 방호벽이 돼서

자는데 늙다리들하고 자면 그런대로 웃음이 터져 죽을 일이었다. 서로 밭은 기침과 선하품으로 엉뚱한 짓을 못하게 미리 겁을 주는 통에 꼼짝 못하고 달이 사타구니 만지는 것으로 만족해야 했고, 차라리 젊은 애들하고 같이 자면 초저녁에는 킥킥거리고 묘한 소리를 내다가도 일단 잠이 들어 버리면 업어가도 모를 깊은 잠 때문에 간간이 일을 추릴 수 있지만 그 젊은 것들과 합방하는 기회는 많지 않았다. 전부 매음하러 나가는 무동이나 삐리가 나가면 늙다리들이 방으로 들어오기 때문에 요지부동이었다. 처음 달이가 들어왔을 적에는 날씨가 따뜻해 한데서 더러 볼일을 봤지만 추워지면서 그것도 어렵게 돼 궁리하던 판에

"아이 요보시오, 꼭두쇠 양반. 그렇게 밤에만 구녕 파지 말고 대낮에 낮거리를 허면 얼매나 좋소? 그것도 생각 못했소. 연희허러 다 나간 뒤에 안방에서 일을 추리면 소리를 질러도 좋고 지랄 발광을 해도 괜찮은데, 꼭 하필이면 밤에 그 숭포시런 도독놈들 판 속에서 찔벅거려 싸요. 속창아리 없이."

듣고 보니 그럴 듯한 이야기였다. 단둘이 독방 쓸 형편도 못 되는 남사당패 처지여서 저녁마다 그 일 추린다고 이 눈치 저 눈치 보며 몸살을 앓으니 차라리 그게 나은 방법이었다. 일행이 연희장으로 다 몰려가면 빈방에서 마음 놓고 일을 치를 수 있으니 그렇게 좋고 편리할 수가 없었다. 그러나 호사다마라고, 나갔던 무동이나 잽이가 뭔가 빠뜨렸다고 숨이 차게 달려와 문을 벌컥 열다가 아이고머니 하고 문을 닫는 경우가 한두 번이 아니라, 그것도 속 편하지 않아 낮거리를 하러 들어갈 적에는 미리 방 안에 그러루한 것이 없는가 살펴보고 있으면 모조리 마루에다 끄집어 내놓고 문

고리를 잠그고 착수하는데 달이 감청 소리가 보통이 아니고, 애초 말대로 먹기도 잘 하고 그 일 하나는 똑 떨어진 여자였다.
"보시오, 내 말이 맞제라. 내 물건 좋지라예? 좋으면 좋다 못씨면 못씬다 말이나 조깨 해 보시오."
감청 소리를 낸다 희악질을 한다 달이는 생긴 엉덩짝만치나 일도 푸짐하게 해냈다.
"그려 그려. 좋네 좋아. 그렁개 내가 델고 살잖는가?"
"아이고 씨잘 데 없는 소리. 나 같은 년이나 된개 이가 드글드글헌 영감탱이한테 붙어 살제, 돈이 있어 뭣이 있어? 흥…."
달이는 눈치 하나 빠르고 요령이 좋았다. 행중 모두의 살찬 눈이 자기 엉덩이에 쏠리고 꼭두쇠 혼자만 재미를 보는 데 앙심을 품고 있다는 것을 알고 있는지라 부지런히 나대며 살갑게 모두를 보살피니 일단은 그것으로 된불은 꺼지고, 이리저리 눈웃음 치며 반찬이다 국이다 먹을 것을 성의껏 챙겨 주니 마다할 사람이 없고, 그것으로 꼭두쇠의 달이 독점을 눈감아 주었다.
그런데 제일 견디기 어려운 것은 자다가 용변 보러 나가면 어쩔 수 없이 달이를 두고 나가는데 자는 척하던 놈들이 그새에 우르르 달려들어 치마를 걷어 올려 본다, 찔벅거린다, 심지어 어떤 놈은 발로 차기까지 하고 올라타는 무지막지한 놈 때문에 결사적으로 밤 용변은 피해 왔다. 그게 꼭두쇠의 고생 보따리였다. 그러고도 남을 일이었다.
마당재에서 아중리를 거쳐 용진면 간중리 쪽으로 나간 행중은 거기서 연희를 마치고 봉동으로 향했으나, 곰뱅이가 터지지 않아 하룻밤도 못 자고 밤중에 쫓기다시피 삼례 쪽으로 옮겨 앉았다.

삼례의 서쪽 춘포 쪽인 해전리에 여장을 푼 다음 날 저녁 무렵에 후정리 쪽에서 연희 준비가 한창일 때였다.

길군악을 울리고 뱅뱅이를 돌며 사람을 모으고 있을 때, 이미 멍석이나 어름산이 줄타기 밧줄도 걸리고 덜미놀이를 위한 무대도 설치될 무렵이었다. 이쪽만큼은 언제나 곰뱅이쇠 놈태 말마따나 까다롭기는 하나 사람들이 제법 객기가 있어 행하가 후할 것이라는 기대에 부풀어 그만치 준비도 빈틈이 없었다.

해가 설핏해질 무렵 사람들이 하나 둘씩 모여드는 시각이었다.

"네 이놈들? 꼼짝 말아라. 한 놈도 움직이지 말고 오라를 받아라. 모가지 날아가기 전에."

벙거지와 더그레 자락들이 십여 명 우르르 연희 마당으로 몰려들어와 눈을 희번득이며 악을 써댔다. 살기 찬 기세들이었다. 어디를 가나 있기 마련인, 연희 들어온 남사당패를 안내하고 이런저런 불편이나 준비를 더러 도와 주는 동네 건달 비슷한 사람들이 여기라고 예외는 아니었다. 이들은 느닷없이 몰려 나온 나졸들 서슬에 한때 움츠러들기도 했으나, 가만히 보니 전주 감영의 나졸이 아니고 고산 현아 관원들이라 한 걸음 앞으로 나아가 대들었다.

"아니, 왜들 이러요? 죄 없는 남사당패, 그렇잖아도 불쌍한 사람들이 무슨…. 요보시오, 때리지 말고 말로 못혀!"

제법 객기 있게 나선 삼십대 장사치 복색이 그들을 제지하며 판을 가르고 들어서자

"요것은 또 뭐여? 너도 적당이냐? 말하는 뽄새 보니 틀림없구만. 요바라, 이자도 묶어라."

흰 오랏줄을 추켜 들자 그때사 사태가 보통이 아니라고 생각했

는지 그냥 쫓아들어 버렸다. 어쩔 수 없이 두 사람도 묶이고 남사당패가 줄줄이 묶이기 시작했다. 무동이나 삐리는 누가 봐도 꼴이 핵색한지라 한쪽으로 밀려나고 약한 것이 남사당패였다. 영문도 모르고 묶였으나 대거리 한번 제대로 못했는데 꼭두쇠는 보이지 않았다.

"왜 그러요? 뭣 땜에 죄 없는 우리를 이러요? 말이나 좀 해 보시오."

전동이 하나가 겨우 나서서 묶인 몸을 흔들며 악을 써댔다.

"몰라서 물어? 너희 놈들이 어젯밤 봉동 들렀다 왔지? 너그 패거리 적당들이 봉동 술도가를 털어 달아났다. 그래도 모르느냐? 너희 놈들은 남사당패를 가장하고 그 뒤를 따라 온 적당이여. 지금 봉동 바닥은 난리다 임마. 맛이나 봐라, 에잇 요새끼."

육모 방망이라면 입에서 신물이 날 만한 전동이고 전주 학봉리에서 싸움질에 끼어들었다가 죽을 뻔한 그는 그 육모 방망이에 기가 질려 더는 말을 못하고 눈만 멀뚱거렸다. 무동이나 삐리들이 훌쩍훌쩍 울기 시작했다. 추위도 추위지만 배도 고프고 어른들이 방망이를 맞고 피를 흘리니 겁도 났으리라. 이 지경이 되면 있었든지 없었든지 부모나 고향 생각이 나 서럽고, 왠지 슬퍼지는 게 그들이었으니까. 어쩌면 오늘 연희를 마지막으로 올해 연희가 끝날 것이라는 말이 돌고 있어, 첫째 그리 되면 매음에 내몰리지 않아서 좋고 어른들한테 잘못한다고 야단 안 맞고 밥 먹을 수 있는 게 좋았는데…. 달이는 연희가 끝나면 말미를 얻어 오래비를 찾아볼 꿈이 있었고, 얼마를 줄지 모르지만 꼭두쇠가 돈냥이라도 주면 그것으로 연지하고 분을 한 곽 사는 게 소원이었는데….

풍비박산 나 버린 행중의 연희 도구며, 비명을 지르고 이리저리 나뒹구는 잽이들을 보았을 적에 처음으로 사람 사는 세상이 무섭고, 흔히 백성들이 겁내는 '관것'들의 정체를 보고 몸을 떨었다. 남사당패가 이처럼 하찮은 것인가 하고 다시 생각해 보았다. 몰려들기 시작한 사람들은 좀체 흩어지지 않았다. 남사당패를 역성들었다고 덤터기 쓰고 잡혀 간 두 사람이 마을 사람이어서도 그랬지만 본래 역터인 이곳은 사람들이 대가 세고 조금은 관것들을 시쁘둥히 보는 버릇이 있어서 그 결말이나 보자고 버티고 서 있는 것이었다. 여기저기서 불퉁거리는 소리가 나고 나졸들에게 건넛산 꾸짖기로 욕을 하는 사람도 있었다. 부인네들은 나서서 울고 있는 애들을 자기 집으로 데려가는 사람도 없지 않았다. 참으로 눈깜짝할 사이에 난리가 나 버린 연희 마당이었다. 연희 도구들이 을씨년스럽게 여기저기 흩어져 있었다. 그들은 고산 쪽으로 끌려갔다는 이야기였다.

　"자, 자세히 보아라? 갇힌 놈들 중에 간밤에 술도가에 쳐들어갔던 놈들이 있는가 똑똑히 봐야 한다. 만약 있거든 손가락질만 해라."
　대둔산 적당이라 자칭하는 적당 수십 명이 봉동 마근리의 곽씨 술도가를 덮쳐 쌀 수백 가마니와 그 외 피륙과 귀금속을 약탈해 간 사건이 터진 것은 그 전날 밤의 일이었다. 그 시각이 남사당패가 봉동을 지나간 조금 뒤고 도당을 뒤따르는 양민이 백여 명이었다는 맹랑한 내용이었다. 털리기 시작해서 일 끝날 때까지 얼추 두 시간 정도가 걸렸는데 어찌나 동작들이 빠른지 제대로 그들을 눈여겨 볼 사이가 없었다는 것이었다.

고산과 전주로 가는 길에 매복한 그들은 술도가에서 나갈 만한 사람이 있을 것을 예상하고 도중에서 행인을 닥치는 대로 묶어 버렸다. 아닌 게 아니라 술도가에서는 여주인이 양쪽(전주와 고산)으로 급히 사람을 보내고, 우선 고산 현아에서라도 사람이 나올 것을 눈이 빠지게 기다리고 있었다. 적당의 동작을 지켜보면서 낮이면 빤히 바라다보이는 고산에서 달려오기로 한다면 한 식경이면 넉넉한데…. 횃불을 대낮같이 밝혀 놓고 그들을 따르는 양민들 손으로 쌀가마니가 실려 나가는데 순식간에 수백 가마니가 사라져 버렸다. 적당은 모두 복면을 했으나 땀이 번지자 그것조차도 홀딱 벗어 버려 제 얼굴이 드러났는데도 그들은 태연했다.

반항하던 사람 두엇이 칼을 맞고 쓰러져 마당 한쪽 구석에서 뒤채고 있었다.

"우리는 대둔산 활빈도다. 너희들의 죄를 묻기 전에 백성은 서로 같이 나눠 먹어야 하기에 배터져 죽는 너희들 것을 조금 빌려 간다. 이것이 죄는 아닐 것이다. 억울하면 관가에 고변하고 우리와 맞서 봐라. 우리는 이제 악만 남았다. 우리는 이 쌀과 재물을 굶주리는 백성한테 풀 것이다. 이 창고 안에는 고산 현감이 노략질한 쌀이 구백 가마니가 들어 있다는 것도 알고 있다. 그것을 우리가 몰수하고 빌린 쌀은 꼭 갚는다. 대둔산이면 지척이다. 혹여 우리를 추쇄하거나 한다면 몰살당할 것이다. 우리는 너희들 특히, 이 집 여주인의 과거를 알고 있다. 듣자니 너도 천출이라는데 밥술이나 먹게 됐다고 빈민들을 얕잡아 보느냐. 당장 칼밥을 만들어도 시원치 않으나 후일 개과천선하여 백성들 편에 설 것을 믿고 손을 대지 않겠다. 알았느냐?"

두령인 듯한 사내는 아예 복면을 벗어 버리고 횃불에 얼굴을 드러내 놓고 점잖게 타일렀다. 횃불이 꺼지고 사람 숫자가 조금씩 줄어 들고, 주인은 이제 늙어 거동이 어려워 여주인 듯한 사십대 여자가 현장에 나와 있었다. 그러나 늠름한 태도였다. 곽씨 술도가는 재고만도 천 석이 넘고 나미만도 이백 섬이 쟁여져 있었다. 아무리 밤이지만 화적이 들었다는 소리가 왜 없겠는가만 한밤중에 잘못 기어 나왔다가 어느 칼에 목이 달아날지 모를 동네 사람들은 대문을 더욱 굳게 여미고 떨고 있을 수밖에 없었다. 그러니 활빈도가 독방차지 하는 꼴이 됐고 누군가 관가에 고변한대도 바로 표가 나게 돼 있었다.

두 시간 동안 죽탕을 치고 유유히 물러간 그자들이 사라진 곳은 동쪽 시루봉이었다. 그 봉우리는 높지는 않으나 밤이라 뒤쫓을 수도 없는 일이었다. 그런데 이상한 것이 대둔산 활빈도가 왜 그와 반대인 동남방인 시루봉으로 머리를 돌렸을까 하는 점이었다. 그러나 거기까지 머리를 돌린 사람은 아무도 없었다.

고산 현아로 끌려온 삼십여 명 남사당패는 정말 아닌 밤중에 홍두깨 격이었다. 삐리나 무동을 뺀 모든 행중이 줄줄이 오라를 받고 삼례 고산 이십오 리를 끌려와 옥에 갇혔으니 기가 찰 일이었다.

"잘 살펴라. 그리고 이놈들아, 불을 더 높이 들어 올려라. 그래야 잘 보일 게 아니냐."

장교쯤 돼 보이는 자가 거드름을 피우며 군노를 닦달했다. 앞장

선 중년 여인의 얼굴이 시르죽어 있었고 그 뒤를 따르는 남자 하나는 집사 같았다. 그 옆 나이 스물서넛 보이는 해사한 처녀 차림이 옥 안의 사람을 유심히 살핀다. 그 눈에 눈물이 고여온다. 더 못 가고 그 자리에 서 버린다. 불빛 밑에서 보면 옥 안은 환히 보이나 죄수들은 그저 눈이 부셔 이쪽을 볼 수 없고 애타게 손차양을 하고 이쪽을 바라볼 뿐이었다. 따라오다 어느 지점에서 못박혀 버린 처녀가 눈을 크게 뜨고 옥 안을 굽어본다.

"아아 저게 전동이 아니여? 전동이!"

하고 작게 부르짖으며 한발 다가선다. 그것을 눈여겨 본 여인과 장교가 그 처녀 옆으로 다가서며 다급하게 물었다.

"아는 놈이냐? 왔던 놈이냐?"

여인이 처녀 시선이 멎는 사내 얼굴을 살폈다.

"으음…!"

여인도 가볍게 소리내며 옥에 한발 다가섰다.

불빛이 강해 이쪽을 못 보고 그냥 눈만 멀뚱거리고 있는 청년한테 집중된 처녀 눈을 보고 고개를 갸웃거린다.

"저게 누군가 응? 많이 본 듯한데…."

여인이었다.

"큰예야 너 아는 사람이라도 있느냐? 저 젊은이는 누구냐, 익은 얼굴이다."

여인을 바라보는 처녀 눈에 또 눈물이 고여 올랐다. 아까부터 솟아나온 눈물은 행중을 본 처녀의 격한 반가움 때문이고, 이번 눈물은 서러운 눈물이었다. 그사이 얼마 안 되지만 헤어졌던 일행을 좋은 데서 만나는 게 아니라 이런 장소에서 만나는 것이 기가 막혀서, 꼭두쇠 근용, 만적, 놈태, 덜미쇠, 덧뵈기쇠 다 봤다. 처녀가 얼굴을 떨구자 눈물이 주르르 옥 마당에 떨어졌다.
"나으리, 오늘은 이만하고 내일 다시 보았으면 합니다. 밝은 데서 봐야만 알 것 같습니다. 이걸로 약주나 한잔 드시고…"
여인이 묵직한 것을 한 주먹 장교 앞에 내밀었다.
"… 어… 흠… 그럼 그렇게 하게, 내일 오시에 이리 오시게. 내 사또께 여쭤 그리할 테니."
달이 유난히 밝았다. 동헌을 나온 여인의 가슴은 왠지 급류에 휩쓸려 가는 사람처럼 방향 감각이 없고, 속이 메스껍고 어지러웠다. 가슴이 두근거리고 도무지 뭐가 뭔지 집에 돌아와서도 정신이 없었다.
그 사내가 누군가? 큰예가 울었는데 무슨 사연이 있을까. 마음을 가라앉힌 여인은 큰예를 조용히 제 방으로 불러 들였다. 눈이 퉁퉁 부어 있는 큰예를 지그시 바라보았다. 이제부터 시작할 문답에 솔직하라는 무언의 위협이었다.
"…음 그러니까, 그 사람들이 죄다 남사당패란 말이냐? 너도 남사당패였다면 그 사람들과 동사했었느냐?"
"……"
대답이 없었다. 너무 큰 충격의 너울 속에서 헤어나지 못한 큰예는 그럴 수밖에 없었다.
"…그럼 그렇다 치고, 니가 눈여겨 보던 젊은이는 누구냐? 나도 많이 익은 얼굴이더라만, 그렇다고 간밤에 여기 온 적당은 아니고, 거 참 묘한 일이다. 혹시나 좋아했던 사람이냐?"
큰예는 새삼스럽게 여인의 얼굴을 뚫어져라 한참을 바라보았다. 여인과 눈이 마주쳐도 비키지 않고, 무서운 눈이었다. 여인이 큰예의 그 눈을 받아 내지 못하여 먼저 피해 버렸다.
"아씨……."
"왜? …대답을 듣고 싶다. 해 봐라."
"말씀드릴까요?"
밤이 깊어가고 달도 피곤한지 일찍 사라져 버리고, 가는 가을이 서러운지 목이 쉬어 버린 밤새가 고즈넉이 울고 있었다.
큰예 이야기가 계속되고 있었다. 큰예는 지금 너무 큰 충격을 예감하며 미리 자신을 추스르고 있는 것이었다. 어떤 심증이 가슴 속에서 사납게 물결치고 있어서였다.
큰예는 그때 행중을 떠나 고산으로 빠져 나와 일찍이 주모에서 몸을 일으켜 거부가 된 곽참봉집 유모였던 정남이를 찾아와 몸을 의지했고, 지금은 그 몸종이나 다름없이 움직이는 아주 요긴한 인물이 돼 있었다.
작은예를 떼어 놓고 고산으로 떠날 때 모든 이야기를 주고받던 전동이가 간밤 옥중에서 자기와 눈 한번 마주치지 못한 것이 못내 안타까웠고, 옆에 선 주인 여자 얼굴에서 전동이 얼굴을 봤을 때 소스라치게 놀라 까무라칠 뻔했던 일을 떠올리고 있었다.
"참 불쌍한 젊은이구나. 그래, 태어나기는 어디라더냐? 아는 대로 말해 봐라."
여인은 타 들어가는 입술에 가까스로 침을 묻혀 가며 가슴 속의 잉걸불을 달래고 있었다.
"말씀드리지요. 저는 그 젊은이를 좋아했으나 제 천한 몸으로 그 총각을 받아들일 수 없어 다짐을 받고 제 동생을 부탁했었죠.

그 사람은 고아였습니다. 행중에 한 사람 양부가 있어 어릴 적부터 키워 왔다는 것만 알고 있습니다."
 큰예가 홍도의 죽음을 알 턱이 없으니, 그것은 이야기에서 빠질 수밖에 없었다. 가슴이 두근거리고 숨결도 조금은 흐트러진 것 같았다.
 "그래 그러면 그 사람한테 동생을 맡기겠다고 부탁했느냐?"
 "예… 다짐도 받았습니다만… 믿을 수 없는 건 남자라서 걱정이 됩니다요."
 "… 으음… 그만 자자. 나도 알아 볼 것이 있고…. 내일 또 이야기하자…."
 그 밤이 그 여인에게 편한 밤이 될 턱이 없었다. 자기 얼굴을 빼어 닮은 젊은이가 큰예 말대로 고아였다면… 꼬리 무는 어떤 의혹을 떨쳐 내지 못한 채 새벽을 맞았다.
 새벽같이 일어난 두 사람은 마음이 급해 약속한 시각보다 일찍 가게를 나서 고산으로 향했다. 빤히 바라다보이는 거리지만 왜 그리 먼지. 거리라야 겨우 십 리도 못 되는데….
 "허허 일찍들 행차하셨네. 어쩔까 헛걸음 하셨네. 그 사람들 활빈도 적당이 아니라 남사당패라는 것이 밝혀져 새벽에 방면했네. 적당 토포는 감영에서 할 것이니 집에 가서 기다리시게."
 인정전을 먹은 장교는 깐에 친절하게 한다고 벌떡 일어서서 두 사람을 맞았다.
 "왜 그리 놀라신가 응…? 허기야, 수만 냥어치를 털렸고 범인도 못 잡았으니 그럴 만도 하지만… 허허."
 삼례에서 끼어들어 애매하게 묶여 온 건달패들이 득달같이 전주 감영에 손을 써 잡혀간 사람들이 남사당패가 적실하다는 진정을 넣어 그것이 사실로 판명되자, 무고한 백성 고생시킨다는 감영의 영으로 고산현에서는 새벽에 그냥 풀어 준 것이었다. 알고 보면 고산 현감도 책임을 벗기 위해 무고한 옥살이를 시킨 장교를 닦달할 수밖에. 그것은 순전히 봉동 바닥의, 그것도 건달패의 고변 때문이었다. 오비이락이라고 그날 초저녁에 거기를 스쳐갔으니 남사당패가 혐의를 뒤집어 쓸 만도 한 일이었다. 꿀도 못 먹고 벌만 쏘인 격이라 남사당패는 서리 맞은 푸성귀가 돼서 새벽길을 걸어 삼례로 돌아왔으나 모두 의욕을 잃어버렸다. 낭패감에 빠진 한쪽에서는 금년 연희를 작파하고 그만 해산하자는 소리까지 나오고 불평들이 많았다.

　간밤에 옥 안에서 눈부신 횃불을 쳐들고 사람들이 자기들을 가리키며 뭐라고 주고받던 이야기에 전혀 무관심했던 전동이는 그저 얼굴을 쳐들으라니까 쳐들었을 뿐 그 눈부신 불빛 때문에 아무것도 볼 수 없었고, 다만 왜 자기들이 활빈당이 돼서 이런 꼴을 당하는가 하고 곰곰이 생각했었다. 같이 묶여 온 건달패 두 사람이 시퍼런 장담으로 자기들이 곧 방면될 것이라고 믿고는 있었으나 적당이라면 도대체 어디 적당인가, 머릿속을 치고 지나가는 한가닥 의아심, 혹시 변산의 남생이패가 아닌가 하는 가능성도 계산해 보았으나 자신이 없었다.

　전동이는 간밤 옥 밖에서 불빛을 비춰 보던 여인들에 대한 관심은 없었고 또 그럴 필요도 없었다. 큰예가 자기를 눈물 바람으로 바라보고 있었으며 어느 미지의 여인이 자기 얼굴에 끈질긴 탐색의 눈길을 보내고 있었다는 것도 모르고 있었으니까. 오직 관심이 있다면 삼례나 고산이면 큰예가 있을 것이라는 정도가 고작이었다. 연희 끝에 틈이 있으면 한번 가 볼까도 생각했었고 이제 겨울이니 어떻게 그 어려운 겨울을 넘길 것인가 하는 것이 큰 숙제였다. 작년처럼 줄포로 나가 볼까. 그게 전동이가 막연히 생각하는 모든 것이었다.

여투어 둔 것도 또 쥔 것도 없는 행중은 전동이가 걱정했던 겨울 거지 신세를 눈앞에 두고 긴 한숨만 내쉬고 있었다.

꼭두쇠가 조금만 변변하고 엉너리와 비위가 있더라도 행중을 이렇게 비참하게 만들지는 않았을 텐데, 제 고집만 앞세우고 주색에 빠져 있어 그런저런 기대를 할 수 있는 위인이 못 되었다. 계사년의 해산은 조금 철 이른 편이었다.

첫눈이 내리는 계사년(癸巳年) 동짓달 추위가 몰려와 삼라만상이 움츠르드는 전주 용머리 고개에서 모두 명년 삼월을 기약하고 뿔뿔이 헤어져 버렸다.

작은예가 있는 용머리 고개 넘어 남쪽 야산 밑 정혜사에서는 풍경 소리가 그윽했다. 목탁 소리 또한 절 둘레의 가시성을 넘어 그 위를 둘러싼 죽림 속으로 잦아 들었다. 뉘라서 짐작이나 했겠는가. 작은예, 남사당패의 귀염둥이가 비구니가 돼 그 절에 있다는 사실을….

뜻 맞는 사람끼리 삼삼오오 동서남북으로 멀어지는데 주막을 찾는 사람이 적지 않았다. 무동들도 거의가 숫동모를 따라가고, 그러나 그 사람들이 꼭 갈 데가 있어서 발을 뗀 것은 아니었다. 그 자리에 있어서는 아무 것도 안 되니까 우선 어디라도 들어 앉아 앞일을 궁리하자는, 해마다 되풀이되는 슬픈 설계 때문이었다.

십일월 십육일 경기도 개성부에서는 민란이 일어나 관아가 파괴되고, 아전 나부랭이 집들에 방화하는 사건이 벌어졌다. 주모자는 동학군이 아닌, 전 현감 김근이고 그는 끓어오르는 민중의 분노를 이용하여 사감을 푼 것이지 민중과 고민을 함께 한 사람은 아니었다. 고부에서는 전봉준이 십일월에서부터 두 번에 걸쳐 조병갑한테 수세 감면과 학정을 시정해 달라고 진정했으나 거절당하고 민심은 날이 다르게 살벌해져 갔다. 살기 띤 눈초리들이 꼭 무슨 일을 낼 것같이 번들거렸다.

그 발자국

"어이, 이거 큰일이구만. 눈이 이렇게 와서야 어디 꼼짝이나 하겠는가?."

"무슨 걱정이요? 나랏님은 많이 훑어다 쟁여 놓았으니 죽을 걱정 없을 것이고, 우리도 이만하면 태평성대가 아니오이까? 소굴에 쌀이 넉넉하고 보물에 어육에 그들막하니 산적의 신세 이만하면 상팔자 아니외까?"

"하하하…."

"허허, 거참 좋은 말이네. 그건 그렇고 나도 이 나이 먹어 그때 봉동 칠 때 쌩똥깨나 쌌네. 폐일언하고, 명색이 두목이란 자가 도둑질도 못헌다고 숭보까만이 말이여. 그나저나 잘들 걷데. 나는 모악산 넘을 적에 인자 죽었다 했네. 전주 부중 불빛이 보이닝개 그래도 살 것 같데 그랴. 하여간 살생은 있었지만 성과가 좋았잉개. 자 들드라고 어서. 한잔씩 해야제. 곽생원 말대로 쌀 있겄다 괴기 있겄다 걱정이 멋이여?"

"오늘 귀한 손님이 온다던데 아직 소식이 없소 그랴. 나도 그 사람 말을 들었는디…."

"누구… 아아, 전동이. …으응, 그 행중 전동이 이야기구만. 이 눈국에 제 아무리 장사라도 어찌 오겠소."

김첨지가 좌중을 둘러보며 하는 말은 꼭 전동이를 기다려서라기보다 주의를 자기 쪽으로 끌기 위한 말재간이었고, 또 용백이 들으라고 한 이야기였다. 곽태수는 용백이가 배들평에서 모처럼 찾아왔는데 그렇게 친하다는 전동이 이야기가 없어서야 되겠느냐는 뜻에서 해 보는 소리였다.

남생이패는 늘 근용이패의 움직임을 눈여겨 보고 있어 손바닥 속같이 그 행적을 알고 있으며 그간의 그런저런 일도 깜냥에 많이 걱정하는 터였다. 전위 집단이라고까지는 할 수 없어도 어쨌든 산과 관계하고 있다는 연대감에서 언젠가 모임에서 화제가 됐던 습격 대상 물색에서도 그들의 움직임을 많이 참작했었다. 전주 이북이 유리하다는 결론에 따라 남생이패가 생긴 이래 최대 규모로 출동한 것이 봉동 술도가 습격 사건이었다. 물론 사전 답사가 있었고 퇴로 등이 면밀히 검토됐는데 날짜가 문제였다. 그때 전주 마당재의 근용이 남사당패가 봉동 고산 삼례로 돌 것이라는 소식에 거기를 고려해서 행동을 개시했던 것이고, 일단 전주에 잠복했다가 근용이패가 봉동으로 간다는 말을 듣고 그날 밤을 결행일로 잡았던 것이다. 잘못하면 근용이패가 다칠 수도 있지만 그게 오히려 효과적이라는 판단에 따랐는데 근용이패는 곰뱅이가 트지 않아 그대로 삼례로 직행했던 것이 화근이었다.
 상대방 두 사람이 칼밥이 됐으나 어쩔 수 없었다. 그 시기 대둔산에는 활빈당이 없다는 것도 확인했고 그쪽을 핑계 댄 것도 김첨지 전략이었다. 현장을 지휘한 것도 그였고 진안 쪽과 선이 닿아 빈민들을 동원하여 그 밤으로 그 양곡은 일단 곰치 아래에 숨겨 뒀다가 시나브로 진안 관할로 스며들게 했다. 산이 많아 쌀 생산이 적은 그 지역은 쌀 소출이 많은 서쪽 평야가 부러웠다.
 김첨지가 진안 현감을 지냈으니 오죽 그 길속을 잘 알 것이며, 인원 동원이 쉬웠던 것도 관직을 버린 뒤에 꾸린 각처의 점조직이 큰 몫을 해낸 것이었다.
 참 몇년 만의 질탕한 술자리고 곽태수는 김첨지와 오랜만에 흉금을 털어 놓았다. 산채 여러 사람도 화제에 끼어들고 상하 없이 즐거운 한때를 보내고 있었다.
 "그런데 곽공이 보는 정국은 어떻습니까?"
 그렇게 말문을 연 김첨지는 찬찬히 곽태수를 바라보았다. 곽태수라면 고현내의 곽참봉 아들이었다. 그는 그때 용백이를 동학에 끌어들인 장본인이고 지금 동학에서 요직을 맡고 있었다. 용백이는 말하자면 그의 호위였다.
 "뭐 긴 이야기는 할 수 없으나 외세 개입만 없다면 승산은 충분합니다. 무기가 문제이기는 하나 전쟁을 각오하고 있어요. 김첨지는 어찌 보십니까? 물론, 현장을 떠나 있고 들리는 정보만으로 사태를 분석하시기에 나와 조금 다를 수 있겠지만…."
 곽태수가 갑자기 말을 끊었다.
 김첨지도 말을 받기 전에 방 안을 한번 휘둘러 보았다.

"잠깐 김공, 그 전에 알려드릴 게 있습니다. 언짢은 이야기지만 나암 대사는 세작(細作)으로 판명됐습니다."

"뭐잇?"

좌중이 술렁거린다. 남생이 두령이 허리를 곧추 세우고 좌중을 또 한번 훑는다.

"허허 거 안 들은 것만 못한 이야기 아니라고, 나원 참…."

"나암이라면 전동이 생부로 모두가 익히 알고 있는 승려가 아닌가? 산에도 여러 번 다녀가고…."

"그럼 그게…. 참 어처구니 없는 이야기지만 전동이 생부 아니오니까?"

곽태수가 말을 중단한 것은 방 안 분위기를 가라앉히기 위해서였다. 그는 중 나암의 뒤를 추적해 보라는 산식구의 부탁을 받고 있는 터였다.

동학의 금구집회에 나타났던 전동이 생부 나암의 그날 밤 일을 다 알고 있어 모두는 전동이를 주시하고 있었다. 과연 저 부자 관계가 스스럼 없이 복원될 것인가에 대해 의구의 눈으로 보고 있었는데 나암의 묘한 행적이 또 문제였다.

"그것이 확실하다면 일단 전동이한테는 함구합시다. 아직도 생부에 대한 석연찮은 태도나 그의 성격으로 보아 지금 발설해서는 안 된다는 게 내 생각이니 그리들 아시오."

나암은 모두의 말대로 묘한 사람이었다. 감영에도 무시로 드나드는가 하면 동학군 집회에도 빠짐없이 쫓아다니고, 때로는 전봉준한테도 면담을 요청하는 등 괴승이 아니라 기승(奇僧)이었다. 그런 그가 드디어 꼬리를 잡혔으니 그 귀추가 관심거리였다.

"그렁개 어떤 일이 있어도 전동이한테는 말허지 말라 이것이여. 특히 용백이 너는 친헌개, 더욱 입조심 해라. 큰일난다. 그리고 인자 사실이 밝혀졌으니 누가 해도 그 자를 치워 분저야 쓰겄구만. 전동이한테는 안됐지만…"

"그렇지요. 그가 우리 편의 혈육이라고 그냥 둘 수는 없지요. 세작 하나가 관군 만 명보다 더 무서운 거 아닙니까?"

김첨지였고 그는 다시 입을 열어 곽태수를 바라보았다.

"하다 만 이야기지만, 내 생각은 곽공 이야기도 정확하지만 나는 북접의 동향이 걱정입니다. 지금이 어느 때입니까? 그야말로 죽기 살기로 매달려 새 나라를 맹글어야 할 시국이 아닙니까? 그런데 동학 세력의 반절이랄 수 있는 북접이 남접과 손을 안 잡고 있으니 큰일입니다. 왜 그런지 모르겠어요. 우리 역사에 수없이 역모나 혁명의 맹아가 싹텄으나 모두 그것이 잎도 피기 전에 시들어 버린 그 이유가 뭡니까? 그것은 모두 주체 세력의 분열 때문이었어요. 그래서 오늘 조정의 무리들이 민중의 그 약점을 알기 때문에 큰소리 치는 겁니다. 민비가 그런 심리를 잘 이용하는 실례입니다. 북접은 모든 것을 털어 버리고 빨리 남접과 손을 잡아야 합니다. 이대로는 안됩니다. 그게 내 생각이오, 곽공."

"분열이 곧 죽음이란 말씀이죠. 네 바로 보셨습니다. 간단하게 이야기해서 분열즉사(分裂則死)라."

"옳은 소리요, 김첨지 말이. 그 이치는 사람이 살아가는 데 철칙이 아니겄소. 어찌 됐건 싸움은 벌어질 모양잉개 우리가 앞장 선다는 각오로 뭉치고 또 뭉칩시다. 그 불쌍헌 근용이 패거리도 떠돌아댕김서 비럭질을 허고 있을 텐디. 이럴 때는 산으로라도 좀 오제, 우리가 잡아묵는가? 여그 있다고 다 화적으로 몰릴깨미 그런가. 사람 사오십 명 한 시안 먹여 줄 쌀은 있는디…."

다음 날 늦게 산에 올라온 전동이는 막 산을 내려가려고 채비하는 곽태수와 용백이를 붙들고 늘어졌다. 휘몰아치는 강풍에 떠밀려 모두는 어제의 바위 틈 속 널찍한 토굴로 들어가 서로의 손을 그러잡았다.

"참 고생 많다는데 얼마 만이냐? 그때 집에서 보고 처음 아닌가 응? 그새 말은 많이 들었다만…."

"네…. 그간 어떻게 지내셨는가요. 저도 이야기 많이 들었습니다만, 용백이 이놈이 속이나 안 썩이든가요?"

뭔가 잔뜩 벼르고 올라온 것 같은 전동이는 인사가 끝나자마자 곽태수 얼굴을 빤히 올려다보며 한참 말이 없었다.

"뭐 나한테 할 말이라도 있는 모양인데. 뭔가 할 말이…."

그때 고현내에서 연희할 때나 용백이가 동학에 들어갈 때 서로 눈여겨봤던 사이라 그 후 첫 만남이지만 퍽이나 다감하게 느껴진 전동이한테는 곽태수가 큰형같이 느껴져 댓바람으로 투정 아닌 하소연을 늘어놓았다. 듣고 있는 곽태수 얼굴이 심각해졌다.

으음…. 고개를 주억거리며 듣고 있던 그 곁에는 용백이도 진지하게 귀를 세우고 있었다.

"…그래서 나도 동학에 가담해서 사람답게 살아보고, 밝은 세상 만드는 데 몸을 바칠 생각입니다. 저도… 인자 남사당패로만 살아간다는 것이 너무 억울해서요. 욕심 부리는 건 아니지만, 나도 한번 백성을 위해 일했다는 소리를 듣고 싶구만요."

"다 좋다. 네 이야기에 깊은 뜻이 있다. 그렇게만 마음먹는다면

이 세상은 분명 바로잡아지지. 그런데 그렇게 안 될 것이, 백성의 마음이 누구나가 다 그렇지 않다는 것이다. 그게 문제다. 지난번에도 누가 말했지만 꽉 막혀 있는 백성들 생각을 누군가가 뚫어 줘야 일이 되고 그들이 원하는 세상이 되는데 그렇게 일깨워 주는 사람들이 없어. 전동아, 양반과 조정 벼슬아치 나부랑이들을 봐라. 그것들은 자자손손 잘 먹고 잘 살겠다고 양반과 상놈으로 딱 잘라 놨지 않냐. 그렇게 층을 만들어 높은 층에는 상놈이 범접을 못하게 해 놓았다. 그런데 이것을 모르는 백성들은 그것을 팔자로 치부해 버린다. 그렇게 막힌 머리를 뚫어 주는 게 바로 남사당패가 할 일 아니냐?"

"……."

뭔가 알 듯 모를 듯 누구한테 한두 번 들은 이야기인 것도 같아 전동이는 제 쪽에서 말머리를 이어 받았다.

"그래서 저도 동학에 가담해서 싸우겠다는 이야기입니다. 그것이 제 소원이구만요. 그리고 나서 밥이든 죽이든 된 뒤에는 다시 남사당패로 돌아갈랍니다."

"으음……. 전동아, 그게 네 진심이냐? 그렇다면 그렇게 하자. 안 될 것도 없다."

유독 짙은 곽태수 눈썹이 꿈틀한다. 뭔가를 결심한 듯한 굳은 표정이었다. 전동이는 만세라도 부르고 싶었다. 이 대답을 듣기 위해 한씨 부인의 만류도 뿌리치고 그 눈 속을 헤쳐 산에 올라오지 않았는가.

"전 장군님께 인사 드리는 것은 언제든지 할 수 있다. 이번 길에 나하고 같이 다녀오자. 거기를 가 보면 마음이 굳어지고 많은 것을 알게 되니까."
 김첨지와 두령이 모여들고 전동이를 환영하는 조촐한 술자리가 마련됐다. 전동이는 만적이를 떼어 놓고 온 것을 후회했다.
 "거, 전동이는 칼을 잘 쓰니까 선발대로 나가는 게 좋을 거다. 다음 연희는 언제부턴가? 고생 많았지?"
 김첨지가 넌지시 전동이를 위로하며 끼어들었다.
 "좋은 말씀인데, 그렇잖아도 배들평에 가서 여러분께 인사라도 올리겠대서 같이 다녀올 생각이고, 행중을 통해 뜻을 세워 보겠답니다. 많이 염려해 주십시오, 김공."
 얼른 모든 것을 그 말 한마디에서 알아차린 김첨지가 다가앉아 전동이의 튼실한 어깨를 토닥거렸다. 화기 넘치는 자리는 끝날 줄 몰랐다. 그러나 밖에는 뭐가 그리 섭섭한지 가루눈이 한두 개씩 허공 속에서 외롭게 제 동무 찾아 헤매고 있었다.

 그 시각 부안서 줄포로 가는 길 눈 속을 헤치는 세 사람이 있었다. 부안읍을 나서서 서쪽으로 두 마장쯤 되는 미륵골 근처를 지나고 있었다. 나귀를 탄 중년 여인과 사십대 남자에다 새파랗게 젊은 여인이 길과 들 구분 없는 눈밭에 깊은 발자국을 남기고 있었다. 너무 추워 보였다.
 키 낮은 나귀는 곧 쓰러질 듯 위태하고 아얌을 쓰고 두툼하게 목도리를 한 중년 여인은 거의 눈만 내놓은 모습이었다. 젊은 여인이나 사내도 목도리로 코밑까지 가리고 있고 앞머리나 눈썹에 허옇게 성애가 매달려 있었다.
 "얼마나 남았느냐? 이 근방 길은 예전에 걸어 본 기억이 난다만 눈 때문에 어디가 어딘지 분간을 못하겠구나. 이럴 줄 알았으면 천천히 나서는 건데…. 근데 안 되겠다. 야야, 내가 몸을 놀려 걷는 게 훨씬 따숩고 좋지. 나귀 등에 앉아 가니 마구 손발이 곱는구나. 내려야겠다."

 사내도 등짐을 추스르는데 그 입김이 거셌다. 동여맨 머리수건 밑으로 땀이 배어 나오고 있었다. 걷는 여인의 두툼한 두루마기 아랫단에 올려 묻은 눈가루가 수북했다. 나귀가 서고 사내 등짐 속에서 여자 탑골치 한 켤레가 나오고 여자가 신었던 갖신을 벗어 탑골치로 바꿔 신고 눈 위에 내려섰다. 눈 속으로 신발이 푹 파묻힌다. 새하얀 버선발에 눈가루가 쏟아진다. 입김이 머리 뒤로 허옇게 사라진다. 눈이 부신지 가늘게 뜬다.

 "자 이러면 됐다. 가자."

 나귀는 짐을 덜어서 그런지 홀가분하게 보였다. 사내가 앞에서 고삐를 시늉으로만 잡아 끈다.

 "아 참, 내 정신 좀 봐라. 여태 잊고 있었구나. 그러니까 살판쇠란 사람 양아부지가 이름이 뭐라드냐…. 징쇠라 했더냐?"

 발치께를 살피면서 젊은 여인이 고개를 외로 꼬아 중년여인을 바라본다.

 "예 마님. 징수님이라고 징을 치는 사람이죠. 양분지는 모르나 다 사람들이 아부지라지만 제가 보기에는 얼굴이 딴판이고, 그 사람은 흰 편이고 그 양반 징수님은 검고 제가 보아도 낳은 아부지는 아닌 거 같아요. 그래서 저는 양아버진갑다 했지요."

 "혹시, 그 양반 이름이 한주 아니더냐?"

 "한주라고라?"

젊은 여인이 고개를 제끼며 반문한다.
"응, 그래 한주라고 얼굴이 좀 검기는 하다만…"
"아니어라. 홍도라든디요. 예, 홍도가 맞구만요. 좀체 이름을 안 부른개 알기 어렵지요. 뜬쇠가 되면 이름을 안 부른개요. 가열이나 무동이나 삐리는 이름을 부르지만요."
"홍도라…. 홍도면 아닌데…?"
여인이 눈부신 석양을 바라보며 얼굴을 찡그린다. 눈발이 그치고 하늘이 홀가분하게 열리고 있었다. 그 중년 여인은 다름 아닌 봉동 술도가 여주인이고 고산 감옥에서 봤던 전동이를 어떻게든지 직접 만나보려고 가는 이십여 년 전 고현내 곽참봉집을 빠져 나갔던 정님이, 전동이 생모였다.
그녀 정님이는 지금 속으로 큰눈물과 통곡을 가슴에 묻은 채 눈길을 재촉하고 있었다. 눈 위에 찍히는 탑골치 자욱이 가지런했다. 마음의 동요와는 달리 흔들림 없는 발걸음이었다. 이 여인을 전동이와 한 자리에 세워 놓고 곁에서 누가 본다면 두 말 않고 모자간이라 단정해 버릴 만큼 닮은 얼굴이었다. 큰예는 그게 무서워 속으로 벌벌 떨고 있었다. 모자간이라면… 모자간이라면 이 일을 어떻게 할까 하는 두려움 때문이었다.
고현내에서 곽참봉을 피해 고산에 와 곽씨 일가붙이 사내의 재취가 된 정님이는 그 다음 해 딸 하나를 낳고는 문이 닫혀 버렸다. 곽태수 어머니가 쥐어 준 스무 냥을 호랑이 어금니 애끼듯 했던 그녀는 겨우 죽이나 끓이는 가세를 일으켜 세워 보려고 이리저리 궁리도 많이 하다가 새파랗게 젊은 나이에 길거리 나서기가 겁이 났으나 죽는 셈 치고 허락을 받아, 가진 돈에 얼마를 보태 주막을 세내어 하다 안돼 다리장사를 시작했다. 전주 고산길 사십 리를 하루에 왕복할 때가 사흘들이였다. 여자 걸음으로. 억척이란 말로는 모자란 여자의 강단이었다. 그녀는 자기 행색을 험하게 꾸몄다. 손발에서부터 머리하며 입성까지도. 사내들의 근성을 속속들이 알고 있는, 특히 여상(女商)을 노리는 남자들의 행티를 막는 길은 그것뿐이라고 그렇게 위장하고 신발도 털메기만 골라 신고. 허나 나이는 못 속이는 것. 때로 늦어 밤길에서 만난 사내와의 그러루한 위험한 고비를 모면하기 수십 차례였다.

그러기를 십년. 이제 그 길 오가는 사람이면 모르는 이 없고 전주 부중의 장사치들도 차돌같이 단단한 여자로 치부하게 됐다. 손에 잡힌 돈이 수만 냥이 되고 그렇게 되니 돈냄새를 맡고 관아가 접근해 왔으며, 누구나 쉽게 따낼 수 없다는 술도가 허가를 얻어내 또 부지런히 나댔다. 물론 연만한 남편의 뒷배가 전혀 없는 건 아니지만 바깥 일은 순전히 그녀 몫이었다. 세곡 수천 가마니를 쌓아도 남을 큰 창고가 세워지고 이리저리 보관업도 겸한 그 장사는 날이 다르게, 그녀 수완 못지 않게 날개를 달았다. 전주 감영에까지 이름이 알려진 알부자가 된 정님이는 그러나 가슴 속에 응어리진 회한의 그늘을 벗어나지 못하고 이십 년을 버거워하며 속으로 울부짖고 몸부림쳤다. 멀리 서남쪽 내장산의 서당촌이 떠오르고 그 그림은 그러나 늘 새롭고 깨끗한 빛깔로 펼쳐졌다 사라졌다. 삼 년을 약속한 양육비를 일 년에서 끊어버린 참봉댁을 원망했으나 힘없는 자기로서는 어찌 할 수 없는 일이고 그것도 가책이 될 수밖에 없었다.

"아이고 오늘 같은 눈국에 웬 길손들이시오?"

한씨 부인은 나귀나 몸종을 봐서 베푸는 허례가 아니라 어딘지 친근감이 드는 그 일행을 딴 방으로 안내했다.

큰예도 동생이 가 있다는 줄포에 가면 뭔가 전동이 흔적이라도 찾을 수 있을 것 같다는 그 말만 믿고 이렇게 나섰고 그런 큰예 말에서 유추(類推)되는, 혹시 그 전동이란 청년이 아들이 아닌가 하는 기대를 저버릴 수 없어 두판 잡고 나선 정님이의 여정이었다.

"아니, 혹시 댁이 그 전동이 누님 아니면…."

한씨 부인은 아얌을 벗은 여인을 보고 대뜸 하는 이야기가 그것이었다. 그러나 속으로 아차 했다. 전동이의 출생을 누구보다 잘 안다는 자신이 하는 소리 치고는 너무나 멍청한 질문이라서였다.

"이 처자는 또 누군가? 아니 가만, 야 길례야 이리 좀 나와 봐라."

일부러 목청을 돋궈 길례를 불렀다. 그렇잖아도 방 안을 엿듣고 있던 길례는 방문에 댔던 입을 부엌 밖으로 돌려대고 일부러 크게 대답하고는 뜸을 들이다 들어왔다.

"야, 너 이 처자 작은예하고 똑 같잖냐? 응, 어쩌냐?"

이미 삼수라는 사내에 흠뻑 취해 있던 길례라 이제 작은예에 투기 같은 게 있을 수 없었다.

"예 마님, 꼭 같네요. 꼭 쌍둥이 맹키네요잉."

간단히 서로의 신분이 확인되고 모든 궁금증이 풀렸으나 정님이는 아직도 미심쩍었다. 내 새끼가 남사당패에 묻혀 사람 같잖게 살아왔다니…. 수없이 속으로 눈물을 흘리며 걸어온 발자국마다에, 옛날 아기적 전동이가 나무하러 간 양아버지 한주를 찾는다고 눈밭에 나갔다가 뭔가에 찔리고 터져 발바닥에서 흘린 피가 산화

송이처럼 그 발자국을 적셨듯이, 지금 그 어머니는 뜨거운 눈물로 힘겹게 걸어온 자기 발자국을 적시고 있는 것이었다. 눈물이 왈칵 솟구쳤다. 자식한테 다슨 말 한 마디, 밥 한끼라도 대접했다는 그 한씨 부인을 붙들고 섧게섧게 울었다.

"전동이가 오기는 왔다. 네 이름이 뭐냐? 그렇지 으응? 작은예한테 들었다만 큰예라지. 참, 큰예야. 근데 하루만 더 있다가 올라가래도 못 참는다고 기어이 어제 저녁에 산에 올라갔다. 얼굴이 많이 축났고, 뭐냐, 그 아부지가 죽었다더라."

"옛! 징수님 아저씨가요? 죽었다니요?"

"응 …. 자살했단다."

정님이는 또 눈물에 묻혔다. 그때 전동이를 낳아 놓고 한주한테 사정하던 말이 생각났다. 그렇게 좋은 사람. 전동이 생부보다 인정이 있고 말이 없던 한주라는 사람이 죽었다니. 이런 기구한 인연이 또 어디 있단 말인가. 물론 홍도로 중간에 이름을 바꾼 것을 이제야 알았고 그 사람이 내 새끼를 키워 준 게 분명한데…. 큰예한테서 대강 들은 홍도 이야기는 정님이한테는 엄청난 충격이었고 어떤 의미의 희망이었으며 그녀는 그 은혜를 갚아 자신에게 짐 지워진 부담을 크게 덜어 보겠다고 다짐했었다. 그런데 그는 자기의 보은을 기다리지 않고 가 버렸으니 어이없는 일이었다. 이제 그녀는 아들을 만난다는 기대나 기쁨보다 앞선 것이 아쉬움이고 죄책감이었다. 그러나 그 다음에 밀려드는 것은 두려움이었다. 과연 아들이 낳아만 놓고 제 길을 가 버린 어미를 용납할 것인가 하는 불안과 가책이 앞을 막아 버렸다. 또 자기를 이해할 수 없을 것이 아들 소식을 들었을 때 당연히 생각나야 할 그 애의 아버지 얼굴이 아니고 엉뚱하게 다가오는 그림자는 오직 한주(홍도)뿐인 게 놀랍고 의아했다. 나암이란 그 젊은 승려는 한번도, 그날 밤 고산 감옥에서부터 오늘 이때까지 생각나지 않았다.

"아씨, 큰일났네요. 술이 괼 때가 됐는디요, 어쩌까요?"

큰예가 다음 날 아침 밥상을 차려 들어오자마자 밥상머리에 앉으면서 꺼낸 술 걱정이었다. 그것은 맞는 말이었다. 벌써 집을 나온 지 사흘째니 빚어 넣은 수십 도가지의 술이 어찌 되겠는가. 정님이는 양조 기술까지 배워 직접 술을 빚었다. 사람 두고 하는 번거로움이나 어려움을 없애고 직접 제 손으로 해 온 지 그것도 오륙 년이 됐으니, 어디 가서 사흘을 넘길 수 없는 게 그녀 사정이었다.

그녀가 생각해도 큰일이었다. 더 지체했다가는 술 수십 도가지 버려지는 게 문제가 아니라 각 점포마다 대 줄 물량이 걱정이라서였다. 당황스러웠다.

"기왕에 아우님이 애써 찾은 아들이니 만나고 가는 게 인정이겠지만, 우선 가게 일이 급하다니 바로 가 보시게. 이자 찾았으니 아들이 어디 가겠는가."

밤을 새워 울다 웃다 탄식하며 정분을 쌓은 두 사람은 정님이를 아우라고 부르게 됐다. 자기와는 조금 다르게 가시밭길을 걸어서 크게 성공한 데 따른 숱한 고통을 넘겨 온 정님이를 존경스러운 눈으로 바라보는 한씨 부인이었다.

그날 새참에 산에서 용케 삼수가 내려왔다. 이제는 고자 처가 드나들 듯하는 그를 누구 하나 마땅찮게 보는 이가 없었다. 길례와 합방도 스스름없고 지금까지도 그랬지만 여각 안팎 일을 도맡아 해 내니 한씨 부인이 더 대견스레 여겼다.

"참 삼수 잘 왔다. 거기 전동이 시방 있느냐? 있으면 니가 지금 올라가 데리고 내려오너라. 여기 귀한 손님들이 오셨으니까, 응? 얼른 댕겨와야 하겠다."

한씨 부인이 반색을 하며 삼수를 불러들였다. 방 안에 들어오자마자 여기저기를 뚜릿거리던 삼수가

"전동이요? 예, 어젯밤에 용백이랑 나하고 같이 자고 새벽에 배들평 간다고 갔는디요. 곽생원하고 용백이랑요. 거기 가서 녹두장군 만나본다고라. 가서 며칠 있다 온다고 좋아하든디요."

"그래 벌써 갔단 말이냐?"

"예, 가는 것 보고, 저는 늦게 아침 먹고 인자 내려오는 길인데요. 가도 벌써 부안 근방은 갔겠네요."

결국 그 말을 듣고 각자 태도가 정해졌다.

"아우님. 아드님은 갈데 없이 여기 오게 돼 있으니까 큰예를 두고 먼저 가시게. 돌아오면 내가 큰예 안동해서 바로 보낼 테니…. 어쩌겠나, 사정이 그리 급하다니."

또 모두 눈물 바람이었다.

"형님, 이게 백 냥이오. 내가 그 애 만나면 쓸려고 가져온 건데 성님이 맡았다가 그 애 주시지요. 큰예도 쓸 일 있음 여기서 써라. 모처럼 갯가에 나왔으니까 구경도 좀 하고. 전동이 만나거든 바로 데리고 오너라."

고산 일 이후 큰예를 바라보는 정님이 눈이 달라지고 있었다.

'저것이 내 자식을 마음에 두고 있었구나. 서로 생각하는 사이였다면 전동이가 얼마나 도움을 받았을까? 고마운 일이고 기특한 일이 아닌가. 그러니 어차피 저 애는 내게 남일 수 없지. 그것보다

먼저 저 애한테 사과할 일이 있잖은가.'

"안 갈라고 허먼 어쩌지요…?"

그 말에 한씨 부인이나 정님이는 할 말을 잃었다. 서로 얼굴을 바라볼 뿐, 가장 두려워했던 그 말이 큰예 입에서 나올 줄은 미쳐 몰랐으니까.

"…예, 알았구만이오. 제가 어떻게 해서든지 같이 갈랑게 걱정 마시게라, 아씨…."

제가 씀벅 꺼낸 말이 엄청난 파장을 일으키자 아차 했던 큰예였다. 그래서 그 어색한 자리를 얼버무린다고 꾸며낸 말이 그 말이었다.

"암튼 큰예한테 맡기겠다. 잘해 봐라."

그녀는 자신의 일방적인 생각밖에 못했던 어리석음을 깨달았다. 그것은 큰예 말대로 충분히 그럴 가능성이 있었기 때문이었다. 얼굴도 모르는 여인, 어찌된 영문도, 앞뒤 정황도 모르고 가자고 하면 따라 나설 사람이 어디 있겠는가? 하는 반대쪽 생각을 못한 게 퍽 어리석은 일이라, 그녀는 큰예 얼굴을 기 빠진 눈길로 바라보았다. 아무리 아들이 틀림없대도 그렇게 자기 뜻과 같이 되리라고 누가 장담하겠는가.

활짝 갠 날 데리고 온 종자를 앞세우고 길을 나선 정님이를 배웅하는 여러 사람 앞인데도 아이들처럼 엉엉 울면서 나귀에 오른 그녀는 눈을 못 뜨고 인사말도 못했다. 올 때 쌓였던 눈도 길을 따라 녹아 버려 올 때 그렇게 뚜렷이 남겼던 정님이의 탑골치 자욱은 지워지고 없었다.

작은예가 정혜사 비구니로 갔다는 말을 들은 큰예는 인간의 인연이란 것을 생각하며 가느다랗게 울었다.

'내가 너를 억지로 전동이한테 짬매 준 것부터가 잘못이었구나. 사람은 서로 인연이 있고 연분이란 것이 있는데 억지였다 그것은. 차라리 깨끗한 대로 불제자가 된 게 잘 된 일인 것 같다. 작은예야….'

큰예는 혼자가 되자 그렇게 제 속을 갈무리했다.

온다던 날을 하루 넘기고 시무룩한 얼굴로 여각에 들어선 전동이를 본 큰예는 우선 무슨 말을 해야 할 지 엄두가 나지 않았다. 산에 올라간 삼수를 만났다면 모든 사정을 알고 있을 텐데 왜 저럴까 속으로 은근히 걱정이 됐다.

한편 전동이를 바라보는 길례 눈은 전과 달리 그저 빙긋이 웃으며 뭔가 부러운 듯 찬찬히 바라볼 뿐이었다. 그러나 마지못한 듯 말을 내고 본다.

"전동이는 좋겠다. 어머니가 생겨서 얼매나 좋을까?"

그 말 끝에 눈물 한 방울을 떨군 길례는 앞치마로 얼른 그것을 가리며 돌아섰다.

"전동아, 작은예가 절로 가 버렸다는데 한번이라도 만나봤냐? 그 불쌍헌 것이 머리를 깎고 중이 됐으니…."

물끄러미 바라보는 그 눈에 원망이 묻어 있었다. 어떤 대답이 나올지 궁금하다기보다는 그게 앞선 말이었다.

"안다 큰예야 무슨 말인 줄…. 그러나 사람의 마음은 자신도 마음대로 할 수 없는 것이다. 나도 작은예가 불쌍한지는 알지만 어쩔 수 없었다. 작은예는 아직 어리고 뭘 몰라. 지가 나를 기다린다고 했지만 나는 그 말을 믿을 수 없었다. 그게 억지라는 걸 나는 알고 있었다. 바로 이야기하지만 나는 작은예를 내 누이처럼 생각했을 뿐이다…."

"그럼 왜 나한테는 작은예한테로 간다고 그랬냐? 그것이 거짓말 아니냐?"

"그건 그래. 그렇지만 나는 너를 생각해서 그렇게 이야기한 것 뿐이고 니가 마음 편허게 떠나기 바랬기 때문이었다."

"정말…, 그게……."

"왜 내가 쓸데없는 소리를 허겄냐? 애초부터 나는 너를 믿고 있었으나 너는 그런 내 눈치를 모르더라. 니가 곰뱅이쇠한테 갔을 적에도 나는 그게 서운했니라."

"…그게 정말이냐? …나도… 나도 니가 작은예를 돌보겄다고 장담했을 때는 마음 한구석이 텅 비어 버린 것 같았고, 행중을 떠날 적에는 너 때문에도 발길이 무겁디 무거웠다. 나는 너를 상대할 째비도 못 되지만 왜 그런지 우리가 만났던 첫날의 그 기분은 오래 갔니라."

행중에 들어온 첫날 그 자매를 장성 갈재까지 가서 데리고 온 것도 전동이와 박새였고 거기서 큰예는 처음으로 옷보따리를 냉큼 들어준 전동이를 눈여겨 보며 힘없이 웃었다. 그 만남이 퍽 청순한 기억으로 남은 두 사람이었다..

한씨 부인은 줄포에 나갔다가 볼일이 생겨 배로 법성포에 들렀다 온다는 전갈이 와, 그날 밤은 두 사람이 안방에 딸린 골방에 마주앉을 수 있었다. 그게 길례의 배려였다. 이미 큰예가 전동이가 오면 알아서 할 줄 알고 있어 마음 놓고 출타한 한씨 부인의 마음을 헤아린 길례였다.

행중에 있을 때보다 훨씬 맑아진 큰예 얼굴이고 모든 게 새롭게 보였다. 입성도 깔끔해졌고.

"고산서 그날 밤 옥 안에 있는 너를 보고 어찌나 눈물이 나는지. 네 어머니만 아니었어도 너를 불러 펑펑 울고 싶더라. 그 땟국 묻은 꼬락사니를 보니 그 고생을 알 것 같더라. 너는 내가 안 보였제?"

큰예는 영리한 아이였다. 전동이가 시방 자기 어머니란 사람의 이야기를 꺼리고 있으며 그쪽으로 화제가 옮길 것을 내켜 하지 않는다는 것을 알기 때문에 전혀 그 이야기는 빼놓고 있는 터였다. 그러나 한 마디 어머니란 말을 꺼내 놓고 아차 했으나 전동이 표정에 변화가 없는 것을 보고 얼른 전동이 무릎에다 제 가슴을 얹고 얼굴을 가까이 댔다. 그 표정이 그런 쪽으로 변하기 전에 뭔가 다른 감정을 유발시켜 보려고 전동이 두 손을 촉촉한 자기 손으로 그러 잡았다. 전동이도 그런 큰예의 유도에 따라 드는 것 같았다. 뭔가 들뜬 기분에 휘말려 드는 듯 전동이가 큰예 눈 속을 들여다 보았다.

"큰예. 너도 고생이 많은 것 같은데 지금 어떻게 허고 있냐? 그 어머니란 사람이랑 같이 있다면서 뭐냐. 좀 이야기나 해 봐라…."

'…. 엉…. 그래? 이거 큰 일인데.'

무서무서하던 그 금기를 전동이 쪽에서 깨 버렸으니 어떻게 하면 좋은가. 큰예는 전동이의 변화에 당황했으나 차분해졌다. 큰예 입을 거쳐 나오는 이야기는 끝이 없었다. 어느덧 마주잡은 두 손은 끈적한 땀에 흠뻑 젖어 있었다. 큰예 이야기는 이어지나 웬일인지 전동이 표정에 변화가 없었다. 어머니란 사람 이야기를 듣기 전이나 지금이나 마찬가진데 오히려 거기에 당황한 게 큰예였다. 이야기보다 뭔가 다른 데 마음이 움직이는지 전동이가 슬그머니 큰예 입에 제 입을 겹쳐 왔다. 가쁜 숨이 이어지며 큰예 몸을 전동이 팔이 서서히 감아 안았다.

이어 큰예의 숨결이 가빠지기 시작했다. 전동이로서는 큰예 입에서 나온 이야기보다 뜨거운 그 입김이 더 간절했으며 밖의 바람 소리가 모든 것을 날려 버릴 듯 요동쳤으나 그게 오히려 타오르는 두 사람의 정염에 기름을 끼얹었다. 말이 없는 두 사람은 그저 행위가 있을 뿐이었다.

큰예로서는 차마 다가서서 찾을 수 없었던 입술이요, 더듬어 안고 싶지만 두려웠던 포옹이었다. 꿈에서나 용기 내서 휘감아 열어 주고 싶던 몸이 아니던가. 그래서 전동이보다 끈질기고 오열에 찬 몸놀림이 될 수밖에 없었다. 거기에는 이렇게 자기를 찾은 전동이에게 무한한 고마움과 새로운 깨달음이 있을 뿐이었다. 그러나 그 가슴 한구석에서 들리는 역동(逆動)의 소리도 없지 않았다. 전동이를 맞을 가책 없는 양심이 있느냐는.

불덩어리가 된 두 살이 활활 타들어 갔다. 거치른 숨소리만이 그저 이어질 뿐. 간간이 누구의 것인지 신음 소리가 새어 나왔다. 고스란히 큰예에 바친 전동이의 동정이었다.

"전동아, 전동아. 이게 정말이제 거짓말은 아니제…."

등잔불도 기진했지만 꼭 이 정경만은 봐 둬야겠다는 듯 가늘게 춤추고 있었다. 두 살빛이 그 불빛을 받아 자색으로 변한다. 감겨 있는 서로의 팔이 등에서 또 큰예 허리에서 시나브로 풀어진다.

상기된 얼굴에 땀이 번들거리는 큰예 얼굴이 꿈같이 떠오른다.

전동이가 그런 큰예의 등을 뒤에서 가만히 안았다.

"전동아, 나는 니한테 헐 말이 없다. 내가 너를 이렇게 해서 될 랑가 모르겄다. 응…?"

"그게 무슨 말이냐? 서로 좋아하면 그것으로 다 된 것이지. 나는 아무렇지도 않은데…."

조용히 돌아누운 큰예가 이번에는 제 쪽에서 전동이 목을 그러안았다. 비오듯 쏟아지는 그 얼굴의 눈물이 전동이 어깨 위로 연이어 떨어진다. 격정을 이기지 못한 큰예가 아이들처럼 소리 내어 운다.

"나는 너를 받을 사람이 못된다. 오늘 밤 이것으로 나는 여한이 없다. 우리가 다시 만날지 모르나 나는 이제 너를 알았기 때문에 더 바랄 것이 없다."

"큰예야 그것을 말이라고 허는 거냐? 사람이 사람을 알 때 그 마음이 제일 소중한 것이지 다른 것이 뭐가 있냐? 나는 그런 니가 더 좋고 그래서 오늘 밤 이렇게 너를 만나고 있지 않냐. 나 괜찮다. 아무 일도 없어. 왜 그래? 걱정 말아라. 나는 오늘 밤 큰 결심을 했다. 인자 다시 안 돌아오리라던 니가 내 옆에, 또 어머니란 사람과 같이 있다는 것이 믿어지지 않는다. 나는 너만 있으면 만족허다. 너만 사정이 허락허면 우리는 내우간이 되는 거여. 남사당패에 내우간이 없다지만 그럴 수도 있지 않느냐. 니가 꼭 패에 들어오지 않더라도 일년 연희를 끝내면 결국 너한테로 돌아올 것 아니냐. 왜 그것도 안 돼냐?"

"전동아…. 나는 다시 너와 이런 사이가 될 줄 모르고 그저 생각만을 가슴 속에만 묻어 둘라고 마음 먹었었다. 전동아, 내가 니 각시가 될 째비가 안 되는디 어쩌끄나…?"

정님이가 아들을 찾겠다고 줄포에 왔다가 길이 어긋져 아들을 못 만나고 돌아갔는데, 전동이는 어머니가 집으로 돌아간 다음에야 배들평에서 돌아와 남아 있는 큰예를 만났고, 한씨 부인은 집을 나와 일을 보면서도 마음은 온통 큰예와 돌아와 있을 전동이한테 가 있었으나 아들을 못 만나고 돌아간 정님이가 잘 갔는지 그것도 걱정이고, 이런저런 걱정을 하다 사흘 만에 집으로 돌아왔다.

한씨 부인은 돌아와 전동이가 왔다는 말을 듣고 먼저 큰예부터 불러 앉혔다.

'저렇게 부끄럼을 타는 것이 무슨 일이 있어도 분명 있었구나.'

"야, 큰예야. 전동이한테 그런 이야기를 해 보았느냐?"

목덜미까지 시뻘개진 큰예. 남사당패에서 굴러 먹고 이런저런 풍파를 다 겪은 애가 저렇게 부끄러워할까? 도대체 무슨 일이 있었던 걸까?

"아직 못했어요. 그런 이야기는 마님이 허시면 더 좋을 것 맹인디요. 제가 멋모르고 이야기했다가 엉뚱헌 소리나 안 나올지 그것이 무서워서요."

그것은 솔직한 이야기였다. 한씨 부인은 속으로 비식이 웃었다.

'저것이 머리가 돌아도 제법 돌아간단 말이야. 제 실속은 챙기고 그 말은 안 했다? 거 참 맹랑한 것….'

눈으로 본 듯 꿰뚫고 있는 한씨 부인 앞에서 큰예는 뱀 앞에 개구리였다. 한씨 부인은 일부러 그날 밤 전동이보고는 아무 소리 않고 그냥 밥만 먹고 나서 엉뚱한 이야기로 시간을 보내다 밤이 이슥해졌다. 이러저런 정황으로 보아 두 사람을 하룻밤 더 합방시키는 것이 마땅한 일이었다.

"전동아, 너희들 오랜만에 만났으니 하룻밤 가지고는 모자랄 것인즉 이 밤을 같이 지내면서 못다한 이야기를 끝내 버려라."

두 사람은 쥐구멍을 찾을 수밖에. 그런데 이상한 것은 약속이나 한 듯 큰예나 한씨 부인 입에서 어머니란 사람 이야기가 안 나오는 일이었다. 한 수 높은 전동이도 제 쪽에서 먼저 입을 열 것도 없고 또 그럴 흥미도 안 나는 일이어서 시치미를 떼 버렸다.

그날 밤 두 사람은 한씨 부인의 눈치가 보이는 잠자리라 어설프게 회포를 풀고 아침을 맞았다.

"마님, 제가 드릴 말씀이 있는데요."

길 떠날 차비를 한 전동이가 한씨 부인 앞에 나 앉았다. 그렇게 빨리 갈 줄은 생각도 못한 두 사람이었다. 큰예는 간 밤 잠자리에서도 출타한다는 말은 내비치지도 않았던 전동이가 무척이나 야속했다.

"다름이 아니오라 저는 늘 마님 신세만 지고 은혜도 못 갚고, 사람 도리가 아니구만요. 아무리 생각해도 내년 출행(出行)은 어렵겠어요. 이번에 배들평에 가서 이리저리 많은 것을 듣고 사람들도 많이 만났는데 난리는 틀림없이 나게 생겼어요. 그렇게 되면 난리 통에 남사당패는 숨도 제대로 못 쉬고 연희는 꿈도 못 꿀 일이라 저도 동학에 갈 생각뿐이구만요. 가서 죽든지 살든지 썩은 세상을 제 칼로 확 도려내 버려야지 이대로 못 살겠어요. 죽으면 그것으로 끝나는 거죠. 이때까지 살아오는 동안 그래도 저를 걱정해 준 사람은 홍도 아부지뿐이었어요. 마님은 모르시지만 제 생부란 사람도 만났고, 또 말 들으니 제 생모란 여자도 여그까장 다녀 갔담서요. 생부는 살아 있어도 이제 이 세상에 살아갈 가치도 없는 사람이 됐습니다. 그것도 챙피헌 일이고 어머니란 사람, 인자 만나서 뭘 어떻게 하겠어요. 마님이나 이런 제 속을 알아주시면 좋겠구만요. 저, 오늘 산에 갔다가 한양까지 댕겨와서는 배들평에 쭉 있을랍니다. 다행히 난리가 안 나면 돌아와 또 살판쇠가 되고요. 안녕히 계시지요."

결연히 나서는 전동이를 잡을 사람은 아무도 없었다. 큰예는 또 울고 있었다. 그러면 그저께 밤 폭풍 같은 성합을 끝내고 하던 이야기는 죄다 거짓말이었나? 내외간이 되자던 그 알뜰한 말…. 그것도 속에 없는 소리였단 말인가?

'저렇게 결심이 선 사람한테 무슨 이야기를 해. 오히려 내가 역습을 당했구만. 제 에미를 만나면 뭐라 이야기한다.'

한씨 부인의 넋두리였다.

전동이는 말대로 산에 들렀다가 배들평으로 향했다. 그와 동행하는 사람은 남사당패의 만적이었다. 두 사람이 찾아가는 배들평은 오직 동학군의 함성뿐이었다.

봄이 서서히 다가오고 있었다. 고부 관아가 혁명군의 습격을 받아 박살이 나 버렸다. 그 소문은 삽시간에 전라도 일원뿐 아니라 전국으로 퍼져 나갔다. 전국 산천초목을 울리는 동학군의 척양척왜의 함성과 깃발이 창공에서 휘날렸다.

우레 소리

 곽태수가 이끄는 일개 지대에 끼어 용전하던 전동이나 용백이와 만적이는 우금치에서 뿔뿔이 헤어져 버렸다. 워낙 강력한 일본군의 화력을 견딜 수 없어서였다.
 전동이는 오른쪽 팔 상박에 일본군의 총을 맞고도 요행히 살아남아 후퇴하여 산으로 돌아온 게 갑오년 십일월 말이었다. 꼭 열한 달 동안을 혁명군과 사선을 넘나들며 전공도 세웠다. 그러면서 두 눈으로 적을 보았다. 관군도 적이지만 그보다 더 잔인한 게 왜것들이라는 것을 똑똑히 알았다. 또 동포라는 관군도 마찬가지였다. 무기 없는 이 나라 백성의 힘없고 굶주려 툭 꺼진 뱃대기에다 왜것들이 나눠 준 총검을 주저없이 쑤셔 박는 것도 불이 훨훨 타는 두 눈을 부릅뜨고 보았다.
 동학군 소탕과 체포의 피바람이 불고 있었다. 그러나 산에까지 그 손길은 미치지 못했다. 동학군에 복수를 한다고 왜놈들과 손을 잡은 관군이란 것들이 온 나라를 피바다에 잠기게 했다. 통탄할 일이었다. 용백이와 곽태수의 비보를 받은 것은 산에서 나갔던 지원군이 돌아와서였으나, 만적이 소식은 영 알 수 없었다. 눈보라가 산 속 해송 숲속까지 후비고 드는 십이월이 다 가는 날 조선의 횃불, 어둠의 역사를 걷어 내려 보국안민의 기치 높이 든 전봉준이 전라북도 순창군 쌍치면 피로리에서 동지의 손에 검거당했다는 땅을 치고 통곡해도 시원찮을 흉보가 날아들었다. 이제 세상은 끝장났다는 뭇 사람들의 비통한 눈물이 온 나라에 강이 되어 흘러갔다. 잠복한 전동이도 소리소리 지르며 성한 왼손으로 땅을 쳤다. 산에 잠복한 지 달포가 지나, 팔의 상처가 아물어가는 어느 날, 산을 내려가 오랜만에 줄포 한씨 부인을 찾았다. 지원군으로 나갔던 산 식구들도 거의가 전사하거나 행방불명이 돼 산채를 지키는 겨우 몇 사람 동지들을 안타깝게 했다. 남생이패 두령도 일 년 사이에 부쩍 마음 고생이 많았는지 휜 허리가 더 굽어 있었다. 김첨지도 전사했다는 소식에 제일 애통해 한 것도 두령이었다.

해가 바뀌어 을미(乙未)년이 밝아 왔으나 국내 정세는 암담할 뿐이었다. 전국 각지에서 아직도 동학군을 추적해 총살하는 왜군과 관군의 광포(狂暴)한 총소리는 끊이질 않았다. 산에도 언제 토포의 손이 미칠지 전전긍긍했다. 산이라고 이젠 안심할 수 없고 전과 달리 왜군이 앞장서서 잔당이 있을 만한 곳이면 샅샅이 뒤지고 무고한 사람이라도 언동이 수상하면 그대로 발포해 버리니 전국이 공포의 도가니에 빠져 들어 숨도 크게 못 쉬었다.

전동이가 풀 수 없는 수수께끼가 있다면 우금치 전투에서 일본군과 관군에 앞장서 벌떼같이 일어나 동학군을 공격하던 그 불쌍한 봇짐장수 패거리 일이었다. 가히 남사당패 못잖게 천대받으며 짓밟혀 온 땟국 흐르는 그치들이 어쩌자고 사생결단하고 그렇게 미쳐 날뛰었는지, 그들의 무장도 동학군보다 월등 우수했으니 더욱 모를 일이었다. 전동이는 그것을 보고 미망에 빠져 들었다.

민비가 죽었다. 그것은 전동이뿐 아니라 하늘로 머리 두른 모든 조선 사람에게는 낭보가 아닐 수 없었다. 그의 비명횡사를 아쉬워하는 자들은 몇몇 민씨 푸네기와 거기 빌붙어 호사를 누려온 한줌 벼슬아치들뿐이었다. 하늘의 도움이라고 소리 지르며 환호하는 이가 강산을 메웠다.

민비는 무척이나 잔치를 좋아했고 그것 때문에 고종도 많이 시달려야 했다. 그날도 새벽 두 시까지 고종과 민비, 그 아들 셋이서 장안당 북쪽에 있었다는 농상공부 협판 정병하 말이었는데 그 뒤의 거취는 아는 이가 없었다. 민비 암살단은 그 시각, 밝아오는 아침을 맞아 건창궁으로 접근하고 있었으나 누구 하나 그것을 눈치 챈 사람이 없었다. 암살단은 누구인가. 일본 낭인에다 서울 거주 장사치, 또 공사관 문관 등 잡다한 인물들이고 그 사건의 원흉인 미우라 공사의 절대 심복들이었다. 그 중 누군가가 임오군란 때처럼 민비가 도망갈 위험이 있다고 모두에게 주의를 주며 면밀한 계획을 세웠다.

칼을 모두 빼 들고 권총을 든 일행이 건창궁에 다가가려면 좌우 두 가지 길이 있는데 왼쪽으로 돌아간 그 무리는 용케 호위군의 저항을 받지 않고 나아갈 수 있었다. 그 무리들은 건창궁을 둘러

싼 담장의 중앙에 있는 중문으로 들어가 오른쪽으로 돌아 두 개의 작은 문을 지나 건창궁의 앞마당으로 나왔다. 여기에는 위병의 모습은 없었고 암살단을 본 궁인들이 안색이 창백해져서 말도 못하고 떨고 있었다. 궁전은 이미 마비 상태였다. 그때 고종은 문을 열어젖힌 방 한가운데에 서 있었고 그 주위의 신하가 접근해 오는 암살단을 손으로 막으면서 국왕 폐하시다 하고 소리쳤다. 그때 그들 중에서 누군가가 왕의 어깨에 손을 대고 잡아 흔들었다. 그러자 어디선가 태자가 달려나왔지만 또다른 암살대가 태자를 붙잡고 망건을 벗겨 찢어 버렸다.

그때 또 어떤 자가 왕비는 여기 안 계신다. 이 무슨 무례한 짓이냐고 벽력 같은 소리를 질러댔다. 꼭 그렇게 고함을 칠 상황도 아닌데 알 수 없는 일이었다. 우르르 옆방으로 밀려간 암살단은 왕비로 보이는 여성을 찾아 사방으로 흩어졌다. 그때 또 누구 입에서 왕비는 도망갔다 하는 소리가 터져 나왔다. 그 소리가 들리자 그들은 뭔가 사태가 긴박하게 돌아가는 것을 눈치챘는지 한층 초조해져서 열려 있는 방 미닫이를 모조리 총대로 내지르며 가구와 일용품을 차서 넘어뜨리고 난간 밑까지 기어 들어가 우왕좌왕하며 왕비를 찾아 미쳐 날뛰었다. 손에 잡히는 대로 궁녀 머리채를 잡아 제꼈다. 왕비는 어디 갔느냐고 왕비 있는 데를 대라고 목에 칼을 들이대고 윽박질렀다. 어찌나 흥분했는지 듣는 사람이 일본말을 알아듣지 못한다는 것도 잊어 버리고 날뛰었다. 여기저기서 비명이 터지고 건창궁 안은 문자 그대로 수라장이 되고 말았다.

자주성이 없고 강대국의 추세로 일관하다 백성들의 저항을 받자 일본군의 힘을 빌려 그것을 깔아 뭉개고 그것도 모자라 러시아 힘을 빌어, 믿고 의지했던 일본을 꺾어 보겠다고 술수를 쓰다가 결국 일본의 칼에 죽은 민비. 권모술수의 화신이던 그녀에게 일말의 애국심이라도 있었던가?

건창궁의 신령각에는 많은 궁녀가 공포에 질려 소리도 못내고 겹치듯이 서로 몸을 부둥켜 안고 떨고 있었다. 암살단은 그들을 보고 그만 미끼를 본 이리가 되어 달려들었다. 머리채를 휙 낚아채 얼굴을 들게 하고 그 중에서 복장이 아름다운 두 명을 끄집어내어 그 자리에서 척살해 버렸다. 일본도로 두 번을 그을 필요가 없고 젖가슴 깊숙이 파고 드는 칼 끝으로 족했다. 또 한 명의 머리카락을 잡아 옆방의 옥호루(玉壺樓)로 끌어내어 또 찔러 죽였다. 비명 한 마디가 있을 수 없었다. 그러나 그 중에 아무도 민비의 얼굴을 아는 이가 없었으니 그들은 사람을 죽이고도 당황할 수밖에. 또 세 구의 시체는 사십대 중반이라는 민비로 보기에는 너무 젊은 몸뚱이었다. 계속 여기저기서 민비는 어디 있느냐고 외치는 소리, 요란한 비명이 들려왔다. 내관과 나인들은 물론 제네럴 다이라는 미국인과 사바친이란 러시아인까지도 왕비의 소재를 추궁받았으며 암살단에 붙잡힌 시위대 연대장은 얻어 맞고 발로 채이는 폭행을 당했으나 용케 도망나와 살아날 수 있었다.

건창궁의 동쪽 끝에 있던 한 패의 일인들은 그 세 구의 시체 중 하나가 혹시 민비가 아닌가 생각하여 상궁과 태자를 데려다가 직접 확인을 시켰다. 그 결과 옥호루에서 마지막 살해된 여인이 민비임이 확인됐다. 그 전에 또 한 패의 일인들은 궁녀를 붙잡아 왕비가 있는 곳과 용모의 특징을 물어 보던 중 왕비의 관자놀이에 아주 작고 희미한 마마자국이 있다는 증언을 얻어 그 세 구의 시체를 조사했던 바 그 중 하나에 마마자국이 있어 그 궁녀를 시켜 확인한 결과 틀림없다는 말을 들었다. 상체에는 짧고 하얀 속옷을 입었고 허리 아래는 하얀 속바지뿐인, 더욱이 무릎 아래는 맨살이었다. 천장을 보고 숨이 끊어져 있고 주변에 피가 낭자했다. 자세히 보니 오척도 못 되는 마르고 작은 체구 하얀 피부색. 아무리 보아도 스물 대여섯밖에 안 보였고 죽었다기보다는 가지고 놀기 꼭 좋은 인형이 버려져 있는 것 같은 모습이었다. 조용히 영원한 잠에 빠져 있는 그 여자가 조선 팔도를 호령하고 그 지악한 악행을 다 했다니. 그런 여자의 주검이라고는 믿어지지 않았다. 방 안에는 시체를 지키는 이가 아무도 없었고, 처참한 광경이었다. 그녀는 임오군란 때와 같은 일이 벌어질 것이라는 생각에서 궁녀 옷으로 미리 바꿔 입었으리라 믿어졌다. 사치를 좋아하는 왕비의 잠옷이라고는 믿어지지 않은 소박한 속옷이었으니까. 그러나 도망갈 시간이 없었던 게 사실이었다. 왜 도망가야만 하는 죄를 짓고 살았는가.

그러나 한편으로 일국의 왕비에 대한 일인들의 천인공로할 시해 행위는 도저히 용서할 수 없는 만행이었다. 침략의 칼날은 이렇게 일국의 왕비를 거리낌 없이 척살해 버림으로써 더 날카로워졌다. 민비는 죽을 때 그 잊을 수 없는 체취를 남겨 준 홍계훈 생각이 안 났을까? 그가 도와주러 올 것이라고 칼을 맞는 순간까지 기다렸을까. 홍계훈의 나이 오십사 세, 민비의 나이 사십사 세. 민비는 그가 대궐 문 앞까지 왔다가 사변의 최초 희생자로 죽었다는 것을 알고 있었을까? 못다한 두 사람의 한….

그녀의 얼굴은 젊었으나 젖가슴을 살펴보니 나이 먹은 게 분명했다. 작은 편인 유방이 시들었으니. 이 나라의 습관으로 외국의 사신들에게까지 얼굴을 안 보이는 중전 민비가 사후에는 외국 무뢰배한테 그런 데까지 내 보였으니…. 더 부끄러운 짓이 시체에 가해졌으나 뉘라서 어찌 그 말까지 옮기겠는가. 그 여자는 머리채를 잡혀 끌려 나올 때도 조금도 흐트러짐이 없었다는 암살자 말만 들어도 민비는 그래도 마지막까지 체통을 지키려고 애쓴 흔적은 있었던 것 같았다.

　허름한 문짝 위에 올려진 민비의 시신에는 비단 이불이 덮혀 건창궁 동쪽 노원이라 불린 정원으로 옮겨져 높이 쌓아 올린 장작더미 위에 올려지고, 석유에 흠씬 젖어 불이 붙었다. 죽기 싫어 몸부림도 많이 쳤고 홍계훈이를 얼마나 불러 외치며 버르적거렸을까. 유골은 그 부근에 묻혔다고도 하고 향원지에 던져졌다는 말도 있다. 궁금한 것은 그 뒤에 성대하게 치뤄 낸 민비 장례식 때 어디에 있던 유골이 상여 속에 들어 있었는지, 바로 그 점이었다.

　한편 민비가 십여 년간을 수탈해 온 전라도 지방의 궁방토가 어찌 돌아가는가 전혀 모르고 그저 굿이나 보고 떡이나 얻어 먹던 고종은 그 아내가 칼 맞아 죽었대서 그리 서러워하지도 않았다. 걱정된 것은 자기도 모르게 민비가 어질러 놓은 국사를 어떻게 처리할 것인가 그것이었고 내탕금도 민비를 통해서 얻어 쓰는 처지였는데 앞으로 그 조달도 막막한 일이었다. 민비의 그늘에서 사복을 채우던 명색이 군(君)인 무당(진령군)은 이제 자기도 잘못하면 어느 누구의 칼을 받을지 몰라 입은 그대로 궁궐을 빠져나가 자취를 감춰 버렸다.

　역사가 바뀌기 시작했다. 전라도 평야 옥토만을 골라 차지했던 민비가 죽자 소작인들이 술렁이기 시작했다. 그맘때면 으레 나타나 도조를 내라고 눈을 부라리던 균전관이란 작자 얼굴이 보이지 않아서도 그랬지만 묘한 소문이 나돌아서도 그랬다. 민비가 죽어 농토가 소작인들 것이 됐다는 해괴한 말들이었다. 사람들은 그 말을 믿고 내려던 도조에서 쌀을 퍼내 야금야금 먹기 시작했다. 우선 먹기는 곶감이 달다고 나중에야 삼수갑산을 가는 한이 있더라도 먹고나 보자고. 시기를 놓치고 나중에 나타난 균전관이 독촉을 해도 소작인들은 다 먹어 버린 쌀을 어떻게 내느냐고 막무가내였다. 뒷배를 봐주던 민비가 없는 균전관은 허수아비였다. 풀이 죽은 균전관을 보고 사람들은 마음이 달라지기 시작했다. 그들은 그렇게 믿었는지도 몰랐다. 도조는 이제부터 안 내도 된다고. 그러나 조정이 그렇게 호락호락 할까?

지난 늦가을인가 산으로 돌아온 전동이가 하룻밤 여각에 숨어들어 자고 간 일이 있었는데 그 다음 날 느닷없이 나타난 관군과 일군 사이에 끼어 있는, 두어 번 다녀간 적이 있는 나암이란 파계승을 보고 한씨 부인은 가슴이 철렁하고 내려 앉았다. 술과 안주를 시켜 질탕하게 먹고 간 그들은 특별히 누구 찾는 사람은 없었으나 하필이면 저 중이 왜 저들과 어울려 다닐까 해서도 그랬지만 전동이가 말하는 생부란 사람이 바로 저 사람이려니 싶어 가슴을 더욱 조였고, 평소 겉으로나마 흔연스럽게 대하던 엉너리도 싹 가셔 버렸다. 아울러 바뀐 세상 탓인지 부안이나 전주 감영의 눈치가 그 전처럼 호의적이 아니고 뭔가 자신을 기피하는 것 같은 서먹함을 느낀 뒤로는 만약의 사태가 있을 수 있다는 경계심을 늦추지 않았다.

'전동이를 잡으러 왔을까?'

그녀 가슴 속에는 쉽게 꺼지지 않은 의문의 불씨가 모락모락 피어 오르고 있었다. 그녀는 시방 어떤 두려움을 느끼고 있었다.

산에서 내려와 자고 간 전동이는 그 밤 한씨 부인에게 보여서는 안 될 것을 보였고 그것을 본 한씨 부인은 그것 때문에도 경계심을 늦출 수 없었다.

"마님한테 보여서 좋을 게 없읍니다만, 저는 우금치에서 왜놈 총탄을 맞고 꼭 죽는 줄 알았어요. 이게 그 상처지요."

전동이가 걷어 올린 오른팔 상박근을 깊이 파고 든 시퍼런 상처는 누가 보아도 입을 벌릴 만치 징그럽고 무참했다. 퍼렇고 손가락만한 밭지렁이 한 마리가 늘어 붙어 있는 것 같았다. 또 그것은 도창(刀創)이나 그런 따위가 아닌, 누가 봐도 분명한 총창(銃創)이라 한 번 보고 그만 고개를 돌릴 정도였다. 조선 사람으로 포수 총을 맞을 리 없고 그렇다면 갈 데 없는 일본군 총을 맞은 동학군 아닌가…. 만약에 그런 사람을 은닉했다는 것을 저들이 안다면 어찌 될까? 상상만 해도 진저리가 쳐질 무서움이었다.

"그래 알았다. 고생 많았다. 덮어 둬라. 딴 사람 눈에 안 띄게 해라. 딴 때는 몰라도 삼복 더위 때가 문제겠구나…."

힘도 그 팔은 예전만 같지 못했다. 날씨와도 관계가 있었다. 날이 흐릴라 치면 상처가 가렵다가도 욱신거리다 가끔 아리기까지 했다. 살판쇠가 한 팔을 못쓰면 남사당패로서의 생명은 끝이 아닌가. 양손을 짚고 넘는 살판은 어려움이 없으나 오른손만의 곤두는 어찌 될지 자신할 수가 없었다. 산에서 몰래 해 보는 연습이지만 어딘지 아둔했다. 시일이 지나면 낫겠거니 하는 기대도 자꾸 무너져 그것은 달리 불안을 더불기도 했다. 세상은 험하게도 일그러져 돌아갔다. 저것이 동학군이요 하는 한 마디면 그 자리에서 일본군의 총알받이가 돼 버리는 세상이니….

"그래, 전동아. 그럼 앞으로 어쩔 작정이냐? 내 생각에 니가 이번 일을 겪고 느낀 바 많았을 것으로 믿고 한 가지 내 뜻을 밝히겠다. 달리 이야기한다면 니가 이번 기회에 남사당패를 고만 두는 게 좋을 것 같다는 이야기다. 떠돌이 생활만 할 것이 아니라 한 군데 뿌리 박고 너도 뭔가 돈벌이를 좀 해 봐라. 남사당패를 평생 한다고 무슨 수가 나겠냐? 큰예는 이자 안 만나기로 했냐? 그 애도 알고 보니 불쌍한 애더구나. 뜻만 맞다면 못할 짓이 없을 정도로 부지런하고 머리도 좋은 애더라."

거기서 말을 끊고 한씨 부인은 물끄러미 전동이 얼굴을 바라보았다. 뭔가 미세한 움직임이라도 빼놓지 않고 지켜보겠다는 그런 눈길이었다.

"……"

그러나 한씨 부인의 그런 애밭은 노력을 비웃기라도 하듯 시큰둥한 전동이의 얼굴은 너무 담담한, 뭔가 자기 자신의 굳은 의지가 그런 따위의 꼬드김에 움쩍도 않는다는 듯 무표정했다. 거기서 주춤거린 한씨 부인은 기를 쓰고 매달리듯 한 걸음 다가앉아 전동이 무릎 위 그 오른손을 어루만지며

"너도 이자 한 집안을 꾸릴 나이도 됐잖냐. 나는 니가 어쩐지 남 같잖아서 하는 소린데 어쩌냐. 너 혹시 보부상을 해 볼 생각은 없느냐…? 보부상도 남사당패같이 떠돌기는 하나, 한 가지 돈을 번

다는 게 다르고, 하다 보면 다른 주변머리가 생겨 뭔가 싹수가 보이는 직업이라서 그런다. 니가 만약에 그걸 해 보겠다면 내가 밑천은 물론 받기 어렵다는 임방(任房)의 신표(信標)도 얻어 주고 이리저리 길을 터 주마. 그렇게 되면 돈 버는 재미도 알게 될 것이다."

"보부상… 등짐장수들, 장돌배기 말씀 아닌가요? 그 작자들…. 그렁개… 허허, 네 압니다. 알고 말고요. 우리 연희 댕길 때 길동무도 더러 허고 술잔도 나눈 적이 있는 그 사람들. 돈도 잘 번다지만 그 사람들이나 우리나 부평초 같은 사람들이죠…. 네 알지요. 잘 알아요…."

뭔가를 떠올리며 깊이 생각하듯 입가에 뜻모를 비웃음까지 띠며 고개를 주억거리는 전동이를 미심쩍게 바라보는 한씨 부인은 전동이의 속시원한 대답을 듣고 싶었다.

동학군이 숨가쁘게 치닫던 공주 우금치에서 앞쪽에 진을 친 일본군 모리오(森尾) 대위 부대가 기관총으로 갈겨대니 가엾은 동학군은 삼대 쓰러지듯 산과 들에 그 시체가 널부러져 갔다. 일차 이차 삼차 공격도 실패하면서 그야말로 동학군 진영은 주검의 산으로 변해 갔다. 그때 서쪽 주봉(周峰)에서 나타난 흰 무리의 사람들은 뜻밖에도 일본군 신식 총에다 그들의 창과 칼로 무장하고 동학군의 배후를 공격하려고 그 봉우리를 에돌고 있었다. 여기저기 널브러진 동학군은 아직 숨이 붙어 있는 사람이 있었으나 그 흰 무리들이 내리 찍는 창과 칼에 그만 숨을 거두고 말았다. 말하자면 확인 척살(刺殺)이었다.

뼈까지는 못 발라내도 염통이나 간은 썰어 버리고 말겠다는 잔인무도한 학살이었다. 그것을 담당한 흰옷 무리는, 그렇게 평소 허물없이 길동무 하던 보부상들이었다. 전동이는 제 눈을 의심했다. 저들이 이 무슨 광기어린 망나니짓인가 하고. 우리를 편들었으면 편들었지 저것들이 쪽발이 앞잡이가 돼 동학군을 척살하고 방아쇠를 당기다니…. 시퍼렇게 눈에 불을 켜고 벌벌 떠는 전동이를 보자 곽태수가 소매를 끌어당기며

"저것들이 소위 중전이란 여편네 사주를 받고 나온 무리들이다. 왜놈이나 관군보다 저것들이 더 무섭고 더러운 놈들이니 죽이더라도 저것들이 우리를 죽이는 것보다 더 무참하게 죽여야 한다. 벌레만도 못하게 살아도 죽을 때는 값지게 죽어야 하거늘. 민비의 부추김을 받아 동족을, 그것도 쪽발이 무기로 죽이다니. 먼저 저 놈들부터 토막내 죽이자. 에이, 만고에 더러운 구더기 같은 새끼들. 그 목숨이 그렇게 아까운가. 냄새나는 것들…."

보부상을 보았고 그들의 정체를 그때 알고 난 전동이는 시방 전국 각지를 돌아다니며 동학군을 색출하는 일본군이나 관군보다 더 찢어죽이게 저주스런 보부상에 적개하고 있었으며 자기 힘이 닿는다면 먼저 그들을 자기 손으로 토막내 산과 들에 고수레를 하고 싶었다. 이가 갈리고 눈이 뒤집힐 살기가 펄펄 끓어 넘치는 보부상에 대한 원한….

그러니 그 보부상을 해 보라는 한씨 부인을 다시 볼 수밖에 없고, 어쩔 수 없이 위아랫니가 딱딱 마주치는 공포와 원한이 되살아날 수밖에 없었으나, 그것을 그는 필사적으로 찍어 누르며 얼굴에 내보이지 않았다.

"……."

"왜 말이 없느냐? 나도 귀가 있어서 알기는 한다만 그들도 사람이고 목숨 귀중히 여기기는 마찬가지다. 그들이 한 여편네 말을 믿고 못된 짓을 했지만 그들도 살기 위해서는 어쩔 수 없었을 것이다. 그들은 누가 옳고 그르고를 따지기에 앞서 누가 자기들 목숨을 담보하고 있는가, 그 말에 따르는 것이 더 시급했다. 동학군의 대의나 민중보다 목구멍이 중요했던 게다. 만약 그들이 민비를 거역했다고 생각해 보자. 그러면 어찌 됐겠느냐?"

말이 없고 눈 속을 순간순간 지나가는 끓어 넘칠 것 같던 살기를 보았을 때 한씨 부인은 대강 전동이 속을 짚고 있었다. 그런 그녀를 보고 있는 전동이도 한 마디 안 할 수 없었다.

"마님이 직접 당해 보셨다면 그런 말씀 안 하실 거요."

"…알겠다. 네 심정 조금은 알 것 같다. 그러나 나는 다른 의도에서 하는 말이다. …너는 지금 쫓기는 몸이다. 자칫 잘못했다가는 애먼 유기장수가 된다. 아니 애먼 사람이 아니고 분명한 동학군이었다면 누가 네 목숨을 보장하겠냐? 나는 그런 너를 살려내 보겠다고 생각해 낸 방법이 그것이다. 니가 보부상이 돼서 우선 신표를 지니게 되면 감히 누구든 탈을 잡을 수도 없고, 전국 어디고 니가 가고 싶은 데를 자유로이 다닐 수 있다. 막말로 니가 다시 남사당패를 꾸린다 해도 네 발로 걸어나가 사람을 찾아야 하지 않겠느냐. 벌써 패거리는 흩어져 찾을 길 없고 패를 꾸리자면 새 사람도 물색해야 하거늘…. 니가 주동이 돼야 하지 않겠냐? 너도 어차피 농사 짓기는 틀렸고 역마살이 몸에 배어 떠돌이가 제격인데…."

"…저는 몇해 전에는 차라리 이럴 바에야 배라도 타고 허허망망 거친 파도라도 이겨 보려고 마음 먹었었지요…. 그러나 남사당패를 경험하면서 저는 천상 타고난 팔자가 남사당패라는 것을 뼈저리게 느꼈어요. 어디 매인 데 없이 깊은 숨 쉬며 발길 닿는 데가 고향이고 저를 반가와허는, 없이 사는 사람들이 형제고, 행하 모아 주면서 잘가라고 등 두드려 주는 나이 든 분들이 부모처럼 정이 가고, 외로운 줄 모르고 밤하늘에 꼬리 끄는 별똥을 바라보면서 내일의 출행길을 점쳐 보는 그런 일들이 그렇게 마음에 들고 편할 수가 없었어요. 저는 홍도 아부지한테 맹세했어요. 홍도 아부지도 그것을 원하셨지만 제가 먼저 아부지한테 고했어요. 죽는 날까장 저를 키워준 남사당패를 떠나지 않겠다고. 저승에서 아부지는 저의 그 다짐을 기쁘게 들으셨을 것입니다. 아부지가 바라시던 남사당패, 물론 아부지는 원래 절의 불목하니였지만 남사당패에서 사람이 사는 재미를 느끼셨다는 말을 들었어요. 배고파 우는 사람들과 같이 울고 관놈들한테 만만하게 당한 사람들을 마음 속 깊이 동정했고, 쌈지돈을 털어서 의지가지 없는 노인한테 풋초나마 담배도 사 주시는 것을 여러 번 봤어요. 그러나 아부지는 그런 내색 않고 오히려 비참하게 살아가는 수많은 사람들을 위로하려고 더 신명나게 징을 쳤고, 웃는 낯으로 사람들과 어깨춤도 추었어요. 틈 날 때마다 저더러 저 사람들을 즐겁게 해 주는 것이 우리가 저 세상에 가서 극락으로 가는 길이라고 말씀허셨어요. 연희 헐 때는 늘 그런 마음으로 하라고. 그것이 아부지의 가르침이었어요. 아부지 돌아가시고 아직 한 번도 성묘를 못했으나 곧 찾아가 뵐 것입니다."

"……."

"…마님이 말씸하신 대로 남사당패를 다시 꾸리기 위해 보부상이 돼야 헌다면 그렇게라도 해 보겠어요. 그러나 오래는 안 할랍니다. 우리 행중이 꾸려지면 잡혀가서 총맞아 죽는 한이 있더라도 보부상 옷은 벗어던질 겁니다. 저도 돈 버는 일을 왜 마다하겠어요? 그러나 저는 저 혼자 벌어서 호의호식 안 헐랍니다. 모다 같이 서로 반순갈씩이라도 노나 먹고 맨 땅바닥에 누워서 동패 손잡고 껄껄거리다 잠들고 싶어요. 우리덜은 옷 속에 이가 들끓어도 죽이지 않고 화롯불에다 쬐어 밖에 기어 나오면 그것을 탈탈 털어서 또 그냥 입어요. 이도 살자고 생겼는데 왜 죽입니까? 지가 기어가다 죽는 건 할 수 없고요. 저는 행중에 있을 때 꼭두쇠나 곰뱅이쇠한테 우리도 집을 하나 갖자고 권유했었지요. 돈을 모아 어디 허름헌 주막이라도 장만허면 그게 일년 연희 끝나고 돌아와 쉴 보금자리가 아니냐고. 제 계산으로 이 년만 모으면 찌그러진 주막집 하나쯤은 장만할 수 있는데 모두 제 말을 먹어 주지 않았어요. 그 주막은 주막대로 벌어서 여투고 연희가 끝나고 돌아오면 거기서 쉬고 탈 난 사람이나 병든 사람은 거기 머물러 언제까지라도 쉬면서 치료허고. 그게 얼마나 좋아요. 그런데…."

'……응, 거 참 희한한 발상이고 기막힌 궁린데, 저 젊은 속 어디에 그런 생각이 들어 있었을까?'

한씨 부인은 대견하게 그를 바라보며 흡족하게 웃었다.

"그런데 어쨌다는 거냐? 왜 말을 하다 마느냐?"

"…. 네, 말씀드리지요. 제가 보기에 남사당패는 아직 멀었어요. 모다들 머리가 더 깨우쳐져야 해요. 그래서 저는 걱정입니다. 이번에 민비가 죽었다고 이 세상 사람들은 발광허다시피 좋아하지 않았어요? 그런데 보세요. 저놈들은 끄떡도 않고 오히려 더 지랄 발광 허지 않아요……. 동학만 그럴 것이 아이라 나라 전체가 들고 일어나야 됩니다. 세상을 바로 세울라면…."

"…야, 전동아. 너 길례 봤냐…?"

느닷없이 한씨 부인이 말머리를 돌렸다. 이제 그만 해도 네 뜻 알겠다는 듯.

"예? 길례라뇨 부엌에 있는…."

"응 그래. 그 길례 어디 달라진 게 없든?"

'아아 큰예 이야기구나.'

그러고 나서 헤어진 뒤 소식을 모르고 또 어찌 됐는지 생각을 안해 본 큰예 쪽으로 생각의 화살은 일직선으로 날아갔다.

어제 아침 전동이는 이 집에 들어오면서 길례를 보았고 배가 불러 어깨 숨을 쉬는 꼴이 몹시 안쓰러웠던 생각이 되살아났다. 삼수와 그런저런 사이로 알고 있는 전동이는 그때사 아아 하고 갑자기 무릎을 쳤다. 한씨 부인의 그 절묘한 유도에 그만 악하고 비명을 지르며 나가 떨어졌다. 경고였다. 왜 큰예를 모르쇠 하느냐는.

"저것도 큰일이다. 삼수가 죽었는지 살았는지도 모르고 요즘은 밤마다 우는 꼴을 못 보겠더라. 자칫 잘못하면 유복자 하나 나오게 생겼다 전동아."

눈앞이 아찔해졌다. 이제는 마님의 권유를 피할 수 없게 된 자신의 처지가 서글퍼졌다.

보부상은 예부터 관이 길들여 온 충견들이었다. 사농공상의 사민(四民) 중에서도 가장 곤궁한 층이지만 어찌하여 이들이 관의 충견이 돼 충의(忠義) 두 글자를 거짓 섬기며 백성을 등졌을까. 천대 받은 이들은 그렇게라도 해서 기아라도 모면하고 주위의 멸시를 에껴 가려 했는지도 몰랐다. 어찌됐건 겉으로는 그들의 충의는 가히 절대적이어서 태조 때는 쌀을 등에 지고 왕의 수레를 따랐고 임진년에는 선조의 의주 파천 때 역시 식량을 옮겨 주고 가마 뒤를 따랐다. 병자년에는 인조가 남한산성으로 피신할 때 역시 식량을 날랐고 성을 지켰으며 병인년에는 강화도로 식량을 운반했다.

왕이 그들을 치하하는 구실은 백성들의 생활을 편리하게 해 주고 물화를 공급하는 공로가 있다는 것이었다. 그러니 자연스레 관의 비호 아래 상행위를 했고 관의 감시 하에 상권을 지켜나갔다. 그런 때문에 민중과의 마찰도 있었고 집단 이기주의에 빠진 그들의 시행착오도 있었으나 자율 규제가 강해 그런대로 조직이 유지됐다. 그러나 뭐니뭐니 해도 그 오합지졸이 범한 결정적 죄과는 민비의 사주를 받고 동학군 도륙의 전위가 된 것이고, 그것은 민족 만대에 씻을 수 없는 반민족적 부역 행위로 규정할 수밖에 없었다.

이런 조직의 일원이 된 전동이는 신표 하나만 보이면 전국 어디든지 갈 수 있는 자유를 보장 받고 남사당패 재건을 서두르고 있었다. 전동이가 한 사람의 완전한 보부상이 될 수 있었던 것은 한씨 부인의 배려 덕이었다. 적지 않은 돈을 전라도 도반수(都班首)에 헌금해야 했다.

"내가 할 수 있는 건 이것뿐이다. 아무리 생각해도 이 방법으로 니가 돌아다니면서 패거리를 꾸려 봐라. 보부상이 물화가 없다면 거짓말이니 줄포 건어물을 받아다가 한산 모시를 사고 그것을 광주에다 먹이면서 움직여 봐라. 하다 보면 여러 가지 요령이나 꾀가 생길 거다. 네가 하고 싶지 않으면 할 수 없고 보부상은 일정한 거래처도 있어야 하고 그런 것을 머릿속에 두고 움직여라. 자, 이건 내가 빌려 주는 거니까, 니가 벌어서 갚도록 해라."

돈 백 냥을 내놓은 한씨 부인은 전동이의 반응을 살폈다. 그 돈은 전동이 어머니가 그때 내놓고 간 것으로, 자신의 돈이라고 핑계하여 내놓은 것은 혹시 내보일지 모를 생모에 대한 거부감 때문이었다. 왠지 전동이를 남사당패에서 떼어내 붙들어 앉히고 싶던 애초의 생각은 지금이라고 변하지 않았고 꼭 자신의 양아들처럼 곁에 두고 싶어서 돌봐 준 것이었다. 그렇다고 전동이가 뭐 특출한 인물도, 별난 재주를 지녔대서도 아닌, 순수한 친근감 때문이었다.

생모가 나타났을 적에도 어떤 경쟁 심리나 시새움 같은 것도 없고 막연하나마 자기를 떠나지 않을 것이라는 믿음이 있었기에 흔연스레 그 생모를 맞고 보냈던 것이다. 그렇다고 전동이한테 굳이 생모 이야기를 꺼내지 않는 것은 그런저런 이해 득실을 따져서가 아니라 처음부터 생모를 멀리 하는 그 심리를 이해했기 때문이었다. 그런 배려는 어쩌면 현명한 판단이었는지도 모르고. 어쨌든 전동이는 생모와 자신을 양립시킬 수 있는 인간적인 바탕이 있다는 신뢰가 그 이유였다. 속단인지 모르지만.

멍하니 자신을 올려다 보는 전동이가 한편 우습기도 했다. 그렇게 개벼룩 털 듯 마다한 보부상이 된 전동이가 자기 말을 버리지 않고 따라 준 것이 고맙기도 했다.

"싸움은 모든 일의 화근이니까, 그 물미장은 여기 두고 가거라. 두고 가면 내가 잘 맡아 두마. 그리고 언제든지 나 없더라도 들러 네 집처럼 쉬고, 내 도움을 받고 싶으면 이야기 해라. 참 너도…. 큰예 언제 한번 안 만나볼 테냐? 그쪽에서도 기다릴 것 아니냐?"

 그러나 그 말에는 아무 대꾸 않고 전동이는 손에 들은 물미장을 떫은 감씹은 얼굴로 내밀었다. 물론 새로 꾸민 행장이라선지 그 보부상 특유의 지저분한 모습은 아니었다. 타고난 인물에다 갖춘 몸이 걸친 옷들은 그렇다 치고 패랭이 양 옆의 목화송이가 이채로웠다. 전동이 자신이 생각해도 우스운지 자꾸 패랭이를 만지고 정강이의 행전을 이리저리 뒤적였다. 남사당패에도 행전이 없는 건 아니지만 어쩐지 생소해서 그런 것 같았다.

 "마님…. 저는 마님이 꼭 저 일가붙이 같고 가끔 어머니가 아닌가 하는 헛된 생각도 했구만요. 헤헤, 그렇다고 꾸지람은 마세요. 자주 들르고 빨래 헐 것이 있으면 길례 손 좀 빌려야 쓰겄구만요. 안녕히 계세요. 혹시 누가 저 찾거든 모른다고 해 버리세요. 누가 됐든지요. 여자도 마찬가집니다."

 '여자란 제 생모를 두고 하는 말이고, 큰예도 그러면 안 만나겠다는 건가? 응, 큰예가 괜찮은 애든데. 저도 그 나이에 새끼가 있는 것이 오히려 든든할 텐데…….'

 그렇게 피바람이 몰아치던 강산은 겉으로 평온을 되찾아 그 깊은 상처를 붉은 단풍색으로 감춰 버렸다. 흡사 옷으로 그 무서운 생채기를 가리고 태연한 전동이처럼. 그러나 음산한 눈초리들은 아직도 살아 있어 방방곡곡에 빈틈이 없었다. 가는 곳마다 닿은 봉놋방 구석까지 그 살벌한 피냄새는 가실 줄 모르고 풍겨 왔다. 모두 쫓기는 사람들 같았다. 같은 보부상들도 새 얼굴을 의심하고 경계했다. 아무리 보부상이지만 관군이나 특히 밀정과 일본군은 그들을 곱지 않게 보고 있었다. 물론 동학군을 척살한 그 공로가 없지 않지만 그 포상은 보부상 중에서도 조직의 간부라는 자들이 독식했다는 것을 더러 그 패거리가 불퉁거리는 말을 듣고 알 정도였다.

어디에 임소가 있고 도방이 있으며 어떤 수속을 해야 한다는 것 따위는 시시한 이야기였다. 전혀 관심이 없었으니까. 오직 찾는 것은 흩어진 동패였다.

보부상 생활은 겨울이 와도 남사당패처럼 처량하지 않았다. 물론 곡절은 많았지만 짊어진 물화가 돈이 되기 때문에 객사는 면하고 동사는 피할 수 있었다. 그러나 묘한 것이 그렇게 허허롭고 고단한 발걸음이고 잠자리였지만 누구 한 사람 보고 싶다거나 떠오르는 얼굴이 없는 것이었다. 어쩌다 고달픈 몸 봉노에 뉘고 새까맣게 그을린 천장을 올려다 볼작시면 가끔 죽은 아부지 홍도의 검은 얼굴이 홀연히 떠올랐고, 그 끝에 큰예의 안부가 궁금할 때가 있었다. 행중 재건을 꿈꾸는 전동이로서는 맞춤한 징쇠도 아직 못 구해 안달하기 때문에 징쇠인 그 얼굴이 자주 연상됐는지도 모를 일이었다. 한씨 부인과, 생부라는 그 묘한 인물이 언젠가 한번 슬쩍 떠올랐다가 사라진 적이 있었고.

"연산골의 대추가 금이 좋다는 데 동무는 그쪽 사정 잘 모르시오?"

전주 임방에 수수료를 내고 남문 밖 봉노에 몸을 부렸을 때 키가 작고 탄탄하게 생긴 삼십대 초반의 눈딱부리 동패가 막걸리 잔을 입에서 떼고 손등으로 입을 문지르다 생각난 듯 전동이 앞에 그 잔을 쑥 내밀면서 하는 소리였다.

보부상으로 나선 지 반년이 지나고 몇 번 한씨 부인 권유대로 줄포와 한산을 왕복했지만 처음이라선지 별 신통한 꼴 못 보고 완주군 동상면의 곶감을 짊어 져다 논산 강경 등지에 먹이고 있던 전동이는 이리저리 맞춰 보니 한씨 부인한테 받은 백 냥이 그대로 살아 있어 속으로 한숨을 내쉬던 참이었다. 그러니 장사는 밑진 게 분명했다. 백 냥의 이자로 겨우 연명한 꼴이니…. 그러나 이제 작전(作錢)의 요령도 조금씩 터득해 나갔다.

"나야 초문이지만 연산이라면 논산서 얼마 안 되는 거리 아닌가요? 가 본 일은 없소만 동무가 잘 안다니까 가 볼 만도 허네요. 이번 논산 들렀다가 한번 가봅시다."

그동안 만난 풍물패는 겨우 네 명이고, 꼭두쇠 근용이는 행불이란 소문에 찾기를 포기하고 미운 오리새끼지만 덜미쇠 놈태를 찾고 있었으나 그것도 구름 잡는 일같이 막연해 속을 썩이고 있던 참이었다.

전주 한지 두어 동을 헛일 삼아 짊어 져다 강경에다 풀고 연산에 들어선 것은 병신년 봄. 작년에 수확한 대추는 벌써 해를 넘겨선지 아랫길이라 망설이던 참이었다.

"이것 가지고는 돈이 안 되고…. 그나저나 미안해서 어쩐다. 나따라와서 짚신값도 못했으니 어이 거 참…. 내 그 대신 술이나 한잔 살 테니 가자고. 참 그리고 내려가는 길에 고산을 거치지만 고산 곶감이나 동상 곶감이나 거그서 거긍개 차라리 봉동 생강을 쳐다가 남원 쪽에 냅시다. 어떻소? 동무 생각이…."

 벌써 목화송이를 패랭이에 단 지 횟수로는 일 년이 넘는 그로서는 비싼 물화 쳐다 멀리 먹여 봤자 따지고 보면 걸음 품만 파는 셈이고 도내에서 이리저리 자잘한 것 굴리는 게 경비도 덜 나고 품도 덜 버린다는 것을 터득했기에 동패의 권유를 말없이 받아들였다. 닷새, 열흘에 서는 봉동 장날에 거기 당도한 전동이는 그만 아차 하고 걸음을 멈춰 세웠다. 여태 고산인 줄 알고 있는 큰예네, 한씨 부인 댁에서 이틀이나 같이 자면서 주고받은 말 속에는 큰예나 생모의 거처가 어디라는 것을 확실하게 들은 적이 없고 그저 고산 옥중에서 횃불 사이로 봤다는 막연한 그 말을 들었기에 큰예나 생모의 근거지가 고산이겠거니 하고 뭐 술도가를 한다는 그런 이야기도 건성으로 들었을 뿐이라 이런 후회가 생길 수밖에 없었다. 더욱이 고현내에서 헤어질 때 고산으로 간다는 말을 들었기 때문에 그것이 잠재해 있다가 막연한 기억과 겹쳤는지도 몰랐다. 고산을 지나면서 큰예를 떠올렸고 생모 생각이 났으나 후자 때문에 전자도 물밀이로 지워 버렸던 것인데 막상 고산을 지나 봉동에 닿으니 그 생각이 나 짠한 애잔함 끝에 큰예 얼굴이 떠올랐던 것이다.

 한편 전동이 생모 정님이는 달이 십여 번에 해가 한 번 바뀌어도 기척 없는 아들 소식에 눈물마저 말라 버릴 지경이고 다시 한 번 줄포를 찾아가려니 마음 먹었으나 도가 일이며 전주 감영 일이 하루도 빠지지 않고 생기기 때문에 발을 구르고 있던 차 점점 불러오는 큰예 배를 보고 아이고 하며 속으로 소리를 질러 버렸다. 그렇게 됐다면 저게 분명 내 새끼의 또 그 새낀데, 큰예가 그리 되면…. 기쁜 일인지 슬픈 일인지 분간을 못할 일이었다. 그 배를 바라보는 것만으로도 흐뭇했고 그것으로 심란한 생활의 고달픔을 꺼 나가던 참에, 또 시난고난하던 남편이 덜커덕 죽어 버리니 그렇잖아도 외로운 처지가 여간만 어렵게 돼 버렸다. 수천섬지기 부동산에다 엄청난 재산이 갈데 없이 자신한테 물려지니 우박처럼 쏟아지는 비아냥거림이나 시샘과 독설은 견딜 수 없는 일이었다

그래서 그녀는 사십구제를 지내고도 감영 일 아니면 거의 바깥 출입을 삼가고 있다가, 큰예가 해산을 하고 남편 소상도 지나고 나서 소복을 벗어 버리고 밀린 일 처리에 정신이 없었다. 아들을 낳은 큰예는 부끄러워 어쩔 줄 모르고 그 아이 얼굴에서 전동이와 또 거기 연결된 정님이 자신의 그림자를 찾아냈을 적에는 왠지 인간 세상이 너무나 속절없다는 생각에 하룻밤을 내내 울어 샜다.

"어머니, 이놈이 할머니를 많이 닮아 사내 새끼가 좀…."

무슨 이야긴지 알 것 같았다. 선이 가늘고 살갗이 흰 것이 자신을 닮아서도 그랬지만 좀 건강하라고 붙여준 이름이 곰이었다. 곰같이 좀 우직하고 검고 힘세라고.

손주까지 생긴 것을 보고는 더 참을 수 없어 큰 마음 먹고 줄포를 다녀왔지만 아들이 보부상이 됐다는 한씨 부인 말에 또 한번 울음고를 터트리고 말았다. 큰예는 아이 때문에 못 가고 종복을 데리고 다녀온 지 한 달이 지났다.

"그 애는 천성이 역마살을 타고났는지, 한번 생모인 아우님이 짚어 보시게 사주를…."

고맙고 고마울 뿐이었다. 낳은 자식도 아닌데 여러 모로 감싸주고 피붙이같이 돌봐 주는 그 정성에 그저 눈물을 흘릴 수밖에

없었다.
 "저는 못 보고 성님이 볼 줄 아시면 한번 봐 주세요."
 그녀가 대준 생일생시를 짚어본 한씨 부인이 소리없이 웃었다.
 "팔자 도둑은 못한다고 갈데 없는 역마살이 있네. 그렇다고 다 그렇게 되는 것이 아니니 잘 잡도리 하시게. 그 애는 아무래도 남사당패밖에는 마음 둘 데가 없다데, 그저…."
 하다 말을 끊었다. 그 다음 말은 전동이 어머니가 들으면 가슴이 무너져 내릴 괴로운 말들이라서였다. 그러나 이 말만은 해야겠다고 한씨 부인은,
 "그 홍도라는 분 아시지? 그 애 양아버지 징수님. 옛적 이름이 한주라는 그분을 지금도 못잊어 애닯아 하데. 커 나갈 때는 자기 생부가 아닌 것을 거니챘고 또 그런 심정에서 따르고 의지했지만 막상 죽고 보니 이 세상에서 그래도 자기를 키워 주고 가르쳐 준 사람이 그 사람뿐이었다고 그러데. 그러면서 마냥 슬퍼하더라고. 그것을 보면 정은 무척 깊은 앤데, 생부도 만났다지만 한 번도 입에 올린 적이 없었어. 참 이상해. 키운 정과 낳은 정이 어떤 차이가 있는지. 나도 새끼를 낳아 길러 봤지만 그 애의 슬프고 깊은 심정은 이해 못할 것 같아. 옛말에 생아자(生我者)도 부모요 양아자도(養我者) 부모란 말이 있지만 그건 본인이 측량할 깊은 우물이지. 그렇다고 아우님. 너무 괴로워 말게. 전동이는 착하고 이번에 길 떠날 때 나보고 꼭 어머니 같다고 그러데…."
 한씨 부인은 때로 잔인했다. 그런 칼끝 같은 말로 전동이 생모 속을 사정없이 휘저어 보고 싶고 또 그 다음의 반응을 보고도 싶은 야릇한 호기심도 있어서였다. 또 한편 말없는 질책이기도 했

다. 아무리 형편이 각박했기로서니 자식을 버리고 갔느냐는.

고개를 숙인 전동이 어머니는 할 말이 없고 오직 눈물로 모든 것을 참회할 뿐이었다.

"어머니…. 어머니…!"

슬픈 회고에 젖어 눈시울을 적시고 있던 전동이 어머니는 한손으로 방바닥을 때리면서 일어섰다. 그래도 진중한 앤데 느닷없는 저 기성(奇聲)이 예사롭지 않아서였다.

우르르 쫓아나간 그녀는 구르듯이 달려드는 큰예를 눈으로 제지하고 재촉했다. 무슨 일이냐고?

"어머니 곰, 곰 애비가 고산 현아 포졸한테 끌려갔어요"

"뭐, 뭐라? 곰 애비라니 응? 말을 좀 차근차근 해 봐라."

"아니, 아니오. 제가 제 눈으로 똑똑히 봤어요. 이 바닥 왈짜들허고 보부상 또 한 사람과 패싸움이 벌어졌는디, 곰 애비허고 또 한 사람이 많이 당했어요. 저도 장날이라 우연히 나가봤는디 순찰도는 포졸들한테 걸려 그 자리에서 많이 맞고요. 맞은 사람이 곰 애빈디 오히려 포졸들이 곰 애비를 두들겨 패면서 끌고 갔어요. 저도 처음에는 불쌍헌 보부상이 왈짜들헌테 혼나는구나 했는디 엎어졌다 일어나는 것 봉께 곰 애비 아니에요. 어머니이…"

울음이었다, 끝나는 말은.

'이거 큰 일 났구나….'

입은 그대로 달려나간 전동이 어머니는 완전히 눈동자가 떠 있었다.

"나귀 챙겨라! 빨리! 에미야 내가 바로 쫓아가야겠다. 큰일나게 생겼다. 아이구… 어쩌끄나…"

'아우님한테만 이야기하는데 전동이 오른팔에는 왜놈들 총알에 맞은 자국이 있어 그것이 탄로나면 끝장이네. 그걸 잊지 말게.'

한씨 부인의 그 말이 번개처럼 머릿속을 치고 지나갔다.

'이렇게 만나다니. 그 애가 보부상이 됐다는데, 하필 여기서. 아이고…'

봉동 명물 생강 흥정을 하다 시비가 생기고 장바닥을 어슬렁거리던 왈짜들이 주인 편을 든다고 거친 말을 한 것이 빌미가 돼 싸움이 벌어졌는데, 한두 가락 하는 전동이가 참고 참다가 그만 폭발해 버린 것이었다. 조금은 다혈질인 전동이로서는 많이 참았다 벌인 한판 승부였는데….

눈부시게 열려 있는 초여름 길가 백양나무 이파리가 어지럽게 팔락이며 반짝거렸다. 저 멀리 북쪽 아지랑이 속에 고산 현아의 홍살문이 아스라했다. 쫓아가는 전동이 어머니, 나귀의 발굽소리가 너무 더딘 것 같았다. 따라가는 종자도 종종걸음 치건만.

그 뒤

 해가 두 번 바뀌고 그 사이 그렇게 많이 죽고 피흘려 쓰러졌지만 동학군의 잔당은 목숨 내놓고 각처에서 다시 동아리를 꾸려 떨쳐 일어섰다. 이들 잔당을 뿌리 뽑겠다고 길길이 날뛰던 관의 기세도 처음보다는 많이 꺾였고, 일본군 주둔은 계속되었지만 전국 곳곳에서 소규모로 출몰하는 동학 잔당 토벌을 위해 이제는 대규모 출병도 할 수 없게 됐다. 민란은 더욱 기승을 부려 정신을 못차리는 게 관군이고 엎친 데 덮친 격으로 항일 의병이 벌떼처럼 들고 일어나니 그 줏대 없고 우유부단한 고종은 죽을 지경이었다.
 "야 전동아. 너는 어찌 생각할지 모르지만 도둑놈은 시끄러운 장터가 좋다고, 이럴 때 우리도 한번 기세를 올려 보자. 아무리 힘없는 남사당패지만 그냥 앉아서 죽을 날만 기다릴 게 아니라 일어서자. 연희를 나가 천하에 한번 천둥소리를 울려 보자. 우리들도 사람이고 당신들도 사람이라고."

어찌어찌 수소문해서 끌어들인 놈태를 꼭두쇠로 해서 이름뿐인 남사당패지만 모양새를 갖췄다. 그게 정유년 봄. 정읍군 입암면 만화동에서였다. 태인과 원평 사이의 솥은재 아래 주막에서 노름꾼들 술 심부름하며 연명하고 있던 놈태를 전동이가 끄집어냈고 그의 기억을 더듬어 몇 사람이 가세하게 된 것이었다.

"야 전동아. 얼마 안 되지만 너하고 헤어지고 나서 이리저리 섭쓸려 다니면서 고생도 많이 했지만, 젊은 니 말이 옳았다는 것을 깨달았다. 근용이 꼭두쇠도 본시 나쁜 사람 아니니라. 세상을 살아오면서 비뚤어져서 그렇지 바탕은 괜찮아. 거 원평서 만난 달이 있었잖냐? 그 여편네 보기와는 다르더라. 너의 양아부지 홍도 아저씨 말마따나 사람 괜찮아. 작년에 보니까 배가 부른 게 곧 해산할 것 같더라. 서발 장대 휘둘러도 거침새 없는 근용이한테는 잘된 거지 뭐냐. 뭐니뭐니해도 사람은 제 새끼가 있어야 되는겨. 너도 젊은 적에 참한 색시나 얻어 살림이나 차려라. 이짓 고만 하고 응…? 나야 내 팔자 청산에 내 던지고 다된 놈이라 할 말도 없다만…. 언젠가 니가 한 이야기 말이다. 돈을 모아 허다 못해 주막이라도 하나 사 두면 그게 바로 우리 고향 아니냐던……. 나 노름꾼들 술 심부름하면서 그 말 몇 번 되씹은 줄 아느냐? 이번에 패가 짜여지면 한번 해 보자. 내가 꼭두쇠가 된다는 건 말도 안 되고…. 다른 사람 골라 봐. 나는 곰뱅이쇠나 할 테니까."

"아저씨 암 소리 말고 제가 권하는 대로 허세요. 덜미쇠는 다른 재주보다 어려운가 모르지만 딴 사람 갈쳐서 맹글고 말입니다. 곰뱅이쇠 헐 사람 없으면 우선에 제가라도 할 테니까요. 아저씨의 끈기와 요령이면 해 나가고 남아요. 꼭두쇠는 꼭 늙어야 허나요. 사십 줄 꼭두쇠면 힘도 나지요. 아저씨, 아저씨 재주를 한번 자랑해 보세요. 아저씨가 찾아낸 뜬쇠가 몇 명입니까. 뻐리나 가열, 암동모는 뉘집 개구멍받이라도 얼르고 달래서 줏어 모아 가르칩시다. 그렇게 해서 우리를 괴롭히는 멸구 같은 양반놈들한테 우레 소리를 들려 줘야 세상이 바로 되고 사람들도 정신 차리지요."

놈태가 완전히 달라진 모습으로 앞장섰다. 늘 뒤로 처져 매사에 트집이나 잡던 그가 아니었다. 전동이는 힘을 얻었다. 전동이는 돈 몇 닢을 놈태한테 찔러 주고 만화동을 떠났다.

민비는 죽어서까지 말썽을 부렸다. 그 궁방토 소출을 가져갈 사람이 없자 엉뚱하게 속 검은 놈이 생기고, 모르고 불쌍한 그 소작인들은 눈 번히 뜨고 제 쌀을 도둑맞아야 했다. 고을 아전들이 궁방토 소출을 관을 빙자해서 거둬 들여 착복하고 엉뚱한 마름들이 제 집 창고에 차곡차곡 쟁이기 시작했다. 그것뿐인가. 그 쌀 임자가 애매해지자 고을 원들이 핑계 대고 빼앗아다 온갖 조화를 다 부렸다. 이런 억울한 일을 당한 소작인들은 시일이 지나고 나서야 내 쌀 내놓으라고 악을 써댔지만, 사또 떠난 뒤 나팔이었다. 그렇게 해서 눈을 떠 간 소작인들이 하나 둘씩 뭉치기 시작했다. 궁방토가 제일 많은 흥덕, 고창, 장성, 영광, 무장 등지에는 언제부턴가 동학이 또 일어난다는 소문이 퍼지기 시작했다. 하기야 혁명의 발원지나 다름 없는 그 땅에 그 뿌리가 완강할 것은 너무도 당연한 일이지만 워낙 혹독하게 잘라 버린 싹들이라 다시 움트리라고는 아무도 짐작조차 못 했었다.

동학군의 일차 기병 전에 벌써 안핵사 이용태 같은 악귀의 학살 토벌 때문에 이미 집집마다 연기가 오르지 않은 것은 오래 전의 일이었다. 그렇게 무참히 짓밟힌 동학 잔당들이 다시 기병한다는 소문은 혁명의 발원지인 말목장터에서 퍼지기 시작했다. 실제 그곳을 중심으로 해서 그들은 다시 뭉쳐 전주에서 영국 선교사를 초빙하여 선교 활동을 가장하면서 조직을 키워 나갔다. 계를 묶어 영학계(英學契)라 이름 지었다. 그 이유는 영국 선교사가 주동이 됐기 때문이었다. 그 조직의 수계장(首契長)이 최일서, 일명 최익서(崔益瑞)였다. 그는 그 외에 석일(錫一) 운일(雲日)등 가명이 있었다. 정읍 입암면 출신으로 의사(義士) 영두(永斗)의 아들이고 일찍이 동학에 입교하여 혁명 전쟁에 참가하였다가 후일에는 전남 광양(光陽) 지방에 거주하기도 했었다. 그 외에 영학계는 송문여(宋文汝) 차일용(車一用) 김태서(金台書) 등이 있었다.

　맨 처음 흥덕에서 기병한 영학당은 무신년 시월에 동헌에 몰려가 탐학한 군수 임용현(林鏞鉉)을 몰아내는 일을 벌였다. 그들의 구호는 벌양벌왜(伐洋伐倭). 일차 때는 척양척왜(斥洋斥倭), 보국안민(輔國安民)이었다. 그들의 계획은 애초 고창성을 습격하여 무기를 빼앗아 영광으로 내려가 당시 민란의 두목이었던 최옵바시와 합류해 광주를 치고 이어 전주로 올라가 감영을 함락시키고 그 길로 한양으로 진격할 계획이었으나, 고창에서 실패하고 말았다. 그것은 다른 이유도 있었지만 우선 무기의 차이 때문이었다. 겨우 화승총으로 무장한 혁명군은 비오는 날엔 전투를 못하고 습격을 받아도 속수무책이었다. 관군은 비가 와도 발사되는 신식총을 가졌으니 상대가 안 됐다. 그 해 가을의 단풍을 거스르며 잎을 피워낸 영학당은 그 이듬해 늦봄. 돋아나는 새 움을 마다하고 잎이 지고 말았으니 조선 민중의 가슴마다 또 한번 서리찬 한으로 남을 사건이었다.

영학당이 장도에 오르던 그 가을, 영학당의 발원지인 정읍 배들평의 노을은 그날도 고울 수밖에 없었다. 영학당이 짓쳘어 나가는 그 앞길에 놈태패 남사당은, 갖추지는 못했으나 얼기설기 줏어 맞춘 행중 마흔두 명이 놈태 꼭두쇠의 손짓에 따라 일제히 울리는 신명나는 길군악으로 뜨겁게 그들을 배웅하고 있었다. 모두의 한과 원을 깨끗이 씻고 돌아오라고…. 그 영학당 출진을 누구보다 갈망했고 반긴 사람 중의 하나인 한씨 부인은 오랫동안 자신이 명줄을 이어준 궁방토 소작인들이 자신들의 권익을 찾겠다고 나서는 헌걸한 모습에서 또 한번 사는 보람과 인간의 무궁한 저력을 실감해 눈물 바람 했다.

비록 동학은 무너졌지만 그 씨앗이 잎을 피우고 뿌리 내리면 언젠가는 그 열매가 탐스럽게 여물 것이라고, 이 나라는 결코 왕의 것이 아니요, 더구나 한 줌도 못 되는 양반의 것도 아닌 민중의 것이며 왕과 결탁한 어떠한 외세도 용서할 수 없다는 굳은 결의를, 가는 곳, 쉬고 자는 마을마다에 목소리 징소리로, 장고소리, 춤사위, 살판쇠의 곤두질, 덜미쇠의 해학과 어름산이의 사설에 실어, 민중의 가슴 깊이 깊이 심어야 한다고 그녀는 다시 일깨워 줬다.

햇살이 유난히 밝은 정읍 배들평에서 신태인 쪽으로 가는 거기. 원한의 그 만석보(萬石洑) 지경에 자리잡은 초라한 주막거리. 그 중 제일 남쪽의 허름한 주막 앞에는 동네 사람과 행인 수십 명이

옹기종기 모여 있었다. 계절을 거스르는 어기찬 남사당 놈태패의 출행을 알리는 묵직한 징소리가 은은했고 꽹과리 소리가 두 주먹에 힘을 주게 했다. 곱게 단장한 무동들이 양손을 벌려 모두의 근심과 걱정을 받아 안을 듯 어깨짓이 흥겨웠다. 입성들도 깨끗했고 표정들도 발랄했다. 비록 찌그러진 주막이지만 거기에는 훈김이 있고 인정이 감돌고 있었다.

그렇게 또 변했다. 이제 제 길 속으로 돌아왔다. 보부상 일 년 반만에 기어코 봇짐과 패랭이 내팽개치고 다시 벙거지에 삼색 띠를 두른 전동이를 보고 한씨 부인은 허탈하게 웃었다. 제 버릇 개 못 준다고.

전동이가 산에 출행 인사를 갔을 적에 중 나암의 비보를 들었으나 감각이 없었다. 너무나 둔감한 전동이는 마찬가지로 생모한테도 관심이 없었다. 그게 남사당패의 불문율인가? 배들평까지 찾아와 영학당 출진과 전동이의 전도를 축하해 준 한씨 부인은 그 전에 이미 전동이 어머니 정님이를 찾아가 아들의 뜻을 전했다. 돈이 있으면 무엇하느냐고. 자식 하나 뜻을 못 받고 그렇게 지내야 하는 자신을 위로하는 한씨 부인이 고마워 돈 천 냥을 선선히 내놓은 전동이 어머니는,

"그놈이 원한다면 내 재산을 다 줄 수도 있고, 평생 내가 제 뜻을 받들겠는데…. 아이고…. 내 이럴 줄 알았으면 곽참봉 집에서 쫓겨나는 한이 있더라도 그놈을 내 손으로 키울 것인데…. 세상 참으로 야속하고 뜻대로 안되네요 성님. 내 속을 성님이나 알까 누가 알겠소? 그놈이 필요하다면 얼마든지 대 주겠소. 그 뜻대로 그것을 산다면 갖다 주시구려. 그 헌 주막 하나 사서 어디다 쓰려

고…. 성님 참 면목이 없네요. 성님이 너무 애쓰시는데…….”
 그러나 그런 전동이 어머니는 전동이의 크고 너른 뜻, 사람이 사람답게 사는 세상이 어떤 것인지 모르기 때문에 자식을 안타까워 할 뿐이었다. 세상 모두가 고루게 먹어야 한다는 게 아들의 생각이라면 나만 먹어도 된다는 게 어머니 생각이니 어찌 하늘과 땅과 같은 차이가 아니겠는가. 그것이 모자 사이를 가로막는 높고 험한 고개였다. 아직 생면 못한 모자지만 서로 마음만 있으면 언제라도 부둥켜 안을 수 있으려니 하는 기대감은 어머니 쪽이 더하고 그래서 안타까움은 산처럼 크고 높았다.
 어찌 됐건 전동이로서는 자기 뜻이 세워진 것을 흡족하게 여겼고 또 노력 여하에 따라 앞으로 꾸려질 남사당패의 성패가 결정되리라 확신했다. 이젠 고향이 있는 남사당패가 아니냐. 외로워 말고 서러워 말자.
 덩 덩 덩 덩 덩덕궁….
 멍석이 깔린 한길 가 너른 공터. 남사당패가 빙 둘러싼 거기에 전동이가 벙거지를 벗고 수건으로 머리를 감싼 채 사뿐히 멍석 위로 뛰어 올랐다.
 "곰아, 아부지, 아부지 봐라. 곰아, 아부지 재주 넘는다. 웃어 봐서…."
 여태 어디서 흠씬 떼를 쓰다 엄마한테 궁둥이나 얻어 맞았는지 뽀오얗고 통통한 볼 위에 눈물 방울을 매단 돌이 갓 지났음직한 사내아이가 멍석 가에서 손을 젓는다. 그 어미인 듯한 여인이 아이 머리를 한번 곱게 쓰다듬고는 장고잽이한테 장고를 건네 받아 어깨에 맨다. 활달하고 싱싱한 얼굴의 여인이 장고채를 잡고 한

바퀴 빙그르르 멍석 위에서 몸을 돌린다. 능숙한 동작이었다.
"자, 칩니다!"
"더엉 더엉 더엉…."
제법 뜸을 들이는 장고의 단조음이 이어지고 한 번 곤두를 돈 살판쇠 전동이가 물구나무를 서서 장고 소리에 맞춰 두팔로 걷다 다시 두 번째 장고 소리가 울리자 오른손을 바닥에서 떼고 엇비스듬히 왼쪽으로 수평을 잡고 왼손 하나만으로 풀쩍풀쩍 뛰어 걷는다. 외팔걸음이었다. 아까의 양팔 걸음과 같은 가락이지만 분명한 외팔걸음이었다. 무릎 밑의 구부린 발이 가락에 따라 출렁인다. 십여 걸음 외팔걸음이 끝나 다시 제대로 일어선 전동이 얼굴이 시뻘겋다. ……눈물을 몇 개 매단 아이가 두세 개 솟아난 아랫니를 드러내고 깔깔거리면서 손뼉을 친다.
"아부지 잘 허지 곰아. 손뼉 쳐 손뼉."
아이가 발을 구르며 손뼉을 치고 좋아한다. 아버지의 외팔걸음이 재미있는 모양이었다. 엄마를 보고 웃는 아이의 새하얀 이가 햇빛을 받아 반짝 빛난다.
전동이가 허리를 구부려 그 아이의 볼을 톡톡 튕긴다.
"곰아, 엄마랑 잘 놀아. 아부지 다녀올게, 응?"
사람들 얼굴에 홍감함이 떠오르고 입이 조금씩 벌어진다.
"이 자식은 부모가 다 있어서 남사당패 되기는 틀렸어!"
그 어미, 큰예가 눈이 부신 듯, 그러나 곱게 눈을 흘긴다. 햇빛은 이들의 희망, 새 세상은 기필코 열린다는 신념을 담보하듯 끝없이 맑고 고왔다. 우레 소리 같은 징 소리가 징징 울린다.

작가의 말 Ⅰ

  막연히, 무형문화재인 남사당패(男寺黨牌) 이야기를 형상화해 보겠다는 것부터가 허황되고 터무니없는 일이라는 것을 알고 의욕을 접어야 했던 시기가 1960년대 후반이었다. 그 뒤 다시 그 자취를 더듬기 위해 다리품을 팔았고, 결과는 불만스러우나 오늘 이 책으로 결정(結晶)되었다. 다리품을 파는 나를 분발시킨 것은 남사당패가 갖는 매력이었다.
  우리에겐 있지도 않는 민중사를 쫓아 방황한 내가 너무 미욱했다는 것을 절감했다. 지배층의 조작으로 일관된 헌 누더기 같은 정사(正史)라는 것에 비하면 민중사는 형체도 없고, 있다면 그저 어설픈 구전(口傳) 정도가 그 전부였는데 그것조차도 찾기 힘들었다. 그런 과정을 거치고 무던한 아쉬움 속에서 태어난 작품이 이것이다.
  자칫 도중에서 실의(失意)할 뻔한 나를 지탱해준 것은 이 유랑집단인 남사당패가 갖는 민중 지향성이었고, 그것이 보배로웠다. 그게 그들의 생명이라는 것을 깨달았다.
  민중 속에서 자생한 한의 예술, 다시 말해 민중 예술이 바로 이들의 몫이었다. 지배층의 학대와 멸시를 견뎌내며 세상을 거스르지 않고 순종하며 떠도는 그들은 겉으로는 무기력하나 그들의 의식 저변을 관류하는 소망은 오직 평등이었다. 그것을 지향하여 그 역경을 팔자인 양 받아 안고 민중을 위로하고 고무하며 그들과 애환을 같이 할 이 유랑기예(技藝) 집단은 분명 인간의 본성인 진보와 평화의 상징이었다.

그들은 두 모습으로 세상을 살아왔다. 침묵과 인종으로 세상을 끌어안았고 신분과 계급을 초월하여 허심탄회하게 숙명에 따라 저항없이 유랑하였다.

사람이면 누구나 똑같이 먹고 사는, 그렇다고 풍요가 전제 되는 것도 아닌, 오직 진솔한 삶이 추구하는 희망이었다.

그들은 또 일찍이 기성계급이 눈뜨지 못한 민중공제(民衆共濟)를 꿈꾸며 그 작은 이상실현에 진력했던 선각적 집단이었다.

조선사회 민주예술의 상징으로 한때나마 이땅을 풍미했던 그들의 발자취를 무딘 내 붓으로 그 일부나마 재현해 보려는 시도가 애초부터 어리석지 않았나 하는 저허도 따른다.

모자란 내 생각이 미처 그려내지 못한, 독자가 더 잘 알고 있는 이들의 모습이 있다면 넓게 용서 바라고, 그들의 몸에서 풍기던 고린내와 땀내를 에끼는, 그들만의 독특한 인간적 향기를 오래오래 간직해 주기 바란다. 그 향기는 오늘도 연면히 민중 속에 고여 있다. 그것은 오늘을 사는 우리에게 없어서는 안 될 카타르시스의 원천이다.

끝으로 고증을 도와주신 공주민속극 박물관 심우성 관장님께 감사한다.

작품 속의 영학당 사건이나 민비 이야기는 논픽션임을 밝힌다.

4336년 6월
정 창 근

찾아보기 |

❀ 내음_ 매운 8
❀ 모지랑 빗자루_ 끝이 다 닳은 빗자루 8
❀ 중노미_ 음식점·여관 같은 데서 허드렛일을 하는 남자 10
❀ 조바위_ 여자가 쓰는 방한모 11
❀ 봉놋방_ 예전에, 주막집에서 여러 나그네가 함께 묵을 수 있는 큰방 9
❀ 아기똥하다_ 고집스럽고 반항적이다 12
❀ 갠소롬히_ 선의 넓이가 좁고 가느다랗게 14
❀ 때깨중_ 파계승 13
❀ 인정전_ 촌지 15
❀ 드난살이_ 드나들며 일을 봐주는 일꾼 15
❀ 시쁘둥히_ 마음에 차지 않아 시들한 기색 16
❀ 되모시_ 이혼하고 처녀 행세를 하는 여자 18
❀ 세작_ 간첩 57
❀ 물미장_ 지팡이 속에 칼날을 넣은 것 25
❀ 세미놀이_ 잽이(기능보유자) 어깨 위에서 춤을 추는 7-8세 가량의 무동 27
❀ 그러루하다_ 대개 그런 것들과 같다 70
❀ 범강장달이_ 키가 크고 우락부락하게 생긴 사람 81

⚜ 주니_ 몹시 지리함을 느끼는 싫증 82

⚜ 슬무_ 염증 84

⚜ 벅신거리다_ 사람·짐승 등이 한곳에 많이 모여 활발하게 움직이다 107

⚜ 이춤_ 옷을 두껍게 입거나 물건을 몸에 지녀 가려워도 긁지 못 하고 몸을
 일기죽거리며 어깨를 으쓱 거리는 짓 108

⚜ 너설_ 험한 바위나 돌 따위가 삐죽삐죽 내밀어 있는 곳 205

⚜ 나들잇벌_ 나들이할 때 입는 옷(=와출복) 108

⚜ 앙바튼_ 짱짱한 111

⚜ 더그매_ 지붕 밑과 천장 사이의 빈 공간 194

⚜ 뒨장질_ 가택수색 197

⚜ 울가망_ 마음이 편하지 못하여 늘 근심으로 지내는 상태 201

⚜ 밭다_ 액체가 바싹 졸아서 말라 붙다 123

⚜ 번히_ 뻔히 208

⚜ 탑골치_ 노끈으로 잘 삼은, 썩 튼튼한 미투리 228

⚜ 갖신_ 가죽신 255

⚜ 안동하다_ 사람을 딸리거나 물건을 지니고 감 261

⚜ 에끼다_ 주고받을 물건이나 일을 서로 비겨 없애다 307

⚜ 거니채다_ 낌새를 알아채다 294

⚜ 해웃돈_ 기생·창기 등과 관계를 갖고 그 대가로 주는 돈 35

⚜ 깜냥_ 스스로 일을 헤아려 해내는 힘 55

모들소설선 501

남사당의 노래

등록 1994.7.1 제1-1071
인쇄 2003년 10월 10일
발행 2003년 10월 15일

지은이 정창근
펴낸이 박길수
펴낸곳 도서출판 모시는 사람들
         110-722/서울시 종로구 당주동 미도파B/D 1006호
         대표전화 723-6487 / 팩스 723-7170

표지디자인 이주향
편집 김혜경 윤옥화
필름출력 삼영출력(2277-1694)
인쇄 수연인쇄(2277-3524)
제본 통인제책(2268-2377)
홈페이지 http://www.donghakinfo.com

값10,000원

ISBN 89-90699-14-2

잘못된 책은 바꾸어 드립니다.